翻译与跨学科学术研究丛书
罗选民　主编

胡安江　著

COLD MOUNTAIN POEMS:
TEXTUAL TRAVEL AND CANONICAL CONSTRUCTION
(REVISED EDITION)

寒 山 诗
文本旅行与经典建构
（修订版）

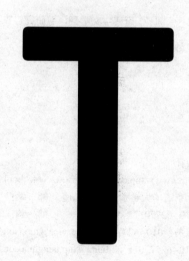

清华大学出版社
北京

内 容 简 介

中国唐代诗人寒山和归属于他名下的那些寒山诗是世界文学交流史上最具传奇色彩的文学风景与文化记忆。"风狂诗隐"寒山、"机趣横溢"的寒山诗、轰轰烈烈的"寒山热"、如火如荼的"寒学研究"、历久弥新的"和合思想"以及精彩纷呈的"儒释禅道"多元文化,均是最具对外传播价值的中华优秀文化,也是国际社会通过寒山和寒山诗全面了解中国文学文化与社会的重要窗口。本书从知识考古学、翻译学和比较文学与跨文化研究等多维视角,深度考察了寒山和寒山诗的来龙去脉以及"寒山热"与"寒学研究"的前因后果;同时系统探讨了寒山诗在中外文学场域中的文本旅行与经典建构历程,及其对于中外文学史和文化史研究的意义、价值与启示。

本书的读者对象为翻译学、中国古代文学、比较文学与跨文化研究等学科领域的研习者与兴趣人士,以及喜爱中国文学文化的外国读者。

版权所有,侵权必究。举报:010-62782989,beiqinquan@tup.tsinghua.edu.cn。

图书在版编目(CIP)数据

寒山诗:文本旅行与经典建构/胡安江著.—修订版.—北京:清华大学出版社,2021.6
(翻译与跨学科学术研究丛书)
ISBN 978-7-302-57399-9

Ⅰ.①寒… Ⅱ.①胡… Ⅲ.①唐诗—文学翻译—研究 Ⅳ.①I207.22

中国版本图书馆 CIP 数据核字(2021)第 021155 号

责任编辑:	刘细珍
封面设计:	覃一彪
责任校对:	王凤芝
责任印制:	杨 艳

出版发行:清华大学出版社
网　　址:http://www.tup.com.cn, http://www.wqbook.com
地　　址:北京清华大学学研大厦 A 座　　邮　编:100084
社 总 机:010-62770175　　邮　购:010-62786544
投稿与读者服务:010-62776969, c-service@tup.tsinghua.edu.cn
质量反馈:010-62772015, zhiliang@tup.tsinghua.edu.cn
印 装 者:三河市龙大印装有限公司
经　　销:全国新华书店
开　　本:155mm×230mm　　印　张:20.75　　字　数:286 千字
版　　次:2011 年 1 月第 1 版　2021 年 6 月第 2 版　印　次:2021 年 6 月第 1 次印刷
定　　价:128.00 元

产品编号:091255-01

"翻译与跨学科学术研究丛书"
编委会

主　编：罗选民
编　委：Charles A. Laughlin　　［美］弗吉尼亚大学
　　　　Perry Link　　　　　　　［美］普林斯顿大学
　　　　Russell Leong　　　　　　［美］加州大学洛杉矶分校
　　　　Robert Neather　　　　　 香港浸会大学
　　　　隽雪艳　　　　　　　　　清华大学
　　　　李奭学　　　　　　　　　台湾"中研院"文哲所
　　　　刘树森　　　　　　　　　北京大学
　　　　孙艺风　　　　　　　　　澳门大学
　　　　王宏志　　　　　　　　　香港中文大学
　　　　谢少波　　　　　　　　　［加］卡尔格雷大学

"翻译与跨学科学术研究丛书"
总序

  翻译活动对人类社会发展所起到的重大作用已是学界之共识。仅以中国近、现代史为例，翻译活动直接影响到中国现代性的形成。近代一些思想家，如严复、林纾、梁启超、鲁迅等，无不以翻译为利器，改造社会，改造国民，改造文学，改造语言。

  然而，在很长一段时间内，中国的翻译研究大多还停留在语言分析层面，在国际上相对滞后。二十世纪九十年代前，有关翻译研究的论文主要探讨翻译技巧，从文化和意识形态等更宽阔的视野来研究翻译的学术论文寥若晨星。曾经一时，人们谈中国译论，必言"信、达、雅"，谈论西方译论，离不开奈达与功能对等。九十年代后，大量西方的翻译理论被译介到中国，语言学派、功能学派、诠释学派、结构学派、文化学派等，这些理论大大推动了中国翻译研究与国际接轨。二十一世纪初，全球化给中国翻译研究带来了新的发展机遇：全国的翻译研究方向博士、硕士研究生数以千计，一批翻译系、所或翻译研究中心在高校成立，西方翻译学术名著得到大量引进，翻译研究著作得到大量出版，海峡两岸暨中国香港、澳门的翻译学刊增至10种之多，有关翻译的国际学术交流日益昌盛。

  正是在这样一个背景下，我们决定选编"翻译与跨学科学术研究丛书"，旨在结集出版近年来海内外有关翻译或相关领域的研究成果。入选作品均具有开阔的学术视野，有较强的原创性和鲜明的特色，史料或语料翔实，研究方法具有可操作性，在更深更广的层面上揭示翻译的本质。本丛书所收著作须经丛书编委评审通过。我们期望这套书的编选和出版能够为打造学术精品、推动我国翻译与跨学科的发展起到积极、实际的作用。

清华大学翻译与跨学科研究中心

"翻译与跨学科学术研究丛书"编委会

目　录

绪论 1
　0.1　作为文学"弃儿"的风狂诗隐 2
　0.2　从"边缘"到"中心" 5
　0.3　本书的研究背景与研究思路 6

第1章　旅行书写与翻译研究 9
　1.1　中国旅行书写与翻译研究的传统角色 10
　1.2　西方旅行书写与作为旅行喻词的翻译 24

第2章　文本旅行与经典建构 37
　2.1　理论旅行及其翻译学意义 37
　2.2　旅行模式与旅行线路 46
　2.3　经典与经典建构 50
　2.4　翻译文本的经典建构 58

第3章　始发地主体文化规范与寒山诗的语内旅行 63
　3.1　主体文化规范 64
　3.2　寒山其人其诗 69
　3.3　寒山诗的语内旅行 105
　3.4　主体文化规范与寒山诗的文学命运 119

第4章　目的地文化多元系统与寒山诗的语际旅行 123
　4.1　文化多元系统与翻译文学的地位 124
　4.2　寒山诗在东亚的语际旅行 127

4.3 寒山诗在欧洲的语际旅行 153
4.4 寒山诗在美国的语际旅行 182

第5章 寒山诗在目的地文化多元系统中的经典建构
——以斯奈德译本为考察中心 201
5.1 美国战后的文化多元系统 202
5.2 主流意识形态与寒山诗的经典建构 208
5.3 赞助人与寒山诗的经典建构 221

第6章 寒山诗的返程之旅及其在始发地文化多元系统中的
经典重构 237
6.1 旅行与返程 237
6.2 返程之旅与经典重构 240
6.3 寒山诗与中国文学史 274

第7章 结语 293
7.1 关于理论旅行的反思 294
7.2 关于文学史书写的反思 295
7.3 关于旅行模式与经典建构的反思 298

参考文献 303

后　　记 319

绪　　论

　　传统的文学研究总是习惯于强调历史与文学及当下的关系。因此，在研究者确定其学术选题之后，读者大都会质询其研究对象的历史身份并竭力将其做历史化或当下性的解读。然而，在寒山和寒山诗这一问题上，却让人即便大费周章，可能也只能落得个束手无策的尴尬结局。寒山究竟何许人也？美国著名汉学家、加州大学伯克利分校教授薛爱华（Edward Schafer, 1913—1991）在1975年出版的权威文选《葵晔集》（*Sunflower Splendor: Three Thousand Years of Chinese Poetry*）的文末附录中曾这样写道：

　　　　寒山是地名也是人名。对于将寒山当作避难所的这个人我们几乎一无所知。寒山是他的精神象征也是他的笔名。……在他死了数百年之后，他成了禅教神话，……在之后的艺术作品中，他经常被描摹成一个疯疯癫癫的人物：一个衣冠不整、咧嘴傻笑、快乐的社会弃儿。很难相信他的诗为他造就了这么大的名声。[1]

　　千百年来，人们对于寒山的了解大抵如此。严格说来，寒山在艺术史和宗教史中的盛名，却远甚于他在文学世界中的影响。尤其是在中国文学史的宏大叙事体系中，寒山和寒山诗甚至从未真正进入过精英知识分子的关注视野。即使是在众声喧哗的后经典时代，寒山诗也一直游

1　Liu W. & Lo I. (eds.). *Sunflower Splendor: Three Thousand Years of Chinese Poetry*. Bloomington & London: Indiana University Press, 1975: 549.

离于中国文学经典形式库的边缘地带。然而，耐人寻味的是，自二十世纪五六十年代始，西方世界却给予了寒山和他的那些诗以崇高的文学礼遇。"寒山热"的狂潮横扫欧美大陆，从美国西海岸地区到大西洋沿岸诸国，从地中海流域至斯堪的纳维亚半岛，寒山和寒山诗的足迹几乎遍布所有海外汉学研究的重镇。无论是普通的文学读者，还是专业的知识精英，都无一例外地开始关注和追捧这位域外来客。

0.1 作为文学"弃儿"的风狂诗隐

寒山的身世谱系，现已无从详考。流传下来的相关文献，因为多少夹杂有传奇和神话的成分，以致研究者实难辨其真伪。据传闻记载，因其长年隐居于浙江天台的寒岩一带，故而自称寒山或寒山子。实际上，是否确有寒山其人，学界至今仍颇多质疑。这里姑且援引宋释赞宁所撰《宋高僧传·卷十九》的相关记述，再度回溯中国文学史上的这桩离奇公案：

> 寒山子者，世谓为贫子风狂之士，弗可恒度推之。隐天台始丰县西七十里，号为寒暗二岩，每于寒岩幽窟中居之，以为定止。时来国清寺。有拾得者，寺僧令知食堂，恒时收拾众僧残食菜滓，断巨竹为筒，投藏于内。若寒山子来，即负而去。或廊下徐行，或时叫噪凌人，或望空曼骂。寺僧不耐，以杖逼逐。翻身抚掌，呵呵徐退。然其布襦零落，面貌枯瘁，以桦皮为冠，曳大木屐。或发辞气，宛有所归，归于佛理。初闾丘入寺，访问寒山。沙门道翘对曰："此人狂病，本居寒岩间，好吟词偈，言语不常，或臧或否，终不可知。与寺行者拾得以为交友，相聚言说，不可详悉。"寺僧见太守拜之，惊曰："大官何礼风狂夫耶？"二人连臂笑傲出寺，闾丘复往寒岩谒问，并送衣裳药物，而高声倡言曰："贼我贼。"退便身缩入岩石穴缝中，复曰：

"报汝诸人,各各努力。"其石穴缝泯然而合,杳无踪迹。乃令僧道翘寻共遗物,唯于林间缀叶书词颂并村墅人家屋壁所抄录,得三百馀首,今编成一集,人多讽诵。后曹山寂禅师注解,谓之对寒山子诗,以其本无氏族,越民唯呼为寒山子。至有"庭际何所有,白云抱幽石"句。历然雅体。今岩下有石,亭亭而立,号幽石焉。[1]

上述文字记载在多大程度上呈现了历史真相,如今已无从查证。然而文中所流露的传奇色彩倒的确令人称奇。有西方学者曾对这种叙事风格大加揶揄,认为不过是好事者从某个迷信的庄稼汉那里听得的离奇故事。然而,有识者却依据文献中罗列的人名、地名、官衔及其文体风格,考证后认为,这样一个传奇人物大致生活在一个"各阶层文人都热衷于作诗、吟诗和赏诗"[2]的时代。事实上,后世的文学读本与文学选集也习惯称其为"唐代诗人",然而对于他生活时代的分期归属,却一直难有定论。

撇开上文的蹊跷文字不谈,至少读者可以从字里行间读到一个栩栩如生的隐者形象。有意思的是,如此"布襦零落,面貌枯瘁"的一介贫士,对于自己的诗情与诗艺却有着异乎寻常的"张狂"自信:

> 下愚读我诗,不解却嗤诮。
> 中庸读我诗,思量云甚要。
> 上贤读我诗,把著满面笑。
> 杨修见幼妇,一览便知妙。[3]

---

[1] [宋]赞宁.宋高僧传.北京:中华书局,1997:484-485.

[2] 傅汉思.唐代文人:一部综合传记.倪豪士.美国学者论唐代文学.黄宝华等译.上海:上海古籍出版社,1994:1.

[3] 中华书局编辑部.全唐诗·卷八百六·寒山·诗三百三首:第二十三册.北京:中华书局,1960:9080.

寒山诗：文本旅行与经典建构（修订版）

可以想象，这样一个隐迹民间、"言语不常"之风狂贫士，其人其诗自然难以入得中国文学正统以及文学史家们的法眼。和起初同样颇遭冷遇，后来却大受青睐的六朝诗人陶渊明（365？—427）不同，前者不懈地在其虚构的诗歌世界和前辈名士中隐晦地描情摹景与寻觅知音；[1] 而寒山非但对自己诗歌作品的文学价值直言不讳，而且还在诗中公开表露对于后世知音的期待，以及对其诗作终将"流布天下"的绝对信心：

> 有人笑我诗，我诗合典雅。
> 不烦郑氏笺，岂用毛公解。
> 不恨会人稀，只为知音寡。
> 若遣趁宫商，余病莫能罢。
> 忽遇明眼人，即自流天下。[2]

也许正是洞悉了自己"本无氏族"的文学出身以及题写于"林间村墅"的俗鄙词偈难以见容于当世，所以诗人少了些许超越前辈诗人的文学焦虑，反而流露出一种文学史上难得的妄狂与洒脱。事实上，归属寒山名下的那些诗歌，在其生活的时代可谓知音寥寥；而在其身后的历朝各代，尽管也不乏乐之者与好之者，但其人扑朔迷离的身世、其诗放荡不羁的形式以及通俗浅近的内容，均难见容于追随正统与典雅的主流意识形态和主体诗学，加之文学赞助人守旧的文学立场和复杂的文学利益等主客观条件的牵制与影响，诗人寒山和寒山诗因此长期游离于中国文学正典的宫门之外。

---

1 有关陶渊明的论述，可参考孙康宜．抒情与描写——六朝诗歌概论．钟振振译．上海：上海三联书店，2006：27-39.

2 中华书局编辑部．全唐诗·卷八百六·寒山·诗三百三首：第二十三册．北京：中华书局，1960：9101.

0.2 从"边缘"到"中心"

当寒山和寒山诗在公元十一世纪越界旅行至一衣带水的东邻日本时,寒山诗质朴的语言风格、幽玄的禅宗境界以及诗人不入世浊的隐者情怀、回归自然的生态意识却赢得了日本知识界与普通民众的一致青睐。寒山诗的各种译本、注本和专论竞相问世,寒山的传奇轶事也被改编成为小说和剧本,寒山的禅者形象更是成为日本画界与宗教界的最热门题材。

不过,诗人的传奇文学之旅至此才刚刚开始。继东亚文化圈数个世纪的"寒山热"之后,在二十世纪的欧洲大陆,寒山诗的译介与研究一度成为欧洲汉学的"宠儿"。而在二十世纪的大洋彼岸,这位"癫狂"的中国诗人几乎成为美利坚民族家喻户晓的明星,年轻一代甚至尊奉其为心灵知己和精神领袖,寒山诗更是成为"旧金山文艺复兴"的经典之作。自六十年代始,寒山诗全面进入美国各大文学选集和东亚文学的大学讲堂。

寒山,这位失意的中国诗人,在海外却"意外"地实现了自己生前"忽遇明眼人,即自流天下"的神奇预言。有意思的是,在海外"寒山热"将诗人推向显赫声名的同时,国人也开始对寒山和寒山诗另眼相待,诗人由此踏上了在故国文学史与学术研究史中续写戏剧人生与传奇命运的新一轮旅程。

当这位荣归的"海外游子"肩负沉甸甸的行囊返程之际,在文学乃至文学之外的诸多领域,中国学界对于这位"贫子风狂之士"的情感从心理层面发生了诸多微妙的变化,而 2008 年 5 月以诗人名字冠名的"寒山子暨和合文化"国际学术研讨会在浙江天台的盛大揭幕更使这一变化臻于极致。此情此景,怎能不令人唏嘘慨叹?人们不禁会问:一位始终徘徊在故国文学史宫墙之外的诗人何以在越界旅行中叩响了他国文学史同样森严的宫门?故国文评家又何以能放下正襟危坐的姿态来重新接纳这位被他们频频拒之门外的文学"弃儿"?

在《抒情与描写——六朝诗歌概论》一书的英文版绪论中，著名华裔汉学家、普林斯顿大学教授孙康宜这样写道："只有自觉而努力地遵循抒情诗的传统，诗人才可以与前辈们竞赛，甚或超越他们。但有些时候，为了给传统重下定义，诗人需要与传统决裂。变革如此之激烈，以至于他有可能受到同时代人的忽视或嘲笑。然而对这样一位诗人的最终酬劳，在于如他所坚信的那样，他的作品将会使他不朽；在于如他所感觉到的那样，将来的某一天在后人中会出现'知音'。这种想得到后人理解的想法，正是中国文学复兴最重要的决定因素之一。"[1] 这种说法也许可以部分地解答读者的上述叩问和疑惑。对于文学传统的反叛固属不易，而对于其不入诗之"正轨"的诗歌理念的笃固与坚守何尝不是以身试法？不过，"反叛"，从某种意义上讲，即是对既有文学传统和现世文学建制的质问与挑战。无论是形式层面还是内容层面的"反叛"与"抽离"，其实恰恰预示了文学革新的可能性和新方向；而"笃固与坚守"无疑从文学前瞻性上最大程度地预设了中国文学的复兴。换言之，对于文学传统的公然挑战是文艺复兴和文学新纪元的必然前兆，而对于这种"忤逆"的诗歌美学之忠贞执守则可能是这种暂时的"边缘文学"走入"文学中心"的重要前提。

0.3　本书的研究背景与研究思路

事实上，扑朔迷离的诗人身世、异彩纷呈的寒山诗境、错综复杂的文学之旅、奇特瑰丽的"寒山现象"、起伏跌宕的文学景遇，无一不能成为重要的学术选题。然而，国内学界对于寒山和寒山诗的研究，至今仍主要限于语言、版本、内容、补遗等传统研究的维度；已有的比较研究与影响研究也多集中在中国文学的多元系统内部，即"纵向"研究

---

[1] 孙康宜.抒情与描写——六朝诗歌概论.钟振振译.上海：上海三联书店，2006：4.

的维度，而对于其"横向"影响的研究，若非停留于信息介绍与资料罗列的初始层面，即是囿于寒山诗在美国的译介和影响研究。同时，我们还注意到，鲜有学者从翻译研究与文化研究的视角，对寒山诗的数种外语译本进行过任何实质性的探讨；而对于"寒山现象"在经典建构与（翻译）文学史书写中的重大意义的研究，则几近空白。这些寒学研究的学术遗留问题，正是本书的研究背景与研究动机。

本书旨在将寒山诗置于一个连贯的全球语境中进行系统研究。适当兼顾中国文学多元系统"纵向"研究的同时，将研究重心置于寒山诗的"横向"影响研究。进而探讨意义深远的"寒山现象"之形成与发展，及其对于翻译研究、旅行书写、经典建构及中国（翻译）文学史编撰的启示意义。

在文献考证的基础上，本书详细梳理了多种寒学研究的相关资料，旨在向读者揭示一个丰富多彩的寒山世界。在那里，既有一个充斥着浩瀚史料、诸种传说以及满目考证与假说、亦真亦幻的物质世界，更有令人叹绝的寒山诗国所折射出的绮丽多姿的诗人之精神世界。本书首先在第一、二章考察了中西旅行书写的相关论述，同时在考察作为旅行喻词的"翻译"的基础上，提出文本旅行与经典建构的相关概念及议题。随后，第三章探讨了诗人寒山及其创作的寒山诗在主体文化规范之内的旅行与接受情况；并由此讨论主体文化和主体文学规范对于经典建构的制约与影响。第四章则深度透视寒山和寒山诗的语际文学之旅；进而详细剖析多元文学系统中的寒山诗如何在目的地文化多元系统中脱颖而出并取得中心地位，以及由此带动的东西方"寒学"研究热潮。第五章从多元系统论、改写理论、翻译规范论等描述翻译学的视角与理论框架入手，详尽探讨了寒山诗在美国翻译文学中的经典建构历程。事实上，域外"寒山热"的冲击，使得中国学术界重拾"寒学"研究的兴趣，中国文学史书写开始重新审视寒山和寒山诗的文学地位。第六章因此详细勾勒了寒山诗的返程之旅以及中国学界在西方"寒山热"冲击下的"寒学"研究现状，与此同时，探讨了寒山诗自二十世纪六十年代迄今在中国文学多元系统中的文学史书写与经典化概况及其政治文化关涉。第七章为本书的结语部分,在总结各章的基础上,反思寒山诗的文本旅行与经典建构历程对于理论旅行、文学史书写以及经典建构等方面的意义,继而提出"寒学"研究的未来思路,同时反观理论的解释力。

　　当然,由于本选题所涉学科领域众多,如文学史、诗歌发展史、宗教史、语言学史、民俗史、一般精神史、文化史、思想史等多个领域以及中国古代文学、宗教学、语言学、比较文学、翻译学等学科门类,对于某些问题的探讨还有待进一步深入。

第 1 章　旅行书写与翻译研究

> 从概念上讲，翻译与旅行如出一辙；其区别在于抽象度的不同。一个强调抽象，一个强调具体。在概念上和实践中，二者的共通之处在于都专注于关系、指称和自我指称。它们都是通过一定的模式、网络或者意义指称系统建立起来并发生作用的；都或含蓄或直接地依赖相似性、隐喻和明喻。
>
> ——阿瑟·肯尼[1]

英国学者罗拉丹那·普拉热（Loredana Polezzi）曾就旅行与翻译之间的关系有过这样的论述："旅行书写传统与翻译一样，长期以来都为一种所谓的忠实和客观（旅行者是目击证人）的迷思所笼罩，然而实际上它是依据特定的意识形态和等级序列来阐释和表现现实的。"[2] 从这个意义上讲，旅行与翻译、旅行者与译者在一个国家的文化多元系统中的角色和地位一方面是相辅相成的，另一方面则表明它们会或多或少地受制于特定的文化多元系统。与此同时，它们还会通过一定的模式、网络、场域、意义指称系统和话语体系建立联系并发生作用。

1　Kinney, A. F. Introduction. Pincombe, M. *Travels and Translations in the Sixteenth Century: Selected Papers from the Second International Conference of the Tudor Symposium*. Hampshire: Ashgate, 2004: xiii.

2　Polezzi, L. Rewriting Tibet: Italian Travellers in English Translation. *The Translator*, 1998(4.2): 322.

寒山诗：文本旅行与经典建构（修订版）

1.1 中国旅行书写与翻译研究的传统角色

从中国古代旅行书写所记述的"旅""行""游""观"之各类形式及其话语主体及实践对象来看，它们在中国传统文化话语中是不居主流的，而这无疑与中国古代翻译话语中所记载的翻译和译者的传统地位及角色如出一辙。这样一来，翻译和翻译者的地位就如同古代旅行书写和旅行者的角色一样，处于本土文化多元系统的边缘。

1.1.1 "旅行"词源考证

在中国古代旅行书写中，"旅行"一词有着多种不同的释义。在不同的历史时期，它总被赋予不同的思想内涵。在中国古代典籍里，"旅行"作为复合词开始使用大概可以追溯至春秋战国时期，而当时的意思是指"集体出行"。《礼记·曾子问》就有"三年之丧，练不群立，不旅行"的记载，其中的"旅行"即指"群行，结伴而行"。汉代刘向的《说苑·辨物》中也有类似的说法，如"麒麟……不群居，不旅行"。之所以出现这样的"旅行"言说方式，主要是因为在中国古代，除极少数人（如帝王、官吏、学问家、商贾和僧侣）有个体旅行的机会外，大规模的个体旅行活动是罕见的。事实上，由于生产和生活条件的限制，早期人类的诸多事务还只能依靠整个部落或者是一个部落中的几个家族群体的集体力量来解决。当然，任何迁居别处的"旅行"方式，在当时也只能是一种集体的迁徙行为。而这种旅行和迁徙行为的主要目的，就是为了寻求更好的生产和生活环境。[1]

---

[1] 西方的情形也大致如此。如有学者指出：西方的迁徙行为本质上也是基于改善生态环境和经济条件而开始的。"疲惫的游牧者的出现是因为地理和气候改变的缘故。渴望旅行在当时也绝非是古代军队远征的理由。最早倚靠自己力量独自旅行的人群是商人。在古希伯来，'商人'与'旅行者'是同义词。只有一种情况例外，旅行对于这一个极少数族群而言，具有某种特殊的和显而易见的意义。这一'在路上'的族群包括兵士、信使、政客、学者、行乞者、朝圣者和在逃囚犯。但当时绝大多数的旅行者还是那些买卖香料、香药、黄金、绸缎、武器和珍珠的商人。到十八世纪后期，较大规模的旅行才渐渐开始为人所知晓。"详细可参考：Enzensberger, H. M. A Theory of Tourism. *New German Critique*, 1996 (68): 122.

第1章　旅行书写与翻译研究

不过,"旅行"这一复合词的出现则明显晚于作为单字的"旅"和"行"。事实上,"旅"与"行"最初是作为两个彼此独立但又相互指涉的词而使用的。"旅"最早是指军队的编制单位。《周记·地官·小司徒》载:"乃会万民之卒伍而用之。五人为伍,五伍为两,四两为卒,五卒为旅。"故汉代文字学者许慎(约58—147)的《说文解字》有"军之五百人为旅"之说法。如此一来也就出现了所谓"行旅"的概念,其用意也多与"军戎"有关。梁昭明太子萧统(501—531)所编《文选》的卷二十六和卷二十七的行旅诗也主要以此类"载离多悲心,感物情凄恻"(陆士衡)以及"眇默轨路长,憔悴征戎勤"(颜延年)的"军戎"题材为主。由此可见,在古代中国,人类"旅行"的另一重要目的就是征战。

后来,"旅"又慢慢衍演出"道路、路途"的意思,如《书·禹贡》所载之"蔡蒙旅平"。王引之《经义述闻·尚书上》疏之曰:"余谓旅,道也。《尔雅》:'路,旅,途也。'"而《周易》所记"旅,小亨,旅贞吉"的说法已颇类似"旅"之今日用法。唐代孔颖达《周易正义》注疏曰:"旅者,客寄之名,羁旅之称,失其本居,而寄他方,谓之为旅。既为羁旅,苟求仅存,虽得自通,非甚光大,故旅之为义,小亨而已,故曰'旅,小亨'。羁旅而获小亨,是旅之正吉,故曰'旅,贞吉'也。"[1] 如今,比较成熟的"旅"的现代意义包括:"寄居外地,旅居""寄居外地或旅行在途的人,旅人"和"行进到某一区域而暂作停留,在途中,旅途"等。

与"旅"相仿,"行"最初指作为名词的"道路",如《诗经·幽风·七月》之"女执懿筐,遵彼微行,爰求柔桑"。不过,作为动词意义的"行"也见于《易·小畜》,如其"风行天上"中的"行"即指"流动、流通";而《左传·襄公二十五年》中"言之无文,行而不远"之"行"则指"传布、散布"之意。到了汉代,《说文解字》释"行"为"人之步趋也","行"作为动词的功能始著。汉阮瑀《为曹公作书与孙权》之"疫旱并行,人并减损"("流行、流传")和清厉鹗《晚步》

---

[1] 孔颖达.周易正义.北京:九州出版社,2004:516.

诗之"水光知月出,花落见风行"("流动、流通")便是很好的例证。

其实,"旅"也好,"行"也罢,其词意重心最终体现于"行"这一表达地理位移的概念之中。然而,古代中国人则始终无意主动践行之、趋附之。相反,人们始终坚信"安居"方能"乐业"。因此,除非生产和生态环境遭到严重破坏(如战争)或者政府移民政策(如民族融合和水利工程)的驱使,否则"背井离乡"总会让人唏嘘慨叹。在中国古人看来,"旅行"绝不是一种愉悦的身心体验,相反它包含了太多难以化开的痛苦记忆。其悲苦和艰辛反映到中国古代旅行书写中则构成了中国古代旅行文化最重要的两大主题:"离人泪"和"征夫泪"。中国古代最早的伤感文学、东汉后期的《古诗十九首》和唐代大量的行旅诗、边塞诗即是其重要标志。

1.1.2 "游"的精神文化史意义

除了"旅行"和"行旅"外,在中国旅行书写中,还不能忽略"游"这一概念。许慎《说文解字》释"游"为"旌旗之流也",即古代旌旗上附着之飘带。《左传·桓公二年》也有"藻、率、鞞音、鞛、鞶、厉、游、缨,昭其数也"的记载。龚鹏程认为:"旅"字也是执旌旗而行。因为"旅""游"中间的"於",均是旌旗的形状。"似乎一人执旗行走是游,两人结伴而行是旅。"[1] 当然,此说带有较大的推演性质,是否确切,还有待进一步考证。不过,有学者指出:旗帜在"旅"字的表意作用中占有重要位置。"旅"的这种构形命意,来源于原始部落图腾。因远古人群均聚群而居,如遇部落集众出行,或围猎,或战争,都以部落图腾为前导。[2]

如"旅""行"一样,早期的"游"也与集体出行和戎旅征战相关联。后来在"行走"与"运行"等基本意义的基础上,"游"又衍生出"遨游,游览"的意思。《庄子》一书中即有不少这样的表达法,

---

[1] 龚鹏程.游的精神文化史论.石家庄:河北教育出版社,2001:153.
[2] 黄巽斋.汉字文化丛谈.长沙:岳麓书社,1998:18.

如《庄子·知北游》:"知北游于玄水之上"以及《庄子·秋水》中的"庄子与惠子游于濠梁之上"等。非但如此,《庄子》所描绘的道家"饱食而敖游,汎若不系之舟,虚而敖游者也"的"上浮于风,下游于水"的"逍遥游"状态更是千百年来人们梦寐以求的"游"之最高境界。魏文帝曹丕(187—226)的《芙蓉池作》就有"遨游快心意,保己终百年"的佳句。据考,最早的"旅游"一词,即见于历仕宋、齐、梁三朝的南朝文学家沈约(441—513)的《悲哉行》:"旅游媚年春,年春媚游人。徐光旦垂彩,和露晓凝津。时嘤起稚叶,蕙气动初苹。一朝阻旧国,万里隔良辰。"

除了先秦《庄子》对中国游文化有着广泛的影响之外,魏晋南北朝孕育生长起来的山水旅行诗在中国旅行书写中也占据着相当重要的位置。由于连年战乱和长期分裂,这一时期也成为中国历史上社会最混乱、政治最黑暗、统治最残酷的一个时代。在这种纷乱的世风背景下,为了躲避北方的战乱,中国古代历史上一次大规模的集体南迁旅行就适时出现了。由于战乱和饥馑,很多人在旅途当中便倒毙身亡。敏感的文人在严苛的社会现实面前颇感个人的渺小、人生的短促、命运的难卜以及生死的无常。于是,他们开始寄情于宣扬"无为"(夫虚静恬淡寂漠无为,万物之本也。)和"出世"(就薮泽,处闲旷,钓鱼闲处。)的老庄哲学。因此,在公元三世纪的文坛上,便刮起了一股亲近自然、崇尚自然的新风尚。澳大利亚汉学家傅乐山(J. D. Frodsham)认为:汉代一向有序而稳固的社会崩溃以后,儒学亦随之而衰落,知识分子面临文化的没落,只好逃避到一种否定文明社会价值的哲学里,聊以自慰……而且处于邦国沦衰之际,诗人再也无心歌颂帝京的壮丽,因而转向于描写大自然之壮观,也是顺理成章的事。[1] 由此开启了中国古代山水旅行诗的先河,也因此出现了许多炳曜后世的山水旅行名篇和忘情山水的旅行诗人。

---

[1] Frodsham, J. D. 中国山水诗的起源. 邓仕樑译. 香港中文大学中国古典文学翻译委员会编. 英美学人论中国古典文学. 香港:香港中文大学出版社,1973:124–129.

寒山诗：文本旅行与经典建构（修订版）

一般认为，在中国文学史中，东晋的谢灵运（385—433）是山水旅行诗的开宗大师。例如，陆侃如（1903—1978）、冯沅君（1900—1974）的《中国诗史》说："灵运好游历，导山水诗之先路，与陶潜开田园一派相同。"[1] 美国汉学家高友工（Yu-kung Kao, 1929—2016）也指出："在谢灵运手中，山水诗无论在形式方面还是在主题方面都展现出了自己的独特面貌。游程本身成了它自己的目的，而不是要达到某个确定的目的地，由此旅途上的所见所闻也只因其本身的声色之美而让人陶醉其间。"[2] 但傅乐山却称：中国山水诗的特质，其实早已存在于早期的道家玄言诗里。[3] 从文学史观之，西晋文人如左思（250?—305?）选入《文选》卷二十二的两首"招隐诗"中就有"非必丝与竹，山水有清音"的描述。东晋玄言诗大家孙绰（314—371）和许询（约公元345年前后在世，生卒年不详）的一些诗作中，都有类似的"友风月，亲山水"的表达，其中无不显示出道家"身在人间而心游物外"的影响。如孙绰有"垂纶在林野，交情远市朝"的感慨，许询也有"青松凝素髓，秋菊落芳英"的佳句。然而，林庚似乎不太赞同傅氏的说法。他认为此类道家玄言诗"写山水无山水之美，为一种玄言的概念所笼罩着"。[4]

关于山水诗的起源，陈引弛认为"（六朝时期）山水诗的直接源起，如果从外在的刺激而言，是晋室东渡后江南的自然美景对文士的启示"。[5] 而林庚（1910—2006）则认为山水诗最初的来源是民歌中的起兴。他指出："山水诗确是在南朝发达起来的，但是山水诗的发达却正是结合着南朝的经济发展而出现的，既不由于魏晋以来士大夫们的雅好园

---

1 陆侃如，冯沅君. 中国诗史. 济南：山东大学出版社，1996：285.

2 高友工. 律诗的美学. 倪豪士编. 美国学者论唐代文学. 黄宝华等译. 上海：上海古籍出版社，1994：39.

3 Frodsham, J. D. 中国山水诗的起源. 邓仕樑译. 香港中文大学中国古典文学翻译委员会编. 英美学人论中国古典文学. 香港：香港中文大学出版社，1973：124.

4 林庚. 唐诗综论. 北京：人民文学出版社，1987：70.

5 陈引弛. 大千世界：佛教文学. 昆明：云南人民出版社，2001：62.

林，也不由于隐士们的逃避现实遁迹岩穴。"[1]他进一步阐释说："山水诗产生条件是南朝经济发展与水路交通的发达。真正把山水诗进一步提高和发展的是唐代，这也是与唐代整个经济政治文化的发展分不开的。"[2]林庚认为曹操的《步出夏门行·观沧海》（作于公元207年）是"中国最早一篇以写景为主题的诗篇。山水诗是此后诗歌发展的一面，而这首诗就预示了这一个发展"。[3]袁行霈也认为《观沧海》才算是中国诗歌史上最早的一首完整的山水诗。[4]

不过，有学者对此说却并不认同，认为这样的论断其实有着一些难以圆通的问题：(1)曹操何以会远离晋宋之际的山水审美思潮200多年，而写作了第一首完整意义上的山水诗？曹操写作山水诗的诗史根据、个人根据都是什么？也就是说，曹操如何在两汉空泛言志的荒漠上建树了山水诗的绿洲？(2)既然曹操是山水诗的第一个标志，而中国的山水诗何以到谢灵运的时代方才真正开始？从曹操到谢灵运的数百年时光，曹操对于大海代表的山水的审美观照，是否就是空谷足音，后无来者？也就是说，在山水题材与意象表达方面，从建安曹操之后到谢灵运之前，是否就没有山水诗血脉的延续而仍然是汉音的言志体制？(3)曹操对建安诗歌具有奠基的地位，何以曹操的山水诗未能得到建安诗人的效法？(4)按照传统的解释，《古诗十九首》是东汉时代的作品，何以解释《古诗十九首》中的"青青河畔草"能够在曹操的山水诗之前出现？也就是说，《古诗十九首》诗中的山水题材是如何产生的？[5]虽然聚讼纷纭，但山水旅行诗所承载的中国旅行文化记忆却已然成为每一个中国人的集体无意识。

在山水旅行诗之外，魏晋南北朝时期还出现了一种同样反映中国游文化的诗歌体裁：游仙诗。这是乱世文人亲近道家书籍藉以修心养性、

---

1 林庚.唐诗综论.北京：人民文学出版社，1987：66.

2 林庚.唐诗综论.北京：人民文学出版社，1987：75.

3 林庚.中国文学简史.北京：北京大学出版社，1988：114.

4 袁行霈.中国诗歌艺术研究.北京：北京大学出版社，1998：362.

5 建安山水诗的兴起.来自木斋文学网站.

寒山诗：文本旅行与经典建构（修订版）

寻求解脱的一种文学尝试。道家的炼丹服药、延年益寿甚至飞升成仙的思想于是很自然地流露于这一时期文人们的笔端。如果说山水旅行诗还是俗世之人"野情便山水"的一种标志和记载的话，那么游仙诗则是一种借歌吟咏神仙漫游之仙境以寄托诗人情思的诗篇。有考证认为其渊源甚至可以追溯至战国时代的《楚辞》，如屈原的《远游》以及秦始皇时期的《仙真人诗》。[1] 这些诗中同样不乏仙境神游的描绘，也颇具瑰丽的浪漫气质和奇幻的想象力。

　　魏晋南北朝的游仙诗在当时的社会和文学史书写中均有较大的影响。《文选》首列游仙诗为诗的一种，并编选了西晋诗人何劭（？—301）和郭璞（276—324）的八首五言游仙诗。何劭的"迢递凌峻岳，连翩御飞鹤"和"长怀慕仙类、眇然心绵邈"所描绘的超越形躯限制的自由逍遥情调以及郭璞《游仙诗》中"京华游侠窟，山林隐遁栖""高蹈风尘外，长揖谢夷、齐"的超尘出世思想以及"逸翮思拂霄，迅足羡远游"和"吞舟涌海底，高浪驾蓬莱"的神游槃乐、超然物外的仙家趣味均与老庄思想一脉相承。显而易见，它们在丰富中国游文化的同时，也丰富了中国旅行书写和中国文学史书写的内涵。而且，游仙诗通过大胆想象和高度夸张所描绘的虚幻境界和道仙风骨还为身处乱世的人们找到了一种暂时的心灵寄托和灵魂的慰藉。高友工提到说："对这个时代的人们来说，逃离现世的苦难与不幸的唯一可能就是成仙。早期游仙诗的繁荣主要凭藉客观的描绘。然而，随着道教与炼丹术的逐渐兴起，观察者就采用了仙人的积极口吻，这就使他——炼丹者兼隐士、一心成仙的人——能用完全成仙者的热切声音来说话。嵇康（223—262）和郭璞（276—324）的诗就在诗人与隐士的角色与自我表白的诗人之间自由地游移。"[2]

---

1 《史记·秦始皇本纪》载："三十六年，荧惑守心。有坠星下东郡，至地为石，黔首或刻其石曰'始皇帝死而地分'。始皇闻之，遣御史逐问，莫服，尽取石旁居人诛之，因燔销其石。始皇不乐，使博士为《仙真人诗》，及行所游天下，传令乐人歌弦之。"

2 高友工. 律诗的美学. 倪豪士编. 美国学者论唐代文学. 黄宝华等译. 上海：上海古籍出版社，1994: 38.

第1章　旅行书写与翻译研究

实际上，发端并盛行于魏晋南北朝的山水旅行诗和游仙诗经由曹氏父子、嵇康、阮籍、何劭、郭璞、沈约、颜之推等名士的倡行，一路行经隋唐、两宋。在唐代诗人如孟浩然、王维、李白、杜甫和宋代诗人杨亿、张咏、王安石、苏轼、杨万里、范成大、刘克庄、朱熹等的笔端仍然保持着鲜活的生命力。到了明清，记录旅行经历的、游记体裁的地理志和小说的出现，则再次丰富了中国旅行书写的内涵。徐霞客（1587—1641）的《徐霞客游记》、王士性（1547—1598）的《五岳游草》和刘鹗（1857—1909）的《老残游记》就是这一时期的集大成者。对于游记这种文学类型，李欧梵有较好的总结："中国传统的游记是一种散文和诗的混合体裁，是一种反映人和自然的密切关系的灵活形式。……游记内容的范围就非常宽泛，从道家隐逸感情的抒发，到对地理环境的百科全书式的记述，都可以包括在内。"[1] 可见，游记仍然是人与山水、人与自然亲密接触后诞生的文化产品。它所包含的旅行言说比起前代而言，无疑又丰富了许多。

不过，"游"所负载的社会文化和精神情感绝不是"丰富"二字就可以概括的。龚鹏程认为：尽管中国人有"安土重迁"的倾向，但其精神中亦有游的一面。中国的古代社会是一个充满了各类游人流民以及游之活动的世界。游的精神体现在中国社会文化的各种层面和各个领域当中。"游"的概念不仅"体现于游戏、游旅、游艺、游心、游观、游学、游仙等各种活动中，也与社会上的游民、游士、游侠、流氓、游娼等等人士有关"。[2] 郭少棠据此认为作为"旅行"方式之一的"旅游"中的"游"是中国旅行文化的关键和核心概念。因为"游"字具有更多微妙的与哲学的层次，反映了中国文化传统的某些特性。[3]

其实，"旅"与"行"又何尝不是如此？它们所反映的中国古代社

---

[1] 李欧梵.孤独的旅行者——中国现代文学中的自我的形象.现代性的追求.北京：生活·读书·新知三联书店，2000：70.

[2] 龚鹏程.序言.游的精神文化史论.石家庄：河北教育出版社，2001：5.

[3] 郭少棠.旅行：跨文化想象.北京：北京大学出版社，2005：44.

会文化和精神情感与"游"所折射出的哲学和社会学意义其实应该是共同丰富了中国旅行文化和旅行书写的内涵。除却"旅""行""游",在中国旅行书写中,还有一个"观"的概念。《说文解字》释之为"帝视也",即帝王的游观。这一解释也多多少少说明最初的"观"字,也与权力和特权阶层有些关系。后来,人们也将站在高处观景的行为称为"观",如曹操《观沧海》中的"东临碣石,以观沧海"。而"观光"一词据考源自《周易》观卦之六四爻辞"观国之光,利用宾于王"。今天的"观光"则指参观、考察和游览风景名胜。

1.1.3　中国古代翻译研究的传统角色

在中国古代翻译话语中,"翻译"一词的情形与"旅行"类似。最早出现的是"译"字。在《周礼》中即有"象胥重译"和"重译而朝"的记载。这里的"译"其实就是我们今天所谓的"语内翻译",而翻译的内容则以外交事务为高。而《礼记·王制》中关于"五方之民,言语不通,嗜欲不同,达其志,通其欲,东方曰寄,南方曰象,西方曰狄鞮,北方曰译"的记述则表明"译"在早期政府编制中实际也有了"译官"的意思。可见早期古籍中的"译"其实是与政府及其翻译活动有关。

"翻"字的出现稍晚,按照孔慧怡的说法,以"译"字覆盖不同翻译活动(笔译和口译)和不同翻译方式(译音和译义),在译事昌盛的时候就显得有些不足应付了。[1] 于是"翻"在佛经汉译的进程中就出现了。如僧祐《出三藏记集》中的"翻转胡汉""翻为汉言,方共译写"以及玄奘的"五不翻"之说。这里文献中的"翻"字则具有比较纯粹的"语言转换"的动词意义。而"翻译"作为复合词使用,据孔慧怡的考证,是以《出三藏记集》为先,但全书仅出现一次。[2] 此外,孔慧怡指出,早期古籍中的"翻译"都和佛经翻译有关,而政府翻译事务则只用"译"字。而到了清代,"翻译"一词已完全具备了早期典籍中对于

1　孔慧怡. 重写翻译史. 香港:香港中文大学翻译研究中心,2005:20.

2　孔慧怡. 重写翻译史. 香港:香港中文大学翻译研究中心,2005:22.

"译"字的诸种描述。[1]

事实上，汉字"行"所包含的"道路""流动、流通""传布、散布""流行、流传"等概念无疑可以用来概括翻译的整个过程：文本沿着一定的"道路"（线路）"流动""流通"与"传布"，最后得以"流传"和"接受"。当然，这是翻译过程中最为理想的一种模式，而且一旦条件成熟，获得读者接受的旅行文本还完全有可能在目的地文化多元系统建构其经典化地位。从这个意义上讲，中国古代话语中的"行"的词义嬗变，实则为作为文本旅行方式的翻译做了最好的注解。

如果从翻译研究的视角来看，"旅"后来衍绎出的"道路""路途"之意以及《周易》所记"旅，小亨，旅贞吉"的说法，一方面昭示了文本旅行在路途中可能遭遇的"颠顿"和"风险"；钱锺书曾描述过此种情景："从一种文字出发，积寸累尺地度越那许多距离，安稳到达另一种文字里，这是很艰辛的历程。一路上颠顿风尘，遭遇风险，不免有所遗失或受些损伤。"[2] 另一方面，这样的说法与中国古代翻译文本以及翻译者地位的传统描述也正好不谋而合。如旅者一样，文本从始发地一路颠簸，经历一段时空旅行之后到达客居地，由于"失其本居，而寄他方"，因此翻译文本只能落得个"苟求仅存"的命运。译本和译者的地位在道德家们看来不过是"虽得自通，非甚光大"也。所以，在中国传统文化规范中，"翻译"的传统角色正如《周易》对于"旅"的描摹一样，不过是"小亨""小道"而已。最典型的莫过《大戴礼记》中所载之"小辨"说：

> 公曰："寡人欲学小辨，以观于政，其可乎？"子曰："否，不可。社稷之主爱日，日不可得，学不可以辨。是故昔者先王学齐大道，以观于政。天子学乐辨风，制礼以行政；诸侯学礼辨官政以行事，以尊天子；大夫学德别义，矜行以事君；士学

---

1 孔慧怡. 重写翻译史. 香港：香港中文大学翻译研究中心，2005：23.

2 钱锺书等. 林纾的翻译. 北京：商务印书馆，1981：19.

顺，辨言以遂志；庶人听长辨禁，农以力行。如此，犹恐不济，奈何其小辨乎？"[1]

翻译的这种"边缘角色"在人们对于当时译者的称谓中也可以清楚地看到。春秋时期史学家左丘明（公元前556—451？）在《国语·周语中》便记载了周朝负责与外族沟通交流事务之"舌人"及其卑微的群体形象："夫戎、狄，冒没轻儳，贪而不让。其血气不治，若禽兽焉。其适来班贡，不俟馨香嘉味，故坐诸门外，而使舌人体委与之。"这里的"舌人"除从事口译之外，还兼做了"仆人"的差事。据钱锺书考证，中国古代话语中亦有以"牵马"称谓译者的例子。[2] 事实上，即使是《周礼》中所记载的译官"象胥"和后来古籍中频繁出现的"寄""象""狄鞮""译"等"译者"群像，都不过是古代职官体系中不入流的官阶。这一个"边缘群体"所从事的工作其实就是被孔子讥为"小辨"的译事。

这些文献表明，在秦代以前，翻译基本上还是一种自发的行为，它不是出于对于另一种语言和文化的好奇。翻译的出现是因为国家有了管理和交流的需要，后来被体制化为一种无足轻重的政府岗位，对某些人而言，它同时还是一种谋生的手段。[3] 因此，在中国传统翻译话语中，翻译与翻译者的地位和角色都是不被正统和主流所认可的。

1.1.4 中国古代旅行书写与翻译研究的传统地位

无论是中国古代旅行书写，还是中国传统翻译话语的相关记述，"旅行"与"翻译"的地位和角色如出一辙。尽管二者都有助于人类知

---

1 ［清］王聘珍.大戴礼记解诂.北京：中华书局，1983：205.
2 钱锺书.七缀集.北京：生活·读书·新知三联书店，2003：79.
3 Cheung, M. P. Y. *An Anthology of Chinese Discourse on Translation: Volume One—From Earliest Times to the Buddhist Project.* Manchester: St. Jerome Publishing, 2006: 46.

第1章　旅行书写与翻译研究

识和思想的流通和交换，但他们在中国文化多元系统中却始终处于一种边缘状态。究其实质，主流意识形态、等级序列、权力关系、地理环境和交通状况等因素决定了其或主流或末流的地位。

首先，主流意识形态在很大程度上决定了旅行和翻译或中心或边缘的地位。中国古代自给自足的生产方式和各种政治、经济、宗法力量，使得各个时期的中国人普遍具有一种"安土重迁"的思想。正如有学者指出的那样，中国古人视"安土重迁"为其人生态度，"故精神上趋于保守，伤离别、嗟沦谪、哀流亡、叹迁贬，而自安于其以礼俗宗法维系之田园乡土社会"。[1] 甚至，他们还推崇如《老子》所说"甘其食，美其服，安其居，乐其俗。邻国相望，鸡犬之音相闻，民至老死不相往来"的人生境界。于是，不夸张地说，"安土重迁"与"安居乐俗"就是当时中国社会文化的最显著特点；而它们也因此成为制约中国旅行文化现代化进程的最重要因素。

实际上，正是这样的文化心态以及"安土重迁"的社会意识形态使得古代中国长期将自己封锁起来而无法走出自己设定的文化封闭圈。这种心理投射在文化态度和翻译事业上，便呈现出保守和守旧的成分，对于异己文化亦多持观望、怀疑、排斥和不信任的姿态。只要是有悖于传统势力所认可的主流意识形态和诗学传统的精神产品就很难登上大雅之堂。体制内如此，对于体制边缘的翻译以及翻译文本的限制当然就更加严苛了。诚如张佩瑶（Martha P. Y, Cheung, 1953—2013）对于周朝文化心态的描述：自认为"文明开化"的周朝人对当时的其他族群没有任何了解的欲望，更别说让他们讲异族的语言了。他们的地理观念里牢固地坚守一种信念，即认为在已知世界的其他部族和人种还没有培养出对于礼乐的认知，因而几乎没有人愿意与这些部族和人种进行任何实质性的接触和互动。[2] 尤其是在大一统的秦汉帝国建立之后，各地的文化交

---

[1] 龚鹏程. 序言. 游的精神文化史论. 石家庄：河北教育出版社，2001：5.

[2] Cheung, M. P. Y. *An Anthology of Chinese Discourse on Translation: Volume One—From Earliest Times to the Buddhist Project.* Manchester: St. Jerome Publishing, 2006: 44.

流就放慢了速度。特别是对域外来说，中国的传统思想和传统文化从未因西方思想文化的传入而改变它的基本格调。[1]

其次，等级序列或者说权力关系的泾渭分明决定了旅行与翻译的实际地位。从中国古代典籍和中国历史上的文化事件来看，"旅""行""游""观"在中国传统文化心理中的这种非主流状态决定了古代"旅行"文化的边缘地位，而"旅行"的这种边缘角色使得当时"在路上"的行路人的数量相对现代意义的大众旅游而言，可谓寥若晨星。实际上，行路的主体多为社会下层或者不得志、不得势的各界人士。这种地理位移上的相对封闭性使得翻译所承载的沟通与交流的功能黯然失色。于是作为沟通与交流媒介的译者也就难以进入主流文化的视野。再加之上述"大汉族中心主义"与"大汉族优越论"思想的冲击，使得在佛经翻译开始之前的很长一段时间内，翻译活动都仅限于政府事务的必需。尽管它对政府运作固然有用，但通常不会进入文化精英阶层的注意范围之内。

具体到翻译研究领域，中国早期典籍中的"象胥而朝""重译而朝""越裳重译"的记载就代表了某种"上邦"文化心态。孔慧怡认为："重译"被如此推崇，是因为它代表中国国威远播，遥远的外邦也因此要排除万难，到天朝朝贡。对中国主流而言，外邦是否能用语言表达讯息并不重要，因为表达的困难是外邦（不是中国）要解决的问题，困难愈大，代表外邦来自愈遥远的地方，也就愈能显示中国的国威。孔慧怡认为在这样一种文化心态影响下，翻译是否有效率，并不为历史上中国主流所关注。[2] 因此，使用源语和译语之外的第三种或第四种语言来进行信息传递的"重译"就成了中国古代官场和知识界的普遍期待。于是，翻译之重要性长期以来遭受主流文化的压制甚至扼杀。

于是，历史上很多朝代都依赖外邦人或新迁徙到中国的非中国人

---

[1] 马洪路，刘凤书. 古道悠悠——中国交通考古录. 成都：四川教育出版社，1998：9.

[2] 孔慧怡. 重写翻译史. 香港：香港中文大学翻译研究中心，2005：25.

群担任翻译任务。有论者分析这种情况说：中国传统翻译活动没有出现过大量本土译者，与翻译活动没有进入文化主流有直接关系。[1]事实上，早期的佛经翻译和时政翻译等也多以外族人为主导。而对于本土翻译人才的培养因为主流意识形态和诗学传统对于翻译事业的贬抑，长期以来都难于提上正式议程，这种情况大致持续到1862年同文馆的建立。而且，由于外族译者的特殊身份，所以历朝各代的译者职位一直低微卑下，译官因此成为事实上的不入流职制。[2]所以，正统的"大汉族"知识分子是耻于为译的，偶有为之，也仅为糊口之需。例如孔慧怡在《亚洲翻译传统与现代动向》一书中曾提到说：晚清时期的古文翻译家林纾的翻译量之大，其实是和译作带来的收入很有关系；而与之同时代的包天笑早年开始翻译小说，也是因为那是收入比较好的副业。[3]在这样的话语场域和话语体系中，翻译和翻译者的地位和角色长期被边缘化，于是，译事艰难。

再次，客观地理环境和交通状况的限制也决定了旅行文化与翻译事业或主流或末流的历史命运。中国古代旅行文化不居主流的原因之一就是因为交通状况的不便。古代的陆路交通和水路交通相对而言是比较落后的。"行路难"因此成为当时旅人的共同心声。而且，旅途中的风险和安全也是旅者最为关注的问题。如《周易》中有"旅琐琐，斯其所取灾""旅焚其次，丧其童仆"以及"鸟焚其巢，旅人先笑后号咷，丧牛于易"等均谈论的是旅途中的安全和风险问题。这样一来，古人为亲友临行前的饯行总是充满了种种忧郁和悲凉的色彩。当然，交通的不便其实也是因为古中国重农轻商政策的结果。

总之，这种地理交通的状况，势必会影响到新知识与新信息的传播与接受。《尚书大传》就有"道路悠远山川阻隔，音使不通，故重译而

---

1 孔慧怡，杨承淑.亚洲翻译传统与现代动向.北京：北京大学出版社，2000：30.
2 关于译者职位的描述与史料，具体可参考孔慧怡.重写翻译史.香港：香港中文大学翻译研究中心，2005：129-130.
3 孔慧怡，杨承淑.亚洲翻译传统与现代动向.北京：北京大学出版社，2000：37.

朝"的记载。而东汉末年至两晋时期的"西域"地区之所以会成为贸易和文化的集散地，就是因为其优良的地理条件和交通要道的优势使然。事实上，频繁的移民使得西域地区成了一个接触和交流新思想和新知识的地方。同时，该地区来来往往的旅人所营造的"南腔北调"的多语环境也为翻译事业的兴盛和杰出译才的出现创造了最好的契机。因此，西域译者在当时的佛经翻译中所作贡献最为巨大。

正是这样的旅行书写话语，使得文本因此既不容易旅行出境，亦不容易有异域文本旅行入境。对于颇有"文名"的文本如此，对于位列主体文化规范内的"边缘"文本而言，其境遇就可想而知了。

1.2 西方旅行书写与作为旅行喻词的翻译

如果"旅行"可以用来说明各种类型的转换和变迁，那么包含了语言转换和地理位移的"翻译"无疑就是最具代表性的旅行喻词。

1.2.1 "to travel"词源辨

在西方，"旅行"（to travel）一词最早是指"劳作，分娩"（to labour）。而"劳作，分娩"无疑是"辛苦、磨难"（to travail）的代名词。中古英语在此基础上出现了表达类似概念的两个词："travailen"和"travallen"。后来在法语中也开始出现"traveiller""travaillier"和今日法语"travailler"的用法。十三世纪还出现了一个表达"旅行"概念的词："journey"。而"travel""travail"和"journey"三个词的共同来源或者说意义上的共同联系可以追溯至拉丁语的"tripalium"（刑具），其字面意思是"三根火刑柱"。[1] 因为有这样的姻亲关系，所以在西方，人们习惯将旅行和苦难、考验、折磨等具体经验联系在一起。美国学者

---

[1] Room, A. *NTC's Dictionary of Changes in Meanings: A Comprehensive Reference to the Major Changes in Meanings in English Words*. Lincolnwood, Ill.: National Textbook Co., 1996: 271.

第1章　旅行书写与翻译研究

艾瑞克·里德（Eric Leed）在《旅人心灵：从吉尔伽美什到环球旅行》（*The Mind of the Traveler: From Gilgamesh to Global Tourism*）一书中追述了这种词意上的历史延承：

> 旅行是典范的"经验"，是一种直接而真实的经验的模式，它改变了旅行者。我们也许可以从印欧语言的词根中看到这些改变的某些本质的东西。在这些语言里，"旅行"（travel）和"经验"（experience）密不可分。
>
> "experience"的印欧语词根是 *per，意思是"尝试""考验"和"冒险"。这和英语的"peril"（危险）一词的内涵意义吻合。拉丁语中最早将 per 作为"experience"来讲的两个词是"experior"和"experimentum"，相当于英语的"experiment"（实验）一词。……"per"的第二层意思比较多，不过都无一例外地指运动。比如："穿越空间""达成目的""外出"。"peril"中暗含的冒险和危险的意义在 per 的哥特式同源词中也显露无疑，如：（在这些词中 p 变成了 f）fern（far 远方），fare（费用），fear（畏惧），ferry（轮渡）。德语中表达 experience 的一个词是 erfahrung，其源自古高地德语 irfaran，意为"旅行""外出""穿越"或者"漫游"。德语形容词 bewandert 在 15 世纪还是指"到过很多地方的"，现在则是指"精明的""有经验的""聪明的"。正是这个词表达了一种根深蒂固的观念，即认为旅行是考验和完善旅行者性格的一种经验。词汇和意义的交错反映出人们对于旅行的最早认识：苦难、考验、折磨。早期英语词汇中就有一个比较含蓄的词表达"旅行"的这种意义，即：travail。……这种显而易见的贬抑贯穿着古代所有的旅行史诗，如成书于公元前 1900 年、西方最早的旅行文学《吉尔伽美什的史诗》（*The Epic of Gilgamesh*）。[1]

---

[1] Leed, E. *The Mind of the Traveler: From Gilgamesh to Global Tourism*. New York: Basic Books, 1991: 5–6.

寒山诗：文本旅行与经典建构（修订版）

尽管在西方，"travel"的意思在十六世纪已经变得单一，但"travel（journeying，旅行）"和"travail"（劳作、痛苦）却依然是相互关联且联系紧密的两个词。[1] 对于"旅行"，西方人的早期意识里都是把它和"艰辛""磨难""危险"和"前途的不可预测"联系在一起的。不过，人们仍然将旅行视为一种有益的"经验"。美国旅行理论家詹姆斯·克里福德（James Clifford）就说："我所说的'旅行'是一个包容性很强的词汇。它包含了某种或多或少自愿离'家'去往'异地'的行为。这种位移（displacement）的发生主要是得失所致——物质的、精神的和科学上的得与失。它牵涉知识的获取和（或者）'经验'（令人激动的、训诲的、欢愉的、疏离的、开阔眼界的经验）的获得。"[2]

这里的表述同样是建立在西方传统的"旅行–经验"模式之上的，现代意义的旅游学也认同这种理论。英国社会学家约翰·厄里（John Urry）认为："现代意义上的"经验，其特征之一就是成为一位旅游者。他同时认为没有外出旅行和没车没房其实并无二致。他也赞同旅行在现代社会已经变成了一种身份象征、而且是身心健康所必需的说法。[3] 克里福德和厄里的阐释再一次证明：在西方，无论是传统的还是现代意义的"旅行"与"经验"都有着不可分割的内在联系；而"旅行"与"知识的获取"及"完善旅行者性格"之间则相辅相成。

1.2.2 西方旅行书写的文化政治

事实上，在地理大发现，尤其是西方传教士关于东方的描述被神化后，西方对于跨界旅行的认识便开始弥漫着另一种的殖民主义和帝国主

---

1 Heale, E. Traveling Abroad. The Poet as Adverturer. Pincombe, M. *Travels and Translations in the Sixteenth Century: Selected Papers from the second International Conference of the Tudor Symposium*. Hampshire: Ashgate, 2004: 3.

2 Clifford, J. R. *Travel and Translation in the Late Twentieth Century*. Cambridge, Mass. & London: Harvard University Press, 1999: 66.

3 Urry, J. *The Tourist Gaze*. Second edition. London: SAGE Publications, 2002: 4.

义迷思。对"他者"尤其是亚洲国家的旅行凝视通常都是建基于君临一切的东方主义情结之上。无论是从欧洲最早期的以朝圣文学为代表的旅行书写文本来看,还是从二十世纪后半叶热门的后殖民研究话语审视,从欧洲到其他世界旅行的思想和理论,都无一例外地唤起人们对于探险、扩张、殖民、掠夺、拯救、征服、启蒙等概念的追忆。对于这一过程中的文化和社会政治意义,法国旅行理论家范·登·阿比利(Georges Van Den Abbeele)在《作为喻词的旅行》(Travel as Metaphor)一书的序言"旅行经济学"(The Economy of Travel)中有比较委婉的描述:

> 虽然观点有些陈腐,但旅行一直都被人认为是激动人心的、有趣的、释放身心的以及"开阔眼界的"。此外,西方最重要的概念几乎无一例外都与旅行这一母题息息相关。如:进步、寻求知识、人身自由、奥德修斯精神的自我意识、走指定线路(有代表性的是一些笔直但狭窄的线路)到达终点后获得的救赎。[1]

关于这一点,克里福德却有不同的说法:"从定义上讲,旅行者是指安全地、不受多少约束可以四处游走的人。不过这无论如何都只是一种旅行神话罢了。事实上,像普拉特(Mary Louise Pratt)的研究所显示的那样,大多数资本主义的、科学的、商贸的、审美的旅行者在旅行时,须按照严格既定的线路行进"。[2] 如此来看,范登阿比利探讨的旅行母题是从不同的侧面来表达的。他所述及的观点不知道是故意回避西方旅行史中浓厚的政治意识色彩,还是完全出于资本社会中人文主义知识

---

1 Abbeele, G. V. D. Introduction: The Economy of Travel. *Travel as Metaphor: From Montaigne to Rousseau*. Minneapolis and Oxford: University of Minnesota Press, 1992: xv.

2 Clifford, J. R. *Travel and Translation in the Late Twentieth Century*. Cambridge, Mass. & London: Harvard University Press, 1999: 34–35.

寒山诗：文本旅行与经典建构（修订版）

分子对于旅行书写的善意表达？也许他更多的是从现代旅游学关于旅游休闲的论述和传统的"旅行-经验"模式的角度去阐释的。

很显然，"旅游"（tourism）是一个现代概念，也是很难描述的一种现象。目的不同，定义旅游的方式也会有所不同。对于"旅游"和"旅行"，有学者作了如下的区分："所有的旅游都涉及旅行，但并非所有的旅行都是旅游；所有的旅游都发生在休闲期，但不是所有的休闲期都要去旅游……旅游是一种人们出于休闲或公务目的跨越边界，同时至少在目的地待上24小时的一种行为。"[1] 罗杰克和厄里认为"旅游"是一个亟待解构的词汇，它包含太多不同的概念。因此将其作为一个社会科学词汇很难说有什么用处。此外，在主要的旅游教科书中，旅游仅被人视为一项经济活动。[2] 尽管范登阿比利对西方旅行书写所蕴含的文化政治色彩讳莫如深，但克里福德却毫不讳言："漫长的旅行史（包括'田野工作'的空间实践）很明显是一部以西方为主导的、男性中心的以及中上阶层的旅行史。"[3]

简单回顾一下西方旅行史，我们便不难看出作为旅行主体的西方对于旅行客体（他者）的凝视，总是难与一定的社会阶层、权力话语、历史语境、性别和族群等因素脱去干系。有学者称："毫无疑问，异国的形象服从于一些强制性的规则，这些规则可通过注视者文化的状态以及注视者文化与被注视者文化之间的力量关系而得到解释。"[4] 在两种不同文化间的旅行凝视如此，在同一文化语境的内部，情况也大抵如此。厄里曾说："在十九世纪以前，如果不是因为工作或者商务的关系，除了

---

[1] Mill, R. & Morrison, A. *The Tourism System: An Introductory Text*. Englewood Cliffs, New Jersey: Prentice-Hall, 1985: xvii.

[2] Rojek, C. & Urry, J. Transformations of Travel and Theory. *Touring Cultures: Transformations of Travel and Theory*. London: Routledge, 1997: 1–2.

[3] Clifford, J. R. *Travel and Translation in the Late Twentieth Century*. Cambridge, Mass. & London: Harvard University Press, 1999: 66.

[4] 达尼埃尔-亨利·巴柔.形象学研究：从文学史到诗学.蒯轶萍译.孟华.比较文学形象学.北京：北京大学出版社，2001：210.

第1章　旅行书写与翻译研究

上流社会，几乎没人会外出旅行看风景的。"[1] 此外，厄里还追述道：在罗马帝国时期，出于娱乐和文化考察目的的旅行，仅为帝国精英分子而存在着。十三、十四世纪朝圣旅行成了一种风尚，不过它常常是宗教信仰、文化考察和休闲娱乐的混合体。从威尼斯到圣地有组织的观光旅行是十五世纪才有的事。十七世纪末，为贵族及其子弟们而设的遍游欧洲大陆的教育旅行（The Grand Tour）最终建立了起来；而中产阶级的子弟们是到了十八世纪晚期才享有这样的旅行服务的。这种以教育目的为主的"经典式"旅行方式，到了十九世纪就演变为一种更加私人的、充满激情的"罗曼蒂克式"的观光旅行了。而现代社会，大多数人一般都会暂时抛开工作去旅行。在英国，人们百分之四十的闲暇时间都给了旅行。[2]

对于旅行中的族群和历史叙述，克里福德曾一针见血地指出："在旅行的主导话语中，有色人种不可能被描述成英雄的探险者、审美的诠释者或者科学的权威。"[3] 这不难让人联想到文化研究中所谓"'白人男性是上帝'综合征"（the white man as god syndrome）的说法。不仅如此，西方旅行的主流传统也一直将女性排除在外。克里福德提到说："'重要的旅行'（比如英雄的、教育的、科学的、探险的和高贵的旅行）都是男人们的事。严肃的旅行将女人排除在外，某些女性也去遥远的地方，但她们多是以陪同或者'例外'的身份成行的。"[4] 事实上，这凤毛麟角的女性旅行者还全都是上流社会的白人妇女。说到底，谁旅行？为谁旅行？去哪里旅行？怎样旅行？为什么旅行？旅行书写为谁而作？写作什么样的旅行日志？这些问题都与权力话语和族群叙述息息相关。有意思的是，在中国古代旅行书写中，也存在类似的权力情结和族群歧视。郭少棠指出："古代中国旅行文献的著作者主要是对外国和非汉族

1　Urry, J. *The Tourist Gaze*. Second edition. London: SAGE Publications, 2002: 5.

2　Urry, J. *The Tourist Gaze*. Second edition. London: SAGE Publications, 2002: 4–5.

3　Clifford, J. R. *Travel and Translation in the Late Twentieth Century*. Cambridge, Mass. & London: Harvard University Press, 1999: 33.

4　Clifford, J. R. Traveling Cultures. Grossberg, L., et al. *Cultural Studies*. New York & London: Routledge, 1992: 105.

寒山诗：文本旅行与经典建构（修订版）

族群兴趣不大的士大夫。……从记载帝王巡视边疆的古代编年体史书开始，旅行书写即倾向于把焦点放在对帝国周边及蛮荒之地政治使命的叙述上。"[1]而女子旅行，除了远嫁外，似乎没有别的契机。事实上，古代中国女子一般都是循守着"男出游、女守闺"的社会伦理话语模式，中国古代文学史中也由此多了一类别具特色的"闺怨文学"。

二十世纪以来，文化研究对于旅行书写的兴趣，主要便是从权力、话语、女性主义、族群理论和后殖民主义等视角去解读具体的旅行叙事。这类学术研究不仅吸引了地理学家，还有人类学者、社会学者、文化史和科学史的学者，以及文学与翻译研究者都纷纷参与其中。研究领域也不仅仅局限于书写文本（狭义的旅行书写），而且与区域地理学、航海史、艺术史、制图史、翻译史、政治学、教育学等众多学科均有交叉关联。综览西方传统的旅行观与西方现代文化对于旅行书写的关注与描写，我们不难看出，西方人心目中的"旅行"始终与经验、知识、甚至与由此而衍生的权力话语高度关联。

毫不夸张地说，对整个西方旅行史的研究实际上就是在研究整个西方文化的发生和发展史，因为一部西方旅行史无疑就是一幅西方文化的缩略景观图。艾瑞克·里德（Eric Leed）曾将西方旅行史推而演之：

> 旅行史昭示的不仅仅是西方的旅行史，而是整个人类的旅行史。这是一部关于散布、抢掠以及不同物种在不同的地方、气候、土壤、地形条件下得以驯化的历史。因此，人类的历史和其他生物物种进化、延续和在适宜的生态环境下群体定居的历史并没有什么两样。当然，人类的移居并非出自"本能"，而是通过想象、通过对那块神秘而遥远、无比富足、遍地机会的圣地的想象开始的。[2]

---

1 郭少棠.旅行：跨文化想象.北京：北京大学出版社，2005：45.

2 Leed, E. *The Mind of the Traveler: From Gilgamesh to Global Tourism*. New York: Basic Books, 1991：22.

将人类的旅行和物种的进化做比较,无疑让旅行研究有了达尔文主义的色彩,但这样的旅行史言说应该还是比较客观的。事实上,没有适宜的生态环境,人类的旅行,甚至物种的旅行与进化最终只能遭遇"水土不服"和"南橘北枳"的命运。中国古代文化典籍《周礼》之《考工记总叙》即有这样的记载:"橘逾淮而北为枳,鸜鹆不逾济,貉逾汶则死,此地气然也。郑之刀,宋之斤,鲁之削,吴、粤之剑,迁乎其地而弗能为良:地气然也。燕之角,荆之干,妢胡之笴,吴、粤之金、锡:此材之美者也。天有时以生,有时以杀;草木有时以生,有时以死;石有时以泐;水有时以凝,有时以泽:此天时也。"《晏子春秋·内篇杂下》也有类似的说法:"橘生淮南则为橘,生于淮北则为枳,叶徒相似,其实味不同。所以然者何?水土异也。"

毫无疑问,文本旅行的过程与此相仿,没有对于目的地文化的想象和好奇,没有适宜的起始环境,没有遭遇"散布"(流通)、"抢掠"(吞噬)或"驯化"(本土化)等过程,出发文本根本无法在目的地文化多元系统中"定居"下来。

1.2.3 旅行隐喻

人们往往有这样的错觉:以为无论是中国的"旅""行""游""观",还是西方的"旅行-经验"模式,似乎更多强调的是旅行本身所引起的空间上的转换和位移与旅行者之间的关系。这自然是对旅行研究的一种狭隘化和片面化的理解。事实上,正如英国学者克里斯·罗杰克(Chris Rojek)和约翰·厄里(John Urry)在《旅行与理论的转换》一文中所说的那样:"人类、文化与文化产品都在流动……显而易见,人在不同文化中旅行,与此同时,文化和文化产品自己也旅行。"[1]克里福德甚至创造出了一个新词"culture as travel"来表达旅行的无所不至。很显然,旅行研究如果仅关注作为旅行凝视主体的旅行者是远远不够的。

---

[1] Rojek, C. & Urry, J. Transformations of Travel and Theory. *Touring Cultures: Transformations of Travel and Theory*. London: Routledge, 1997: 1.

事实上，在文化研究领域中，"旅行"早已成为各种喻词最主要的来源。里德分析说："旅行的普遍性和人们对它的熟悉程度也可以从旅行是喻词最通常的来源这一事实看出来。它被用来说明各种类型的转换和变迁。我们用人类移动的经验来定义死亡（"正在消逝"）和生命的结构（"旅程"或"朝圣"），同时我们用它来阐述社会变迁和初始的生存状态（"推移"）。"[1] 在这些初始意义的基础上，便衍生出现代批判理论思潮中洋洋大观的旅行隐喻。如：流动（flow, flux, fluidity）、流动性（mobility）、放逐（exile）、流散（diaspora）、位移（displacement）、游牧（nomadism）、朝圣（pilgrimage）、迁移（migration）、移居（immigration）、逾越（transgression）、越界（crossing boundary）、杂合（hybridity）、无根（rootlessness）、无家可归（homelessness）等。

毫无疑问，文化研究也完全可以用"旅行"来表达空间和转换变迁层面上的隐喻。如以色列学者伊塔马·埃文-佐哈尔（Itamar Even-Zohar）的"多元系统理论"（Polysystem Theory）中关于翻译文学从边缘到中心或者从中心到边缘的论述。除此之外，学者们也用旅行来喻指智识与理论的越界旅行与翻译。如爱德华·萨义德（Edward Said, 1935—2003）的"理论旅行"（Traveling Theory）以及希利斯·米勒（Hillis Miller）关于文学和翻译批评的"践行地理志"（Performative Topographies）和"越界"（Border Crossings）的理论言说。当然，翻译所引起的文本的越界旅行，既涵盖了空间上的位移，亦有实质性的转换迁移行为。因此，将翻译与旅行结合起来进行研究，或者说从旅行的角度来看待和分析翻译现象无疑是可行的。

1.2.4 作为旅行隐喻的翻译

英语的"to translate"（翻译）一词源自拉丁动词"translātus"，该词是"transferre"的不规则完成式，（transferre 中的"ferre"这个词根意为

---

[1] Leed, E. *The Mind of the Traveler: From Gilgamesh to Global Tourism.* New York: Basic Books, 1991：3.

"to bear（负载），to carry（运送），to bring（带来）"）意即"to carry across"（将某物从一处运至另一处）或"to transfer"（迁移）。后来在此基础上派生出名词 translātiō，即指 transferring（迁移），也指 removal to heaven（移至天堂）和 a version（译文）。[1] 不仅如此，英国学者布朗（Georgia E. Brown）还追溯道："在文艺复兴时期，动词'to translate'还有'交通'（transport）或'从一个地方到另一个地方的位移'的意思。"[2] 显然，"翻译"的词源本身就预设了一种地理位移的行为。而且，和所有的旅行喻词一样，"翻译"的词源同样预设了意义上的转换与迁移。综合起来说，"翻译"一词在本质上既包含了空间与时间的迁移，亦有形式和内容的转换。

事实上，我们完全可以说翻译就是一种特殊的旅行方式，是从出发文本到目标文本、从始发地文化/主方文化（host culture）去往目的地文化/客方文化（guest culture）的一次旅行。美国学者阿瑟·肯尼（Arthur Kinney）在《十六世纪的旅行与翻译》一书的序言中也指出：

> 从概念上讲，翻译与旅行如出一辙；其区别在于抽象度的不同。一个强调抽象，一个强调具体。在概念上和实践中，二者的共通之处在于都专注于关系、指称和自我指称。它们都是通过一定的模式、网络或者意义指称系统建立起来并发生作用的；都或含蓄或直接地依赖相似性、隐喻和明喻。[3]

---

1 Partridge, E. O. *An Etymological Dictionary of Modern English*. London: Routledge, 1990: 725.

2 Brown, G. E. Translation and the Definition of Sovereignty: The Case of Elizabeth Tudor. Pincombe, M. *Travels and Translations in the Sixteenth Century: Selected Papers from the Second International Conference of the Tudor Symposium*. Hampshire: Ashgate, 2004: 88.

3 Kinney, A. F. Introduction. Pincombe, M. *Travels and Translations in the Sixteenth Century: Selected Papers from the Second International Conference of the Tudor Symposium*. Hampshire: Ashgate, 2004: xiii.

寒山诗：文本旅行与经典建构（修订版）

当然，肯尼在这里是将旅行的意义狭隘化了。不过，他所讲的二者都直接或间接地依赖于相似性这一点，却是再正确也不过了。很显然，相似性是针对相异性而言的，无论旅行本身还是作为旅行方式之一的翻译，既是在他者中求同，也是通过对他者文化中殊异性的考定，来最终确立自己的文化身份，而这无论如何都是最重要的，否则旅行的意义何在？翻译的意义又何在呢？不过，无论是作为文本旅行的翻译，还是旅行本身所寻求的相似性，其实都不得不受制于其自身以外的一些因素，因此这里的相似性多少是打了折扣的。正如英国学者普拉热所说：

> 旅行书写和翻译所建构起来的形象和表述通常是不对称的，因为二者都是权力关系形塑下的产物……旅行书写传统与翻译一样，长期以来都为一种所谓的忠实和客观（旅行者是目击证人）的迷思所笼罩，然而实际上它是依据特定的意识形态和等级序列（hierarchies）来阐释和表现现实的。[1]

显而易见，作为话语实践行为的旅行与翻译，均不是在真空中进行的，它们总会受到各种语境因素和权力关系的择选与操纵。因此，无论是旅行日志，还是翻译产品，它们与再现对象之间只能是一种"不对称"的对应关系。克里福德也分析说：

> 如今我一直、或者说不遗余力地致力于将旅行视为一个翻译术语。所谓的翻译术语通常是指一个被长久或临时用作对比意义的词汇。"旅行"总有一个抹之不去的污点（inextinguishable taint），即它是由阶级、性别、种族和一定的文学性（literariness）来定位的。这提醒我们在全球性的比较话语中，所有的翻译术语——比如文化、艺术、社会、农民、生产方式、男人、女人、

---

[1] Polezzi, L. Rewriting Tibet: Italian Travellers in English Translation. *The Translator*, 1998(4.2): 322.

第 1 章　旅行书写与翻译研究

> 现代性，民族志——离我们都是有一定距离的，而且这些术语本身不堪一击。翻译者，反逆者也（tradittore, traduttore）。[1]

这里，克里福德将翻译的外延进一步扩展至比较和对比意义的层面。由于这些"翻译术语"与旅行一样均受阶级、权力、种族等的约束，所以这些翻译术语包括翻译行为本身总会包含一些变异和反逆的因素。这样的说法自然是可以站得住脚的。而且我们还可以接着说，正是这些变异和反逆因素，在某种程度上推动和促进了文本在不同时间和空间上的迁移与互动。假设真存在着两个一模一样的文化语境，旅行与翻译无疑就失去了存在的前提和理由了。

总结起来，当作为旅行者的文本从始发地的文化多元系统出发，穿越各种时空环境、空间距离和语境压力通道，进入到目的地文化多元系统之后，总会遭逢来自目的地主体文化的戒备和抵抗。在获取合法性的进程中，一定数量的程序对新文本及其负载的新话语进行控制、选择、组织、驯化和重构，是文本旅行过程中必经之步骤。基于这样的理解和判断，翻译文本的经典建构必然与真理、知识、信仰及权力难脱干系。从本质上讲，文本旅行与经典建构的过程，也是一种话语实践的过程，它无意于追问文本和话语的意义，而更多强调文本及附着其上的意义的生成实践过程。简言之，这一过程要考察的是旅行至目的地文化多元系统的翻译文本的兴起、代谢和合法化过程。

1　Clifford, J. Traveling Cultures. Grossberg, L., et al. *Cultural Studies*. New York & London: Routledge, 1992: 110.

第 2 章　文本旅行与经典建构

> 旅行线路不是孤立存在的，它们以复杂的形式彼此胶合着。每一条线路都和特定的空间概念、疆界类型、权力序列、文字符号、组织方式和主体性模式相对应，而正是它们的合力决定着旅行者的旅行线路。
>
> ——赛义德·伊什拉姆[1]

如前所述，旅行与翻译作为话语实践行为，通常会受到各种语境因素和权力关系的影响和制约。在各种类型的转换与流动过程中，作为旅行与翻译两种重要形式的文本旅行与经典建构，必然也会夹杂着书写者、旅行者、翻译者和经典制造者的主观态度。旅行线路的变化、旅行书写的视角、话语对象的选择、话语方式的变迁、历史叙述的角度、空间场域的转换、翻译实践的策略、经典建构的模式等发生变化时，历史的图景和文本的命运就会随之发生变化。当然，也正是上述这些语境变量的合力，决定了文本旅行的主体、方向、原因和结果以及经典建构的对象、方式和渠道。

2.1　理论旅行及其翻译学意义

由于起始地与目的地之间不同的"水土"环境，异质文本在跨越边界旅行到达目的地后，为了与当地的风土人情相适应，实现和谐共生，就必然会主动地"入乡随俗"或者被动地被挪借和改写，文本的原

---

[1] Islam, S. M. *The Ethics of Travel*. Manchester: Manchester University Press, 2000: 56.

始身份于是遭遇某种程度的变形甚至是面目全非的改造。但具体到翻译研究中，一直以来，鲜有人士关注文本旅行过程中所遭遇的身份变异问题，也鲜有人士去穷究东道国文化体系是怎么驱使译者为自己的读者"制造"出另一个"他者"，并如何使这个"他者"获得合法身份而一跃成为本国文化体系中的一分子。那么文本或者说文本中的文化意义是如何在两种文化间穿行的呢？这样的旅行过程包含哪些要素？旅行线路如何设定？有怎样的旅行模式？到达的模式有哪些？旅行结果又是怎样的呢？

2.1.1 理论旅行

当代著名文化批评学者萨义德（Edward Said, 1935—2003）在分析了戈德曼（Lucien Goldamann, 1913—1970）的巴黎语境是如何削弱和降格了卢卡契（George Lukacs, 1885—1971）理论中激进的造反意识和批判精神后，开始思索理论变异与空间移动之间的关系。他分析说："理论是对特定社会和历史情境的一种回应，而智识情境只是其中的一个组成部分。彼时的反叛意识变成了此时的悲剧论调的原因很清楚：布达佩斯和巴黎的情境有着根本的差异。"[1] 于是萨义德提出了"理论旅行"（Traveling Theory）的概念。他指出："进入新环境的路绝非畅通无阻，它必然会牵涉到与始发点不一样的表述和制度化过程。这就使关于理论和思想的移植、转换、流通以及交换趋于复杂化。"[2] 尽管如此，萨义德仍然认为这种移动（movement）本身基本上还是包含了一种可辨识的、反复重现的模式。下面就是他提出的理论和思想旅行的四个主要阶段：

首先，存在着一个始发点，或者类似于始发点的一组起

---

[1] Said, E. Traveling Theory. *The World, the Text, and the Critic*. Cambridge, Mass.: Harvard University Press, 1983: 237.

[2] Said, E. Traveling Theory. *The World, the Text, and the Critic*. Cambridge, Mass.: Harvard University Press, 1983: 226.

第 2 章　文本旅行与经典建构

始环境,思想在那里降生或者进入话语体系。其次,当思想从较早的初始点移至另一组时空环境并将在新的环境中受到瞩目时,有一段需要穿越的空间距离,即一个穿越各种语境压力的通道。第三,存在着一组条件——接受条件或者是接受过程必不可少的抵制条件——正是这些条件与被移植过来的理论或思想针锋相对,但不管这理论或思想显得多么疏离,也总能被引入或容忍。第四,这种现在完全(或部分)被接纳(或吸融)的思想因其在新时空中的新用途和新位置而受到一定程度的改造。[1]

这一理论的提出,在学术界曾引起了很大的震动和热烈的讨论。有人说:"尽管赛义德语焉不详,但他的'理论旅行'的构想仍因其新意而引起了西方学界的注意。将'理论旅行'与翻译的问题联系起来,让人感觉到别有洞天,由此会对八十年代以来的一系列学术命题有新的认识。"[2] 刘禾(Lydia Liu)却批评说:

> 他(萨义德)的讨论并没有超越"理论总是回应着变化的社会和历史情景"这种惯常的论调。因此其理论的旅行色彩也就荡然无存了……也许这个概念本身缺乏一种可以使其自圆其说的智识上的严密性。的确,谁在旅行?理论在旅行吗?如果是,它怎么旅行?赋予理论这样的主体性衍生出了另一个问题:理论旅行的交通工具是什么?……旅行理论不仅试图通过赋予理论(或者说是萨义德文中的西方理论)羽翼丰满、四处旅行的主体性来肯定它的首要性,而且它还疏于考察作为理论旅行工具的翻译所充当的角色。对翻译这种工具的置之不理,

---

1　Said, E. Traveling Theory. *The World, the Text, and the Critic*. Cambridge, Mass.: Harvard University Press, 1983: 226–227.

2　赵稀方. 翻译与新时期的话语实践. 北京:中国社会科学出版社,2003:4.

寒山诗：文本旅行与经典建构（修订版）

使得旅行变成了一个极其抽象的概念。这也使得理论朝哪个方向旅行（自西向东还是相反）以及为何目的旅行（文化交流、帝国主义或殖民化？）或者使用什么语言，为怎样的受众而旅行这些问题变得没有什么分别了。[1]

有意思的是：前者从萨义德那里读出了"理论旅行"与翻译的联系，并断言这一理论将推动翻译研究的发展。而后者却质疑"理论旅行"和翻译研究的脱钩，使得其理论难以自圆其说。事实上，前者是在分析了本雅明和德里达关于翻译是某种意义上的"变形"与"延异"（différance）的论述后，引入萨义德对于时空迁移和理论变异问题的讨论的，再加上萨义德在文中也提到有关"误读"（misreadings）和"误释"（misinterpretations）的问题，所以作者很自然地联想到了该理论和翻译研究的关系，并借助它来分析西方文学文本在中国所遭遇的改写与接受等一系列问题。

其实，无论是本雅明的"来世"（afterlife）还是德里达的"延异"都隐含着某种关于旅行的隐喻。原作从今生到来世的旅程无疑包含着转换、迁移和变形的各种因素。既有形式上的迁移，亦有内容上的转换，这与旅行的内涵意义如出一辙。而原文的这种流动性（mobility）和不稳定性（instability）其实就是德里达所谓的"延异"。甚至在萨义德看来，所谓的"误读"与"误释"，也不过是思想和理论在不同语境中的转移而已：

> 我们已经听惯了一切挪借、阅读和阐释皆误读和误释的说法，这使得我们很容易就将卢卡契-戈德曼事件看成是包括马克思主义者在内的所有人误读和误释的另一桩证据。我认为

---

[1] Liu, L. Traveling Theory and the Postcolonial Critique. *Translingual Practice: Literature, National Culture and Translated Modernity—China, 1900—1937*. Stanford: Stanford University Press, 1995: 21.

第 2 章　文本旅行与经典建构

这样的结论是根本无法让人信服的……在我看来，将所谓的误读看成是思想和理论从一种情景向另一种情景进行历史转移的一部分是完全可行的。[1]

所不同的是，刘禾的分析则是从语际实践和旅行的后殖民隐喻入手的。作者在《旅行理论和后殖民批评》这一节文字中反复追问和质询的有两个问题：(1)翻译及其相关实践在所谓的第一和第三世界的权力关系建构方面到底扮演了什么角色？(2)在一种语言中生成的理论被翻译成另一种语言时，究竟发生了什么？而这两大问题可能就是萨义德"语焉不详"的地方了。刘禾因此认为 1989 年《铭写》(Inscriptions)期刊上发表的专号《旅行理论和旅行理论家》是后殖民旅行理论学者实践和修正萨义德理论的一次集体努力。她说："拉塔·曼尼（Lata Mani）聚焦于后殖民语境中理论家自我定位（self-positioning）的这一举动将有助于修正萨义德对于旅行理论的最初构想。"[2]

刘禾之所以在《跨语际实践：文学、民族文化与被译介的现代性（中国，1900—1937）》一书中如此强调翻译在跨语际实践和后殖民背景中的角色，是因为她认为"中国现代的知识传统肇始于翻译、改编、挪借和其他与西方有关的语际实践，因此这里的研究将翻译作为出发点是不可避免的"。[3] 实际上，晚清以降的翻译，在很大程度上丰富了中国现代意义的知识谱系和文化体系。因此，作为文本与理论旅行工具的"翻译"，其重要性自然不容忽视。刘禾也指出："不同语言在翻译活动和跨语际的实践中发生的交往是历史进程中至关重要的一部分。今天，

1　Said, E. Traveling Theory. *The World, the Text, and the Critic*. Cambridge, Mass.: Harvard University Press, 1983: 236.

2　Liu, L. Notes. *Translingual Practice: Literature, National Culture and Translated Modernity—China, 1900—1937*. Stanford: Stanford University Press, 1995: 385.

3　Liu, L. Host Language and Guest Language. *Translingual Practice: Literature, National Culture and Translated Modernity—China, 1900—1937*. Stanford: Stanford University Press, 1995: 25.

若是不充分考虑到不同语言之间发生的历史性交换活动的复杂性,就无法进行跨文化的研究。"[1]

2.1.2 翻译与旅行

客观地讲,萨义德的"理论旅行"首先是一种文化批评理论。其背景是世界大战和经济危机以及由此引发的大规模的知识移民和思想流亡。不可否认:在知识移民和思想流亡或者说理论旅行的过程中,翻译是非常重要而且不可回避的因素。理论变异和文本变异当然可以如解构主义的文本理论和萨义德那样,将其解释为社会和历史情境的变迁所致,但是在理论或文本旅行过程中担任重要转换角色的译者或(和)阐释者,则可能因为自己的文化立场和政治态度而不受此情境变迁因素的影响和左右。那么引起理论变异和文本变异就另有原因了。因此考察译者或(和)阐释者自身的主体性意识及其在跨语际实践中所预期的交际目的才是问题之关键。

当然,就像任何旅行都不能不考虑目的地的被注视者和目的地的风土人情一样,翻译也必须将目标受众和目的语语境考虑在内。正因为如此,关于翻译的目的论与翻译伦理的讨论目前异常的热烈。根据目的论的说法,翻译是一项行动,所有行动皆有目的(All acting is goal-oriented.),所以翻译要受目的的制约。而决定翻译目的的最重要因素便是目标受众,即译文的预期读者。他们有自己的文化背景和对译本的期待以及预期的交际需求。因此目的论者所谓的"翻译"就是在目的语情境中为某种目的和目的语受众生产某种语篇的行为。

德国翻译理论家、目的论首倡者汉斯·弗米尔(Hans J. Vermeer, 1930—2010)认为:翻译不能无视目的语文本的交际目的而声言要"忠实"地再现源语文本的表层结构,相反要最大可能地服务于目的语文化背景中的目的。[2] 当然,目的论并不排除"忠实"也是合理的目

---

[1] 刘禾. 语际书写——现代思想史写作批判纲要. 上海:上海三联书店,1999:30.

[2] Vermeer, H. J. *A Skopos Theory of Translation (Some Arguments For and Against)*. Heidelberg: TextconText Verlag, 1996: 33.

第 2 章　文本旅行与经典建构

的这种可能性，只是反对将"忠实"的直译视为唯一正确的方法。显然，目的论者对于目的语文本与文化的强调，使得该理论中源语文本的地位，明显低于等值论中出发文本的地位。而源语文本也不再是译者做决定的首要标准了，它更多地只是为目的地受众提供他们乐意接纳的某种信息而存在。弗米尔称这种现象是对源语文本的"废黜"（dethronement）。这样一来，原文和译文的关系，再不可能是传统翻译研究中试图呈现的"镜子–影像"模式了，因为任何一种翻译文本都或多或少的包含了对原文的改写（rewriting）、操纵（manipulation）以及如萨义德所说"因其在新时空中的新用途和新位置而受到一定程度的改造（transformation）"。[1] 于是理论和文本在旅行过程出现某种程度的本土化"驯化"或者某种程度的变异，无论从理论的角度还是实践的角度来看，都是正常的和不可避免的。

　　事实上，目的论者、解构主义者等当代翻译研究流派对于目的语文本和文化的关注远甚于对源语文本和文化的关注。英国翻译理论家苏珊·巴斯内特（Susan Bassnett）对于"源语文本"曾有这样的评述："原文这一概念是启蒙思想的产物。它是现代的一个发明，是属于物质主义时代的，它赋予了翻译、原创性和文本所有权等概念各式的商业内涵。"[2] 有学者就此总结说："我们身处于一个怀疑'本源'的时代……我们总会坚持认为一切都已经过翻译，世上根本没有本源这件东西。"[3] 尽管翻译研究的文化学派和德国功能学派的翻译理论家们强调和看重翻译文本的交际功能，然而，意裔美籍翻译理论家劳伦斯·韦努蒂（Lawrence Venulti）却提醒读者：原文和原作者的权威地位根深蒂固，

1　Said, E. Traveling Theory. *The World, the Text, and the Critic*. Cambridge, Mass.: Harvard University Press, 1983: 237.

2　Bassnett, S. When Is a Translation Not a Translation. Bassnett, S. & Lefevere, A. *Constructing Cultures: Essays on Literary Translation*. Clevendon: Multilingual Matters, 1998: 38.

3　Santos, S. A la Recherche de la Poesie Perdue: Poetry and Translation. *A Poetry of Two Minds*. Athens: University of Georgia Press, 2000: 99.

寒山诗：文本旅行与经典建构（修订版）

而翻译文本和翻译者却身份尴尬。

> 由于人们对于作者身份罗曼蒂克的想象，如今翻译的概念被边缘化了……"原文"是人类想象力（天才）不变的纪念物。它超越了语言、文化和社会的变化……"原文"是作者自我表达的一种方式，是对作者性格或意图的一种复制，它被赋予了相似的意象，而翻译不过是复制品的再复制（a copy of a copy），它是派生的、模拟的、谬误的、不具有相似性的一种意象（an image without resemblance）。[1]

当然，若从旅行日志的写作来看，它和翻译这种文化实践行为异曲同工，亦是一种复制品的再复制。可以想象，在翻译的过程中，译者总是会下意识地从"本土意识"和"自我文化倾向"出发去驯化和重构原文。然而，因为要顾忌原文和原作者在读者心目中的权威地位，他总会多多少少或者闪烁其辞地声称或者标榜他（她）的翻译只是想忠实地再现原文。与之类似，旅行者和旅行日志的作者所表现出来的忠实，也只是想让读者坚信他们所声称的真实就是现实和真相，而实际的情况往往并非如此。正如有学者所说，旅行者在旅行过程的文化经验，在很大程度上是一种不真实的经验，是一部基于自己文化倾向的自我上演的戏剧。即使他们的所见所闻是真实的，他们的文化反映也会被扭曲，变形为一种自以为是的行为。[2] 这样的文化史观和翻译史观在后现代史学的诸多探讨中已属陈词滥调。

巴斯内特就曾指出："制图、旅行和翻译并非透明的事业。他们是定位性极强的活动（very definitely located activities），有源点（points of origin）、出发点以及目的地……我们不仅要比较旅行者的日志，同时还

---

[1] Venulti, L. Introduction. *Rethinking Translation: Discourse, Subjectivity, Ideology*. London & New York: Routledge, 1992: 3.

[2] 郭少棠. 旅行：跨文化想象. 北京：北京大学出版社，2005: 67.

第 2 章　文本旅行与经典建构

要首先质询这些日志写成的前提条件。"[1] 这里所谓"定位性极强"其实不过就是"目的性极强"或"功利性极强"的代名词而已,而她所说的"前提条件"很显然就是这些行为主体所预期的交际目的了。因此,巴斯内特强调说:"制图者、译者和旅行作家在创作文本时绝不是清白无辜的。他们呈现的作品是其形塑和调整我们对他族文化态度的操纵过程中的一部分,可他们都不承认这一点。"[2] 普拉热也一再指出英国话语对于意大利文本的挪借是"遵照了英国旅行书写的惯例,同时服务于英国自身的利益——要么服务于本世纪(二十世纪)上半叶帝国书写的利益、要么服务于下半叶旅游产业的利益"。[3] 有了定位性极强的目的和有意为之的翻译操纵,翻译与改写、翻译与变异、翻译与创作、翻译与旅行之间的界限便变得模糊不清了。

对于这其中的缘由,克里福德分析说:

> 我坚持认为"后现代主义"一词也可以用作翻译术语,它使得可见性和有效性这些概念都变得有些疏异了。但我想强调的是翻译过程中的"反逆"(traduttore)这一关键因素,因此,翻译无法做到对等,这也是人们在理解、欣赏和描述行为中所缺失的和被扭曲的。人们一直试图向它靠近,然而却离不同的文化和历史真相愈来愈远。这反映了一种历史进程,即全球性总会遭遇本土化,对等的空间愈来愈小。这一进程也可以暂时或者粗暴地得以控制,但绝不会停下脚步。[4]

1　Bassnett, S. Constructing Cultures: The Politics of Traveller's Tales. *Comparative Literature: A Critical Introduction*. Oxford & Cambridge: Blackwell, 1993: 114.

2　Bassnett, S. Constructing Cultures: The Politics of Traveller's Tales. *Comparative Literature: A Critical Introduction*. Oxford & Cambridge: Blackwell, 1993: 99.

3　Polezzi, L. Rewriting Tibet: Italian Travellers in English Translation. *The Translator*, 1998(4.2): 338.

4　Clifford, J. Traveling Cultures. Grossberg, L., et al. *Cultural Studies*. New York & London: Routledge, 1992: 113.

换言之，文本旅行与翻译实践中的"反逆"行为几乎无处不在。于是，文本与事实、文本和真相之间的距离愈来愈远。与此同时，翻译与旅行、翻译与创作、历史与虚构之间的界限也愈来愈模糊。正如克里福德上文所说，全球性总会遭遇本土化。而这样的人类实践方式永远不会停下脚步。换言之，文本旅行过程中所遭遇的本土化改造和创造性重构，表面上看，是人为的主观选择，实质上却是人类历史进程中的普遍实践方式。

2.2 旅行模式与旅行线路

除了"语焉不详"的翻译问题之外，萨义德旅行理论中关于"不管这理论或思想显得多么疏离，也总能被引入或容忍"的论调也饱受诟病。刘禾就曾评论说："萨义德的理论旅行通常被解释为：理论（或者说西方理论）就好比是欧洲流浪叙事中的主角，他开始旅行，沿途遭遇无数的挫折，但最终总有办法得到东道国的善待。"[1] 萨义德的上述说法如果被用来分析和引证某个个案，也许还是贴切的。但要将它推而广之上升到普遍理论的高度的话，却存在着内在的不可圆说性和逻辑上的欠周密性。其次，萨义德对于理论旅行模式的讨论也仅囿于理论的跨语际旅行，而忽略了理论在同一文化语境中的共时性和历时性旅行的问题。

2.2.1 旅行三要素

当然，没有任何一种理论的建构从形式到内容都是完美无瑕的。萨义德自己也说："有关理论、批评、去神秘化（demystification）、去神圣化（deconsecration）和去中心化（decentralization）的著作绝不可能是完善的。因此理论注定要继续旅行，通常它会挣脱羁绊移动、迁移和保

---

[1] Liu, L. *Translingual Practice: Literature, National Culture and Translated Modernity—China, 1900—1937*. Stanford: Stanford University Press, 1995：21.

第2章 文本旅行与经典建构

持某种流亡(exile)状态。"[1] 显然,理论的建构不仅要接受来自外部的检验,其在自身文化规范内的有效性和可见性也需要得到验证才行,至少内部文化系统的反应提供了理论跨语际旅行的起始环境。二者是有一定的内在联系的,因此不可偏废对任何一方的考察。事实上,只有在不断变化着的社会和历史情境中,理论的解释力和有效性才能得到比较全面的检验。

关于旅行,里德也有精彩的论述:

> 旅行史研究的是一种形塑人类历史而且在今天仍然产生重要影响的力量,即流动性(mobility)。它是一种变化的力量,其运作方式完全不同于旅行构成的三要素:始发地、空间通道和目的地。旅行的变迁是在下列情形共同作用下产生的:始发地(departures)将个人同熟悉环境疏离;空间通道(passages)则将其置于穿梭空间的运动之中;而目的地(arrivals)是在个人和陌生人之间建立一种新关系和新身份,与此同时在自我和环境之间营造一种集体与和谐的氛围。……每一种要素,通过不断的循环往复,产生并服务于特定的需求。始发地可能就服务于疏离、纯化、自由、"个人主义"、逃离和自我定义。而空间通道服务于并同时生发出运动的需求。也许接着激发其他的欲念:在不安定中渴望稳定、在变化多端的世界里渴望固定的人生坐标、在悠忽即逝的无常中渴望永恒。目的地则服务于人际关系、成员资格、定义、甚至束缚的需要;也有可能滋生一种离别、自由和逃离的渴求。在不同的时间和空间下,这些渴求可能是彼此敌对和相互冲突的。但进入旅行模式时,它们则又是和谐统一的。这里可能就隐藏着旅行的恒久魅力:它将矛盾的逻辑和地域的逻辑消解为序列的逻辑:一种变中有序的逻

---

[1] Said, E. Traveling Theory Reconsidered. *Reflections on Exile and Other Essays.* Cambridge, Mass.: Harvard University Press, 2001: 451.

辑，它服务并孕育出多种人类需求，如：运动与休憩、自由与束缚、不确定性与精确性。[1]

换句话说，旅行就意味着接受流动和变化。而旅行模式则是由始发地、空间通道和目的地三大要素共同形塑。然而，旅行过程中各个要素和各种力量之间的关系，既彼此敌对又和谐统一。就文本旅行而言，当作为旅行者的文本从始发地的文化多元系统出发，穿越各种时空环境、空间距离和语境压力通道，进入到目的地文化多元系统之后，总会遭逢来自目的地主体文化的疏离和抵抗。在挣脱各种束缚获取合法性的进程中，一定数量的程序对旅行文本及其负载的新话语进行控制、选择、消解、组织、驯化和重构，是文本旅行过程中必经之步骤。

关于旅行线路，其牵涉的因素和问题同样是复杂和多元的。英国学者伊什拉姆在《旅行伦理》中提醒说："旅行的线路不是孤立存在的，它们以复杂的形式彼此胶合着。每一条线路都和特定的空间概念、疆界类型、权力关系、组织方式和主体性模式相对应。"[2] 谁旅行？为谁旅行？为何旅行？去哪里旅行？何时去旅行？要回答上述问题，最终都得在始发地和目的地的权力关系、知识信仰、话语体系中去寻求答案。

2.2.2 语内旅行与语际旅行

二十世纪五十年代，著名语言学家罗曼·雅各布森（Roman Jakobson, 1896—1982）在《翻译的语言学观》(*On Linguistic Aspects of Translation*) 一文中，根据符号意义的性质和特点，将翻译分为三种不同类型：（1）语内翻译（intralingual translation），或称"重述"（rewording）：将一种语言中的符号以该语言中的其他符号加以阐释；（2）语际翻

---

1 Leed, E. *The Mind of the Traveler: From Gilgamesh to Global Tourism.* New York: Basic Books, 1991: 21–22.

2 Islam, S. M. *The Ethics of Travel.* Manchester: Manchester University Press, 2000: 56.

第 2 章 文本旅行与经典建构

译（interlingual translation），或称"翻译本身"（translation proper）：将一种语言中的符号以另一种语言中的符号加以阐释；（3）符际翻译（intersemiotic translation），或称"嬗变"（transmutation）：将一种语言符号以一种非语言符号系统中的符号加以阐释。[1] 换言之，所谓"语内翻译"即指同一种语言内部的语言符号转换。例如，用现代汉语诠译古汉语；至于"语际翻译"，则专指不同语言符号之间的转换。例如，汉语与英语、法语与意大利语等语言符号之间的转换；而符际翻译是指不同符号系统之间的转换。例如，将文字表达方式（语言符号）转换成绘画中的色彩与形状等的表达方式（绘画符号）等。

鉴于"翻译"与"旅行"的"互指互涉"属性，本书在雅各布森"语内翻译"和"语际翻译"这两个概念的基础上，提出文本旅行的两大类别：语内旅行与语际旅行。不过，和雅各布森的这两个概念纯粹谈翻译行为与语言转换不同，本书的"语内旅行"与"语际旅行"在内涵和外延方面都比"语内翻译"和"语际翻译"更为宽广。它们不仅包涵了语言转换层面的翻译和阐释，同时还将考察主体文化规范对于翻译行为的制约与影响，并在此基础上探讨文本的流通、传播与经典化等议题。换言之，我们可以将"语内旅行"大体定义为：出发文本在同一文化多元系统内部的流通与传播。既考察该文本在问世之初、也探讨其在不同历史语境中的翻译、阐释、流通、传播与经典化。而所谓的"语际旅行"，则指出发文本在目的地文化多元系统中的翻译、阐释、流通、传播与经典化过程。

本书对寒山诗语内旅行的考察，仅限于作为文本旅行始发地的中国文化多元系统内部对于寒山诗的翻译、阐释、流通、传播与经典化。而对寒山诗语际旅行的探讨，则主要限于寒山诗在始发地文化多元系统与各目的地文化多元系统之间的翻译、阐释、流通、传播与经典化。

---

1 Jakobson, R. On Linguistic Aspects of Translation. Venulti, L. *The Translation Studies Reader*. Second edition. New York: Routledge, 2004: 139.

2.3 经典与经典建构

不言而喻，所谓"经典"，其实就是制度化了的文本，它必然与权力关系和主流话语高度关联。经典建构或者说经典化的过程，一方面取决于主流意识形态、主流诗学以及文学赞助人所代表的各种权力关系的流动与变迁，另一方面则取决于文本旅行过程中翻译者的各种本土化改造与重构。换言之，"经典化"与"去经典化"的各种力量，始终处于一种此消彼长的博弈状态。

2.3.1 "经典"词源考辨

英语中的"canon（经典）"一词大致有"规范""正典""典律"与"经典"四种译名。不过，追根溯源，"canon"的词源可以溯至古希腊语的"Kanōn"，意思是用作测量仪器的"苇杆"或"木棍"，后来引申为"规范""法则"等意义。在早期的欧洲语言中，"经典"最早是用来指某一文本和作者，后来通见于基督教系的教会信条和文学的准则等——尤其是指《圣经》和早期基督教神学家的著作。[1]在亚历山大时期的希腊，文评家把"Kanōn"用到修辞学上，专指一些完美无瑕的文体和文章规范，这一理解与近代的"classic"一词意思相仿。

在古汉语中，"经"与"典"最初是两个相对独立却又彼此指涉的概念。据近人章炳麟考证："经者，编丝连缀之称，犹印度梵语之称'修多罗'也。"早期所谓的"经"，依据章炳麟的说法，应该指的是"编织书简的丝带"。[2]后来，人们将织布的纵线也称为"经"，横线称为"纬"，如《文心雕龙·情采》："经正而后纬成，理定而后辞畅。"因为其暗含的这种"规范、法则"之意，"经"后来又被引申为"典范"和"常

---

[1] Guillory, J. C., Lentricchia, F. & McLaughlin, T. *Critical Terms for Literary Study*. Second edition. Chicago & London: The University of Chicago Press, 1995: 233.

[2] 转引自张隆溪. 文化、传统与现代阐释. 走出文化的封闭圈. 北京：生活·读书·新知三联书店，2004：3.

道"。如《孟子·尽心下》:"君子反经而已矣。经正,则庶民兴;庶民兴,斯无邪慝矣。"在此基础上,它还被贴上了"永恒不变"和"至高无上"的标签。如刘勰《文心雕龙·宗经第三》:"三极彝训,其书言经。经也者,恒久之至道,不刊之鸿教也。"

而所谓的"典",在古汉语中,除用来指"法则"外,人们还将文章写得"规范"和"不粗俗"称之为"典",如萧统《答玄圃园讲颂启令》:"辞典文艳,既温且雅。"这种对于"典"的诠释方式,其实就已经预设了中国古代文学话语对于主流文学规范及经典文本的遴选和厘定标准。"辞典文艳,既温且雅"才是文之正轨,而通俗、粗俗之文学无疑就会遭遇被排斥的文学命运。萧统所辑之《文选》,依据的无非就是这样的诗学标准,再加之萧统自身显赫的赞助人地位,因此《文选》就成了后世各类文学选集效尤的典范,也自然成为经典制造者们乐意追随与照搬的黄金法则。当然,与"经"类似,"典"也被赋予了"恒常"之意,如《尔雅·释诂上》就将"典"与"法""彝""则""刑""范""矩""庸""恒""律""秩"等并释为"常也"。

可见,在中国古代文学话语中,"经"与"典"所代表的其实就是经典制造者们所期望的亘古不变与不容置疑的文学典范。而"经典"作为一个独立的复合词在汉语中使用,据考证,最早见于《汉书》卷七十七的《孙宝传》:"周公上圣,召公大贤,尚犹有不相说,著于经典,两不相损。"这里的"经典"即指作为典范的"经籍"。现代社会所谓的"经典",在中国传统经学中主要就是指"经"。

事实上,唐降以来,我国古代的图书分类法就已形成世代沿袭的图书分类定例:"经""史""子""集",通称"四部"或"四库"。值得注意的是,在这种分类体例中,"经"始终被置于四库之首,故《旧唐书·经籍志》云:"四部者,甲乙丙丁次之。甲部为经……乙部为史,其类十有三……丙部为子……丁部为集。""经"之经典地位由此可见一斑。

事实上,文本"一旦成为经典,人们也就期待经典的文本具有重大意义，尤其在政治和道德方面，具有典范的作用"。[1] 在中国古代文化中，《诗》《书》《礼》《乐》《易》《春秋》是最早被圈定的六部"经典"。这是因为在经典制造者们看来，这六部儒家经籍，也就是世人所谓的"六经"或"六艺"乃"礼义之大宗也"。从时代背景和社会体制上来说，"汉代体制性儒家经学的建立，使儒家典籍的教学、传授和注释重新得到了保证"。[2] 儒家典籍因此就稳定地作为"经"而存在了，"六经"也因此而成为称谓儒家几部主要经典的代名词。[3] 后来，在"六经"的基础上，先秦儒家著述中某些具有文学性和典范性的文章典籍，也获得了"经典"的地位。随后，在中国古代文学多元系统内部又渐次诞生了"文学经典"的概念及受当时经典制造者们认可的文学经典作品，如上文提及的萧统所辑之《文选》。

2.3.2 经典与权力准则

对"经典"词源的梳理只是让我们看到了其古典意义。现代学术界又是如何看待"经典"的呢？美国文学史家保罗·劳特（Paul Lauter）在1972年曾将"经典"界说为"在某个社会里，被普遍赋予文化分量的一套文学作品——重要的哲学、政治、宗教文本的集合"。[4] 在1994年《希斯美国文学选集》的《致读者》一文中，劳特则告诉读者所谓"经典"就是："人们相信重要得足以作为阅读、学习、书写、教学的作

---

1 张隆溪. 文化、传统与现代阐释. 走出文化的封闭圈. 北京：生活·读书·新知三联书店，2004：3.

2 王中江. 经典的条件：以早期儒家经典的形成为例. 刘小枫、陈少明. 经典与解释的张力. 上海：上海三联书店，2003：23.

3 王中江. 经典的条件：以早期儒家经典的形成为例. 刘小枫、陈少明. 经典与解释的张力. 上海：上海三联书店，2003：12. 王中江考证认为称六部儒家典籍为"六经"，始于战国时代。（王中江. 经典的条件：以早期儒家经典的形成为例. 刘小枫、陈少明. 经典与解释的张力. 上海：上海三联书店，2003：11.）

4 Kampf, L. & Lauter, P. *The Politics of Literature: Dissenting Essays on the Teaching of English*. New York: Pantheon Books, 1972: ix.

第 2 章 文本旅行与经典建构

品和作家的清单。"[1] 客观地说,劳特对于"经典"的定义未免语焉不详。因为这一定义"对于挑选篇目,表达价值判断,或者说将这些篇目作为学校的阅读材料的这个机构是如何构成的,我们一无所知"。[2] 他的定义显然无法回答"谁的经典"这一问题。

就中国的儒家经典而言,在先秦时期,书籍和文本被称为"经典",按照某些学者的说法:"一是官师分化和私学的兴起,因传述而有经典";"二是为了强调和突出自家学派的地位,把本家重要的著作提升为'经',以求显赫于世并与其他学派竞争。"[3] 可见,"经典"的诞生与社会体制的变迁以及各种权力关系和利益争夺不无关系。也就是说,经典的诞生过程绝不是"清白"的。同时,我们看到:"经典"并非先验存在的对象,"谁的经典"是需要在具体的个案中来具体考察的问题,而且作家和作品的经典地位也绝不可能是老祖宗们期望的"恒久不变",因为"任何一种文学传统都是经典不断出现和对经典进行阐释的过程"。[4] 而且,"经典化的(canonized)文化与非经典化的(non-canonized)文化之间的张力是普遍现象,存在于每一种人类文化中。因为不分层级的人类社会是根本不存在的,即使乌托邦也不例外"。[5] 因此,当时被认定为经典的文本,由于有非经典化文本和非主流文化的潜在挑战,以及彼此在各个领域为争夺文学系统的中心秩序而展开的竞逐和角力,再加之文学标准的历史嬗变,所谓的"经典",在以后的年代里,也会发生权力和地位根本逆转的情形,从而遭遇"去经典化"(decanonization),其经典地位因此极有可能被原本为非经典化的文本

---

1 Lauter, P., et al. *The Heath Anthology of American Literature.* Lexington: D. C. Heath and Co., 1994: xxxiii.

2 Fokkema, D. & Ibsch, E. *Knowledge and Commitment, a Problem-oriented Approach to Literary Studies.* Amsterdam/Philadelphia: John Benjamins, 2000: 37.

3 王中江. 经典的条件:以早期儒家经典的形成为例. 刘小枫、陈少明. 经典与解释的张力. 上海:上海三联书店,2003:12.

4 黄曼君. 中国现代文学经典的诞生与延传. 中国社会科学,2004(3):149.

5 Even-Zohar, I. Polysystem Theory. *Poetics Today*, 1990(11.1): 16.

取而代之,从而使得文学多元系统的"中心"和"边缘"状态发生转换性位移。反之,本来被"边缘化"的文学文本,由于新的文学秩序和新的文学建制的出现,也会经历从"边缘"到"中心"的迁移。

其实,经典化与非经典化,中心与边缘,主流与非主流,主与次的关系变迁主要应取决于整个社会文化语境的变迁,尤其是权力关系的变迁。"当权力准则已发生变化,经典便会随之而异动。"[1] 这里所谓的"权力准则"或者"权力关系",除了政治意识形态因素之外,当然也包括了不与主流意识形态相悖离的主流诗学标准,以及维护与制定文学"游戏规则"的权威的文学赞助人等其他影响文本经典建构的重要动因。例如在中国革命年代里诞生的那些"红色经典",在当时以"政治性"和"革命性"作为审美标准和经典厘定标准的年代里自然可以位列文学多元系统的中心位置。然而在新的历史时期,尤其是二十世纪九十年代以来,随着政治的开放,经典接受的主体性开始突出:个人的阅读诉求、感性体验在经典阐释中的作用得以凸显。由此带来的是面对经典时的平常心态,亦即平等对话和自由探索的精神,而非过去的仰视、讴歌。[2] 这些红色经典的"政治性"和"革命性"因而受到消解,昔日的"经典"于是遭遇"去经典化"。

2.3.3 "经典"与"经典化"

传统的学术研究往往只关注中心阶层与官方文化,以往的主流文学史家也往往只集中于探讨少数符合主流价值观的作家作品。但佐哈尔认为,对文学多元系统的历史研究不能以价值判断为准则来选择研究对象。即是说,文学研究不能简单局限于所谓的"名著"研究。因为这种精英主义的意识与文学的历史研究是不能兼容的,就如普通历史再也不能

---

[1] 海若·亚当斯. 经典:文学的准则/权力的准则. 曾珍珍译. 中外文学,1994(2):13.

[2] 黄曼君. 中国现代文学经典的诞生与延传. 中国社会科学,2004(3):149.

第 2 章　文本旅行与经典建构

等同于帝王将相的传记一样。[1]如果只研究合乎标准的官方产品和文学"名著"的话,多元系统中各种制约因子所发挥的作用往往失之不察。这就自然而然引出了"经典"和"经典化"问题的讨论。

毋庸置疑,"经典化"(canonization)与"经典"(canon)是两个既有内在联系又有实质区别的概念。关于文本与"经典化",以色列文化研究学者、多元系统论的代表人物伊塔马·埃文–佐哈尔认为:"在文学系统中,文本在经典化过程中不起任何作用,而只是这种经典化过程的结果。只是因为它代表着模式的这一功能,才构成系统关系中的一个活跃因子。"[2]也就是说,文本的经典化对于文本内部的关注其实是极其有限的。在谈到早期基督教经典文本的产生过程时,美国学者约翰·居罗利(John Guillory)指出这些经典制定者(canonizers)"并不关心文本有多华美,也不关心文本的感染力可能有多大。他们是本着某种异常清晰的概念而行动的,即文本如何'合乎'他们那些宗教社团的利益标准,或者是否符合他们的'规则'(rule)"。[3]可见,文本的经典化其实是一个非常复杂的、包含了众多因素的遴选和排除过程。

佐哈尔区分了两类不同的"经典性"(canonicity),一类是针对文本层面的静态经典性;另一类是针对模式层面的动态经典性。前者指一个文本被接受为制成品,同时被放入文学或文化希望保存的认可文本群;后者即指一种文学模式试图通过系统形式库来建立其在系统中的能产原则(a productive principle)。实际上,第二类经典化才是系统动态化进程中最重要的类型,因为"正是这类经典化才是经典的真正制造者,因此它也可以被视为经典化角逐中的幸存者,而且可能还是某些得以最终确立的模式中最抢眼的产品"。[4]这里,佐哈尔无疑是想阐明"经

1　Even-Zohar, I. Polysystem Theory. *Poetics Today*, 1990 (11.1): 13.

2　Even-Zohar, I. Polysystem Theory. *Poetics Today*, 1990 (11.1): 19.

3　Lentricchia, F. & McLaughlin, T. *Critical Terms for Literary Study*. Second edition. Chicago and London: The University of Chicago Press, 1995: 233.

4　Even-Zohar, I. Polysystem Theory. *Poetics Today*, 1990 (11.1): 19.

典的"(canonical)与"经典化的"(canonized)这两个词的内涵意义。前者指静态的"文学文本";后者则指促成文本(尤其是其所代表的"文学模式")成为经典化形式库的各种动态的、活跃的社会文化因素。佐哈尔提到,这两个词在某些语言——尤其是在英语中的界限是相当模糊的。在某些英语和法语批评家看来,前者可能意味着某些特征天生就是"经典的";而后者则强调这种经典状态是某些行为或行动作用于某些材料的结果,而不是这种材料"自身"天生的属性。[1]

在这里,作者实际上道出了对于经典生成的两种截然不同的观点。前者多以传统的文学评论家为代表。他们认为:"经典"的产生是一个纯文学的生产过程,只要作品具有极高的审美价值,就必然能成为"经典"。例如"耶鲁学派"批评家布鲁姆(Harold Bloom,1930—2019)在《西方正典》中就说:

> 什么使作家和作品经典化呢?答案就是陌生性(strangeness),即是某种若非无法予以融合,便是将我们融入其中,以使我们不再视其为陌生的原创模式(a mode of originality)。沃尔特·佩特(Walter Pater,1839—1894)给浪漫主义下的定义是:为美感增添陌生性。我认为他道出的是所有经典之作的特质,而非仅限于所谓的浪漫派文学。[2]

这样的言说方式,显然有它的不可圆说性。因为即使是对于文本自身固有的、静态的审美价值的认定,也不是文本本身就可以自行决定的。哪些文本或作者会被认为比另外一些文本或作者具有更大的保存价值?这完全是由某一特定时期的经典使用者和制造者们所制定的游戏规则以及社会文化的潜规则形塑的。而正是这些"游戏规则"和社会潜规

1　Even-Zohar, I. Polysystem Theory. *Poetics Today*, 1990(11.1): 16.

2　Bloom, H. Preface and Prelude. *The Western Canon: The Books and School of the Ages*. New York: Harcourt Brace, 1994: 3.

第 2 章　文本旅行与经典建构

则而非文本自身的艺术性操控着文本的经典化建构；也正是这些"游戏规则"和社会潜规则决定了对于文本或者作者的所谓的价值判断。

另一派阵垒分明的批评家则支持后一种观点。他们认为经典的形成，实际上包含着太多的政治、经济、性别、阶级、族群、权力等文本外因素。蔡振兴指出："如果说典律是唯一的、具有普遍性的、美学的价值，那是一厢情愿的说法。典律的存在有其历史性，它是依各个时代所掌握的证据来呈现其面目。"[1] 事实上，从最早期对于经典文本的甄选过程就可以看出，文本的艺术性从一开始就被经典使用者和制造者们最大限度的淡化乃至抛弃了。因此，将文本的审美价值视同经典厘定标准的做法，在现实世界中只是一种乌托邦式的臆想而已。美国文学史家汤金丝（Jane Tompkins）也提醒说：

> 文学选集和历史现象……之间的关系显示"文学的"价值判断并不单凭文学的考量，因为"什么是文学的"这个概念被流变的历史条件所定义，并栖身其中。……非但艺术作品不是根据任何不变的标准所选择，而且他们的本质也一直根据得势的描述与评价系统而改变。即使"相同的"文本在一部部文集中一直出现，其实根本已经不是相同的文本了。[2]

很显然，并非所有的文学文本都可以凭借其自身的文学价值成为经典，也并非所有的文学文本都可以成为优秀文学作品的衡量标准和遴选标杆，绝大部分文本的经典地位的获得，在很大程度上还是由"得势的描述与评价系统"——也就是权力准则和权力关系所形塑的。当这些准则和关系发生变化时，文学的症候、标准和限度都会发生相应的变化，而每一次的变化也都会催生出新的经典文本。对于越界旅行的出发文本

---

[1] 蔡振兴. 典律/权力/知识. 陈东荣、陈长房. 典律与文学教学. 台北：比较文学学会/台湾中央大学英美语文学系，1995：63.

[2] 转引自单德兴. 创造传统：文学选集与华裔美国文学. 铭刻与再现——华裔美国文学与文化论集. 台北：麦田出版社，2000：241.

而言，如果能顺利通过各种语境压力通道，进入到目的地文化多元系统，与此同时，如果能遵循和顺应目的地的权力准则和话语体系的规范，就极有可能成就翻译文学经典身份。

2.4 翻译文本的经典建构

有论者曾对"翻译文学经典"下过一个定义：一是指翻译文学史上杰出的译作；二是指翻译过来的世界文学名著；三是指在译入语特定文化语境中被"经典化"了的外国文学（翻译文学）作品。[1] 除了未将语内翻译所形塑的翻译文学经典包括在内，这一说法还是比较准确的。不过，就传统意义的中国翻译文学话语而言，所谓的"翻译文学经典"，在普通读者甚至某些研究者看来，实际上就只包括了该定义中的第一项和第二项"经典"。但本书的重点关注对象却是此定义中的第三类翻译文学经典，即翻译文本如何在目的地文学多元系统中完成其经典建构的问题。

一般而言，绝大多数作家作品的经典性明显要受主流意识形态、主流诗学等权力关系的影响和左右，因而其经典性就处于不断地阐释、解构与重构之中。生活在公元十一世纪的波斯人伽亚谟（Omar Khayyam, 1048—1122）也许更是这方面的典型例子。现在的人们公认他是波斯最伟大的数学家、天文学家及诗人，不过十一世纪的波斯人，却只知道他身为学者与科学家的一面。他曾用波斯文和阿拉伯文撰写过数学专著，做过天文图表，还被任命为天官考订过历法。他身后所留下来的，多是些数理专论以及天文历法类的文章。在整个十一、十二世纪，没有关于他诗歌作品的任何记录，十三世纪的著述里也只零星地记录了他所写过的一两首诗作，而十五世纪的人们却发现他的诗作竟多至 500 多首。不

---

[1] 查明建. 文化操纵与利用：意识形态与翻译文学经典的建构——以 20 世纪五六十年代中国的翻译文学为研究中心. 中国比较文学，2004（2）：87.

第 2 章　文本旅行与经典建构

过，他作为诗人的名声，却是等到他去世 700 多年之后才得到了世人的广泛认可。他的诗集《鲁拜集》(Rubáiyát) 经过了十九世纪英国诗人爱德华·菲茨杰拉德 (Edward Fitzgerald, 1809—1883) 的 "本土化改造"，以及文学赞助人如前拉斐尔派著名诗人罗塞蒂 (Dante Gabriel Roessetti, 1828—1882)、史文朋 (Algernon Charles Swinburne, 1837—1909) 等人对 "菲氏译本" 的推举褒赞，[1] 差不多快被历史遗忘的《鲁拜集》，在旅行至目的地文化语境中竟奇迹般地 "死而复活" 并 "声名鹊起"。如今，在世界文学的经典形式库中，它也成了首屈一指的经典作品。据传，美国纽约公共图书馆有一间特别的收藏室，就典藏着伽亚谟《鲁拜集》的 500 种不同版本。[2]

事实上，中国文学史上名不见经传的 "寒山诗" 及其作者在文学史上的命运，同样经历了从边缘到中心、从民间到庙堂、从世俗到经典的过程。由于传统文学规范的制约，寒山诗长期遭遇中国文学史家和文学批评家的 "边缘化"。然而，当它开始富有传奇色彩的语际文学之旅后，它的文学质性和社会价值在目的地文化语境中得到了最大程度的发掘与建构，寒山也因此而获得了远大于中国本土的文学名声。尤其是在二十世纪五六十年代的英语世界，它更是成了中国古典诗歌的代言人和风向标。到了八十年代，翻译家宋淇 (Stephen Soong, 1919—1996) 在为 1984 年出版的《二十五位唐代诗人英译本索引》(25 T'ang Poets: Index to English Translations) 作序时，还曾感叹道："至少就目前英语世界的诗歌爱好者而言，最出名的中国诗人显然是诗僧寒山。"[3] 而在 2018 年出版的《文本深层：跨文化融合与性别探索》一书中，寒山研究学者钟玲这样写道："令人讶异的是，过去 30 年来寒山热在美国文化界并没有消退……因此，寒山的形象不只是在美国本土化了，并且有一种新的跨文

---

1 童元方．论《鲁拜集》的英译与汉译．罗选民、屠国元．阐释与解构．合肥：安徽文艺出版社，2003：105-165.
2 傅月庵．来自远流博识网．
3 Soong, S. Introduction. Fung, S. S. K. & Lai, S. T. 25 T'ang Poets: Index to English Translations. Hong Kong: Chinese University Press, 1984: xi.

化面貌，连接了过去与现在，也连接了太平洋岸的两片大陆。"[1] 由此可见，寒山和寒山诗的影响力和传播力是持久而深远的。

如前所述，比起"意识形态"和"赞助人"这两个文本外因素而言，文本的审美价值在翻译文本经典化的过程中所起的作用，实在是微乎其微的。甚至不言自明的是，对于文本审美价值的崇高与低微的认定，其实也完全受制于这两大文本外因素。同时我们也看到，尽管译者自身的文化态度会影响其对待主流意识形态和文学规范的立场，在翻译策略上也极有可能出现与主流传统逆行和背离的情形。但相对而言，比较常见的情形仍然是译者因势利导、顺势而为、主动适应目的地文化场域的文化规范、文学症候及权力准则。毫无疑问，与原作者一样，译者自然也希望自己的翻译产品，可以成为经典化形式库中供后来者摹写的文学典范和可资借鉴的生产模式，而后者因势利导的话语实践模式，无疑更有助于翻译文本的"经典化"。从这个意义上讲，"经典"是国家和民族主流意识形态的反映。因此，对于经典的甄选，自然免不了各种权力关系的牵涉。诚如周英雄所说："必读经典的取舍不可能大而化之，视之为一纸行政命令的结果；相反的，它与阅读社团、意识形态、商业行为、当时的阅读口味等等因素，也都有错综复杂的关系。"[2]

一般说来，旅行至目的地文化多元系统的翻译文本，若正值目的地文化多元系统处于真空、弱势或关键转折点的契机，那么就具备了被目的地文化接纳的前提条件。在经过了译者的本土化改造和话语重构之后，如果该翻译文本具有目的地文化多元系统所认可的审美价值与阅读趣味，且恪守着目的地文化多元系统中主流意识形态、主流诗学和赞助人的话语体系，并具备良好的流通和传播机制，就有可能在目的地文化多元系统中成为其经典形式库的组成部分。换言之，对于翻译文本经典化的考察，需要关注翻译文本是否具有目的地文化多元系统所认

---

1 钟玲. 文本深层：跨文化融合与性别探索. 台北：台大出版中心，2018: 123.
2 周英雄. 必读经典、主体性、比较文学. 陈东荣，陈长房. 典律与文学教学. 台北：比较文学学会 / 台湾中央大学英美语文学系，1995: 2.

第 2 章　文本旅行与经典建构

可的审美价值；是否符合当时阅读社团和目标读者的阅读口味；是否代表或反映了主流意识形态；是否符合主流的文学规范和诗学传统；是否冲突和诋毁现行建制；是否有反文化的迹象或者反政治权力的征兆；是否代表了经典的制造者和使用者们的文学利益；是否符合他们的文学旨趣；是否拥有畅通的流通及传播渠道；是否符合文学史家的经典遴选标准等。

　　如果从翻译研究的视角进行审视，那么翻译文本的经典化则需要考虑彻斯特曼（Andrew Chesterman）所谓的"期待规范"（expectancy norms），即目标读者和目的地文化多元系统对于翻译文本在语言规范、社会规范以及意识形态诸方面的审美期待，同时还要考虑译者在翻译过程中选择遵循的一系列"专业规范"（professional norms），譬如对于拟翻译文本的取舍原则、翻译政策的选择标准、"适宜的相关类似性"的传达策略等。如果译者所取舍的"专业规范"最大限度地迎合了目标读者与主体文化的"期待规范"的话，译本就具备了"被经典化"的重要前提。如果该译本能最终被写入流行文学史或载入权威文学选集，同时进入学校课堂的话，那么"经典化"这一过程才算真正完成了。当然，"经典化"了的翻译文本，还可能遭遇各种"去经典化"话语实践的挑战，重新跌入"非经典化"的序列。

第3章　始发地主体文化规范与寒山诗的语内旅行

> 可笑寒山道，而无车马踪。
> 联谿难记曲，叠嶂不知重。
> 泣露千般草，吟风一样松。
> 此时迷径处，形问影何从。
>
> ——寒山[1]

关于唐代诗人寒山，美国翻译家赤松（Red Pine）在其英译本序言中曾说过这样一段意味深长的话："如果中国的文学评论家要为自己国家过去的最伟大诗人举行一次茶会的话，寒山可能不在众多被邀请之列。不过，受邀的那些诗人却与中国的庙宇和祭坛无缘，可寒山的画像却能被供奉于众多神仙与菩萨当中。"[2] 然而，最耐人寻味的是，即使是"唐代诗人"这一称谓，在学术研究上也是相当危险的。是否实有寒山其人都还悬而未决，更何况要考证他的生活年代和真实身份，以及归属他名下的那些颇多争议的寒山诗。也许正是因为各种光怪陆离的文学记述和狂放不羁的诗歌美学，寒山和寒山诗始终难以见容于主流的文学规范和话语体系。千百年来，他和他的诗在中国文学多元系统中的语

1　寒山.诗三百三首.彭定求编.全唐诗（第二十三册）.北京：中华书局，1960：9063.

2　Pine, R. *The Collected Songs of Cold Mountain.* Port Townsend: Copper Canyon Press, 2000: 3.

内文学之旅，就像本章开头的这首诗中所描述的那样：无人问津、跌宕坎坷、如堕烟海、迷踪失路。

3.1 主体文化规范

很显然，文化是一定社会价值观的反映，而文化一旦形成，则总会从诸多方面规范和约束其社会成员的思维方式、情感世界和社会活动，从而影响和左右人们创造的物质产品和精神产品。因此，规范总是具有鲜明的社会道德属性。所谓的主体文化规范，其实说到底就是依据主流意识形态而制定的社会行为规范，并以此衡量某一文化群体或社会个体的行为、观念或思想是否"正确"和"合乎伦理道德"。

3.1.1 规范及其社会道德属性

所谓"规范"（norms），原本是广泛用于社会学领域中的一个术语。社会学家长期以来视规范为"将某一社团所共享的价值观或思想——包括正确还是错误，充分还是欠缺——塑造成在某个特定场合中适宜的和可操作的行动指南（performance instructions），该指南规定了某些行为层面上可行的、禁止的、可容忍的和被允可的具体细则"。[1] 后来，该概念被引入语言学研究当中。美国语言学家瑞纳特·巴奇（Renate Bartsch）在《语言的规范》（Norms of Language）一书中曾将其界定为"由一系列正确观念所构成的社会现实"（social reality of correctness notions）。[2] 巴奇在这里强调的显然是"正确"一词。不过，对于什么行为或观念是正确的，人们在认识上总会有或多或少的分歧。彻斯特曼在

---

[1] Toury, G. *Descriptive Translation Studies and Beyond*. Amsterdam & Philadelphia: John Benjamins Publishing Company, 1996: 54–55.

[2] Bartsch, R. *Norms of Language: Theoretical & Practical Aspects*. London & New York: Longman, 1987: xiv.

第3章　始发地主体文化规范与寒山诗的语内旅行

巴奇的基础上对"规范"这一概念进行了改进：

S＝某个特定的社会，C＝某组特定的条件，X＝属于S的任何个体，A＝某个特定的行为

如果或者只有下列所有条件都成立，约束A的规范就存在：

1. 某个特定社会（S）的大多数成员通常在某组特定的条件（C）进行某个特定的行为（A）。

2. 如果归属于某个特定的社会的任何个体（X）不进行某个特定的行为（A），该特定社会（S）中的一部分成员就有可能指责X，而该特定社会中的另一部分人就将视这种指责为合理。

3. 某个特定社会（S）的成员使用类似于"X应该在C的约束下进行A行为"，或"S中的人们在C的约束下进行A行为是一种规定"，或"在C的约束下所应该做的就是A"的表达法来为自己或他人或者所有的指责寻找合理的理据。[1]

彻斯特曼接着指出，规范其实是介于法令（laws）和常规（conventions）之间的一种东西。前者是客观的、强制性的、具有司法约束力的；而后者则不具有任何约束力，仅仅是对于行为的一些任意规约而已（arbitrary regularities of behaviour）。

以色列学者吉迪恩·图里（Gideon Toury）则指出："就力量而言，社会文化的约束力在两个极端之间运动。一面是广义的、相对绝对的规则（rules），一面是纯粹的个人喜好（idiosyncracies）。在这两极之间，有一个巨大的中间地方，那就是由主体间因素构成的规

---

[1] Chesterman, A. *Memes of Translation: The Spread of Ideas in Translation Theory.* Amsterdam & Philadelphia: John Benjamins Publishing Company, 1997: 54–55.

寒山诗：文本旅行与经典建构（修订版）

范（norms）。"[1] 伦敦大学学院荷兰语与比较文学系教授、描述翻译学派的代表人物赫曼斯（Theo Hermans）认为："规范在本质上和规则、常规一样，均具有社会规范功能（a socially regulatory function）。"[2] 不过，对于规范在社会约束力方面的位置，赫曼斯按照社会约束力将它们从弱到强排列为：常规（conventions）→规范（norms）→规则（rules）→法令（decree）。在他看来，规范不同于常规之处在于，前者具有约束力并附带有某种形式的制裁，而且规范要么从习俗中脱胎而出，要么有权威机构的颁布；规则是更强大的规范，通常是制度化了的，由可辨识的权威制定，而可以或者不需要得到个体的完全同意。[3] 事实上，彻斯特曼也承认，他所界定的规范其实不过是社会规范（social norms）罢了。图里也指出："规范是个体在社会化进程中所获取的，规范还同时预设了各种制裁方式（sanctions）……规范不仅仅是隐喻的……它更是必不可少的：规范是人们试图用其来解释具体活动的社会相关度（the social relevance of activities）的重要概念和核心内容。"[4] 可以看出，二者都强调规范与社会之间的互动关系。

除了社会规范，规范还有其他的存在形态。例如巴奇所谓的道德规范（ethical norms）和技术规范（technical norms）。技术规范还可以细分为过程规范（process norms）和产品规范（product norms），前者规范行为过程，规定正确或正当的行事方法；而后者则对什么是"正确"的产品做出判断。对于规范的功能，图里指出："在社团里，规范也用

---

1 Toury, G. *Descriptive Translation Studies and Beyond*. Amsterdam & Philadelphia: John Benjamins Publishing Company, 1996: 54.

2 Hermans, T. Norms and the Determination of Translation: A Theoretical Framework. Alvarez, R. & Vidal Carmen-Africa, M. *Translation, Power, Subversion*. Clevedon & Philadelphia: Multilingual Matters Ltd., 1996: 26.

3 Hermans, T. Norms and the Determination of Translation: A Theoretical Framework. Alvarez, R. & Vidal Carmen-Africa, M. *Translation, Power, Subversion*. Clevedon & Philadelphi: Multilingual Matters Ltd., 1996: 32.

4 Toury, G. *Descriptive Translation Studies and Beyond*. Amsterdam & Philadelphia: John Benjamins Publishing Company, 1996: 55.

第 3 章 始发地主体文化规范与寒山诗的语内旅行

作评价具体行为的标准。"[1] 彻斯特曼在此基础上更进一步，他认为规范使生活变得更容易（至少对大多数人而言）。人们用规范约束自己的行为从而使各方受益，如此一来，就可以创造和维持良好的社会秩序，同时有利于物质和社会的融通，甚至使认知也变得容易起来。[2] 很显然，无论是社会学者，还是语言学者，甚至是翻译研究者，都无一例外地强调规范对于社会行为的具体指导意义。

3.1.2 主体文化规范

在前述基础上，有论者提出了"文化规范"的概念：

> 文化规范（cultural norms）是世代共享的、得到认可的信念与行为的有机体系，正是这些信念和行为形塑了每个文化群体。它们对人们的日常生活提出可靠的指导并有助于该文化群体的身心健康。作为正确的和合乎伦理道德的（correct and moral）行为规约，文化规范使生活变得和谐而有意义，同时是获得公正感、安全感和归属感的手段。标准化的信念（normative beliefs）和相应的价值观和仪礼观（related values and rituals），共同规范和管理社会生活的方方面面。没有它们，社会就会出现混乱或不可预知的（chaotic or unpredictable）局面。[3]

这里的"文化规范"和前述学者们提到的"规范"与规范的功能其实是不悖的。当然，诚如彻斯特曼所言，对于规范的探讨历来都是从积极的、正面的角度切入的，而事实上，规范有时也会成为一种阻碍和限

---

[1] Toury, G. *Descriptive Translation Studies and Beyond*. Amsterdam & Philadelphia: John Benjamins Publishing Company, 1996: 55.

[2] Chesterman, A. *Memes of Translation: The Spread of Ideas in Translation Theory*. Amsterdam & Philadelphia: John Benjamins Publishing Company, 1997: 55–56.

[3] Cultural Norms. 来自 answers 网站。

寒山诗：文本旅行与经典建构（修订版）

制力量，因此也偶有人挑战之、甚至否定之。[1] 图里也提到说，不遵守主流规范的行为总是存在的。不过，人们通常要为这些"离经叛道"的反叛行为付出代价。[2] 所谓的"标准化的信念"和"相应的价值观和仪礼观"，其实不过是官方意识形态的体现而已。之所以制定这样的文化规约，就是为了有助于维护统治者正常、有序的社会治理与统辖。因此，对于任何可能导致出现"混乱或不可预知"的思想和行为总会设法予以"边缘化"甚至永远消除其可能潜在的负面影响。这样一来，凡是与此种"标准化的"文化规范相悖的物质和精神产品，其流传和影响必然受到这种文化规范的干预和制约。

所谓的"主体文化规范"，其实就是统治者依据官方意识形态而制定的社会行为规范，并以此衡量某一文化群体或个人的行为、观念或思想是否"正确"和"合乎伦理道德"。具体到文学领域，主体文化规范则对什么是"正确的"和"合乎伦理道德的"文学做出界定和评判，从而在此基础上确立文学文本的文学史命运。

毋庸讳言，随着时间和空间的迁移与转换，主体文化规范也会出现不同程度的流动与变迁。以中国这个文化主体中的文学规范为例，我们可以看到在不同的历史时期，主体文化规范对于文学经典文本的厘定标准实际上也经历着各种变化与调整。事实上，由于中国古代对于儒家经典的推崇——尤其是古代学者对于"六经"经典地位的坚强捍卫，早期的文学研究者和文评家一般都以"中庸与节制"的道德准则作为评价文学和认定经典的标准和方法。后来，在儒家经典内部开始对"文"的重视之后，以及此后如汉魏南北朝时期著名文人如曹丕、陆机和刘勰萌生从模糊到明确的"文学"意识之后，人们便开始将文学文本的"文学质性"同时作为经典文本的界定准则。这里所谓的"文学质性"其实不

---

1 Chesterman, A. *Memes of Translation: The Spread of Ideas in Translation Theory*. Amsterdam & Philadelphia: John Benjamins Publishing Company, 1997: 56.

2 Toury, G. *Descriptive Translation Studies and Beyond*. Amsterdam & Philadelphia: John Benjamins Publishing Company, 1996: 55.

过就是如刘勰所推举的"理懿而辞雅"而已。在漫长的中国古代文学史中,"辞富山海"的"声色"文本因此比较容易获得"炳曜垂文"和"悬诸日月"的不朽地位。再后来,由于人们"文学"观念的革新与改观,尤其是当代文化研究对于"雅""俗"之隔的重新认识,一些在中国文学史中长期难登大雅之堂的"小道"文学类型和文学文体也重新开始得到价值认定,进而更是以"经典"的全新角色重新"登堂入室"。

当然,不容否认,在文学文本经典化标准嬗变的过程中,无论是道德准则、"文学质性",还是对于"雅""俗"的最终判别,无疑都始终受制于当时的主体文化规范。一旦被主体文化规范所认可,文学文本便可以大行其道。反之,则只能瑟缩在墙角一隅,等待"忽遇明眼人,即自流天下"的时机。

3.2 寒山其人其诗

寒山究竟是何方人氏,至今无从详考。因传其长期隐居在天台山的寒山(又称寒岩),故而自称为寒山或寒山子。不过,是否确有其人目前还无法断言,因为能证明其可靠身份的材料始终无法找到。日本学者对其身份普遍持怀疑态度。如日本著名宗教学研究专家入矢义高(1910—1976)认为:"寒山诗的原型究竟是什么样子?寒山这个人究竟能不能成立?实际上还是个很大的问题。"[1] 日本史学家津田左右吉(1873—1961)在1944年发表的《寒山诗与寒山拾得之说话》一文中,也认为寒山是否真如传说的有其人,是一疑问。他指出,寒山诗与传奇化的人物寒山可以看作两码事。他甚至认为丰干、拾得亦非真实的存

---

1 入矢义高.寒山诗管窥.王顺洪译.古籍整理与研究:第四期.北京:中华书局,1989:234.

在。[1]日本宗教学研究专家大田悌藏的《寒山诗解说》也认为,有人假寒山、拾得之名赋诗述怀。[2]时至今日,中外学界对其身世和诗歌还远不能达成话语共识。

3.2.1 寒山其人

事实上,有关于诗人的那些文学记述,夹杂着传说和神话的成分,因此学者们认为不可作为信史来采信。其中,值得一提的是五代前蜀道士杜光庭(850—933)的《太平广记》卷五十五《仙传拾遗》对于寒山和寒山诗的起源、流通与传播的记载:

> 寒山子者,不知其名氏。大历中,隐居天台翠屏山。其山深邃,当暑有雪,亦名寒岩,因自号寒山子。好为诗,每得一篇一句,辄题于树间石上。有好事者,随而录之,凡三百馀首。多述山林幽隐之兴,或讥讽时态,能警励流俗。桐柏征君徐灵府,序而集之,分为三卷,行于人间。十馀年忽不复见。[3]

在这里,《仙传拾遗》首开寒山身世之"大历说"(766—799),即认为寒山应为中唐之人。此说今人支持者较多,如胡适(1891—1962)、余嘉锡(1884—1955)等人,但学者们在其生卒年份的考定上却大相径

---

1 转引自张曼涛.日本学者对寒山诗的评价与解释.日本人的死.台北:黎明出版社,1976:100-108.
2 大田悌藏.寒山诗解说.曹潜译.东南文化·天台山文化专刊,1990(6):125.
3 李昉.太平广记.卷第五十五.北京:中华书局,1961:338.

第 3 章 始发地主体文化规范与寒山诗的语内旅行

庭。[1] 至于这里的文字记载,有学者认为杜广庭所辑的《仙传拾遗》既是"仙传"又是"拾遗",因此未必可信。然而,余嘉锡、胡适、孙昌武和项楚等人均认定,《仙传拾遗》所载的《寒山子诗集》三卷本出自徐灵府所集是可信的。而英国著名汉学家、伦敦大学亚非学院的巴雷特(T. H. Barrett)对这位五代前蜀道士杜光庭是否真有其人抱持怀疑态度。他认为:杜光庭这个人物目前只存在于书本征引中。对于《仙传拾遗》所记之事,巴雷特推测说,可能是作为道士身份的杜光庭因为嫌恶释家,而编造了整个故事并假托是徐灵府集诗。因此,他认为"徐是第一个集诗之人的可能性实际上非常低"。[2] 不过,今本《寒山子诗集》却没有徐灵府序,而只有一篇署名为"朝议大夫使持节台州诸军事守刺史上柱国赐绯鱼袋闾丘胤撰"的序:

---

[1] 如胡适认为寒山的生卒年应为: 700—780,见胡适. 白话文学史. 香港: 应钟书屋,民国四十八年(1959): 175.; 余嘉锡则认为其生卒年当为: 691—793,见四库提要辨证. 香港: 中华书局,1974: 1255—1256.; 钱穆考证其为: 680 ?—810 ?,见读书散记两篇·读寒山诗. 新亚书院学术年刊,1959(1), 12.; 陈慧剑推证其为: 710—815,寒山子研究. 台北: 东大图书公司,1984: 267.; 孙昌武推定为: 750—820,见寒山传说与寒山诗. 南开文学研究,1987.; 张伯伟推为: 708 ?—810 ?,见寒山诗与禅宗. 禅与诗学. 杭州: 浙江人民出版社,1992: 229—234.; 钱学烈认定为: 725—830,见寒山拾得诗校评. 天津: 天津古籍出版社,1998: 25.; 罗时进考定为: 726—826,见唐诗演进论. 南京: 江苏古籍出版社,2000: 111.; 叶珠红则将其定为: 710—827,见寒山资料考辨. 台北: 秀威资讯科技股份有限公司,2005: 172.; 英文全译本《寒山歌诗集》的译者赤松(Red Pine)认为其生卒年应为 730—850,见 Pine, R. *The Collected Songs of Cold Mountain*. Port Townsend: Copper Canyon Press, 2000: 13。有学者认为,纪昀主持编撰的《钦定四库全书》集部《寒山诗集》也支持大历说,其实不然。纪昀等人在《寒山子诗集提要》中实际上既提到了《仙传拾遗》所载的徐灵府集诗之事,也提到了所谓的台州刺史闾邱允(原文如此)相遇三圣(丰干、寒山和拾得)的轶事。提要结尾云:"无从深考,姑就文论文可矣。"可见,纪昀等人对寒山子年代的认识根本是游离与模糊的。

[2] Barrett, T. H. Hanshan's Place in History. Hobson, P. *Poems of Hanshan*. Walnut Creek: Altamira Press, 2003: 127.

寒山诗：文本旅行与经典建构（修订版）

详夫寒山子者，不知何许人也，自古老见之，皆谓贫人风狂之士。隐居天台唐兴县西七十里，号为寒岩。每于兹地时还国清寺，寺有拾得知食堂，寻常收贮余残菜滓于竹筒内，寒山若来，即负而去。或长廊徐行，叫唤快活，独言独笑，时僧遂捉骂打趁，乃驻立拊掌，呵呵大笑，良久而去。且状如贫子，形貌枯悴，一言一气，理合其意，沉而思之，隐况道情，凡所启言，洞该玄默。乃桦皮为冠，布裘破弊，木屐履地。是故至人遁迹，同类化物。或长廊唱咏，唯言咄哉咄哉，三界轮回。或于村墅与牧牛子而歌笑，或逆或顺，自乐其性，非哲者安可识之矣。……允顷受丹邱薄宦，临途之日，乃萦头痛，遂召日者医治，转重。乃遇一禅师，名丰干，言从天台山国清寺来，特此相访乃命救疾。……允乃进途，到任台州，不忘其事。到任三日后，亲往寺院，躬问禅宿，果合师言。……乃令僧道翘寻其往日行状，唯於竹木石壁书诗，并村墅人家厅壁上所书文句三百馀首，及拾得于土地堂壁上书言偈，并纂集成卷。[1]

余嘉锡（1884—1955）引陈耆卿《嘉定赤城志》卷八秩官表称："正（贞之讳）观十六年至二十年，台州刺史正是闾丘胤，与志南所云正观初者合。"[2] 这里所说的贞观十六年至二十年，即为公元642—646年，所以闾序实际上提出了寒山身世之"贞观说"（627—649）。此说影响甚巨，在古人和今人中都有较多支持者。例如，宋释志南在淳熙十六年（1189）编辑的《寒山诗集》之序言《天台山国清禅寺三隐集记》中，首定寒山为贞观时人。宝祐四年（1256），宋释志磐《佛祖统记》定之为贞观七年（633）；咸淳六年（1270），宋释本觉《释氏通览》定之为贞观十七年（643）；至正二年（1336），元释熙仲《释氏资鉴》定之为

---

1 寒山诗. 影印宋本. 香港：香港永久放生会，1959：1-5.
2 余嘉锡. 四库提要辨证·卷二十·集部一：精装全一册. 香港：中华书局，1974：1246-1247.

第3章 始发地主体文化规范与寒山诗的语内旅行

贞观十六年。此外,著名汉学家吴其昱(1916—2011)根据寒山诗对当时佛典及佛门术语使用情况考查后得出:寒山佛理诗中近一半的术语均引自七世纪中叶以前最为盛行的《大般涅槃经》。[1] 此外,吴其昱认为道宣《续高僧传》中的智岩即是寒山的原型。根据《续高僧传》智岩卒于657年,终年78岁的记载,可以推知吴实际上是支持贞观说的。当然,他也承认道宣并未提及智岩是否写过诗,也没有说明闾丘何时何地拜访的智岩。[2] 在今人胡菊人所作的《诗僧寒山的复活》一文中,作者亦认为寒山是"盛唐贞观之治时代的僧人"。[3] 黄博仁也支持贞观说:"……闾丘胤的寒山诗集序,是历史目击者所作的第一手材料,所以寒山子是唐初贞观人,应无可疑。"[4] 美国诗人翻译家加里·斯奈德(Gary Snyder)在所译的二十四首《寒山诗》的序言部分,既提贞观说(627—650),但同时又不否定胡适关于寒山身世(700—780)的考证。[5] 值得一提的是,由于"贞观说"的影响,所以当代的文学史教材多将寒山和寒山诗置于初唐文学部分。

然而,宋释赞宁所编的《宋高僧传》卷十九《唐天台山封干师传》对闾序中的"丰干"[6] 写法表示了怀疑:"次有木师者,多游京邑市廛间,

---

[1] Wu, C. Y. A Study of Han Shan. *T'oung Pao*, 1957 (XLV): 400.

[2] Wu, C. Y. A Study of Han Shan. *T'oung Pao*, 1957 (XLV): 409.

[3] 胡菊人. 诗僧寒山的复活. 明报月刊,1966(1.11):3.

[4] 黄博仁. 前言. 寒山及其诗. 台北:新文丰,1981:1.

[5] Snyder, G. *Riprap and Cold Mountain Poems*. San Francisco: Grey Fox Press, 1965: 33.

[6] 今本多作"丰干"。《全唐诗》卷八百七对其有比较简略的介绍:"丰干禅师,居天台山国清寺。昼则舂米供僧,夜则扃房吟咏。一日骑虎松径来,入国清巡廊唱道,众皆惊怖。尝于京华为闾丘太守救疾,闾丘之任台州,便至国清问丰干禅院所在,云在经藏后,无人住得。每有一虎,时来此吼。闾丘至师院,开房惟见虎迹。今存房中壁上诗二首。"(中华书局编辑部. 全唐诗·卷八百七·第二十三册. 北京:中华书局,1960:9109—9110。)不过余嘉锡认为丰干诗乃"盗袭""作伪"之作。钱学烈、项楚也都认为其乃后人伪作,因此在《寒山拾得诗校评》(钱学烈,1998)与《寒山诗注》(项楚,2000)中均不收丰干诗。而陈耀东则对所谓的"盗袭""作伪"说表示了异议。可参见陈耀东.《永乐大典》中的《寒山诗集》——兼述丰干诗的真伪、优劣、分章. 傅璇琮. 唐代文学研究:第十一辑. 桂林:广西师范大学出版社,2006.

寒山诗：文本旅行与经典建构（修订版）

亦类封干，人莫轻测。封丰二字，出没不同。韦述吏官作封疆之封，闾丘序三贤作丰稔之丰，未知孰是。"[1] 此外，对于闾丘的真实身份和序中所记拜谒寒拾之事，赞宁亦持不同看法：

> 系曰：按封干先天中游遨京室，知闾丘、寒山、拾得俱睿宗朝人也。奈何宣师高僧传中，闾丘，武臣也，是唐初人。闾丘序记三人，不言年代，使人闷焉。复赐绯，乃文资也。[2] 夫如是，乃有二同姓名闾丘也。又大沩佑公于宪宗朝遇寒山子，指其溺潭，仍逢拾得于国清，知三人是唐季叶时犹存。夫封干也，天台没而京兆出；寒拾也，先天在而元和逢。为年寿弥长耶？为隐显不恒耶？易象有之。"小狐汔济"，其此之谓乎！[3]

在置疑和考证的基础上，赞宁实际上提出了寒山身世的第三种说法："先天说"（712—713）。但此说支持者甚少，影响也较小。不过，赞宁的存疑却引发了历代对于闾序真实性的考证。南宋僧志南编辑而成的《寒山诗集》之序言"天台山国清禅寺三隐集记"，以及胡适的《白话文学史》、余嘉锡的《四库提要辨证》卷二十《寒山子诗集附丰干拾得诗一卷》，都对该序能否作为文史事实持怀疑态度。如志南在集序中称："乃知寒山不执闾丘手，闾丘未尝至寒岩，拾得亦出寺门二里许入灭。今传所录误矣。"[4] 胡适则认为："此序里神话连篇，本不足信。闾丘胤的事

---

1 赞宁. 宋高僧传. 北京：中华书局，1997：484.

2 实际上，"赐绯，乃文资也"的说法并不可信。据余嘉锡考证："唐时文武官皆可赐绯。"（余嘉锡. 四库提要辨证. 香港：中华书局，1974：1255-1256.）

3 赞宁. 宋高僧传. 北京：中华书局，1997：486.

4 唐三圣二和原者. 寒山诗集：附丰干、楚石、拾得、石树原诗. 台北：文峰出版社，1970：64.

第 3 章　始发地主体文化规范与寒山诗的语内旅行

迹已不可考。"[1] 余嘉锡则说"与其信闾丘之伪序，无宁信光庭之拾遗"，[2] 他甚至认为序中所言集诗之人道翘"实无其人"，[3] 他进而怀疑最初为寒

1　胡适. 白话文学史. 香港：应钟书屋，1959：173. 台湾地区学者黄博仁因此批评胡适："不明佛法大意，未免妄自猜测，轻下论断"（黄博仁. 寒山及其诗. 台北：新文丰，1981：9.）；他认为胡适完全是"好则取之，恶则弃之"（黄博仁. 寒山及其诗. 台北：新文丰，1981：10.）的态度，因此不能算是小心的求证。他认为闾序是历史目击者所作的第一手史料（黄博仁. 寒山及其诗. 台北：新文丰，1981：8.）。因此他也不赞成余嘉锡所说的本寂是伪序作者的说法。黄博仁质问说："即如本寂注据徐本，杜光庭何不言之，以光大道士之功耶？"（黄博仁. 寒山及其诗. 台北：新文丰，1981：15.）叶珠红也认为"身为洞山良价高徒的本寂，没有必要恶灵府之序而托名闾丘胤别作一序，余嘉锡以佛道相争之事迳以为本寂徼不择手段至此。"（叶珠红. 寒山诗集校考. 台北：文史哲出版社，2005：11.）

2　余嘉锡. 四库提要辨证·卷二十·集部一. 精装全一册. 香港：中华书局，1974：1260.

3　余嘉锡. 四库提要辨证·卷二十·集部一. 精装全一册. 香港：中华书局，1974：1254. 关于道翘其人，亦是众说纷纭。吴其昱疑道翘乃伪序作者；著名翻译家大卫·霍克思（David Hawkes）大体上也持这种观点，并推测认为道翘可能并不知道寒山是何许人也，但他的确有集诗之事。写诗的这位隐士大约在此前 15—20 年就已死去，因此道翘所了解的寒山，是由当地那些迷信的庄稼汉们讲述的传说故事。[David, H. Book Review: *Cold Mountain: 100 Poems by the T'ang Poet Han-shan*, Translated and with an Introduction by Burton Watson. Journal of the American Oriental Society, 1962(82.4): 596.] 叶珠红以李邕（678—747）《国清寺碑序》中的记载为据认为道翘确有其人，"以他的年代推，道翘在 747 年尚存，而当时的寒山尚未入天台隐居（寒山于大历中（约 766—779）隐于寒岩，尚未题满三百多首寒山诗于'竹木石壁书诗并村墅人家厅壁上'，道翘何来集诗之举？以此知'僧道翘'确有其人，并无集诗之事"。（叶珠红. 寒山诗集校考. 台北：文史哲出版社，2005：10—11.）。而著名汉学家梅维恒（Victor Mair）推测辑录者道翘就是寒山诗的真正作者。"因为诗作和诗序缺乏文采，像道翘这样没有怎么熟练掌握古汉语的默默无闻的当地释僧是做这项工作的最佳人选。因为不熟悉古汉语，辑录者（作者？）就自然地依附于中古俗语……为了给诗集找到某种正当化的理由，道翘也许因此虚构了寒山、拾得和丰干……甚至他也许还挪借了可能是台州刺史的闾丘胤来作陪以期为他的这项微薄的事业找到合法化的理据。"（Mair, V. Script and Word in Medieval Vernacular Sinitic. Journal of the American Oriental Society, 1992(112.2): 272.）大田悌藏也认为"有禅僧道翘者，（转下页）

寒山诗：文本旅行与经典建构（修订版）

山诗作《对寒山子诗》的梁抚州曹山本寂（840—901）[1]才是真正的伪序作者。

关于闾序，历来探讨最为热烈。上述胡适和余嘉锡的否定态度可谓典型。学者们也多同意此二人说法。吴其昱也认为该序非闾氏所作，他考证说：

> 闾序中"唐兴"用了三次，可见这似乎是原文所有。即是说，这不可能是后人附会上去的。鉴于"始丰"更名为"唐兴"县是在肃宗上元二年（761），因此此序应作于公元761年以后。……此外，序中"汝诸人"这一表达法是希运（亦称黄檗断际禅师）《传心法要》（序署857年）中禅师们的日常惯用语。因此，该序应该不会早于九世纪中期的这段语录。同时，序作者的官衔也能提供一点时间方面的线索。在当时台州只有两段时间称"赐绯"：721—741年间和758年以后。最后，且

（接上页）假名寒山、拾得，赋诗述怀，使时俗视彼等为狂士而已。[大田悌藏.寒山诗解说.曹潜译.东南文化·天台山文化专刊, 1990（6）: 125.]

[1]《宋高僧传》卷第十三有《梁抚州曹山本寂传》：释本寂，姓黄氏，泉州蒲田人也。其邑唐季多衣冠士子侨寓，儒风振起，号小稷下焉。寂少染鲁风，率多强学，自尔淳粹独凝，道性天发。年惟十九，二亲始听出家。入福州云名山。年二十五，登于戒足，凡诸举措，若老苾刍。咸通之初，禅宗兴盛，风起于大沩也。至如石头药山其名寝顿，会洞山悯物，高其石头，往来请益，学同洙泗。寂处众如愚，发言若讷。后被请住临川曹山，参问之者堂盈室满。其所誾对，邀射匪停，特为毳客标准，故排五位以铨量区域，无不尽其分齐也。复注对寒山子诗，流行寓内，盖以寂素修举业之优也。文辞遒丽号富有法才焉。寻示疾，终于山，春秋六十二，僧腊三十七。弟子奉龛窆而树塔。后南岳玄泰着塔铭云。（赞宁.宋高僧传.北京：中华书局, 1997: 308.）今人学者张伯伟认为曹山本寂的《对寒山子诗》是禅家以诗论诗的典型之作。（张伯伟.寒山诗与禅宗.禅与诗学.杭州：浙江人民出版社, 1992: 247.）不过，台湾地区学者叶珠红从各种文献对《对寒山子诗》的不一致的说法、曹洞宗人所传的本寂语录以及《太平广记》卷五十五并未提及本寂注诗之事推断：本寂注"寒山诗七卷"之说，颇堪致疑。（叶珠红.寒山诗集校考.台北：文史哲出版社, 2005: 13.）叶珠红认为：本寂有可能是杜广庭所谓的"好事者"之一。（叶珠红.寒山诗集校考.台北：文史哲出版社, 2005: 12.）

第3章 始发地主体文化规范与寒山诗的语内旅行

不说序与诗的冲突,序的写作格式也不同于当时一般的写序方法。序末的日期也许是故意隐去的,取而代之的是38行四言诗,也许这是按照佛经的写作模式创作的,比如《妙法莲花经》或者变文。序作者似乎更像是个僧人(道翘?)而不是一个有学问的官员。[1]

但吴其昱也提醒说对序言真实性的怀疑,并不能否认序中亦有一些事实的成分。美国汉学家罗伯特·博尔根(Robert Borgen)对此有详尽的论述。他分析说:

> 最不敏感的中国读者也能找出其文法错误(solecisms)。最明显的是频繁使用连词"乃"。同序的叙事部分可拆解为39句,"乃"字就出现了28次。而且虚拟的序作者还有一个显赫的官衔,但是文章手法如此拙劣的人怎么可能通过科举考试?又怎会在唐代职场中擢升至如此高位呢?此外,台州文献中根本找不到任何关于他的可信证据。(韩禄伯(R. Henricks)考证说,他在《续高僧传》中出现过,但那人是丽州刺史而不是台州刺史。)……序中的其他问题更待商榷。据说序由那位初唐诗人的同时代的人所撰,但吴其昱注意到,序中所用的语辞要到公元761年甚至更晚才出现。蒲立本(Edwin Pulleyblank)认定该序是一个相对较晚的作品,因为序末用以颂扬寒山的那首颂诗出自晚唐……序中所述故事有几大缺憾:事件的叙事顺序不合理。当叙事者闾氏遇见寒山时,我们对他的怪诞丝毫不感到惊讶,因为序首已经提及。这种叙事方式欠佳。此外,"拾得"这一古怪名字的来历没有提及。更糟的是,在描述上前后矛盾……此外,我们既不知道当叙事者初遇丰干时的地理位置;也不知道当时丰干在那里何为?还有,序言无任何时间

---

[1] Wu, C. Y. A Study of Han Shan. *T'oung Pao*, 1957 (XLV): 397–399.

寒山诗：文本旅行与经典建构（修订版）

标识，在中文传记中这种删省是令人震惊的。这些只能说明，寒山在当时就已经是一个尽人皆知的人物了……这些前后不一致的情况同时说明，序言也许是在三个后辈妄人伪撰的三个独立文本的基础上胡乱拼凑而成的。[1]

值得一提的是：《太平广记》的杜光庭和所谓"序而集"寒山诗[2]的桐柏征君徐灵府二人都是道士，而闾序中所载的"纂集成卷"的道翘则是释僧。学者们一般倾向认为，这是因为当时的道士和尚都抢着要拉寒山入教之故。其原因不过是借这位本山的名人为本教张目而已。不过，谁是真正的集诗者？谁又是真正的作序者？甚至究竟是谁该为这本《寒山子诗集》负责？这其中的来龙去脉和是是非非至今无人可以说清楚。这无疑又在某种程度上为寒山的真实身份罩上了一层朦胧的色彩。

由于序言和传说的扑朔迷离，所以学者们试图从寒山诗的内证中去找寻寒山身世的蛛丝马迹，于是由此衍生出寒山身世的种种言说和猜想。如著名历史学家钱穆（1895—1990）据"高高峰顶上，四顾极无边。独坐无人知，孤月照寒泉。泉中且无月，月自在青天。吟此一曲歌，歌终不是禅"一诗分析说"其实此诗已深具禅机，合之前引诗每接话禅宾之句，知寒山生世，应在唐代禅学既盛之后"。[3] 谢思炜也认为，寒山多首诗所讨论的都是禅宗自心清净、见性成佛的思想。如此

---

1 Borgen, R. The Legend of Hanshan: A Neglected Source. *Journal of the American Oriental Society*, 1991 (3): 576–578.

2 叶珠红认为最早集寒山诗之人，就是寒山本人。依据是寒山将得意之作"都来六百首"集为可自吟的"吟诗五百首"。（叶提到"国清寺本"系统的大典本、道会本、官内省本以及"天禄宋本"系统的朝鲜本、高丽本均将"吟诗五百首"作"吟诗三两首"。）（叶珠红. 寒山诗集校考. 台北：文史哲出版社，2005: 10.）作者同时认为徐灵府是除寒山外的第一个集寒山诗之人，（叶珠红. 寒山诗集校考. 台北：文史哲出版社，2005: 14.）其集寒山诗的年代应载修讫桐柏观（829）至会昌元年被征召前（841）。（叶珠红. 寒山诗集校考. 台北：文史哲出版社，2005: 10.）

3 钱穆. 读书散记两篇·读寒山诗. 新亚书院学术年刊，1959（1）: 6.

第 3 章 始发地主体文化规范与寒山诗的语内旅行

清楚、大量地谈论这一问题,"恐怕只能在禅宗思想成熟并相当普及之后"。[1]

此外,学者们依据寒山诗中那些所谓的"自叙诗",对其籍贯进行了大胆的推测。张伯伟依据"去年春鸟鸣,此时思兄弟。今年秋菊烂,此时思发生。渌水千里咽,黄云四面平。哀哉百年内,肠断忆咸京"而认为寒山"此刻,他非常怀念故乡咸阳"。[2] 徐光大也据"寻思少年日,游猎向平陵""哀哉百年内,肠断忆咸京"断定寒山是咸阳附近的乡间人,并认为他对咸阳有特别深厚的感情。[3] 钱学烈则认为此处的"咸京"实是指唐都长安。这是有关寒山籍贯的两种代表说法。但韩禄伯认为"长安"是隋、唐的都城,而洛阳(原文如此)也是两朝的重要城市,因此在任何时期的中国诗歌里提到这两个地方都是极其常见的。因此他认为不应以此作为寒山诗作者籍贯的佐证。[4] 周琦据"哀哉百年内,肠断忆咸京"推测寒山的家乡应在陕西长安或咸阳一带。周琦还说长安一带亦有寒山,且与天台寒岩山十分相似……寒山子选择寒岩作为隐居地,隐姓埋名,以山为名,恐非偶然,至少是寄托着对家乡的思恋之情。[5] 而赤松则依据"妾家邯郸住"和"邯郸杜生母"推定寒山生于邯郸,但后来举家迁往长安。[6]

至于寒山的生平,也有学者尝试从寒山诗中寻找线索和证据。钱学烈从"少小带经锄,本将兄共居。缘遭他辈责,剩被自妻疏。抛绝红尘境,常游好阅书。谁能借斗水,活取辙中鱼?"一首中推断说,寒山因

---

[1] 谢思炜. 禅宗与中国文学. 北京:中国社会科学出版社,1993:110.

[2] 张伯伟. 寒山诗与禅宗. 禅与诗学. 杭州:浙江人民出版社,1992:230.

[3] 徐光大. 寒山拾得和他们的诗. 寒山子诗校评:附拾得诗. 西安:陕西人民出版社,1991:5.

[4] Henbricks, R. *The Poetry of Han-shan: A Complete, Annotated Translation of Cold Mountain*. New York: State University of New Work Press, 1990: 9.

[5] 周琦. 寒山诗与史. 合肥:黄山书社,1994:17.

[6] Porter, B. *The Collected Songs of Cold Mountain*. Port Townsend: Copper Canyon Press, 2000: 13.

寒山诗：文本旅行与经典建构（修订版）

入仕无门备受亲戚和妻子的数落和冷遇，而走上了离家归隐的道路。[1] 钱学烈认为，寒山选择隐居，"不仅与当时的隐逸之风和安史之乱有关，也是因功名无望，受到家人冷落的刺激，更是受老庄返璞归真、逍遥无为、物我合一的道家思想的深刻影响的结果"。[2] 著名汉学家阿瑟·韦利（Arthur Waley, 1888—1966）也倾向此种认识。在其 27 首寒山译诗的短序中，韦利写道："中国诗人寒山生活在公元八世纪到九世纪。寒山和他的兄弟们继承了祖辈传下来的一座农庄，但寒山和他们大吵一架后便抛妻弃子离开了农庄。他四处流浪，饱读诗书，想投靠明君，却报国无门。"[3] 相反，韩禄伯则认为是妻子离开了寒山。[4] 赵滋蕃分析：寒山兄弟不睦、室家不宁的原因是由寒山的质正、倔强、天真的个性造成的。[5]

更有甚者，严振非从"弟兄同五郡，父子本三州"得出结论说，寒山昔日曾是显赫官宦人家；又据"我住在村乡，无爷亦无娘。无名无姓第，人唤作张王"中的"'张王'反切为杨"这一线索，推演出寒山本名杨温，是隋朝开国皇帝杨坚亲兄弟杨瓒的第四子。[6] 而日本学者入矢义高则认为寒山的原型应是中唐的庞居士庞蕴。[7] 吴其昱认为，道宣《续高僧传》中的智岩可能即是寒山的原型，并认为闾丘胤拜访寒山大致是在公元 623 年末或者 624 年初的天台山地区。[8] 周琦指出，闾丘序中的故

---

1 钱学烈. 试论寒山诗中的儒家与道家思想. 中国文化研究，1998（夏之卷）：103.

2 钱学烈. 前言. 寒山拾得诗校评. 天津：天津古籍出版社，1998：59.

3 Waley, A. Poems by Han-Shan. *Chinese Poems*. London: Unwin Paperbacks, 1982: 105.

4 Henbricks, R. *The Poetry of Han-shan: A Complete, Annotated Translation of Cold Mountain*. New York: State University of New Work Press, 1990: 9.

5 赵滋蕃. 寒山子其人其诗. 孙旗. 寒山与西皮. 台中：普天出版社，1974：133.

6 严振非. 寒山子身世考. 东南文化，1994（2）：213–214.

7 入矢义高. 寒山诗管窥. 王顺洪译. 古籍整理与研究：第四期. 北京：中华书局，1989：248.

8 Wu, C. Y. A Study of Han Shan. *T'oung Pao*, 1957 (XLV): 411.

第3章 始发地主体文化规范与寒山诗的语内旅行

事与晚唐台州刺史李敬方的事迹十分相似。他进而分析说闾丘序应系晚唐僧人所为。[1] 孙昌武提及有学者认为"南游天台,至佛窟岩而居"的禅宗之一的牛头宗的佛窟遗则(754—830),可能就是寒山的原型,或是寒山诗的作者之一。他推测:"从今传寒山诗来看,确实产生在天台地区,又的确出现在中唐,有一部分又是表达禅思想的,其创作应和善诗颂的牛头学人有一定关系。"[2]

此外,学者们依据寒山诗中所涉的历史典故、历史人物、禅家语录、典章制度、风土人情、方言俚语等内证,试图为读者勾勒出比较真实可信的寒山身世。例如,钱学烈对寒山诗中所言及的"吴道子""万回师""善导和尚""五言诗句""雁塔题名""租佣调""磨砖作镜""南院"等进行了考证。[3] 美国学者韩禄伯在其寒山诗全译本附录中,也专辟一节"寒山年代考:内证"(The Dates of Han-Shan: the Internal Evidence),来集中探讨寒山诗中"用力磨碌砖,那堪将作镜""冷暖我自知,不信奴唇皮""个是何措大,时来省南院"以及"有个王秀才"等句所揭示的内涵意义。[4]

然而,这种努力收效甚微。关于寒山身世的考订始终聚讼纷纭、难趋一致。叶珠红总结说:"在寒山诗中,除了'余家''独卧''惯居''一向''寻思'等,以第一人称口吻自述其生活样貌的诗,诗中提及的具体场景,有隐居之地寒岩,以及时常徐步前往的国清寺;往来之人,只有国清寺的拾得与丰干禅师;除此之外,寒山于诗中并无提及其他的交游,使后人难以考定其姓氏及生活年代;姓氏的不确定,也就难以考证

---

1 周琦. 寒山诗与史. 合肥:黄山书社,1994:9-10.
2 孙昌武. 文坛佛影. 北京:中华书局,2001:216.
3 钱学烈. 寒山年代的再考证. 寒山拾得诗校评. 天津:天津古籍出版社,1998:18-22.
4 Henbricks, R. *The Poetry of Han-shan: A Complete, Annotated Translation of Cold Mountain*. New York: State University of New Work Press, 1990: 419-421.

他的生卒年。"[1] 有意思的是，即便是对其身份的描述，目前仍旧是五花八门。如《仙传拾遗》称寒山"隐士"；闾序称其为"贫人风狂之士"；[2] 中国最早的禅宗灯录体开山之作《祖堂集》谓之曰"逸士"；施蛰存（1905—2003）命之为"隐名文士"；[3] 项楚考证寒山乃"士人出身"；斯奈德呼之"流浪汉"（tramp）；薛爱华（Edward H. Schafer, 1913—1991）认为寒山不过是个"厌世者"（misanthrope）。

事实上，许多研究者和大量的文学史书写都倾向于将其定位为"诗僧"。但质疑之声同样不绝于耳。例如，余嘉锡依据寒山诗"自从出家后，渐得养生趣"一句认为"寒山虽出家，往返于国清寺而不住僧寮，不受常住供养，为僧为道不可知"。[4] 而津田左右吉认为"渐得养生趣"不是佛教的，而是道家的。同时这也不是一个有佛家修养的出家者的心境。[5] 入矢义高说："我想寒山这个人物，更准确点说，'寒山诗集'的作者，严格来说并不是僧。"[6] 赤松和韩禄伯也对其所谓的僧人身份表示

---

[1] 叶珠红. 寒山诗集校考. 台北：文史哲出版社，2005：5.

[2] 津田左右吉认为寒山"贫"但不"风狂"。所谓的"风狂"是因为寒山性格中自然的个人主义所表现出的反现实、反人为的一切规制与现实和社会的对立相比而言就成了离经叛道、与世相左的"风狂"态度了。（转引自张曼涛. 日本学者对寒山诗的评价与解释. 日本人的死. 台北：黎明出版社，1976：108.）

[3] 对于所谓的"文士"身份，梅维恒持不同意见："我对寒山所谓的文士身份同样持怀疑态度。从表面上看，像他那样的人是不大可能写出这些不够精致的诗作（less-than-polished pieces）的。尽管这些诗暗示他曾受过学校教育，然而在诗作中亦有鲜明的反证表明他蔑视学问。"（Mair, V. H. Script and Word in Medieval Vernacular Sinitic. *Journal of the American Oriental Society*, 1992(112.2): 272.）

[4] 余嘉锡. 四库提要辨证·卷二十·集部一. 精装全一册. 香港：中华书局，1974：1256.

[5] 转引自张曼涛. 日本学者对寒山诗的评价与解释. 日本人的死. 台北：黎明出版社，1976：110.

[6] 入矢义高. 寒山诗管窥. 王顺洪译. 古籍整理与研究. 第四期. 北京：中华书局，1989：240.

第 3 章　始发地主体文化规范与寒山诗的语内旅行

了怀疑。韩禄伯从"自从出家后，渐得养生趣"和"忆得二十年，徐步国清归"推论说，也许可以称寒山为佛门或禅门隐士，但他绝不是一个纯粹的佛教徒。[1] 英国汉学家蒲乐道（John Blofeld）则认为寒山亦僧亦道。[2] 和许多中国学者一样，美国学者保罗·卡恩（Paul Kahn）认为诗人寒山熟谙儒、释、道三种中国文化传统。[3] 宋柏年的《中国古典文学在国外》一书也持此说，并认为"寒山身上兼有佛光道影儒气，却又不专属于哪一家"。[4] 项楚总结：""关于寒山的身份，过去一般称他为'诗僧'。近年来论者多指出他是隐居寒岩的贫士，这是很正确的。不过从寒山的'我今有一襦'诗来看，他曾经有一件袈裟，'夏天将作衫，冬天将作被'。寒山诗二六九也说：'自从出家后，渐得养生趣。'虽然寒山远未过着严格的僧侣生活，但他是否一度具有僧侣的身份，则是可以进一步深入研究的。"[5]

很显然，依据诗作本身来重构诗人生平是有一定风险的。有论者指出："诗是诗人的创作，最多可以说类'似'自传，类'似'自我分析，究竟不是自传，不是自我分析，'似'与'是'不是同义词。……因为创作是虚构的，可以有第三人称的写法，不必一定真有其人真有其事的。"[6] 因此，使用这些材料作为考证依据时，必须采取慎重的态度，否则就会像罗时进教授所言："求之过甚，难免陷入泥淖，也使学术研究失去了科学意义。"[7]

1　Henbricks, R. The *Poetry of Han-shan: A Complete, Annotated Translation of Cold Mountain*. New York: State University of New Work Press, 1990: 11.

2　Blofeld, J. Introduction. *The Collected Songs of Cold Mountain*. Port Townsend: Copper Canyon Press, 2000: 32.

3　Kahn, P. Han Shan in English. *Renditions*, 1986 (Spring): 141.

4　宋柏年. 中国古典文学在国外. 北京：北京语言学院出版社，1994：230.

5　项楚. 寒山诗籀读札记. 中国古籍研究. 第一卷. 上海：上海古籍出版社，1996（8）：131.

6　孙旗. 寒山与西皮. 台中：普天出版社，1974：3.

7　罗时进. 寒山及其《寒山子集》. 唐诗演进论. 南京：江苏古籍出版社，2001：116–117.

3.2.2 寒山其诗

如前所述，寒山身世的恍惚迷离，使得寒山诗的归属一时也成了问题。王瑶（1914—1989）曾分析说："古代流传下来的作品，要想知道它们究竟出于何人之手，是很多都有问题的。……这不仅只是因为作者的声名不显，或时代久远的关系，实在因为在早期封建社会的生活中，个人意识并不似后来之强烈，他们注意的只是'言'或'文'的本身，而并不一定特殊注意于立言或属文的'人'。"[1] 对于像寒山这样身世不明且声名不显的诗歌作者而言，其人其诗自然颇多质疑与争议。从流传下来的寒山诗来看，寒山诗的作者无论是立言还是属文，都显示出与主体文化规范与诗歌美学的格格不入。如此一来，要想在文学史上留名根本是痴人说梦。由于没有文学史的关注与记载，对其生平的考订难免聚讼纷纭、莫衷一是。其次，从寒山诗所反映的个人信息的纷乱与宗教内容的驳杂，以及诸多前后矛盾的情况，我们完全有理由相信寒山诗并非由一人完成。因此，尝试去复活那一个个的作者肯定是劳而无功的。

在分析《古诗十九首》这一个案时，王瑶说："虽然大概知道这些作者们是属于那一个时代，而作者的姓氏并没有流传下来，于是所谓《古诗》，便成了这些无名氏们的诗总集了。"[2] 这无疑和寒山诗的情况类似。加拿大汉学家、国际汉语语言学学会主席蒲立本（E. G. Pulleyblank, 1922—2013）曾感慨道："诗人寒山在禅画史上是个尽人皆知的人物，但归属其名下的诗集的真正作者，除了一些逸闻之外，人们一无所知。"[3] 与入矢义高和美国汉学家巴顿·华兹生（Burton Watson, 1925—2017）

1　王瑶. 拟古和作伪. 中古文学史论. 北京：北京大学出版社，1986：208.

2　王瑶. 拟古和作伪. 中古文学史论. 北京：北京大学出版社，1986：209.

3　Pulleyblank, E. Linguistic Evidence for the Date of Han-shan. Ronald, C. M. (ed.). *Studies in Chinese Poetry and Poetics*. San Francisco: Chinese Materials Centre, Inc., 1978(1): 163.

第 3 章 始发地主体文化规范与寒山诗的语内旅行

一样，蒲立本也认为寒山诗并非出自一人之手笔。[1] 此外，在详细考证了寒山诗的用韵特点[2]后，蒲立本甚至提出："很显然，一部分寒山诗是晚唐的诗作，而数量较大的另一部分寒山诗从韵脚来看直指初唐甚至隋代……因为这部分诗作就切韵而言，甚至比初唐的宫体诗还要严格。"[3] 他因此将寒山诗集中早期和晚期的诗作，分别称为"寒山Ⅰ"和"寒山Ⅱ"。

施蛰存的观点与之类似："三百多首诗中，一部分诗和王梵志的诗极其相近，可以认为初唐作品；但另一部分诗却显然近似孟郊[4]、

---

[1] 但钱学烈似乎持不同意见："到目前为止，尚未有可靠材料证明寒山诗中有后人伪造者。"（钱学烈. 寒山拾得诗校评. 天津：天津古籍出版社，1998：32.）

[2] 关于寒山诗的用韵特点研究，除了蒲立本文外，亦可参考下列文献：若凡. 寒山子诗韵（附拾得诗韵）. 语言学论丛（第五辑）. 北京：商务印书馆，1963：99-130.；钱学烈. 寒山诗语法初探. 语言教学遇研究，1983（2）：109-126. 以及钱学烈. 寒山诗语法初探. 语言教学遇研究，1983（3）：142-153.；朱汝略. 寒山子诗韵试析. 东南文化·天台山文化专刊，1990（6）：127-133.；苗昱. 王梵志诗、寒山诗（附拾得诗）用韵比较研究.（苏州大学硕士论文，2002）；钟明立. 寒山诗歌用韵研究. 华南师范大学学报（社会科学版），2003（2）：75-78.

[3] Pulleyblank, E. Linguistic Evidence for the Date of Han-shan. Ronald, C. M. (ed.). *Studies in Chinese Poetry and Poetics*. San Francisco: Chinese Materials Centre, Inc., 1978(1): 164-165.

[4] 闻一多对孟郊的诗有这样的评论："孟郊一变前人温柔敦厚的作风，以破口大骂为工，句多凄苦，使人读了不快，但他的快意处也在这里，颇有点象现代人读俄国杜斯妥也夫斯基小说的那种味道；"又说："他主要的成就还在于对当时人情世态的大胆揭露和激烈攻击。"（闻一多. 闻一多论古典文学. 郑临川述评. 重庆：重庆出版社，1984：153-154.）这些特点无疑与梵志和寒山的通俗诗极其类似。如孟郊的《秋怀》诗系列中所描写的"黄河倒上天，众水有却来。人心不及水，一直去不回"以及"詈言不见血，杀人何纷纷。声如穷家犬，吠窦何阗阗。詈痛幽鬼哭，詈侵黄金贫。言词岂用多，憔悴在一闻。"

寒山诗：文本旅行与经典建构（修订版）

贾岛[1]的风格，不到中唐后期，这种风格的五言律诗还不可能出现。"[2]国内学者如项楚、陈引驰等亦倾向于寒山诗出自多人手笔之说。孙昌武综合现有材料后推断："只能肯定中晚唐确曾流传一批通俗诗，其作者被称为'寒山子'或'寒山'；在诗的流传过程中，逐渐形成了关于寒山这个人物的传说，闾丘胤其人及其为寒山诗作序的故事也随之被创造出来。而如下面将要说明的，也不能排斥当时确有过叫作'寒山'的人，他也可能是寒山诗的作者之一。肯定今传寒山诗集是经过长期流传的众多作者作品的结集，也不能否认其中有较早时期（如开元年间）的作品。但从总体看，寒山诗这个作品群应形成于大历以后。"[3]从中外文学史的情况来看，拟古和作伪的事情其实并不罕见。因此，寒山作者群的说法应该可以成立。

王瑶在《拟古和作伪》一文中详细讨论了魏晋时期的托古作伪之风。[4]他认为后人拟作的目的之一是为了学习和与前人一较短长；其次是假托古人的做法在当时的文学而言是一种常态与传统。但王瑶认为这些后世文人原来的目的"却最多只是文字技术的'逼真'，并没有一定想传于后世，自然更没有企图于历史意义的'乱真'。所以虽然蔚为风气，却仅只是拟古，而不能说是作伪；是当时很正常的一般情形，自然也谈不到盗名或欺世"。[5]寒山诗的情形也许稍有不同。首先，寒山诗

---

[1] 对于贾岛，后人从他的诗中读到的却是被闻一多称之为"清凉"的禅味："初唐的华贵，盛唐的壮丽，以及最近十才子的秀媚，都已腻味了，而且容易引起一种幻灭感。他们需要一点清凉，甚至一点酸涩来换换口味。……正在苦闷中，贾岛来了，他们得救了。"（闻一多.贾岛.唐诗杂论.上海：上海古籍出版社，2004：36.）

[2] 施蛰存.寒山子：诗十一首.唐诗百话.上海：华东师范大学出版社，1996：585.

[3] 孙昌武.寒山诗与禅.禅思与诗情.北京：中华书局，1997：250.

[4] 宇文所安所著、胡秋蕾、王宇根、田晓菲译的《中国早期古典诗歌的生成》（北京：生活·读书·新知三联书店，2014.）一书中也有专章讨论拟古的问题。具体可参考该书的第310–349页。

[5] 王瑶.中古文学史论.北京：北京大学出版社，1986：204.

第 3 章　始发地主体文化规范与寒山诗的语内旅行

的最初作者也许就是一个名不见经传的小人物,而且所写之诗与当时的诗学传统甚至意识形态都是疏离的,因此后人拟寒山诗来学习和与前辈一较高下的说法,实在是于情于理不符,最多就是拟这种反逆诗风来述义抒怀而已。其次,寒山诗的作者也许正是在"中晚唐矛盾丛生、日趋衰败的社会环境下被排斥的、不得不隐居求道的"[1]那些不满现实、怀才不遇的落魄文人,所以借诗而"怨"。在慨叹时运不济和现实不公之余,他们对自己的诗歌才情还是充满自信的,于是亦希望自己创作的这些诗作可以"忽遇明眼人,即自流天下"。有了这些现实的功利因素,再加上"随而录之"的这些"好事者"们可能的不辨真相,寒山诗中既有拟作亦有伪作,也是有可能的。余嘉锡就曾感慨"阳羡鹅笼,幻中出幻。吁,可怪也。以此推之,寒山之诗亦未必不杂以伪作。"[2]

因此,寒山诗的实际诗歌总数,也就成了历代颇具争议的文学公案。《宋高僧传》称 200 余首;《仙传拾遗》言 300 余首;而寒山诗自述"五言五百篇,七字七十九。三字二十一,都来六百首"。唐元和年间,徐灵府始编为 3 卷。《新唐书·艺文志》著录为 7 卷。后又有僧本寂作注的 7 卷本,今均不传。目前公认的海内外现存最早的寒山诗版本"天禄宋本"收诗 313 首。沙门志南于淳熙十六年(1189)编辑而成的《寒山诗集》存诗 311 首。项楚辑注的《寒山诗注(附拾得诗注)》中收寒山诗 313 首,加之考证出的佚诗 12 首,共计 325 首。对于寒山诗中自称的"六百首",钱学烈认为这是诗人自己预定的数目,不能认为是灵府序集时遗漏了近 300 首之多。[3]孙旗则认为:"从古到今没有一位诗人在生前决定一辈子计划共写多少首诗,而且寒山那样放浪形骸的人,如何还能统计他那些刻在树上石上的诗之总数呢?"[4]

1　孙昌武. 寒山诗与禅. 禅思与诗情. 北京:中华书局,1997:258.
2　余嘉锡. 四库提要辨证·卷二十·集部一. 精装全一册. 香港:中华书局,1974:1259.
3　钱学烈. 寒山拾得诗校评. 天津:天津古籍出版社,1998:31.
4　孙旗. 寒山与西皮. 台中:普天出版社,1974:15.

寒山诗：文本旅行与经典建构（修订版）

而对于"三百馀首"的这种说法，美国汉学家、敦煌学家梅维恒（Victor H. Mair）认为应该是 311 首。据考，他依据的是韩禄伯全译本的数目，而后者的英文译本是以《全唐诗》和《四库》本寒山诗集为范本。关于"311"这一数字，梅维恒还有一个非常有趣的分析：

> 我对归属于寒山名下的 300 首诗这一数字深表怀疑，这使我立刻想到了《诗经》的数目也正好是"诗三百"，更不可思议的是，这两个三百首都仅是个约数。《寒山诗集》和《诗经》的实际数目都是 311 首。让人难以置信的是：寒山在完成 311 首后就不去天台山国清寺优游了！极有可能是辑录者想让这 311 首反传统的道禅诗成为原型的儒家诗库的反衬（foil）。这些诗的一部分可能采自不同的地方，包括从寺厨和香客的口中以及一些本地二流诗人没有刊行的诗集中采辑而成。但为了要不多不少 311 首，他和他的后继者们续写了数量不菲的诗充数。也许并不是完全凑巧，王梵志名下的诗作数目也是 300 馀首；而唐代诗歌精华集的《唐诗三百首》也是这样的一个魔邪数字，尽管一个清代自称为道士的人辑录了这些诗。[1]

可以想象，寒山诗的流通和传播千年有余，而且在集录过程中，可能还不时有拟作和伪作加入，因此学者们对寒诗数目的考订总难达成一致意见。这也从另一个侧面表明，寒山和寒山诗自始至终充斥着各种矛盾和争议，是否实有其人都还悬而未决，更何况要考证他的籍贯、生平和身份。而归属于他名下的那些诗歌作品，同样扑朔迷离、真假难辨。如此看来，这桩文学公案，完全可以称得上文学史上的"哥德巴赫猜想"了。

尽管如此，寒山诗独特的语言风格和审美价值，在丛林内外和僧

---

1 Mair, V. Script and Word in Medieval Vernacular Sinitic. *Journal of the American Oriental Society,* 1992(112.2): 271.

第3章 始发地主体文化规范与寒山诗的语内旅行

俗之中均不乏追随者和认同者。《四库》提要引清代著名文评家王世祯（1634—1711）《居易录》云：

> 寒山诗，诗家每称其"鹦鹉花间弄，琵琶月下弹。长歌三月响，短舞万人看"，谓其有唐调。其诗有工语，有率语，有庄语，有谐语。至云"不烦郑氏笺，岂待毛公解"，又似儒生语。大抵佛语、菩萨语也。今观所作，皆信手拈弄，全作禅门偈语，不可复以诗格绳之。而机趣横溢，多足以资劝戒。[1]

这样的评论自然是不错的。寒山诗实际上就像是一个包罗万象的社会万花筒。它不仅反映当时社会对于主流诗歌的艺术追求，也使得由东汉和魏晋南北朝佛典翻译和佛教诗歌而肇始的白话诗风在经由唐初王绩和王梵志等人的传承后，在寒山这里得以发扬光大。此外，诗中大量宗教题材的诗作无疑是宗教与诗歌在文学领域结出的最重要的果实。

陈引驰认为："再就寒山诗的风格来说，实际存在着两个世界：其一是与王梵志一致的质朴通俗的路数，其二则透露出相当高的文化素养，所用典故涉及《诗经》《庄子》《古诗十九首》《世说新语》《列子》及陶谢诗等。"[2] 论者也许是想将寒山诗分类为通俗和典雅两种，但其实寒山诗即使在通俗诗中亦有用典的情况。因此不可将这二者对立起来。关于寒山诗和梵志诗的传承，谢思炜认为寒山诗继承了梵志体，但又有明显区别："王梵志诗着重向普通民众宣教，而寒山诗则是诗人自己的人生意识的反映和抒发，并且明显包含了禅宗思想影响的痕迹在内。"[3] 但客观地说，二者在通俗诗这个层面上大致是相似的。寒山诗有别于梵

---

1 钦定四库全书·集部二·寒山子诗集.香港浸会大学图书馆文渊阁四库全书内联网版.

2 陈引驰.寒山的两个世界.大千世界——佛教文学.昆明：云南人民出版社，2001：192.

3 谢思炜.禅宗与中国文学.北京：中国社会科学出版社，1993：110.

寒山诗：文本旅行与经典建构（修订版）

志诗，其实是在于寒山诗中作为诗人之诗的主流诗和作为宗教者之诗的宗教诗，是王梵志所无法企及的。匡扶就认为寒山诗所以能"得天独厚"是因为它还保留着不少文人诗的某种成分，"从而才能得到文士们的赏识，幸而被录存了下来，并能收入在《全唐诗》之中"。[1] 文学史家刘大杰（1904—1977）就曾指出："诗偈不分，正是梵志、寒山们的共同特征，不过因为他写的范围较广，而又时时加以自然意境的表现，因此他的诗，不如王梵志的枯淡。"[2] 张锡厚也认为：比较起来，王梵志诗涉猎的范围不及寒山。[3] 对于同属通俗诗路的梵志、寒山和庞蕴，项楚认为："寒山诗中有俚俗的一体，这是与王梵志和庞居士诗相近的，寒山诗中稍深微妙的境界却使王梵志诗和庞居士诗显得稚拙了。"[4] 由此可见，各家各派对寒山诗的俚俗用语、禅宗思想、自然意境、述义抒怀都给予了高度的认可。"其诗有工语，有率语，有庄语，有谐语"以及儒释禅"机趣横溢"，就是对于寒山诗最全面的文学评语。

或许，可以这样说，寒山诗是唐代诗歌发展进程中必然会出现的一个历史阶段和文学现象，也是中国诗歌发展史上的一个重要里程碑。它的出现不仅是唐代主流诗歌的延续，同时它所开创的一代诗风对于后世文学和诗歌的影响是极其显著的，尤其是由寒山诗集其大成的通俗诗风，徐徐开启了五代、宋代和明清以及近代白话文学的沉重之门，使得在"雅"与"俗"的历代纷争中出现了众多寒山诗的后世知音。[5] 世俗文学

---

1 匡扶. 王梵志诗与宋诗的散文化、议论化. 张锡厚. 王梵志诗研究丛录. 上海：上海古籍出版社，1990：120.

2 刘大杰. 中国文学发展史. 台北：华正书局，1980：405.

3 张锡厚. 论王梵志诗的口语化倾向. 王梵志诗研究丛录. 上海：上海古籍出版社，1990：135.

4 项楚. 唐代的白话诗派. 江西社会科学，2004（2）：40.

5 详细情况可参考徐三见. 寒山子诗歌的流传与影响. 东南文化·天台山文化专刊，1990（6）：113-120；陈耀东. 寒山诗之被"引""拟""和"——寒山诗在禅林、文坛中的影响及其版本研究. 吉首大学学报，1994（6）：59-66；曹汛. 寒山诗的宋代知音——兼论寒山诗在宋代的流布和影响. 中国典籍与文化论丛. 第四辑. 北京：中华书局，1997：121-133；孙昌武. 寒山诗与禅. 禅思与诗情. 北京：中华书局，1997：268-273.

第3章 始发地主体文化规范与寒山诗的语内旅行

如此,后世佛教诗歌和灯录体的创作也纷纷从寒山诗借镜。综上所述,我们认为,寒山诗的诗歌风格和艺术特色,可谓存在着三个世界:"诗赋欲丽"的主流诗、"质直朴素"的通俗诗和"空寂高远"的宗教诗。每一个世界均显示出不容忽视的文学价值和艺术感染力。

1. 主流诗

所谓"主流诗",即是文人之诗、诗人之诗,是和当时的主体文化规范鼻息相通的一类诗。如:

> 城中娥眉女,珠珮珂珊珊。鹦鹉花前弄,琵琶月下弹。
> 长歌三月响,短舞万人看。未必长如此,芙蓉不耐寒。

> 登陟寒山道,寒山路不穷。谿长石磊磊,涧阔草濛濛。
> 苔滑非关雨,松鸣不假风。谁能超世累,共坐白云中。

> 可笑寒山道,而无车马踪。联谿难记曲,叠嶂不知重。
> 泣露千般草,吟风一样松。此时迷径处,形问影何从。

> 群女戏夕阳,风来满路香。缀裙金蛱蝶,插髻玉鸳鸯。
> 角婢红罗缜,闇奴紫锦裳。为观失道者,鬓白心惶惶。

> 有人兮山楹,云卷兮霞缨。秉芳兮欲寄,路漫漫兮难征。
> 心惆怅兮狐疑,年老已无成。众喔咿斯,蹇独立兮忠贞。[1]

韩禄伯曾提到说,有人认为寒山不能和唐代大诗人如李白(701—762)、杜甫(712—770)、王维(699—761)和白居易(772—846)相提

---

[1] 本书寒山诗均引自《全唐诗》卷八百六。

寒山诗：文本旅行与经典建构（修订版）

并论，而且长期不被中国文学史家们所重视，其原因恐怕是人们认定寒山诗没有多少文学价值。[1] 这当然是一种错觉，因为人们总以为寒山诗不过就只是那个"疯癫和尚"用俗谚俚词写成的那些"不入流"的白话通俗诗。但实际上，且不说通俗诗自有它独特的审美价值，单就这种错觉而言，它其实是草率地将寒山诗和通俗诗画上了等号。不过，也许这样的错觉，正好反映了寒山诗风格与内容的驳杂。所以入矢义高在《寒山诗管窥》一文开篇就说"寒山诗，在唐代诗歌中甚为特殊，其特殊性并非是因为这些诗由于独特的风格与手法，从而使其具有独特的诗风。相反，其特征在于它们甚为混杂。能够捕捉到某一点作为寒山诗特征当然很好，但把握并非易事"。[2]

如前所述，寒山诗作者也许就是仕途失意故而隐居山林的读书人，因此他们熟谙科举应试所要求的那种严格规制下的诗歌创作形式，所以这类诗不仅在形式上符合当时主流诗学对于对仗和声律的要求，而且也和儒家所倡导的诗主情志的诗歌美学一脉相承。对于诗之文体特点，曹丕《典论·论文》云："夫文本同而末异，盖奏议宜雅，书论宜理，铭诔尚实，诗赋欲丽。"这里的"丽"实则昭示了后世诗学传统的大趋势。陆机《文赋》亦云："诗缘情而绮靡，赋体物而浏亮；碑披文以相质，诔缠绵而悽怆。"所谓"诗缘情而绮靡"即是指诗歌因情而生，要求文辞华美的意思。如果对比上述的寒山诗，我们以为，在"缘情"和"绮靡"方面，寒山诗并不逊色于那些青史留名的唐代大诗人。在评价上引寒山诗的最后一首楚辞体时，入矢义高就认为："即使不把该诗与李白的'鸣皋歌'、王维的'山中人'及韩愈、柳宗元的诸作品相比较，也可明显看出，该诗几乎都是由从《楚辞》中摘出的字句组合

---

1 Henricks, R. *The Poetry of Han-shan: A Complete, Annotated Translation of Cold Mountain*. New York: State University of New Work Press, 1990: 12.

2 入矢义高. 寒山诗管窥. 王顺洪译. 古籍整理与研究. 第四期. 北京：中华书局，1989：233.

第3章 始发地主体文化规范与寒山诗的语内旅行

而成,其组合之妙,是无与伦比的。"[1] 宋人许顗的《彦周诗话》也说:"虽使屈宋复生,不能过也。"

其次,唐代宽松的宗教政策使得儒、释、道并行于天下,寒山诗作者也身兼儒、释、道三种文化修养,因此,他(他们)不仅熟谙诗歌传统对于诗歌形式的要求,而且对各种前朝典籍也轻车熟路。引自《文选》《古诗十九首》《列子》《世说》等文人典籍和陶谢诗的章句,在此类主流诗中比比皆是。[2] 此外,寒山诗还有大量的诗句取自佛门典籍如《大般涅槃经》《妙法莲花经》和《坛经》等。《文赋》曾云:"伫中区以玄览,颐情志于典坟。"其意思不外乎是说,诗抒"情志"的同时不能忘记引经据典。寒山的这类主流诗融"情志"与"典坟"于一体,同时"缘情"和"绮靡"并举,这样的才情与诗意,即使在众星璀璨的唐代诗歌中也绝不逊色。其实,也许正是因为寒山诗中这部分主流诗歌保留了文人诗的特点,因而可以得到后世文人们的赏识,从而得以流传下来。

2. 通俗诗

所谓"通俗诗",则是指寒山诗中反传统、反规范、反修辞、反主流的一类诗。这类通俗诗是寒山诗的一大特色,也是最容易给人留下深刻印象的一类诗。如孙昌武所言,这类诗不同于元、白等人求语言浅俗以使读者易晓易喻,而是与诗坛追求精致典雅的成规相对立,从语言到格律都求朴野骇俗。[3]

> 若人逢鬼魅,第一莫惊慄。捺硬莫采渠,呼名自当去。
> 烧香请佛力,礼拜求僧助。蚊子叮铁牛,无渠下觜处。

---

[1] 入矢义高. 寒山诗管窥. 王顺洪译. 古籍整理与研究. 第四期. 北京:中华书局,1989:241.

[2] 详细可参考入矢义高和孙昌武等文以及钱学烈和项楚等校注本。

[3] 孙昌武. 寒山诗与禅. 禅思与诗情. 北京:中华书局,1997:263.

寒山诗：文本旅行与经典建构（修订版）

  猪吃死人肉，人吃死猪肠。猪不嫌人臭，人反道猪香。
  猪死抛水内，人死掘土藏。彼此莫相啖，莲花生沸汤。

  贫驴欠一尺，富狗剩三寸。若分贫不平，中半富与困。
  始取驴饱足，却令狗饥顿。为汝熟思量，令我也愁闷。

  老翁娶少妇，发白妇不耐。老婆嫁少夫，面黄夫不爱。
  老翁娶老婆，一一无弃背。少妇嫁少夫，两两相怜态。

  我见百十狗，个个毛狰狞。卧者渠自卧，行者渠自行。
  投之一块骨，相与哇喋争。良由为骨少，狗多分不平。

  中国传统诗歌美学认为诗歌本质上应该是抒情的，并且以"含蓄"和"典雅"作为诗歌创作之圭臬。晚唐著名诗论家司空图（837—908）的《二十四诗品》是唐诗艺术高度发展在理论上的卓越成果，是当时诗歌纯艺术论的一部集大成著作。《诗品》将诗歌的艺术表现手法分为雄浑、含蓄、清奇、自然、典雅等二十四种风格。所谓"含蓄"，司空图将其演绎为"不著一字，尽得风流。语不涉已，若不堪忧，是有真宰，与之沉浮。如渌满酒，花返时秋。悠悠空尘，忽忽海沤。浅深聚散，万取一收"，它充分地表达了司空图所谓"象外之象""韵外之韵""味外之味"的诗美情趣，为历代诗家所重视。这一诗歌境界与清代诗人袁枚（1716—1798）的"神悟"说（"鸟啼花落，皆与神通。人不能悟，付之飘风。惟我诗人，众妙扶智。但见性情，不著文字。宣尼偶过，童歌沧浪。闻之欣然，示我周行"）有异曲同工之妙。此二人之说皆是指诗语应当含而不露，而诗人应当追求意在言外的诗歌境界。至于"典雅"，司空图谓之曰"玉壶买春，赏雨茆屋。坐中佳士，左右修竹。白云初晴，幽鸟相逐。眠琴绿阴，上有飞瀑。落花无言，人澹如菊。书之岁华，其曰可读"。其意髓以"古雅"与"闲雅"为尊。

第3章 始发地主体文化规范与寒山诗的语内旅行

与这种主流的文学规范和诗歌美学相悖，寒山的这类通俗诗不抒情、反说理，而且公然置"含蓄"与"典雅"于不顾，以平淡如水的白话俗语入诗，甚至在诗末还为读者点明要旨。因此，既非典雅、又不含蓄。和唐代其他用典雅的文言写成的诗作相较而言，寒山诗的这种"不守经典，皆陈俗语"的创作原则，让很多西方学者也得出了错误的印象。韩禄伯在其全译本序中就曾产生这样的误解："寒山是个非常奇异的诗人。首先，他总是使用俗语作诗，而这在'好'诗中是很少见的做法。此外，他的某些'诗'根本不能称之为诗，而只是一些谚语、寓言或者类似警句一类的东西。"甚至也许是为了不降低寒山诗在目的地读者心目中的地位，他甚至还不厌其烦地提醒说"虽然我认为他的诗作中使用了不少俗语，但他许多诗或者说大部分的诗，却是用优秀的文言写成的"。[1] 这自然是因为某些西方学者不太熟悉中国诗歌传统的缘故，以为唐代诗歌尽是盛唐之音，而不知还有平淡朴素的通俗诗。

和初唐的王绩（585—644）、陈子昂（661—702）一样，这类寒山诗是在公然反叛六朝以来的颓废绮靡的宫体诗风以及齐、梁以来严格苛刻的声律准则的过程中诞生的。同时，它也是在佛教尤其是禅宗发展过程中，衍生出来的一类面对社会普通民众的诗歌体裁。很明显，这类诗歌的主要特点是用活泼自由的口语，或接近口语的语言，甚至大量使用俗谚和俚词进行创作，因而"既无宫体诗人为邀功取宠而刻意作诗的苦恼，也没有分配韵脚的束缚与既定题目的限制"。[2]

一方面，这是因为诗人的刻意求异和不愿趋附于"冶艳而不深刻的、轻佻而不庄重的、富丽而不自然的"（陆侃如、冯沅君语）当世诗风的缘故。寒山诗有云："有个王秀才，笑我诗多失。云不识蜂腰，仍不会鹤膝。平侧不解压，凡言取次出。我笑你作诗，如盲徒咏日。"另一首诗又说："客难寒山子，君诗无道理。吾观乎古人，贫贱不为耻。

---

[1] Henricks, R. *The Poetry of Han-shan: A Complete, Annotated Translation of Cold Mountain*. New York: State University of New Work Press, 1990: 12.

[2] 陈炎，李红春. 儒释道背景下的唐代诗歌. 北京：昆仑出版社，2003：32.

寒山诗：文本旅行与经典建构（修订版）

应之笑此言，谈何疏阔矣。愿君似今日，钱是急事尔。"这两首诗足以表明寒山的通俗诗中有意识的反规范、反主流、反传统和反修辞的倾向。有论者认为通俗诗的"反修辞"，忤逆了中国诗歌传统追求修辞立诚的立场，因而是"中国传统文学中第一次出现的反修辞文学"。[1] 如果仅仅是泛指唐代的通俗诗，上述结论大抵是不错的。不过，即使是寒山的通俗诗，其实也不乏"比""兴"等修辞手法的运用。

另一方面，因为寒山诗作者亦是来自下层民众，因此熟悉民歌和乐府诗歌以及佛门偈语等口头文学的创作传统，于是诗人很容易从心理上摈弃那种"浅薄而滥调、雕琢而空泛"的所谓"新体"，而以大量浅白质朴的俗语入诗。梅维恒认为"也许除去他的灵魂兄弟和前辈王梵志以外，寒山诗中的俗语成分比其他任何一位唐代诗人要多。他们诗作中频繁出现的俗语用法在当时的禅宗氛围下是不足为奇的。禅宗语录是中古汉语中使用俗语最多的文本之一"。[2] 清宣统时期的江苏巡抚程德全（1860—1930）在《寒山子诗集跋》中也说："以诙谐谩骂之辞，寓其牢愁悲愤之慨，发为诗歌，不名一格，莫可端倪。"[3]

除了语言上的不避俚俗外，这类通俗诗在诗体形式上，亦有某些相对固定的话语结构：如"我见×××""余家×××""昨见×××"和"世有×××"这样的语法结构，其实也正是其通俗化与口语化的语法表现，当然也预设了"说教"与"劝世"的成分。入矢义高认为"我见……人"这样的第一人称结构，说明寒山与梵志相比，自我意识更为浓厚。

---

1 谢思炜.唐代通俗诗研究.中国社会科学，1995（2）：162.

2 Mair, V. H. Script and Word in Medieval Vernacular Sinitic. *Journal of the American Oriental Society,* 1992(112.2): 271. 现存最早的灯录是五代南唐保大十年（952）泉州昭庆寺静、筠二禅师所编的《祖堂集》。此集从词汇到语法均是口语化的。如卷第十四《江西马祖》：师问僧："从什摩处来？"对云："从淮南来。"师云："东湖水满也未？"对云："未。"师云："如许多时雨，水尚未满！"道吾云："满也。"云岩云："湛湛底。"洞山云："什摩劫中曾欠少来？"（静、筠禅僧.祖堂集.张华点校.郑州：中州古籍出版社，2001：471.）

3 叶昌炽.寒山寺志.南京：江苏古籍出版社，1986：116.

第3章　始发地主体文化规范与寒山诗的语内旅行

他认为，这是与南宗禅的主观精神及在野居士的旺盛的批判精神相关的。谢思炜也持相同的观点。但若纯粹从语法结构的角度来看，这样的结构只是为了方便引出所咏之物而已。显然，以这种纯口语的结构起头，在情感上和心理上更接近目的地受众的日常交流习惯和审美期待。在寒山诗中，类似的结构还有"昨到×××""昨日×××"以及"有人×××"等。

此外，这类诗有着和传统格律诗完全不同的特点，既没有严格的字数和句数限制，主要以五言为主，三言、七言并举，每首诗又四、六、八、十、十二、二十句不等；也不注重平仄和对仗。不过，诗人对于"风人体"和"半格体"作诗法的运用可谓驾轻就熟。所谓"风人体"，入矢义高的解释是"上句是导入下句的铺垫，要说的中心意思在下句中表达……这种句法，经常利用同音字容易被通用和派生出其他意思的特点，使诗句兼有两种意思，即双关的手法"。[1] 一般而言，这种句法多出现在诗句的最后两行。而所谓"半格体"，赵滋蕃（1924—1986）在《寒山诗评估》一文中介绍说："谓半格者，即一诗而兼具古体与齐梁体之谓。各得其半，故称半格体。"[2] 赵滋蕃同时认为，首创半格体，并以此形成特殊风格者，应为寒山子。他还说，寒山子的诗思，"通过这种新形式，表达得圆融、洗练，繁复中能求得统一；而且此新形式，给寒山带来了较大的自由表达的幅度，使用的语言，不致在旧格律中磨损其音乐性或感性"。[3] 不言而喻，这两类诗体形式，与当时注重辞藻声律的主流诗歌美学大相径庭，但毫无疑问却更利于情感志趣的抒发和通俗主题的呈现。

值得注意的是，这类寒山诗的另一个显著特点，便是将普通的人情世态纳入诗歌，真正让诗歌从初唐诗的帝王将相主题走向了民间的凡夫

1　入矢义高.寒山诗管窥.王顺洪译.古籍整理与研究.第四期.北京:中华书局，1989:238.

2　孙旗.寒山与西皮.台中:普天出版社，1974:168.

3　孙旗.寒山与西皮.台中:普天出版社，1974:176.

寒山诗：文本旅行与经典建构（修订版）

俗子。寒山诗中的人物形象几乎无所不包：从富儿贫士、少年老翁、恶少偷儿到和尚道士、慵夫懒妇、隐士哲人等。有论者指出："这种诗歌描摹对象的转变，背后隐藏着化俗诗僧对旧有秩序的不满与反抗。"[1] 谢思炜也认为："作为一种新的社会话语，通俗诗是唐代封建社会中一个游离的、被排斥的社会阶层通过对诗歌中心传统的反叛向社会政治中心力量表示异议的手段。"[2]

实际上，《论语·阳货》中早有"诗，可以兴，可以观，可以群，可以怨"的说法。诗人寒山似乎比他的许多前辈更明白"诗可以怨"的内涵。在他的通俗诗里，他通过诗歌这种手段，淋漓尽致地展现和发泄自己以及下层民众的疾苦、烦恼与穷愁。这种反抗与呻唤也许是柔弱无力的，但它却实实在在地反映了普通百姓的苦闷和彷徨。而且，诗人无论在内容选择、语言处理还是叙事方式上，都有下层民众代言人的特质。在诗歌风格上，也有明显迎合下层民众审美情趣的倾向。因而项楚称诗人寒山为"下层民众导师"。《寒山歌诗集》的译者赤松认为："他为每个人作诗，而不仅仅只为受过教育的知识精英们而写作。"[3]

此外，除了讽世劝俗的成分，这类诗中也不乏反映自然生态、伦理孝道、人世警思、甚至忧国忧民思想的诗作。如论生态问题："昨见河边树，摧残不可论。二三馀干在，千万斧刀痕。霜凋萎疏叶，波冲枯朽根。生处当如此，何用怨乾坤"；论世道人心："我见世间人，堂堂好仪相。不报父母恩，方寸底模样。欠负他人钱，蹄穿始惆怅。个个惜妻儿，爷娘不供养"；论人生哲学："瞋是心中火，能烧功德林。欲行菩萨道，忍辱护真心"；论国之大道："国以人为本，犹如树因地，地厚树扶疏，地薄树憔悴。不得露其根，枝枯子先坠。决陂以取鱼，是取一时利"等。这就使得寒山的通俗诗在内容与境界上，远远高于其他以纯粹说教为目的的通俗诗。

---

1 陈炎，李红春. 儒释道背景下的唐代诗歌. 北京：昆仑出版社，2003：28-29.

2 谢思炜. 唐代通俗诗研究. 中国社会科学，1995（2）：157.

3 Porter, B. *The Collected Songs of Cold Mountain*. Port Townsend: Copper Canyon Press, 2000: 15.

第3章　始发地主体文化规范与寒山诗的语内旅行

总体而论，寒山的通俗诗不拘一格，且题材广泛，字里行间极尽嬉笑怒骂之能事，尽显鲜明的民间白话诗歌特点。这正应了王世祯《居易录》所言"皆信手拈弄""不可复以诗格绳之"以及"机趣横溢，多足以资劝戒"的特点。

3. 宗教诗

关于寒山的"宗教诗"，入矢义高曾说："把寒山诗真正作为诗人的诗来阅读的，历来几乎没有。原因之一是收进《寒山子诗集》的作品，多为宗教者之作，而非诗人所作。"[1] 实际上，寒山之所以被众多研究者误为诗僧，恐怕就在于他传说中的僧人身份和他的宗教诗：

> 自见天台顶，孤高出众群。风摇松竹韵，月现海潮频。
> 下望青山际，谈玄有白云。野情便山水，本志慕道伦。
>
> 岩前独静坐，圆月当天耀。万象影现中，一轮本无照。
> 廓然神自清，含虚洞玄妙。因指见其月，月是心枢要。
>
> 碧涧泉水清，寒山月华白。默知神自明，观空境逾寂。
>
> 欲识生死譬，且将冰水比。水结即成冰，冰消返成水。
> 已死必应生，出生还复死。冰水不相伤，生死还双美。
>
> 今日岩前坐，坐久烟云收。一道清溪冷，千寻碧嶂头。
> 白云朝影静，明月夜光浮。身上无尘垢，心中那更忧。
>
> 蒸砂拟作饭，临渴始掘井。用力磨碌砖，那堪将作镜。

---

[1] 入矢义高. 寒山诗管窥. 王顺洪译. 古籍整理与研究. 第四期. 北京:中华书局，1989: 233.

寒山诗：文本旅行与经典建构（修订版）

佛说元平等，总有真如性。但自审思量，不用闲争竞。

众星罗列夜明深，岩点孤灯月未沈。
圆满光华不磨莹，挂在青天是我心。

寒山顶上月轮孤，照见晴空一物无。
可贵天然无价宝，埋在五阴溺身躯。

华兹生在《唐代诗人寒山的一百首诗》英译本序中提到说：

> 在中国大多数一流诗人的作品中，佛教题材往往是轻描淡写的。……然而，寒山诗显然是一个例外。归属他名下的诗有一定数量是说教诗……但同时也有很多深邃的、引人瞩目的表达宗教情感的优秀诗作。正是因为这个原因，所以他在中国文学中自然有一种特别的重要性。因为他证明了与儒家、道家题材一样，佛教题材也是可以写出好诗的……他的同胞却无意去开拓由寒山开启的这一诗歌领域，真让人百思不得其解。[1]

这一说法的前半部分无疑是准确的，中国诗史历来不太重视宗教题材诗，寒山等人创作的此类诗作长期以来都是"养在深闺人少识"。当然，华兹生认为唐代诗人无人涉猎宗教题材诗的说法未免过于武断。事实上，由于唐代是中国佛、道二教发展的极盛时期，所以唐代的文人士大夫都不同程度地接受二者的影响。于是，不仅当时的僧众，就是唐代诸多文人如孟浩然、王维、李白、白居易等既交好丛林中人，自己也都擅写宗教题材诗。寒山的宗教诗也正是唐代佛、道、禅思想发展与兴盛在诗歌领域中的反映。

---

1 Watson, B. *Cold Mountain: 100 Poems by the T'ang Poet Han-shan*. New York: Grove Press, Inc., 1962: 11.

第3章 始发地主体文化规范与寒山诗的语内旅行

对于唐代的宗教诗，宇文所安的说法或许更有说服力："唐代诗人中不乏僧人，但大多数写诗仍然按照俗世的诗歌传统，仅偶尔引用一下佛教术语或采用遁世诗或风景诗隐晦地表达其佛门身份。[1] 除了这些诗作外，亦有大量宣扬佛门教义的诗歌在佛教文学史中保存了下来，但文学性普遍不强。"至于其成就，宇文认为："在唐代，最接近真正意义上的'宗教诗'的诗作是寒山诗以及他的同伴拾得所作的为数不多的诗。"[2] 晚唐五代以降，寒山诗成为禅师上堂的法语以及禅林参禅悟道的工具。此外，禅门"拟"寒山诗之风盛行。从上述情形来看，这一结论并非言过其实。

寒山的宗教诗有很大一部分是用来表现隐逸和禅悟思想的。如果说魏晋时期隐逸山水园林，还仅仅是受政治动乱和老庄思想的影响而追求一种"清净无为"的生存状态的话，那么在中唐后，由于安史之乱和禅宗思想的影响，隐逸者便开始了对于"自然适意"的追求。事实上，中国的儒、释、道三大文化传统均认可"隐逸"的做法。比如儒家经典《论语·季氏》中就有"隐居以求其志"的说法。美国人赤松对中国隐士也有这样的描述：

> 在中国历史上，总有人喜欢山间生活、辛苦度日、茅屋睡觉、衣衫褴褛、斜坡耕作、说得少，写得更少——也许就是几首小诗，一两帖方剂。游移于人世之外，却熟晓四季更替，他们修身养性，以贫瘠土地的尘埃换取山间的薄雾。遥远而不为人所知，他们就是这个世界最古老社会里最受人尊重的一群人。中国人对隐士缘何如此钟情，目前还没有任何合理的说

---

[1] 关于这一点，陈引弛在《诗僧的出现》一文中也说："中唐的诗僧对诗歌艺术有非常自觉的追求。在很大程度上，他们就是僧人身份的诗人，不少作品我们很难寻绎出有关佛教的意旨。"（陈引弛. 寒山的两个世界. 大千世界——佛教文学. 昆明：云南人民出版社，2001：223.）

[2] Owen, S. *An Anthology of Chinese Literature: Beginnings to 1911.* New York: Norton, 1996: 404–405.

法，或者这根本不需要什么解释。隐士就在那里：宫墙外、深山中、雪山后几缕孤独的炊烟。中国自有史以来就有隐士。[1]

不仅如此，在寒山诗可能出现的大历、贞元、元和这一段时期（766—820），正是禅宗文学大发展的时期。尤其是在中唐以后，马祖道一所开创的洪州宗禅风大盛，禅宗的宗风便开始由"峻洁疾转到自然适意"；禅宗的理路由"《楞伽》《般若》混杂转向《般若》与老庄交融"；禅宗的修习由"理智追索直觉内思转向自然体验"；禅宗的思想从"自我约束与自我调整转向自由无碍随心所欲"。[2] 因此，如果说魏晋时期的隐逸思想还仅仅是把山水田园当作避难之所以及游弋身外的异质物和取譬对象的话，那么此时的隐逸者追求的却是另外一种更加高远的心灵境界。即物我合一、自然适意的至臻境界。

这种对于内在心境的闲适与恬淡的追求，正好与南宗禅所宣扬的淡泊、安适、自足、"平常心""即心即佛""非心非佛"等观点不谋而合。于是寒山诗中出现了大量的表现隐逸和禅悟思想的诗作。这从诗中大量充满禅意的"云"和"月"的意象便可以一窥究竟。有学者论："当'云'这一语词被中晚唐诗人们用在诗里的时候，它已经是一种澹泊、清净生活与闲散、自由心境的象征了。"[3] "云"这一佛教譬喻运用到文学语言之后，其所暗示的"闲适"与"放旷"的精神状态，在寒山诗中亦有"任运还同不系舟"和"快活枕石头、天地任变改"的回应。"月"原本也是佛教常用的譬喻，象征着空寂、澄明和"无念"的圆通境界和禅宗精神。寒山诗中即有"吾心似秋月、碧潭清皎洁"和"寒山顶上月轮孤，照见晴空一物无"的写照。实际上，诗人已经挣脱了世俗

---

[1] Pine, R. *Road to Heaven: Encounters with Chinese Hermits*. San Francisco: Mercury House, 1993: 1.

[2] 葛兆光. 中国禅思想史——从6世纪到9世纪. 北京：北京大学出版社，2000：333.

[3] 葛兆光. 禅意中的"云"：唐诗中一个语词的分析. 中国宗教与文学论集. 北京：清华大学出版社，1998：95-96.

第3章　始发地主体文化规范与寒山诗的语内旅行

与红尘的羁绊，完全将自己融入了白云和山月之中，从而复归到自然适意、无所系绊的本真状态。这部分的诗作意象优美，禅意悠远，因而也是宗教诗中最有成就的部分。孙旗感叹道："以此等诗与唐一代的任何大诗人之诗相比较，均无逊色。"[1] 孙昌武甚至认为"反映禅宗思想更为明晰、艺术成就最高、对后世影响也更为深远的"[2] 即是寒山诗。除此之外，表达逍遥旷达的道家风骨诗（如"野情便山水，本志慕道伦"）和充满佛门智慧的佛理诗（如"欲识生死譬，且将冰水比"）同样的清新隽永，让人回味无穷。

值得注意的是，寒山诗里还有一些是批评道教长生术、炼丹术以及佛门僧侣不守戒律的诗作。比如：

　　常闻汉武帝，爱及秦始皇。俱好神仙术，延年竟不长。
　　金台既摧折，沙丘遂灭亡。茂陵与骊岳，今日草茫茫。

　　沙门不持戒，道士不服药。自古多少贤，尽在青山脚。

　　寒山有裸虫，身白而头黑。手把两卷书，一道将一德。
　　住不安釜灶，行不赍衣裓。常持智慧剑，拟破烦恼贼。

　　可畏三界轮，念念未曾息。才始似出头，又却遭沈溺。
　　假使非非想，盖缘多福力。争似识真源，一得即永得。

　　我见出家人，不入出家学。欲知真出家，心净无绳索。
　　澄澄孤玄妙，如如无倚托。三界任纵横，四生不可泊。
　　无为无事人，逍遥实快乐。

1　孙旗. 寒山与西皮. 台中：普天出版社，1974: 18.
2　孙昌武. 寒山诗与禅. 禅思与诗情. 北京：中华书局，1997: 247.

寒山诗：文本旅行与经典建构（修订版）

> 昨到云霞观，忽见仙尊士。星冠月帔横，尽云居山水。
> 余问神仙术，云道若为比。谓言灵无上，妙药心神秘。
> 守死待鹤来，皆道乘鱼去。余乃返穷之，推寻勿道理。
> 但看箭射空，须臾还坠地。饶你得仙人，恰似守尸鬼。
> 心月自精明，万象何能比。欲知仙丹术，身内元神是。
> 莫学黄巾公，握愚自守拟。

  这些诗作融合说教讽世、劝世劝俗、佛理禅理、人生哲学为一体，呈现出一种别致的诗歌美学。叶珠红认为，这种"寓劝诫于嘲嗤"的手法以一种特殊的方式流露并展现了诗人的"肺腑之言"，这种诗歌创作的手法，远非一般释徒和文人所能企及。[1] 可以说，无论从诗之意境还是从语言表达来看，寒山的宗教诗在中国诗史中都是无可替代的。与此同时，我们还可以看到，寒山诗中的宗教思想其实并非限于某一宗一派，也许正因为这样，人们便可以合理地质疑其独立的诗人身份，而各家各派似乎又都可以找到拉寒山入教的合法理由了。

  综上所述，寒山诗的出现，应该说是唐代诗歌以及社会文化发展到一个阶段必然会出现的一种诗歌现象。它充分反映了寒山诗作者面对当时主流文化规范的一种矛盾心理。既有趋附主流的心态；亦有在愤懑失意后嘲弄与批判社会的心理；更有在山林幽隐后恬淡自在的个人超脱的心境。无论是"诗赋欲丽"的主流诗，质直朴素的通俗诗还是空寂高远的宗教诗，寒山诗都显示出了相当的文学水准和审美价值。有论者将其诗体风格概括为"不拘格律，直写胸臆，或俗或雅，涉笔成趣"。[2] 对照寒山诗的这三个世界，我们以为这种结论基本上还是准确的。事实上，后人学者称诗人所创造的这种诗体为"寒山体"。

  尽管寒山诗的三个世界——主流诗、通俗诗和宗教诗——都具有极高的文学价值，而且在丛林内外拥有大量的读者，甚至还有历代知名文

---

1 叶珠红.寒山诗集论丛.台北：秀威资讯科技股份有限公司，2006：212-213.
2 项楚.前言.寒山诗注：附拾得诗注.北京：中华书局，2000：14.

第3章 始发地主体文化规范与寒山诗的语内旅行

人的推崇,但它依然长期决绝于中国文学正典并被早期的封建文学道统所排斥,根本原因其实就在于它与主流文化规范背道而驰。寒山神乎其神的传说、扑朔迷离的身世以及寒山诗中激烈的宗教冲突使得"子不语怪力乱神"的儒教道德家们难以接受它的"正宗"身份;而大量质朴浅白的通俗诗显然又自动地将自己排除在"文学质性"所圈定的经典文本以外。因而,寒山诗的语内文学之旅一直都走得磕磕绊绊。然而,就寒山诗斑驳陆离的主题,扑朔难辨的诗人身世以及诗歌内容中世俗与宗教的并峙、通俗与雅致的轶起、一波几折的文学命运而言,轻视甚至忽视这样重要而奇特的诗歌现象,无疑是中国文学史与中国诗史的遗憾。

3.3 寒山诗的语内旅行

关于寒山诗在中国国内的传布与接受,日本汉学家岛田翰在《宋大字本寒山诗集》卷首有这样的总结:"寒山没千有二百馀年,遗集寥寥希传,虽以南北释藏之博,犹未采辑之,而高丽藏亦未收。其见于《读书敏求记》者,殆几乎断种。清《四库总目》所著录,则不过明新安吴明春刻本,而黄荛圃所获精钞本及外洋刻本者,亦今不知其已归于何人之手? 虽元有高丽刻本,明有闽刻,而近时亦有金陵刻本,实多谬误,而宋本竟无一存者。盖非必其书之未足传后也。清淡冲朕,唐人不好。而宋元两代,又视之蔑如,不肯数动枣梓,何怪乎其日就湮灭也!"[1]岛田翰将寒山诗之不传归咎为"刊刻不力"和"后人不好"两个方面。但其实情况并非如此。寒山诗历代均不乏知音,刊刻亦是不辍。其次,寒山诗也并非是湮灭不传,只是不为文学正统所容、不见于文学正典而已。在二十世纪上半叶轰轰烈烈的白话文运动中,寒山诗也只不过充当了一个"陪衬"和"工具"的角色。在中国国内,真正的寒山诗研究肇始于1958年著名学者余嘉锡的《四库提要辨证》。此书卷二十(集部一)

---

[1] 转引自项楚.附录二.寒山诗注:附拾得诗注.北京:中华书局,2000:953.

发表的寒山研究专论，标志着寒山诗研究自此进入了一个真正意义上的学术研究时代。

3.3.1 寒山诗在唐宋至晚清时期的传布与接受

寒山诗的三个世界都显示出非同凡响的文学与审美价值。雅俗兼具的诗风和不拘一格的诗式理应为其赢得身前身后名。寒山自己在诗作中对此也表现出了绝对的自信：

> 下愚读我诗，不解却嗤诮。中庸读我诗，思量云甚要。
> 上贤读我诗，把著满面笑。杨修见幼妇，一览便知妙。

然而，除了李山甫（约836—900年前后在世）[1]、贯休（832—912）、齐己（863?—937?）等少数几位诗人偶尔提及寒山诗外，寒山诗在唐、五代时期并未产生任何影响。这固然是因为寒山诗在当时还仅处于被收集和被整理的原初形态；但同时也因为寒山所期待的文学名声不幸湮没于唐代声势浩大的诗歌洪流之中。"单是寒山生活的唐代，大诗人济济如林，数一百个也数不到寒山"[2]的说法在当时看来，绝不是危言耸听。再则，诗人没有被文学正宗认可的文学身份，因而其属文和立言在当时也根本进入不了人们的关注视野。那些涂写在树墙上的诗歌作品只能算是诗人自我慰藉、自我娱乐或者自我疗伤的一种心理宣泄方式而已。

显然，无人会关注像寒山这样的落魄文人的生活状态和诗歌情怀，更何况这些诗作当中充斥着太多喧嚣与反叛的声音，这在当时人们的眼

---

1 叶珠红. 寒山诗集论丛. 台北：秀威资讯科技股份有限公司，2006：215. 叶珠红认为：寒山诗中所预言的"忽遇明眼人，即自流天下"的"明眼人"，应以唐僖宗咸通年间的李山甫为第一人。李山甫所谓的"寒山子亦患多才"是文人中最早引寒山入诗者。

2 王庆云. 论寒山诗及其在东西方的影响. 烟台师范学院学报（哲社版），1990（1）：52.

第3章 始发地主体文化规范与寒山诗的语内旅行

里无疑是忤逆于诗之正途的。尽管"诗可以怨",但若怨声过盛,则自然会受到主流意识形态和主流诗学的打压与排斥。而且,历代统治者和读者对于诗之热情和兴趣总多集中于某些"要人"身上:他们有被主流诗学认可的超绝的诗艺和显赫正统的士人身份,因而像寒山这样的"边缘诗人"似乎历来都无法逃脱遭人遗忘的宿命。就这一点而言,生于这个伟大的诗歌时代是寒山之大不幸。然而不可否认:寒山诗也正是为这样的时代所催生,只有这样的母体环境才可以孕育出如此别致的寒山诗,因此这也应是寒山之大幸。尽管从现在的文学视角来看,寒山诗具有奇丽而独特的文学与艺术价值,但在当时乃至接下来的数百年里都不被诗学正统所认可,以至于这样一个"可贵天然无价宝",只能默默忍受"埋在五阴溺身躯"的文学命运,诗人寒山也只能独自嗟叹和吟唱着"不恨会人稀,只为知音寡"的孤独与寂寞。然而这种沉寂和宁静很快就为纷至沓来的宋代知音们所打破。

据叶珠红考证,寒山诗中所预言的"忽遇明眼人,即自流天下"中的"明眼人",应以唐僖宗咸通年间的李山甫为第一人。李山甫所谓的"寒山子亦患多才"是文人中最早引寒山入诗者。此外,宋代文人王安石(1021—1086)、苏轼(1037—1101)、黄庭坚(1045—1105)、陆游(1125—1210)、朱熹(1130—1200)、刘克庄(1187—1269)等都对寒山诗赞赏有加:或唱和,或赠答,或拟作,或教授,或吟诵,或刊刻,或品评。寒山的后世知音、宋代大文学家王安石不仅喜爱寒山诗,而且其《拟寒山拾得二十首》无论语言还是描摹情状,都与寒山诗逼肖酷似。下面的两首即出自王安石的拟寒山诗:

> 牛若不穿鼻,岂肯推人磨。马若不络头,随宜而起卧。
> 干地总不浣,平地总不堕。扰扰受轮回,只缘疑这个。

> 莫嫌张三恶,莫爱李四好。既往念即晚,未来思又早。
> 见之亦何有,歘然如电扫。恶既是磨灭,好亦难长保。
> 若令好与恶,可积如财宝。自始而至今,有几许烦恼?

寒山诗：文本旅行与经典建构（修订版）

就寒山诗的流通与传播而言，叶珠红认为：黄庭坚是释徒刊刻寒山诗集以外，对寒山诗流传贡献最多的文人。主要体现在两个方面：一是书寒山诗广以赠人；二是任意更改寒山诗为己有。[1] 毫无疑问，通过个人的书写或拟作来推介寒山诗，对于寒山诗的流传，作用毕竟有限。

真正让寒山诗广布人间、流行寓内的最大功臣是两宋时期的印刷业。当时经济和商业的高度繁荣，为文化的发展奠定了基础。读书风气之兴盛，对于书籍的刊刻、流通与阅读需求就愈来愈强烈，这就为印刷业的大力发展提供了天然契机。加之两宋时期对于唐代科举制度的沿袭，更加激发了读书人的读书热情。与此同时，快捷的交通、方便的货币、雕版印刷技术的成熟与普及、活字印刷术的创造与发明，使得宋代的印刷业获得了长足的发展，成为我国雕版印刷史上的黄金时代。"书籍之有雕版，肇自隋时，行于唐世，扩于五代，精于宋人。"我国雕版印刷史上的官刻、私刻、坊刻三大刻书系统也在宋代确立起来。

寒山诗也正是在这样的大背景下被多次刊刻流布。"天禄宋本"（《天禄琳琅》宋刻本《寒山子诗一卷附丰干拾得诗一卷》）是目前海内外公认现存最早的寒山诗刻本。据推测，这个版本可能是北宋熙宁五年（1072）来中国天台山参拜的日僧成寻（Jōjin, 1011—1081）从国清寺得到的寒山诗集。事实上，在他的日记《参天台五台山记》（*San Tendai Godai Sanki*）中，成寻就记载了天台山邂逅寒山诗和寒山传说的事迹。汉学家博尔根在《寒山传奇：一段被人忽略的历史》（*The Legend of Hanshan: A Neglected Source*）一文中记载：成寻对闾序的叙事安排做了"比较合理"的调整。首先是日期，然后是天台山的三个主要人物的介绍，接着是闾丘胤遇丰干，后者建议他去拜访寒山和拾得，他照做了，但后两人却辞而不见。随后他去察看了丰干所栖之禅房，结果发现丰干也消匿无踪。此外，成寻的版本还多出了日期，以及对"拾得"名字的解释。但在措辞上与闾序无二。[2]

---

[1] 叶珠红. 寒山诗集论丛. 台北：秀威资讯科技股份有限公司，2006：220-222.

[2] Borgen, R. The Legend of Hanshan: A Neglected Source. *Journal of the American Oriental Society*, 1991(111.3): 578.

第3章　始发地主体文化规范与寒山诗的语内旅行

此外，寒山诗的刊刻还有南宋国清寺僧志南于淳熙十六年（1189）编辑而成的"国清寺本"（"东皋寺本"和"无我慧身本"的祖本），据称，这一版本"流传最广，影响最大"。[1] 南宋理宗绍定二年己丑（1229），东皋寺僧无隐在前刻基础上重刻寒山诗，世称"东皋寺本"。随后，释无我慧身觅得寒山长篇序诗一首，遂加入前刻，即世传"无我慧身本"。再次是南宋理宗宝祐三年乙卯（1255）释行果刊刻的"宝祐本"。据日本汉学家岛田翰在日本明治三十八年刊本《宋大字本寒山诗集》卷首的说法，"宝祐本"于元代传入朝鲜，由朴景亮等刊行高丽覆宋本。[2] 上面提及的"无我慧身本"，其成书年代就介于"东皋寺本"与"宝祐本"之间。据考，日本官内厅书陵部藏宋本即为此本。事实上，宋刻除上述外，还有"高丽本"等其他刻本。

值得注意的是，国内学者胡菊人、钟玲和美国学者卡恩、韩禄伯都将"国清寺本"误为现存最早的寒山诗版本。不过，叶珠红据"天禄宋本"中拾得诗最后一首《可笑是林泉》下注"此首系别本增入"的字样认为："天禄宋本也跟国清寺本一样，是别有所本。"[3] 叶珠红在其另一本专著《寒山资料考辨》中则明确考证出："有次序有条理的《天禄》宋本，要比寒山、拾得、丰干之诗均未细分，且全无'闾丘伪序''丰干禅师录''拾得录'的《永乐大典》本《寒山诗集》，还要来得晚出……《天禄》宋本所谓的'别本'，大有可能是《永乐大典》本所根据的'山中旧本'。"[4] 然而，韩国专治版本学的学者李钟美则认为：目前为止，现存寒山诗版本中时间最早的版本为北京图书馆藏宋刻本。[5] 毋

---

[1] 刘玉才.《寒山诗集》影印说明.寒山诗集.（日本官内厅书陵部藏宋元版汉籍影印丛书第一辑）.北京：线装书局，2001：6.

[2] 转引自项楚.附录二.寒山诗注：附拾得诗注.北京：中华书局，2000：954.

[3] 叶珠红.寒山诗集校考.台北：文史哲出版社，2005：14.

[4] 叶珠红.寒山资料考辨.台北：秀威资讯科技股份有限公司，2005：172.

[5] 李钟美.古印本寒山诗版本系统考.寒山子暨和合文化国际研讨会论文集.杭州：浙江大学出版社，2009：149.

寒山诗：文本旅行与经典建构（修订版）

庸置疑，这些宋代刻本极大地拓展了寒山诗流传的渠道和广度，助推了寒山诗在后世的流通与传播，为其语内旅行奠定了坚实基础。

除了文人圈，寒山诗在宋代丛林中更有众多追随者。不仅有大量的拟作问世（其中善昭禅师（945—1022）和慈受怀深（？—1131）的拟作最为有名。后者的《拟寒山诗》多达一百四十八首），而且寒山诗还常常被用作参禅的公案话头和上堂的法语，《祖堂集》《五灯会元》《景德传灯录》等禅文献中均有大量记载。

寒山诗于宋代在释徒与文人之间广为流传的原因，除了禅门偈颂开始引人瞩目之外，在禅宗影响下形成的理学思想也使得宋代诗风向着说理和议论的方向发展。而寒山诗在延续主流诗歌传统之外，其通俗诗和宗教诗不仅大量采用偈颂的创作方式，而且诗歌内容基本上都以议论和说理为主。这与宋儒所倡导的"穷理正心"和"格物致和"的思想不谋而合，因此其诗受到宋代禅林和文士的普遍青睐。其次，自明朝中叶以降，雅文学（诗文、词曲等）呈现熟极而剥落的态势。[1] 臻于宋代，俗语文学如戏曲、白话小说等文学形式逐渐繁盛并开始与雅文学并行发展。在这种文体环境下，寒山诗中那部分通俗白话诗自然也适时地赢得了一定程度的追捧和认可。

元、明两代仍然延续拟、学寒山诗的风气。如元诗僧行端有拟寒山诗百余篇，自命《寒拾里人稿》，中峰和尚明本也有《拟寒山诗广录》。明张守约有《拟寒山诗一卷》（载《四库未收书辑刊》，六辑·二十七册）。不过，随着理学的逐渐衰落，元明二朝的拟风已大不如前，不过刊刻之风倒是大炽。元代的高丽复宋本为《四部丛刊》所录，流传甚广。明代刊刻的寒山诗除永乐十四年（1416）楚石和刻本外，目前可知的有：正德十一年（1516）福建建阳刘氏弘毅书坊慎独斋刻本、嘉靖四年（1525）天台国清寺住持释道会刊本（香港大学图书馆藏）、明刻白口八行本、明刻屠隆本、明刻甘尔翼本、新安吴明春校刻本、万历

---

[1] 吴子林.文化的参与：经典再生产——以明清之际小说的"经典化"进程为个案.文学评论，2003（2）：121.

第3章 始发地主体文化规范与寒山诗的语内旅行

二十七年(1599)台州刻本(台州知府计益辑,临海王宗沐序)、明末石树道人刻《和三圣诗集》,还有广州海幢寺刻本(广东省立中山图书馆藏)和近年来学者们频繁提及的永乐大典本等。

尽管有大量的拟作和刊刻流布人间,而且寒山诗也得到了历代文士和文学大家的喜爱。但耐人寻味的是,从十二世纪到十八世纪初这几百年的时间里,寒山诗却一直被摒除于正统之外。也就是说,寒山诗并未真正进入文学正统所认可的文学选集和文学史。在宋代洪迈(1123—1202)的《万首唐人绝句》、宋代计有功(生卒年不详)的《唐诗纪事》、元代杨士宏(生卒年不详)的《唐音》、明代高棅(1350—1423)的《唐诗品汇》、清代沈德潜(1673—1769)的《唐诗别裁集》中均不见寒山诗的踪影。"今天我们仍能读到寒山的诗全是靠民间私人所印的寒山诗的单行本。"[1]

清康熙十一年(1672),浙江嘉兴楞严寺经坊有《天台三圣诗集和韵》(寒山等唱;梵琦、福慧和。香港中文大学藏。)刊刻传世。不过,据说该刊本乃日本翻刻版。只有到了清康熙四十六年(1707),据康熙御旨编纂成书的唐代诗歌总集《全唐诗》才开始正式将寒山诗收录并将其列为释家诗之首。随后的雍正十一年(1733),清世宗[2]亲自御选了127首寒山诗刊刻传世并御制《寒山子诗序》:

> 寒山诗三百余首,拾得诗五十余首,唐闾邱太守写自寒岩,流传阎浮提界。读者或以为俗语,或以为韵语,或以为教语,

---

[1] 钟玲.寒山在东方和西方文学界的地位.唐三圣二和原者.寒山诗集:附丰干、楚石、拾得、石树原诗.(上海商务印书馆缩印建德周氏影宋本).台北:文峰出版社,民国五十九年(1970):3.该文原文载1970年3月8—12日的台湾地区《中央日报》副刊。

[2] 清世宗即雍正。自号破尘居士或圆明居士,是一位同佛教关系极为密切的清初帝王。在藩邸时期,雍正经常往来于禅僧之间,讲论性宗之学。雍正对于佛教禅宗思想也颇有研究,曾撰《破尘居士语录》以及阐述其佛教思想的《云集百问》《御选语录》《雍正御录宗镜大纲》和《拣魔辨异录》等书。

寒山诗：文本旅行与经典建构（修订版）

或以为禅语，如摩尼珠，体非一色，处处皆圆，随人目之所见。朕以为非俗非韵，非教非禅，真乃古佛直心直语也。永明云："修习空花万行，宴坐水月道场，降伏镜里魔军，大作梦中佛事。"如二大士者，其庶几乎！正信调直，不离和合因缘；圆满光华，周遍大千世界。不萌枝上，金凤翱翔；无影树边，玉象围绕。性空行实，性实行空；妄有真无，妄无真有。有空无实，念念不留；有实无空，如如不动。是以直心直语，如是如是。学者狐疑净尽，圆证真如，亦能有无一体，性行一贯，乃可与读二大士之诗。否则随文生解，总无交涉也。删而录之，以贻后世。寒山子云："有子期，辨此音"。是为序。雍正十一年癸丑五月朔日御笔。

雍正帝御制的《寒山子诗序》极大地提高了寒山诗的社会地位和影响范围。此外，雍正还亲封寒山为"妙觉普度和圣"，拾得为"圆觉慈度合圣"，合之为"和合二圣"。寒山、拾得的"和合二圣"形象，由此成为中华"和合文化"的象征。在民间，他们还成了幸福和睦、不离不弃的化身，是新婚夫妇礼拜的偶像。尽管得到皇帝的御制和敕封，甚至还被神化为婚姻的守护神，走进了千家万户和佛寺禅院。然而，1763年刊刻行世的《唐诗三百首》却未收任何一首寒山诗，倒是紧随其后的大型文献丛书《四库全书》（1782）将寒山诗三百余首悉数收录其中。

按理说，寒山诗在历代都拥有自己的读者群体，其中不乏文学大家和资深文评家，为什么寒山诗在清代以前却始终不被正统认可呢？

首先，寒山诗中的通俗诗始终是其通往经典之途的障碍。千百年来，文言与白话之间的雅俗之别使得人们相信："庙堂和士林要用雅的，引车卖浆者流只能用俗的。"[1] 文言典籍的作者多出于庙堂和士林，而白话作品的作者往往名不见经传。寒山诗中大量的通俗诗使世人不自觉地将其列为"引车卖浆者流"的街谈巷语和痴语妄言，与义古奥、文

---

[1] 张中行.文言与白话.哈尔滨：黑龙江人民出版社，1995：159.

第 3 章　始发地主体文化规范与寒山诗的语内旅行

典雅的正统文学相去甚远。这类作品想保存都实属不易,要入正流就更是不可能的了。那么为什么寒山诗中那部分"绮靡"的、与文人之诗同声相应的主流诗也无缘正典呢?原因很简单:位卑言轻是也。诗人游离于正统文学之外的文学身份使得他的诗歌作品根本无法进入主流诗学和经典制造者的关注视野。

其次,文人士大夫们之所以拟学寒山诗的原因也许在于寒山诗开了白话通俗诗的风气,对于趋新的文人而言自然是一种新的诱惑。以前也许有"名不正而言不顺"的顾虑,但既然有人开了先例,也就无所顾忌地做起白话诗来。但他们之作白话诗却仿佛是正事之余的一种业余消遣,所作亦全是游戏之作。他们深谙"言之无文,行之不远"的道理,他们对自己的这类诗都不存流传的妄想,所以无意为寒山诗进入经典劳神费力。寒山诗在他们的眼里,也许只是茶余饭后的一种谈资而已。于是,寒山诗就如同张中行所言不过是"宴席上的小菜性质,虽然上了席面,地位却并不高"。[1]

再次,拟学寒山诗的文士如苏轼、黄庭坚、王安石以及辑录古代经典诗文的那些编撰者如洪迈、计有功等均出自士林,既为文也为仕,自然无意与自己身处其中的主流意识形态相悖离。因此,尽管他们也喜爱寒山诗,但一旦牵涉到统治阶级内部的文学利益,他们自然会维护原有文学秩序。谁也不愿意以身犯险去建立一个新秩序,于是"边缘"与"中心"的原初形态得以沿袭。

最后,中唐以后的禅宗以及在其影响下的宋明理学与寒山诗中无论是说理、议论的通俗诗还是禅意悠远的宗教诗都有某种契合之处,但寒山诗仍然徘徊于正典之外也许是宗教文学历来不被重视的缘故。虽然像唐代这样的盛世大朝奉行三教合流的政策,但儒家的"子不语怪力乱神"的信念仍是思想界的主流,而且宗教文学的白话传统与文人诗歌的典雅传统是分庭抗礼、互不兼容的。因此,由儒生编写的传统中国文学史就少有宗教文学的相关论述,寒山诗中的那些宗教诗自然

---

[1] 张中行.文言与白话.哈尔滨:黑龙江人民出版社,1995:160.

寒山诗：文本旅行与经典建构（修订版）

更无立锥之地了，甚至由于寒山宗教诗中纷乱的宗教思想和互为抵触的宗教观点，使得宗教典籍也视之为"异端"而将其排拒在外。

直到清康熙四十六年（1707），九百卷的唐代诗歌总集《全唐诗》才开始将寒山诗收录并将其列为释家诗之首。在《全唐诗》卷八百六，寒山诗还占去了近四十页的巨大篇幅。寒山诗从此进入了文学正统的关注视野。在漫长而疲惫的近千年的语内旅行和颠沛流离之后，寒山诗终于在中国文学多元系统中找到了自己久违的"家"，并首次获得了主体文化规范的认可，[1] 当然，也前所未有地、正式地进入了公众的知识视界。

这种文学地位的最终形成，一方面是因为丛林内外历代的收集、整理、品评、征引、拟作、唱和等为寒山诗的经典化做了前期的准备，毕竟经典的生成是一个历史的累积过程。其次，明代大量白话通俗文学形式的出现，使得人们对于寒山诗的接受和认可赢来了一个难得的黄金时期，再加之宋明理学对于"理"的讨论，使寒山诗中极富"理趣"的说理诗受到极大关注与高度褒扬。再次，清初文学大家王世禛（1634—1711）《居易录》的首肯无疑是其走向经典话语的重要动因。同时值得一提的是，清初统治者对于佛教的笃信也是个中重要缘由之一，寒山在闾序中的"文殊"身份，以及寒山诗中大量的佛理诗与禅喻诗自然受到统治者的称许。尤其是"喜佛"的清世宗亲自御选127首寒山诗并御制《寒山子诗序》传世，更是牢牢地确立了寒山诗的文学地位。从赞助人理论来说，意识形态、经济利益与社会地位"三位一体"的最高统治者，无疑是文本经典化过程中最有力的促成因素。总之，历史的积累、主体

---

[1] 值得一提的是，在明清以前诗歌影响大大超越寒山诗的王梵志诗却不见于清初编纂的《全唐诗》。事实上，皎然的《诗式》、范摅的《云谿友议》、何光远的《鉴戒录》、惠洪的《林间录》《冷斋夜话》、阮阅的《诗话总龟》、晓莹的《云卧纪谭》、庄绰的《鸡肋篇》、费衮的《梁谿漫志》、计有功的《唐诗纪事》、胡仔的《苕溪渔隐丛话》、陈岩肖的《庚溪诗话》、陶宗仪的《说郛》、杨慎的《禅林钩玄》等都转录有王梵志诗。日本平安朝（784—897）编纂的《日本国见在书目录》也著录了《王梵志诗集》，可见早在唐朝，王梵志诗便已流传到日本。寒山诗在上述著名文集与诗选中遍寻不见不说，就是流布日本的时间也落后于前者。

第 3 章 始发地主体文化规范与寒山诗的语内旅行

文化规范的变迁、权威文学赞助人的举荐、最高统治者的文学兴趣、统治阶级的文学利益等因素，合力成就了寒山和寒山诗在中国诗史中的文学地位。

1782年，《四库全书》也开始将寒山诗选录其中。此外，同时期的清代文人也对寒山诗表现出了极大的兴趣。不仅有王士禛《居易录》的赏评，还有著名文献家钱曾（1629—1701）的《读书敏求记》收录的从宋刻摹写的《寒山拾得诗》一卷。道光时期朴学大师俞樾（1821—1907）、同治时期藏书家陆心源（1838—1894）、宣统时期江苏巡抚程德全等都对寒山诗赞赏有加。但由于清代前期文人热衷"厚古薄今"的考据之学，所以寒山诗等所代表的白话诗实在没有太大的市场，直到十九世纪初，"经世致用"学风对于朴学的反叛才使得白话诗比较广泛地进入了清代文人和读者的关注视野。但寒山诗在清代除了成功进入《全唐诗》和《四库》以外，似乎并没有受到想象中人们应该给予经典文本的那种热烈的追捧，即便是清末的"诗界革命"也没能给寒山诗一席之地。

事实上，在当时文学多元系统处于"边缘"和"弱势"的晚清时期，翻译文学开始走向文化多元系统的中心——尤其是带有强烈政治意识形态的各类翻译小说，更是获得了中心之中心的地位。或许正是因为政治意识形态元素的缺失，寒山诗这一类普遍被认为是通俗诗的诗作，在当时并没有引起多少社会的反响；而且，传说中疯疯癫癫、离群索居的寒山诗人形象，也不能见容于当时宣扬激进与出世的主流意识形态。于是，寒山诗在这一时期的语内旅行趋于沉寂。

3.3.2 寒山诗在民国初年至"文化大革命"前的传布与接受

不过，这暂时的沉寂，在民国初年便被轰轰烈烈的"白话文运动"和"新诗运动"的热闹景象所打破。代表了白话和通俗传统的寒山诗一时间再次"登堂入室"。1919年，上海商务印书馆便出版了据常熟瞿氏铁琴铜剑楼藏高丽刊本影印的《寒山诗：1卷、丰干拾得诗、附慈受拟寒山诗》。

寒山诗：文本旅行与经典建构（修订版）

然而，直到胡适的《白话文学史》发表之时，寒山才再次比较集中地进入了人们的关注视野。1921年，时任北京大学教授的胡适发表《白话文学史》，首次明确了寒山的"白话大诗人"地位，从而第一次真正让寒山在诗坛上拥有了诗人的名分。[1] 在论及白话诗的来源时，胡适说："唐初的白话诗人之中，王梵志与寒山拾得都是走嘲戏的路出来的，都是从打油诗出来的。"[2] 在谈到五世纪下半叶的一个疯癫和尚邵硕的事迹时，胡适认为："在这种疯狂和尚与谲诡诗赋的风气之下，七世纪中出了三五个白话大诗人。"[3] 他首先提到了王梵志、王绩和初唐四杰，然后是寒山拾得。胡适不仅对寒山的生平事迹进行了详细的考证，还列举了九首寒山白话诗来论证寒山走的仍然是王梵志的白话路线。

凭借着当时的诗学气候、北京大学教授和新文化运动主将的身份，再加之是为中国最高学府的学生讲授这部《白话文学史》，胡适和他的文学史完全将寒山擢升至了中国主流诗人之列。因为在胡适看来，"白话文学史是中国文学史的中心部分，中国文学史若去掉了白话文学的进化史，就不成中国文学史了"；他同时认为白话文学史是中国文学史上"最热闹、最富创造性、最可以代表时代的文学史"；[4] 并称："这一千多年中国文学史是古文文学的末路史，是白话文学的发达史。"[5] 至此，我们可以说，正是二十世纪初的这场白话文运动和胡适的权威身份，成就了寒山的诗人身份和经典地位，从而开了现当代中国学者寒山诗研究之先河。

二十年代以来，寒山诗的刊印在数量上开始远远超过前代。1924年，建德周氏有《景宋本寒山子诗》刊刻传世。1926年，吴兴张氏刊刻《寒山诗集：附丰干拾得诗》（寒山撰，张钧衡辑。择是居丛书系列）

---

1 《全唐诗》在寒山生平介绍中并未明确其诗人身份，只是沿用间序说法称之为"文殊"。也许这就是寒山诗位列释家诗之首的缘由。

2 胡适. 白话文学史. 香港：应钟书屋，民国四十八年（1959）：157.

3 胡适. 白话文学史. 香港：应钟书屋，民国四十八年（1959）：161.

4 胡适. 白话文学史. 香港：应钟书屋，民国四十八年（1959）：9.

5 胡适. 白话文学史. 香港：应钟书屋，民国四十八年（1959）：4.

第 3 章　始发地主体文化规范与寒山诗的语内旅行

问世。不过，这两个刊本均属民间刻本，流通面较小，因此辐射和影响范围也相当有限。从二十年代末起，商务印书馆《四部丛刊》先后两次刊印寒山诗。第一次是影印黄丕烈、瞿镛所藏的高丽本，第二次则影印建德周氏影宋刻本——汲古阁藏宋本。1931 年，上海法藏寺募刻扬州藏经院藏版之《和三圣诗集》，称为《合订天台三圣二和诗集》。刊印最多的是上海佛学书局，自 1937 年至 1947 年短短十年即刊行过三版六种。

继胡适《白话文学史》之后，1938 年 8 月，由商务印书馆初版的郑振铎（1898—1958）的《中国俗文学史》问世。作者将寒山置于中国俗文学之列，并首称寒山为"通俗诗人"。作者开宗明义："俗文学不仅成了中国文学史主要的成分，且也成了中国文学史的中心。"[1] 他指出："'俗文学'是至高无上的东西，无一而非杰作，也不是像另一班人所想象的，'俗文学'是要不得的东西，是一无可取的。"[2] 在《唐代的民间歌赋》这一章，郑振铎指出：

> 白居易的诗虽号称妇孺皆解，但实在不是通俗诗；他们还不够通俗，还不敢专为民众而写，还不敢引用方言俗语入诗，还不敢抓住民众的心意和情绪来写。像王梵志他们的诗才是真正的通俗诗，才是真正的民众所能懂的，所能享用的通俗诗……唐代的和尚诗人们像寒山、拾得、丰干都是受他（王梵志）的影响的。[3]

郑振铎在这里强调的"专为民众而写""引用方言俗语入诗""抓住民众的心意和情绪来写"的这些特征，在寒山的通俗诗中均有淋漓尽致地呈现。随后，郑振铎在引寒山"有人笑我诗"一首时说："这是通

---

[1] 郑振铎. 中国俗文学史（上）. 上海：上海书店，1984: 2.
[2] 郑振铎. 中国俗文学史（上）. 上海：上海书店，1984: 6.
[3] 郑振铎. 中国俗文学史（上）. 上海：上海书店，1984: 124–125.

寒山诗：文本旅行与经典建构（修订版）

俗诗人们的对于古典作家们的解嘲之作。"[1] 寒山的诗人名分在这里得以进一步的确立。然而，由于当时国内的政治形势以及对于抗战文学的强调，郑氏的这部文学史在当时并没有引起多大反响。和胡适的《白话文学史》一样，该书是五四时代的知识分子出于文化启蒙和文学革新的考虑写成的。虽然有一定的功利性，但无论如何，胡适和郑振铎二人总算合力将寒山等白话诗人推上了现、当代文学研究的前台。

然而，继起的抗日战争以及这一时期对于左翼文学（革命文学）的强调，使得寒山诗再度匿失于人们的视野之外。二十年后，也就是1958年，当大洋彼岸的美国诗人加里·斯奈德在《常春藤评论》发表意义深远的24首寒山译诗的时候，中国著名文献学家余嘉锡的《四库提要辨证》也于同年出版。此书卷二十（集部一）对《寒山子诗集序》的证伪以及对于寒山生平的缜密考证在海峡两岸引起了极大的反响。事实上，我们认为，余氏的专论是寒山诗研究中的重要里程碑，是一次真正意义的寒山诗学术研究。

次年，著名学者钱穆在中国香港《新亚书院学术年刊》1959年第1期上发表《读书散记两篇·读寒山诗》。文章援引多首寒山诗，并据寒山诗所记内容对诗人身世作了大胆的推定。因为钱文发表于香港，所以在当时的大陆学界并未产生太大的影响。

1963年12月，由北京大学中文系编辑、商务印书馆出版的《语言学论丛》（第五辑）收录了若凡的寒山诗专论《寒山子诗韵（附拾得诗韵）》。该篇专论另辟蹊径，从音韵的角度，归纳、整理寒山和拾得的诗韵，从而考察它们的用韵特点及其所反映的当时的实际语音情况。作者在《引言》中袭用郑振铎的说法，称寒山拾得为"和尚诗人"，并称他们的事迹都被渲染得像"神仙"一般，十分怪诞。然而，作者对于寒山、拾得诗的评价却并不高："他们的作品与其称之为诗，还不如叫作'词偈'更确切些，因为它们的内容和形式跟变文里的偈语差不多。内容方面大都是宣扬佛学哲理，有一些描写自然境界的，可取的地方也不

---

[1] 郑振铎. 中国俗文学史（上）. 上海：上海书店，1984：125.

多。"[1]作者之所以探讨它,是因为其浅显通俗的语言特点。其研究结论是:寒山和拾得的诗韵系统,"不仅与以'赏知音'为主要目的的《切韵》系统相距较远,而且和唐代的功令也多不合……这些事实表明,寒山子和拾得的用韵不受当时'官韵'的束缚,能反映语言的实际"。[2]应该说,这篇专论的问世,在很大程度上丰富了寒山诗的研究视角,或许还启发了后来的研究者如加拿大汉学家蒲立本1978年的《寒山身世的语言学证据》的研究,以及中国学者钱学烈、朱汝略等人在八九十年代及其后的一系列寒山诗音韵研究的研究思路。六十年代后期,由于政治意识形态等诸原因,寒山诗的刊印与研究在中国大陆一度寥落。

3.4 主体文化规范与寒山诗的文学命运

综上所述,寒山诗在十八世纪以前的文学道统中被排斥的根本原因其实就是与正统的主体文化规范格格不入,尤其是在诗学观与文学经典的价值标准方面更是与所谓的主流文学传统背道而驰。所以,在十八世纪之前,寒山诗在本土文化多元系统中的传布与接受就纯粹属民间行为,无论是收集、整理、刊刻、校注、品评、唱和、征引、拟作都是由民间力量和非官方的丛林内外人士在不违背和触抵主体文化规范的前提下来推动与延存的。

事实上,寒山那些近似"邪乎"的传说、永远也"纠缠不清"的迷离身世以及寒山诗中大量被主流诗学轻蔑的"通俗诗"和诗中几乎无处不在的驳杂而激烈的宗教冲突使得官方的、正统的文学卫道士与道德家们难以接受它为"正宗"与"经典"。只有到了十八世纪初的康熙四十六

---

1 若凡.寒山子诗韵(附拾得诗韵).语言学论丛.第五辑.北京:商务印书馆,1963:99.
2 若凡.寒山子诗韵(附拾得诗韵).语言学论丛.第五辑.北京:商务印书馆,1963:130.

寒山诗：文本旅行与经典建构（修订版）

年（1707），九百卷的唐代诗歌总集《全唐诗》才开始将寒山诗收录其中并将其列为释家诗之首。之后，寒山诗便开始正式地进入了公众与读者的视野。除了1782年的《四库全书》将寒山诗收录之外，寒山诗并没能怎么续写自己的辉煌。而在文化多元系统处于"边缘"与"弱势"的晚清时期，尽管当时的翻译文学占据了文化多元系统的中心位置，尽管长期在中国文学正统中被视为"小道"的"小说"的价值与地位得到了重新审视与评价，但当时的文学价值标准似乎就将"通俗小说"认定为"救国图存"的新文学模式和输入先进新思想的新语言表达形式。本土通俗小说创作比起域外小说的翻译而言，其地位是不能同日而语的。对于通俗诗歌，尤其是对于本土文化传统中的通俗诗歌自然兴趣不大。尽管也提倡所谓的"诗界革命"，但寒山作为退隐山林的隐者形象以及寒山诗中一些宣扬避世的"思想流毒"显然是这个时期的运动发起者和组织者们所不愿意去讴歌的。因此，尽管俗文学在晚清获得了在中国文学史中前所未有的文学地位，但传统上被认为是同属通俗路数的寒山诗在当时的文学语境与政治话语中实在没有引起丝毫的注意。

只是当民初轰轰烈烈的"白话文运动"与"新诗运动"到来之时，对于本土通俗文化传统的寻踪与强调，以及这次运动本身所具有的在语言与文字变革方面的文学及政治色彩，寒山作为"白话大诗人"的"诗人角色"才得以强调和凸显，尤其是1921年胡适《白话文学史》的出版与讲授使得寒山和寒山诗再一次比较集中地进入了人们的关注视野，代表了白话与通俗传统的寒山诗在胡适的文学史中昂首跻入了文学经典的殿堂，寒山也因此被擢升至中国主流诗人之列。1938年郑振铎的《中国俗文学史》在追溯中国俗文学传统之后，再次肯定了寒山诗在作为"中国文学史的中心"之俗文学中的至高地位。不过，由于"新文化运动"的降温以及随后的抗日战争等社会历史原因，胡适与郑振铎的文学史除了在当时有限的文学圈子小有闻名之外，对于普通读者与民众而言，实在是未能产生多少的实际影响。不过，随着时间的演进以及由此引发的文学观念的变革与学术研究范式的转变，1958年，中国著名文

第3章　始发地主体文化规范与寒山诗的语内旅行

献学家余嘉锡的《四库提要辨证》的出版获得了海峡两岸学术界的一致首肯，寒山和寒山诗研究从而迎来了一个真正意义上的学术研究时代。1959年，学者钱穆在中国香港《新亚书院学术年刊》第1期上发表的《读书散记两篇·读寒山诗》以及1963年若凡的寒山诗专论《寒山子诗韵（附拾得诗韵）》相信都是这种影响的实际成果与良好开端。

当然，在"新文化运动"至"文化大革命"开始之前，坊间也有数次寒山诗集的刊印与出版。不过，寒山诗在当时的主流意识形态中除了昙花一现般的"大红大紫"外，仍然不过就是一个边缘角色而已。因此，寒山诗在六十年代以前依然不太为人所知。而且，随着六十年代后期"文化大革命"风云乍起，寒山诗的刊印与研究在中国大陆就再度寥落了。不过这种寥落就仿佛是黎明前的黑暗一般。因为，这暂时的静寂场面并没有维持多久，便被海外热闹非凡的"寒山热"所打破，寒山诗更是昂然迈入了世界翻译文学经典的瑰丽殿堂。而且，相较而言，这种来自海外的热度实在是大大超出了国人的意料。从一衣带水的近邻日、韩到遥远的斯堪的纳维亚半岛上的北欧瑞典，从西欧大陆的英、法诸国到北美大陆的美国，从中欧的传统小国比利时、捷克到传统意义的欧洲强国荷兰、德国，寒山和寒山诗的影响几乎无处不在。事实上，在中国文学史上，寒山诗的文本旅行历程上演了一出真正意义上的"墙里开花墙外香"的大戏；中西文学史也因为如此独特瑰丽的"寒山现象"而不得不重新审视文本旅行与经典建构之间的一系列互动关系。

事实上，在二十世纪上半叶以前的中国文学史中，寒山诗始终只是一个"附属""陪衬"和"工具"的角色。对于寒山诗的关注与研究，也仅仅限于"为我所用"的功利主义兴趣。而这种长期的尴尬身份，实则是因为寒山诗与主体文化规范之间的紧张关系所致。因为紧张，所以免不了相互抵触和彼此冲突。因为抵触和冲突，其语内文学之旅注定充满了荆棘与坎坷。无论文学质性、道德准则、诗歌美学还是文化规范，都长期置狂放不羁、通俗浅白、雅俗不分、离经叛道的寒山诗于不顾，

寒山诗：文本旅行与经典建构（修订版）

寒山诗也因此一直徘徊在正统文学史和主流文学话语之外。尽管在清初被选入了中国古典诗文正统的《全唐诗》，在二十世纪初的白话文运动中，寒山还被胡适和郑振铎以"白话大诗人"和"通俗诗人"的名分"请"进了中国文学史。然而，可能是因为文学正统和"五四运动"所倡导的积极入世的思想与寒山诗中屡屡出现的"消极避世"作风产生了某种排斥力，尤其是当寒山诗作为白话文学的批判精神被渐来的马克思主义所宣扬的"革命性"淡忘的时候，寒山诗便再一次成了历史陈迹。正如有论者所说："但当再行研究、深入分析和全面把握的时候，人们就看出了它的倾向与当时政治、思想、文化的差距和偏离，因而自然而然地抛弃了它。"[1]

如前所述，由于主体文化规范的制约，寒山诗在中国文学史中千百年的语内文学之旅受尽冷遇。即使偶获旁睐，也多是一个"被利用"的工具角色，而且其诗歌成就还笼罩在王绩和王梵志等唐代诗人的阴影之下。如果以余嘉锡《四库提要辨证》卷二十（集部一）开启寒山诗真正意义上的学术研究来计算，寒山诗从公元八世纪问世以来，在中国学术界被整整"雪藏"了一千二百余年。

---

1 王庆云. 论寒山诗及其在东西方的影响. 烟台师范学院学报（哲社版），1990（1）: 53.

第 4 章　目的地文化多元系统与寒山诗的语际旅行

  有人笑我诗，我诗合典雅。
  不烦郑氏笺，岂用毛公解。
  不恨会人稀，只为知音寡。
  若遣趁宫商，余病莫能罢。
  忽遇明眼人，即自流天下。

——寒山[1]

  相对于中国文学史"会人稀""知音寡"的寥落景象，寒山诗在旅行至一衣带水的东邻日本和朝韩时，却即时获得了几乎所有中国"主流诗人"们也许永远都无法与之比肩的成就：寒山诗的各种译本、注本和评论文章纷纷问世不说，有关寒山的各种神话传说亦被改编成小说，寒山的形象更是走入画界和神坛，其影响历经数个世纪而不衰；在二十世纪的欧洲大陆，寒山诗的翻译与研究一时间还成了欧洲汉学的"宠儿"：英国、法国、德国、荷兰、比利时、瑞典和捷克等西欧、中欧和北欧国家的学者和翻译家对寒山诗都显示出了罕见的热情与兴趣；而在同一时期的大洋彼岸，中国诗人寒山则成为美国年轻一代顶礼膜拜的精神领袖，寒山诗也因此成为"旧金山文艺复兴"的经典之作。此后，寒山诗更是全面进入美国各大文学选集和东亚文学的大学讲堂。事实上，"姗姗来迟"的所有这一切荣耀，其实是寒山诗与目的地文化多元系统

---

[1] 寒山. 诗三百三首. 彭定求编. 全唐诗（第二十三册）. 北京：中华书局，1960：9101.

之间所构筑的那种"其乐融融"的话语场成就的。因此,萨义德所谓的"穿越各种语境压力的通道"对寒山诗的语际旅行而言,显得格外的"豁然开朗"。于是,与步履蹒跚的语内旅行相比,其语际文学之旅则显得出奇的顺利与通畅,而寒山诗也因此奇迹般地实现了"忽遇明眼人,即自流天下"的神奇预言。

4.1 文化多元系统与翻译文学的地位

讨论目的地文化多元系统和翻译文学的文化地位,就不能不提到以色列特拉维夫学派著名学者伊塔马·埃文—佐哈尔。他在二十世纪七十年代初提出的多元系统理论吸取了俄国形式主义和捷克结构主义的积极因素,将翻译文学视为目的地文学多元系统中的子系统,客观描述翻译文学在目的地文化多元系统中的接受与影响,从而试图对"从特定文化中处于中心的典范文本到最边缘的非典范文本的各种写作形式作功能性解释"。[1] 佐哈尔认为:各种符号现象,例如文化、语言、文学、社会并非是由互不关涉的因素组成的混合体,而是由相互关联的因子构成的有机系统,文学也应置于多元系统来考察。实际上,研究者不仅要着眼于文本自身,还要关注其他相关的制约因素。众所周知,往往正是某些非文本因素制约和操纵着文学作品的生成、流布、翻译与接受。佐哈尔指出:各系统间的地位彼此并不平等,它们在多元系统中处于不同的层级。[2] 某些系统处于多元系统的中心,而某些却只能暂时位列边缘。但在佐哈尔看来,多元系统并非静态的和一成不变的。相反,中心和边缘之间时刻都处于胶着的张力状态,各种文学类型时刻都在为拼抢中心而竞逐角力。于是,某些系统可能由于特定的社会文化语境的变化,而不得不经历从中心到边缘,或从边缘到中心的地位变迁。

---

1 王东风. 翻译文学的文学地位与译者的文化态度. 中国翻译,2000(4):3.

2 Even-Zohar, I. Polysystem Theory. *Poetics Today*, 1990(11.1): 14.

第 4 章　目的地文化多元系统与寒山诗的语际旅行

具体到翻译文学，佐哈尔认为，翻译文学不仅是一个相对完整的体系，同时还与其他文学系统相关联。翻译文学在多元系统中起主要作用还是次要作用取决于系统中特定的社会文化语境。在 1978 年发表的《翻译文学在文学多元系统中的地位》一文中，佐哈尔认为有三个主要条件可以促成翻译文学的中心地位：一、当某一个多元系统还未形成，即是说，译入语文学还处于稚嫩和发轫初期；二、当译入语文学处于"边缘"或"弱势"阶段，或二者兼而有之；三、当译入语文学出现转型、危机或文学真空的时期。[1]

当翻译文学占据主要地位时，它通常会积极参与构建目的地文化多元系统的中心位置，在这种情况下，翻译文学就成为革新力量的内在组成部分，而且还通常和文学史上的重大文学事件联系在一起。此时，新的文学模式出现，翻译因此可能成为创造这些新的文学模式的手段之一。[2] 在文学新模式的构建过程中，翻译不仅引进新思想，而且还引进新的诗学、新的语言形式、新的写作模式和写作技巧。此时，译文和原文之间并没有什么明显的区别，译者倾向于原文"充分性"的传达，即译文会尽量忠实和接近于原文的内容与结构。值得注意的是，这一时期的重要作家或者前卫作家通常充当了译者的角色，最重要的译作也经由他们的笔端译出。即是说，这一时期的作家充当了译者的角色。

而当翻译文学处于次要地位时，它就只能构成目的地文化多元系统的边缘部分，通常只能追随既有的文学写作范式和坚守被中心排拒的文学规范。此时的翻译行为就变成了一种保存守旧趣味的手段。[3] 在这种

1　Even-Zohar, I. The Position of Translated Literature within the Literary Polysystem. Holmes, J., Lambert, J. & Broeck, R. V. D. (eds.). *Literature and Translation*. Leuven: Academic Publishing Company, 1978: 121.

2　Even-Zohar, I. The Position of Translated Literature within the Literary Polysystem. Holmes, J., Lambert, J. & Broeck, R. V. D. (eds.). *Literature and Translation*. Leuven: Academic Publishing Company, 1978: 120.

3　Even-Zohar, I. The Position of Translated Literature within the Literary Polysystem. Holmes, J., Lambert, J. & Broeck, R. V. D. (eds.). *Literature and Translation*. Leuven: Academic Publishing Company, 1978: 122–123.

寒山诗：文本旅行与经典建构（修订版）

情形下，译者为了迁就读者会尽量采用现成的语言表达形式和读者熟悉的语言结构乃至内容来巩固现有的审美规范，译文的"充分性"因此明显不足。[1]

由此可见，目的地文化多元系统的现状在很大程度上可以决定翻译文学在文学多元系统中的地位：或主要，或次要，或中心，或边缘。而翻译文学或中心或边缘的地位则又直接影响着文本旅行之语际旅行的进程：或顺利或艰难。当然，拟译入文本语际旅行的顺与逆以及它最终能够占据翻译文学的中心还是边缘的问题，除了翻译文学在整个文化多元系统中的属性与表现的制约外，还取决于一些其他因素。比如，尽管翻译文学在译入语文化中不占主导地位，但如果主体文化规范与拟译入文本之间没有意识形态（诗学传统）等方面的利害冲突，甚至对于主流意识形态还有所助益、彰显与体现的话，文本的语际旅行之途依然可以是顺畅和通达的。其次，如果拟译入文本在形式上或内容上顺乎世界性学术研究潮流；或者，由于译入语文化中的某位权威学者对该文本有浓厚的个人兴趣，因而开创性地引介之；再或者，由于该拟译入文本在世界

---

[1] 但中国晚清翻译行为却似乎并不能如此简单地概括之。事实上，随着当时文化多元系统走向弱势，翻译文学因此从边缘走向中心。翻译在当时也的确成了引入新思想与新诗学的重要原动力。作家与译者角色的合二为一也确是当时翻译活动的重要标志。然而，我们发现，实际的翻译行为并不像多元系统理论所论的那样：译者倾向于原文"充分性"的传达，译文会尽量忠实和接近原文的内容与结构。事实上，"梁启超式的输入"（"无组织、无选择、本末不具、派别不明、惟以多为贵"）成为当时翻译文本输入的主要特点；在选择"译什么"的问题上，当时的新小说家们普遍认为："有好些外国小说，不合中国人好尚的，不必翻译"（中原浪子语）。在他们看来"非西书籍之不尽善也，其性质不合于吾国人也"（吴趼人语）。因此一切译介活动均以当时国人的阅读好尚和口味为最高标准。在这样的指导思想下，晚清"豪杰译作"比比皆是，随意增删和恣意篡改更是家常便饭，大量译作对原作的情节、叙事结构等方面均有严重的增删和改译，原作者的写作意图因而遭到严重边缘化。（胡安江. 妥协与变形——从"误译"现象看传统翻译批评模式的理论缺陷. 四川外语学院学报，2005（3）：121-122.）五四时期在翻译文本的选择与原文"充分性"的传达方面就严谨了许多。但在译文的语言表现形式方面，文言与白话仍然在拉拢与招徕着属于彼此的读者群体，新的语言表现形式并没有真正建立起来。

第 4 章 目的地文化多元系统与寒山诗的语际旅行

范围的学术研究与社会生活中的巨大影响,研究者于是便在本国的文化场域中开始了对其被动的研究,但却因此一触即发,从而在本国学术思想界激发更大范围和更大规模的研究热潮;另外,文本旅行的"中介(国)"的文化魅力与文化推举政策让第三方(国)深受影响,并在该"中介(国)"介绍与译介此文本的基础上,深入发掘该文本潜在的文学与社会价值等。这些客观条件的存在,也可以促成翻译文本在译入语文化语境中占据中心与主要的文学地位,并有可能在此基础上形塑其文学经典或翻译文学经典的文学身份。其实,以上各因素及其所导向的文本的中心地位,都被本章探讨的寒山诗在东西方的语际文学之旅所证实。

4.2 寒山诗在东亚的语际旅行

由于日本文化与中国文化的历史渊源,在主体文化规范中屡遭边缘化的寒山诗,却因为目的地语言与文化的开放与包容,而获得了目的地文化多元系统的持久青睐。寒山诗的各种译本、注本和评论在日本纷纷问世,有关寒山的各种神话传说亦被改编成小说,寒山的形象也走入日本画史和神坛。在朝韩,由于地理上的便利,以及古代中朝水路交通的发达,再加上语言文字上的历史渊源和古已有之的文化交流,中国文化典籍甚至还多以朝韩为"旅行中介",辗转进入日本,然后再由日本这一"中转站"旅行进入欧美各国。实际上,古中国的文化传播在很长一段时间里,都大致遵循了这一旅行路线。这使得朝韩因此而成为中国文化的重要传承和历史见证。寒山诗自十三世纪传入朝韩之后,便深受社会各界的广泛欢迎。

4.2.1 寒山诗在日本

事实上,自北宋传入后,寒山诗就对日本的语言、文学、宗教、艺术甚至精神史研究产生了积极而重大的影响,寒山诗也因此在其文化语

寒山诗：文本旅行与经典建构（修订版）

境里获得"经典"与"中心"的文学地位。这种文学地位的形成除了两国在语言和文化背景上的亲近关系以及东道国积极开放的文化心态之外，便是由于寒山诗自身所表现出的质朴的语言风格、幽玄的禅宗境界、不入世浊的隐者情怀和回归自然的生态意识对于日本各界的超凡影响所致。

1. 中日文化交流溯源与寒山诗的文本旅行

早在两千多年前，中日两国就冲破海洋的阻隔开始了友好往来。《后汉书》记载了日本在建武中元二年（57）和安帝永初元年（107）两次向东汉派遣朝贡使者的情况。两国间的正式往来可从公元三世纪的汉魏时期算起。据《魏志》记载，日本使者来魏四次，魏使赴日则有两次。古代日本属于以汉字为中心的东亚和东北亚文化圈。在日本史上的各个历史时期，中国文献典籍都源源不断地通过各种途径传入日本。日本现存最早的记录口传神话和历史传说的书面文献《古事记》（成书于元明天皇和铜五年，公元712年）卷中"应神天皇"一节中就有中国典籍在公元三世纪传入日本的最早记录：

> 天皇又命令百济国说："如有贤人，则贡上。"按照命令贡上来的人，名叫和迩吉师，随同这个人一起贡上《论语》十卷、《千字文》一卷，共十一卷。和迩吉师是文首等的祖先。[1]

如果说《古事记》只是一部以记载神话和历史传说为主的书，因而不能作为信史的话，那么在大化（645）之前，日本的文化教育主要以从中国传入的汉籍儒学和文字教育为主却是不争的事实。[2] 推

---

1 ［日］安万侣. 古事记. 邹有恒、吕元明译. 北京：人民文学出版社，1979：128.
2 中国香港学者谭汝谦对于日本译书事业的考察也能说明这一点。"日本翻译汉文的活动也很早便开始……不过古代日本的译书事业并不发达，因为当时日本知识分子的教养以中国文化为主，多能直接阅读汉文典籍，用汉诗汉文表情达意，连私函公牍亦多以汉文为主"。（谭汝谦. 近三百年中日译书事业与文化交流. 近代中日文化关系研究. 香港：香港日本研究所，1988：106.）

第 4 章　目的地文化多元系统与寒山诗的语际旅行

古朝时期日本政治界和知识界的领袖圣德太子（574—621）用纯汉文写成的《十七条宪法》就代表了当时中国文化的影响，该成文法不仅体现了中国文化"和"的精神理念，而且其文辞和用典有明显模仿汉文的痕迹。

自推古十五年（607）起，日本更是先后 5 次派遣"遣隋使"。唐灭隋后，于舒明二年（630）始，又先后派遣"遣唐使"。据中国香港学者谭汝谦在《中日文化交流的探索》一文中的统计，在唐代二百八十多年的存续期内，日本共派遣"遣唐使"19 次（其中三次不成功），加上非官方的入唐团体 6 次，合起来共 25 次之多（确切次数有争议），即约平均 12 年一次。[1] 这时期的中日文化交流可谓盛况空前，出现了像阿倍仲麻吕（698—770）、吉备真备（695—775）、空海（774—835）[2]、最澄（767—822）[3] 等著名的日本留学生和学问僧。[4]

在诗歌领域，日本现存最早的汉诗集《怀风藻》于天平胜宝三年（751）问世。该汉诗集辑录了飞鸟后期、奈良前期 64 位汉诗人的 120 首作品（现存 116 首）。《怀风藻》在思想倾向、审美情趣、遣词造句方面极为推崇中国的儒学思想与老庄的道家风骨，诗体上则主要以六朝

1　谭汝谦. 中日文化交流的探索. 近代中日文化关系研究. 香港：香港日本研究所，1988：13.

2　空海为日本佛教真言宗（密宗）创始人。空海在文学与佛学方面很有造诣，著有《三教指规》《秘密曼荼罗教付法传》《辨显密二教论》等；同时与橘逸势、嵯峨天皇（786—842）并称为日本书道"三笔"。804 年，空海以学问僧的身份赴唐，806 年，携在唐所得的 226 部经典与各种图具返还日本。其所撰《文镜秘府论》与《文笔眼心抄》是研究中国古典诗论的珍贵参考资料。

3　最澄为日本佛教天台宗创始人。804 年，与空海作为遣唐使赴唐求法。其所创立的天台宗与空海的真言宗在平安时期的日本是最具优势的两个宗派，在日本享有"平安二宗"的称谓。

4　有论者称："留学生和留学僧对于中日文学交流的贡献有有形与无形两种。其有形贡献在于交友、携书、传文、以文传道，其无形贡献则在于沟通两种文化，缩短文化落差，培育新型文化。"（周发祥，李岫. 中外文学交流史. 长沙：湖南教育出版社，1999：50.）

寒山诗：文本旅行与经典建构（修订版）

《文选》[1]的五言诗体为范例，八句为主，兼有四句和十二句。在编目上，《怀风藻》也仿《文选》体例分为述怀、游览、赠予、咏物等，因此有浓烈的汉诗色彩。《怀风藻》问世十余年后，日本的第一部和歌总集《万叶集》诞生。《万叶集》将汉字作为标音文字以记录和歌，"万叶假名"因此创立。除了歌序用汉文写成之外，《万叶集》和歌中的一些熟语也多使用表意汉字。此外，其奇数五七调的短歌形式则明显受汉诗五、七言的影响。因为这些渊源关系，这本与汉诗颇多关系的日本上古和歌的典范享有"日本《诗经》"的美誉。在诗论方面，日僧空海留唐归国后，以《文心雕龙》为鉴，将《新定诗格》《诗格》《诗议》等诗学著作排比编撰为六朝诗论集《文镜秘府论》与《文笔眼心抄》，并沿袭"诗主情志"的中国传统诗学思想。一时间，"汉诗文压倒一切，许多歌论都模仿《文镜秘府论》"。[2]平安时代（794—1192）更是在朝野上下掀起了讴歌汉风的风气，尤其是平安初期，日本文化继续接受唐代文化的滋养，是公认的汉风最为隆盛的时期。

曾经有学者考证：九世纪在日本流传的汉籍，分别为隋代的50.1%、唐代的51.2%。即是说，当时中国文献典籍的一半，已经东传日本。[3]唐代大诗人白居易（772—846）的《白氏长庆集》即是在这一时期由唐商和日本留学僧带入日本后而广为流传的。[4]白诗因"其辞质而径"

---

1 日本自奈良朝（710—794）始，以《文选》为金科玉律。但是一至平安朝（794—1192），"便以较初唐更新的时代的文学作为范本了。如初唐四杰以及李峤、刘希夷和略在其后的陈子昂、杜审言、沈佺期、宋之问，盛唐的王维、李白、王昌龄，最新的白居易和元稹的诗文集"。[绪方惟精.日本汉文学史.丁策译.台北：正中书局，民国六十五年（1976）：60.]

2 叶渭渠.日本文化史.桂林：广西师范大学出版社，2004：115.

3 严绍璗.中国古代文献典籍东传日本考略.古籍整理与研究.第六期.北京：中华书局，1991：260.

4 据日本《入唐求法巡礼行记》及《头陀亲王入唐略记》载：公元九世纪中期派往中国的留学生僧惠萼，于日本承和八年至贞观五年（841—863）的22年间，先后三次赴中国。公元844（武宗会昌四年），他居住在苏州南禅院，亲手抄录了《白氏长庆集》三十二卷，于日本承和十四年带回（转下页）

第4章 目的地文化多元系统与寒山诗的语际旅行

"其言直而切""其事核而实""其体顺而肆"的新乐府主张受到日本朝野的喜爱和讽诵。[1]平安朝中期以后,"日本的汉文学几乎成了清一色的白乐天派"。[2]白氏文集也因此取代《文选》成为日本人心目中新的中国文学典范。尽管在宽平六年(894)日本正式废止"遣唐使",以企图削弱汉文化对日本本土文化的渗透与影响,但两国民间却一直没有中断过交往。[3]日本与唐灭后继起的宋代在民间贸易方面仍然交流甚密,但多

(接上页)日本。《白氏长庆集》由此传入日本。(转引自宋柏年.中国古典文学在国外.北京:北京语言学院出版社,1994:188.)但叶渭渠的《日本文化史》一书则说:"据《日本文德天皇实录》记载,白居易的作品传入日本,始于承和五年(838),当时太宰少贰藤原岳守从唐商人带来的物品中挑出《元(稹)白(居易)诗笔》,呈献给仁明天皇。翌年,遣唐使托留学僧圆仁带回白居易诗文……承和十一年(844),四度留唐的僧人惠萼,归国时带回他在苏州南禅寺手抄的部分《白氏文集》,传于菅家。"(叶渭渠,页118-119)上述二书在白诗传入日本的具体时间上有分歧。据白居易卒于846年的事实,加之白氏自叙:"集有五本……其日本、新罗诸国及两京人家传写者,不在此记"的记载,表明白氏在世时其文集就已传入日本。因此,承和十四年(847)白氏作品传入日本与事实相悖。日本学者大庭修也证实承和五年之事,并认为"这是正史中首次出现风靡平安时代的《白氏文集》渡日的记录"。(大庭修.江户时代中国典籍流播日本之研究.戚印平等译.杭州:杭州大学出版社,1998:9.)如此,我们认为白诗是由唐商于838年即承和五年传入日本的说法是基本可信的。

1 白诗流行于日本的原因,历来探讨者众多。归纳起来,大致有以下几个方面:(1)语言通俗,平易流畅;(2)诗作富有佛道禅精神;(3)对自然与季节的表现和古代日本人的心性和敏锐的季节感极为合拍;(4)反映的社会生活与平安时代的社会生活酷似;(5)白居易的身份地位与日本平安时代文学家的身份地位酷似;(6)白居易的性格、趣味、为人,又几乎可称与日本平安朝时代典型的日本人,属于同一类型;(7)白氏文集对日本平安朝时代的文学家而言,具有一大文学事典兼辞典的价值。(详细可参见:叶渭渠.日本文化史.桂林:广西师范大学出版社,2004:121.以及绪方惟精.日本汉文学史.丁策译.台北:正中书局,1976:83.)

2 绪方惟精.日本汉文学史.丁策译.台北:正中书局,1976:66.

3 有资料显示,早在840年4月,第17次也就是最后一次遣唐使归日,中日的官方交往即告结束。这样一来,中日官方交流的实际中止,比遣唐使的正式废止要早54年。于是,与唐商的民间贸易便成为汉籍进入日本的重要渠道之一。

寒山诗：文本旅行与经典建构（修订版）

属于走私贸易。

然而宋日在宗教领域却有多次官方意义的交流。日僧赴宋取经学习禅宗、律宗者不在少数，甚至亦有留宋达数年或十数年者。据资料显示，自宋太宗朝起，日本名僧来华的先后有大周然（太宗时期）、寂昭（真宗时期）、庆盛（仁宗时期）、成寻（神宗时期）、仲回（神宗时期）等。据《五山诗僧传》资料，日本入宋求法的僧侣有 37 人，而由宋元赴日的禅僧亦有 21 人。[1] 赴宋日僧除了将唐宋时期中国佛经翻译的大量成果带回日本外，中国儒学经典和各类诗文集等也经由他们流入日本。[2] 这一时期中国文化传入日本，全得力于这些释僧。

寒山诗集即是由北宋神宗熙宁五年（1072）5 月来中国天台山巡礼参拜的日僧成寻（Jōjin, 1011—1081）从国清寺僧禹珪处得到《寒山子诗一帖》后，于翌年命其弟子赖缘等五人带回日本流传开来的。成寻本人的《参天台五台山记》也记载了这段轶事。值得一提的是，十二世纪的日本藏书家通宪入道（1106—1159）的藏书目录中就有《寒山子诗一帖》。事实上，禹珪所赠成寻的《寒山子诗一帖》要较宋释志南刊刻的 1189 年"国清寺本"早一百余年。有学者考证认为，这一版本可能是"目前海内外所存寒山诗集之最早的宋刻版本"（钱学烈），即所谓的"天禄宋本"。不过，台湾地区学者叶珠红在《寒山资料考辨》中则明确指出："有次序有条理的《天禄》宋本，要比寒山、拾得、丰干之诗均未

---

[1] 转引自绪方惟精. 日本汉文学史. 丁策译. 台北：正中书局，1976：133-134. 由于宋代东渡日本的中国高僧们的诱导教化，使得中国的宋学在日本奠下了基石。其中著名的僧人包括宋代首位赴日高僧大觉禅师和善宁、佛源禅师、佛光禅师、大圆禅师、一山国师等。（详细可参考曹先锟. 宋元时代东渡日本的高僧. 张曼涛. 中日佛教关系研究. 台北：大乘文化出版社，民国六十七年（1978）：258-264.）

[2] 大庭修考证说：藤原道长的《御堂关白记》记有宽弘三年（1006）获得宋商曾令文赠送的《五臣注文选》与《白氏文集》二书。长和二年（1013）九月，入宋僧念救回国时将刊本赠于道长。据此可知，宋刊本此时开始传入日本。（大庭修. 江户时代中国典籍流播日本之研究. 戚印平等译. 杭州：杭州大学出版社，1998：10）今天，宋版因传世稀少而弥足珍贵。

第4章　目的地文化多元系统与寒山诗的语际旅行

细分，且全无'闾丘伪序''丰干禅师录''拾得录'的《永乐大典》本《寒山诗集》，还要来得晚出……《天禄》宋本所谓的'别本'，大有可能是《永乐大典》本所根据的'山中旧本'。"[1] 姑且不论成寻弟子带回日本的寒山诗版本是不是"天禄宋本"，也不论它与"山中旧本"有无实际的联系，这个北宋刊本无疑是最早流播于日本的寒山诗版本，它的传入从此揭开了日本寒山学研究的大幕。

2. 寒山诗在日本的流通、传播与接受

据资料显示，日本宋以后的寒山诗藏书除了"成寻本"外，还包括元贞丙申（1296）杭州钱塘门里东桥南大街郭宅纸铺印行的朝鲜版寒山诗一卷、正中二年（1325）宗泽禅尼刊五山版寒山集一卷（藏于大谷大学图书馆）[2]、雍正十一年（1733）御选妙觉普度和圣寒山大士诗一卷、民国五年（1916）张钧衡辑《择是居丛书》初集之寒山诗集一卷（附丰干拾得诗）、昭和三年（1928）审美书院覆印的宋版寒山诗集一卷，以及1929年商务印书馆《四部丛刊》集部（景建德周氏藏景宋刊本）寒山诗一卷（附拾得诗一卷）等版本。

除了收藏之外，寒山诗的注释与校注在日本也蔚为风行，数百年来有多种注释本流传坊间。日本学者大田悌藏在《寒山诗解说》中介绍道："日本之注释本，计有宽文年间（1661—1672）之《首书寒山诗》三卷，元禄年间（1688—1703）交易和尚《寒山诗管解》六卷，延享年间（1744—1747）白隐和尚《寒山诗阐提记闻》三卷，文化年间（1804—1817）大鼎老人《寒山诗索颐》三卷。《阐提记闻》说禅特详，《首书》简易，《索颐》详密。白隐之注可能系根据《管解》者。明治（1868—1911）以后亦有若干解释或讲话，其中释清潭氏之《新释》颇具参考价

---

[1] 叶珠红.寒山资料考辨.台北：秀威咨讯科技股份有限公司，2005：172.

[2] 大庭修在著述中提到元末为躲避战乱，许多从事出版的刻工移居日本，宋元版的覆刻与刊行也因此风行一时。大庭修认为该《寒山诗》刊本是现存外典中最古的翻刻本。（大庭修.江户时代中国典籍流播日本之研究.戚印平等译.杭州：杭州大学出版社，1998：14.）

寒山诗：文本旅行与经典建构（修订版）

值。"[1] 此外，明治期间还有和田健次编著之《寒山诗讲话》。

二十世纪以来，寒山诗继续在日本延传。明治三十八年（1905）翻印了日本皇宫书陵部的南宋珍藏本，并由著名汉学家岛田翰作序。该刊本载有寒山诗304首，丰干诗二首，拾得诗48首，较"天禄宋本"少十余首，而且不分五七言。首句为"重岩我卜居"，异于"天禄宋本"的"凡读我诗者"。这个刊本的第一页还印有"是书所印行不过五百部，此即其第000本也"字样。据考，该版本是"国清寺本"的三刻，源于1229年的"东皋寺本"与1255年的"宝祐本"之间刊刻的"无我慧身本"。序中，岛田翰首先分析了寒山诗版本之不传的原因，他将其归咎为"刊刻不力"和"后人不好"两个方面的因素。但对寒山诗的艺术成就，岛田翰则给予了很高的评价："寒山诗机趣横溢，韵度自高，在皎然上道显下，是木铎者所潜心，其失传尤为可叹。"[2]

昭和以来，日本学术界对于寒山诗的翻译、注释与其他研究成果在张曼涛的《日本学者对寒山诗的评价与解释》一文中曾有这样的介绍：（1）《寒山诗》（岩波文库）（大田悌藏译注，昭和九年（1934），岩波书店）；（2）《寒山诗》（原田宪雄译注，方向出版社）；（3）《平译寒山诗》（延原大川，明德出版社）；（4）《寒山诗一卷附解说》（朝比奈宗原）；（5）《寒山》（入矢义高，1958年，岩波书店。中国诗人选集5）；（6）《寒山诗与寒山拾得之说话》（津田左右吉氏全集第十九卷《支那佛教之研究》收录）；（7）《寒山诗管窥》（入矢义高，京都大学《东方学报》第二十八册）；（8）《寒山诗》（木村英一，《中国学会报》第十三集）；（9）《寒山诗私解》（福岛俊翁，《禅文化》；同时载《福岛俊翁著作集》第五卷）；（10）《寒山诗杂感》（中川口孝，《集刊东洋学》）。张曼涛认为这是自昭和以来，一代日本学术界和宗教

---

1 大田悌藏. 寒山诗解说. 曹潜译. 东南文化·天台山文化专刊，1990（6）：126.
2 转引自项楚. 附录二. 寒山诗注：附拾得诗注. 北京：中华书局，2000：953.

第4章　目的地文化多元系统与寒山诗的语际旅行

界对寒山诗的评价与解释的丰硕成果。[1]

但事实上，寒山诗的研究成果远不止此。日本学者久须本文雄在《寒山拾得》（上）一书的《解题》中还提到明治以降的其他注释本与研究论文。如：若生国荣的《寒山诗讲义》、释清潭的《寒山诗新释》、渡边海旭的《寒山诗讲话》、竹田益川的《寒山诗》（载《讲座禅》第六卷，筑摩书房出版）、广山秀则的《正中版寒山诗集》（载《大谷学报》四十一卷二号）及松原泰道的《青春漂泊——寒山诗之世界》等。[2] 在众多译注本中，又要数1958年岩波书店出版的、由日本著名汉学家入矢义高译注的《寒山》在汉学界影响力最大。该译注本选诗126首，1984年收入《新修中国诗人选集》（第一集第五卷）中。[3] 由于它卓越的学术价值，西方寒山诗的诸多语种的版本均奉之为圭臬。[4] 此外，1970年东京筑摩书房出版的入谷仙介、松村昂的《寒山诗》（该书系《禅之语录》系列丛书之十三卷）也具有极大的影响力，该《寒山诗》还是目前最完整的寒山诗的日本语注释本，共收寒山诗306首，丰干诗二首，拾得诗55首。另据谭汝谦主编的《日本译中国书综合目录》介绍，七十年代寒山诗的日语译本还有1977年代田文誌的《寒山诗和訳》。[5]

1　张曼涛. 日本学者对寒山的评价与解释. 日本人的死. 台北：黎明文化事业股份有限公司，民国六十五年（1976）：97-98.

2　久须本文雄. 解题. 寒山拾得（上）. 东京：株式会社讲谈社，昭和六十（1985）：26.

3　这套《新修中国诗人选集》共有十七卷。其中陶渊明和寒山同为卷一，唐代诗人李白、杜甫分列第七卷和第九卷；南唐后主李煜也位列《选集》当中。该选集的编辑者为日本著名汉学家吉川幸次郎（1904—1980）和小川环树（1910—1993）。

4　关于入矢义高在寒山学研究方面的成就，孙昌武有这样的评价："对寒山和寒山诗的认识和评价，历来众说纷纭。先生（入矢义高）的精密考订与细致分析直到如今仍为不易之论，无论是观点还是方法，都解难发覆，给人诸多启发。"（孙昌武. 从此难登比睿山. 游学集录——孙昌武自选集. 天津：南开大学出版社，2004：450.）

5　实藤惠秀监修、谭汝谦主编、小川博编辑. 日本译中国书综合目录. 香港：香港中文大学出版社，1981：297.

寒山诗：文本旅行与经典建构（修订版）

八十年代，日本的寒山诗译注本则有昭和六十年（1985年）11月25日东京株式会社讲谈社出版的久须本文雄的《寒山拾得》上下两册。该书在译注时参照了作者的老师、日本知名学者福岛俊翁的《寒山诗私解》与入谷仙介、松村昂二人所译的《寒山诗》。此外，昭和六十一年（1986年）3月20日，筑摩书房出版了日本京都学派著名禅学家西谷启治的《寒山诗》译本，该书内容曾被收入昭和四十九年（1974）2月筑摩书房《世界古典文学全集》第三十六卷B、由西谷启治和柳田圣山二人所编的《禅家语录Ⅱ》。

值得一提的是，2018年，日本著名的书法艺术家、禅师、作家、环境保护主义者和翻译家棚桥一晃（Kazuaki Tanahashi），携手加拿大诗人兼禅师彼得·莱维特（Peter Levitt），用英语合作翻译了《寒山全集：传奇隐士寒山的诗歌》(*The Complete Cold Mountain: Poems of the Legendary Hermit Hanshan*)。在序言中，译者说：

> 欢迎来到神奇的、狂风肆虐的冷山世界。这些来自中国文学宝库的诗歌，长期以来为东西方文化所推崇，并继续被誉为世界上最鼓舞人心、最不朽的诗歌作品之一。这一突破性的新译本展现了传统上与寒山相关的全部诗歌，并以前所未有的方式揭秘了寒山诗的起源和作者。棚桥一晃和彼得·莱维特在这本经典诗集中，推崇佛教的冥想元素、呈现了寒山那出了名的欢快的幽默、对大自然中孤独的热爱、以及内心无比的温暖。此外，这一译本还包含了原诗的中文全文和丰富迷人的附录，包括传统的历史记录，对寒山诗作者的深入研究（书中呈现为三个不同的作者），以及更多。

很显然，译者对于寒山诗所流露出的佛家境界、自然情怀、人性光辉与语言特点的把握，是非常到位和准确的。同时，译本也提到了寒山诗在世界文学史中的崇高地位，称其为"最鼓舞人心、最不朽的诗歌作

第4章　目的地文化多元系统与寒山诗的语际旅行

品之一"。此外，从这里的记述中，可以看到译者比较倾向赞成寒山作者群的说法。

事实上，在众多注疏和论文中，日本学者普遍认为寒山不过是宗教神话传说中子虚乌有的假想伪托之人，因而对是否有寒山其人一直持怀疑立场。如入矢义高认为："寒山诗的原型究竟是什么样子？寒山这个人究竟能不能成立？实际上还是个很大的问题。"[1]日本史学家津田左右吉在1944年发表的《寒山诗与寒山拾得之说话》一文中也认为寒山是否真如传说的有其人，是一疑问。他指出寒山诗与传奇化的人物寒山可以看作两码事。他甚至认为丰干、拾得亦非真实的存在。[2]日本宗教学研究专家大田悌藏的《寒山诗解说》也认为："有禅僧道翘者，假名寒山、拾得，赋诗述怀，使时俗视彼等为狂士而已。"[3]这样一来，日本学术界对寒山诗是否假一人之手也持怀疑态度，因此他们对于寒山的生卒年月的考证并不像中国大陆学术界那样热衷，但这丝毫也没有妨碍日本各界对于寒山与寒山诗的喜好。

除了注释、校译与评论外，寒山和寒山诗也成为日本美术作品与小说创作的热门题材。日本历代画士对寒山及其同伴拾得的形象都极为偏爱。"一头乱发，裂牙痴笑，手执扫帚的两个小疯和尚"（钟玲语）成为日本画界的一个熟悉题材。1977年8月，日本发行了一套雕版印刷的"国宝"邮票，其中50日元的一枚，便是诗人寒山的画像。该邮票的图案，有论者认为是日本十六世纪画家长谷川等伯（1539—1610）所绘之《寒山图》。也有人认为，此图出自十四世纪日本画家可翁（？—1345）

---

[1] 入矢义高.寒山诗管窥.王顺洪译.古籍整理与研究.第四期.北京：中华书局，1989：234.

[2] 转引自张曼涛.日本学者对寒山诗的评价与解释.日本人的死.台北：黎明出版社，1976：100，108.

[3] 大田悌藏.寒山诗解说.曹潜译.东南文化·天台山文化专刊，1990（6）：125.

寒山诗：文本旅行与经典建构（修订版）

的手笔。不过，无论是长谷川等伯还是可翁[1]，都是日本美术史上享有盛名的大家。这幅传神而简洁的作品画名人又系名人所画，因此在日本被视为"国宝"级的绘画作品。[2] 此外，日本室町时代水墨画和山水画的最杰出代表、日本名画家雪舟（1420—1506）与日本绘画史上影响最大的狩野画派的集大成者狩野元信（1476—1559）都曾以寒山拾得为题材作画。前者有《寒山拾得图》，而后者则绘过《丰干·寒山拾得图》。值得一提的是：在日本的镰仓时代，南宋著名山水人物画家梁楷（生卒年不详）[3] 与元代著名禅僧画家因陀罗（生卒年不详）等人的作品随同禅宗传到日本，导致日本禅风墨绘的形成并发展。这二人在日本画界一直享有崇高的地位，并都曾画过寒山拾得像。因陀罗的《禅机图断简寒山拾得图》还获得了"日本国宝"的桂冠。[4]

在文学创作领域，以一部《小说神髓》著称于世的日本近代小说理论的开拓者坪内逍遥（1859—1935）曾以寒山拾得为题创作了舞踊

---

[1] 长谷川等伯和海北友松、云谷等颜号称日本桃山汉画的三驾马车。他开创了别具一格的金碧障壁画和水墨障壁画，是日本狩野画派过气后的画坛一雄。其代表作有《枫图》《松林图》《大涅槃图》等。可翁是活跃于14世纪中期的日本道释画家，其作品为当时日本水墨画的最高水平。其代表作有《蚬子和尚图》（东京国立博物馆）、《寒山图》（服部家）、《竹雀图》（大和文华馆）等。（刘晓路.日本美术史纲.上海：上海古籍出版社，2003：118-119, 84.）据日本美术史权威专家刘晓路的专著《日本美术史纲》介绍，此《寒山图》似应为可翁作品。

[2] 王晓建.日本发行的寒山邮票.人民日报（海外版），2002年12月9日第七版.

[3] 与寒山的处境类似，梁楷在中国备受冷落，其简笔画更被元代文人批评为"粗恶无骨法"。但在日本，梁楷却受到极大推崇。从日本的镰仓时代（1185—1333）开始，梁楷等南宋画家的绘画大量传入日本，而在中国较受重视的北宋山水画和后来的文人画却鲜有传入日本的。梁楷精湛的水墨画技法深受日本人的喜爱，对日本室町时代（1338—1573）之后的画家也产生了巨大的影响。

[4] 罗时进指出：寒山是日本镰仓时代以来绘画艺术家最注重表现的宗教人物之一。[罗时进.日本寒山题材绘画创作及其渊源.文艺研究，2005（3）：104.] 关于日本画界的"寒山热"，可参见该文论述。

第 4 章　目的地文化多元系统与寒山诗的语际旅行

脚本《寒山拾得》。2005 年，日本早稻田大学为纪念坪内逍遥还上演了该剧。此外，日本近代文学奠基者之一、日本浪漫主义文学的先驱森鸥外（1862—1922）也曾以闾丘胤序为基调，于 1916 年创作了短篇小说《寒山拾得》，该小说被认为是日本近代最好的短篇小说之一，七十年代还被两位美国译者迪尔沃斯（D. A. Dilworth）和里默（J. T. Rimer）译为英文 Kanzan Jittoku (Han Shan and Shih-te) 发表在 1971 年的《日本纪念文集》(Monumenta Nipponica) 第二十六期上。[1]

除去学术界对于寒山的喜好与欣赏之外，日本民间对于寒山的各种传说以及一切与"寒山"这个名称有点关联的事物都表现出浓厚的兴趣。与学术界相仿，日本民间对于寒山的万般宠爱也完全可以用"狂热"二字来概括。尽管中国苏州的寒山寺、唐人张继（？—约779）等与寒山和寒山诗并无丝毫实际意义上的关联，[2] 但在日本，人们却乐意将它们之

---

[1] 森鸥外曾撰文提及他写作此书的缘由和诱因，是因为他的孩子不能读汉字本的《寒山拾得》，而又十分想了解有关他们的事情，于是他据闾序创作了这个故事。森鸥外还将自己比作没有人来参拜的文殊菩萨（闾序中即称寒山为文殊菩萨，英译文使用"弥赛亚"（messiah）来对应）。关于闾丘胤，小说是这样描述的："故事发生在闾氏到台州任上的第三天，他的脸上还布满了华北古都长安的旅尘……闾读过儒家经典，也花了很多时日学习五言诗，但从未读过任何佛家经卷，也未读过老子，但不知为何，他仍然对僧侣和道士尊崇备至。"〔Ogai, M. Kanzan Jittoku (Han Shan and Shih-te. trans. by Dilworth, D. A. & Rimer, J. T. Monumenta Nipponica, 1971(XXVI. I-2): 160.〕

[2] 寒山寺在苏州城西阊门外 5 公里外的枫桥镇，建于六朝时期的梁代天监年间（公元 502—519 年），距今已近 1500 年，原名"妙利普明塔院"。传说唐代诗人寒山和拾得曾由天台山来此住持，遂改名为寒山寺。但学者们考证后均倾向于认为寒山寺并非因寒山来此寓居而得名，而且与唐代隐居天台的寒山毫无瓜葛。例如学者周琦就认为：张继诗中的"寒山寺"实是泛指苏州城外诸山寺院，并认为作于天宝十二年（753）张继的《枫桥夜泊》以及唐代诗人韦应物（737—792？）的《寄恒璨》和刘言史（约742—813）的《送僧归山》中提到的"寒"皆指节候，三首诗均作于深秋隆冬季节。周琦考证认为：在元末前，苏州地方志只称枫桥寺或普明禅院，而不称寒山寺。（周琦. 寒山诗与史. 合肥：黄山书社，1994：13.）孙昌武则认为"寒山"一语在晚唐本是常用的诗语，但只是普通语词，而不是专名词。大概确定"寒山"这个名字，创造出隐居寒岩的人物传说，于诗中如此普遍使用"寒山"词语有关系。（孙昌武. 禅诗与诗情. 北京：中华书局，1997：252.）

寒山诗：文本旅行与经典建构（修订版）

间扯上关系。张继的《枫桥夜泊》很早就传至日本，日本国人对于"月落乌啼霜满天，江枫渔火对愁眠。姑苏城外寒山寺，夜半钟声到客船"的熟悉程度绝不逊让于任何一个中国人。据俞樾在《新修寒山寺记》记述："吴中寺院不下千百区，而寒山寺以懿孙（张继）一诗，其名独脍炙于中国，抑且传诵于东瀛。余寓吴久，凡日本文墨之士，咸造庐来见，见则往往言及寒山寺。且言：其国三尺之童，无不能诵是诗者。"[1] 时至今日，《枫桥夜泊》仍被编入日本学校教科书中。而对于寒山寺，日本游客也往往视其为朝圣之地，凡游中国者大多会去苏州拜谒在日本几近家喻户晓的寒山与拾得，并游览张继诗中所绘之枫桥；而且，在中国的旧历新年，许多日本人亦热衷去寒山寺聆听他们深信不疑的、可以除却烦恼和带来好运的"寒山寺钟"。

3. 目的地文化多元系统与寒山诗在日本的经典建构

在中国正统文学史中一度不入流的寒山诗如何在语境旅行至日本后，便即时获得了日本各界的持久青睐呢？有学者认为是因为寒山诗俗语白话的语言风格容易被同属于东亚文化圈的日本读者理解。如明白晓畅的《白氏文集》在日本的流行就是一个典型例子。据孙昌武教授的考证，寒山诗应是在唐德宗[2]建中前后即公元780年左右出现的。[3]尽管在成诗年代上早于白诗，但其传入日本的时间却晚于白诗两百余年，因此不可否认寒山诗在日本的流行一定程度上得益于先期白诗的

---

[1] 俞樾.新修寒山寺记.叶昌炽.寒山寺志.南京：江苏古籍出版社，1986：11.

[2] 对于德宗，蒲立本曾给予高度评价。蒲立本认为"专制与悭吝""独特而强硬"的德宗（780—805年在位）是他那个朝代文学的最大保护人之一。"正是在他的统治下，精神生活最具蓬勃的生机与活力……这是中国思想文化史上令人瞩目的一个时期。"蒲立本称其统治的贞元时期（785—805）是最伟大与最重要的思想活跃的时代。（蒲立本.新儒家、新法家和唐代知识分子的生活.倪豪士.美国学者论唐代文学.黄宝华等译.上海：上海古籍出版社，1994：237-238.）

[3] 孙昌武.作为文字的禅.游学集录——孙昌武自选集.天津：南开大学出版社，2004：91.

第 4 章　目的地文化多元系统与寒山诗的语际旅行

质朴与通俗风格在日本的持久影响。此外，有论者认为日本文学传统的宗教色彩浓厚，许多一流的日本诗人和学者本身就是僧人，如十二世纪的"歌圣"西行法师（1118—1180）和十七世纪的"俳圣"松尾芭蕉（1644—1694）等。"由于日本人有欣赏宗教诗的传统，寒山诗里俯拾皆是的佛教道教色彩使他享誉东瀛。"[1]

除了语言文化和宗教传统方面的原因助推了寒山诗在日本的语际旅行，我们以为下面的几个因素同样不容忽视：

首先，镰仓时代（1185—1333）由于贵族统治和平民信仰的双重需要，从中国引入的、与日本旧教没有什么关系的、原本在下层僧侣中流传的禅宗开始风靡。从禅宗开始发生影响之时起，日本就用神秘主义的修行法来训练武士单骑作战，而且禅宗还帮助日本训练了大批的政治家、剑术家和大学生，以求利用禅宗达到相当世俗的目标。[2] 日本禅宗临济宗的开山鼻祖荣西（1141—1215）的巨著《兴禅护国论》就体现了这种世俗性的追求。事实上，禅宗对于日本的影响不仅体现于政治上的需要，在社会生活的诸多方面，禅宗的影响亦是无所不在。日本著名汉学家、佛学家和禅宗史专家铃木大拙（1870—1966）曾提醒说："要理解日本人文化生活的方方面面，包括他们对于自然的热爱……那么深入研究禅宗的奥秘是必需的……如果了解了禅，我们至少可以比较轻松地就能走进日本人异彩纷呈的精神生活的最深处。"[3] 日本的镰仓和室町时代是中日两国以禅宗为代表的佛教文化交流最密切的时期。尽管寒山诗在此之前（平安时代后期）就已传入日本，但相信这一时期禅宗的风靡，使得寒山诗中那部分富含禅机、诗偈不分的禅悟诗和寒山的禅者形象，对此时的贵族、武士、僧侣和大众产生了更大的吸引力，所以寒山诗可以继续在日本朝野上下延传。在对禅者佯狂傲物、不拘世俗、蔑

---

[1] 钟玲. 文学评论集. 台北：时报文化出版事业有限公司，民国七十三年（1984）：7.

[2] 鲁思·本尼迪克特. 菊与刀. 吕万和等译. 北京：商务印书馆，2005：167.

[3] Suzuki, D. T. *Love of Nature. Zen and Japanese Culture*. New York: Princeton University Press, 1973: 345.

寒山诗：文本旅行与经典建构（修订版）

视传统、呵佛骂祖、机锋峻峭、拳打棒喝的性格与白居易晚年"狂言绮语"诗学观的崇敬中，日本文学对于寒山不羁的性格以及不入世浊的寒山诗的接受和推崇自然是情理之中的事情。而且，平安时期日本人对于白诗的崇拜使得世人尊白居易为"文殊"，而寒山在闾序中亦被称为"文殊"，这种称谓上的巧合相信也为寒山和寒山诗赢得了无数好感。

其次，寒山"三界横眠闲无事，明月清风是我家"的优游态度与日本平安、镰仓、室町时期文学界所崇尚的"不好人之交，不愁身之沉，而哀花开花散，思月出月没。常心澄，不入世浊，自显生灭之理，不尽名利之馀执"的"风雅"文学观不谋而合。寒山诗中的道家风骨与隐士情怀，在平安中后期和镰仓时代社会空前动荡的世风下显然有相当的吸引力。日本禅宗曹洞宗的开山祖师道元（Dōgen, 1200—1253）的一首著名短诗就表达了当时世人的这种人生取向：

> 多想优游于生死之间
> 无知与顿悟之道——我们梦游
> 游走后仅有一事萦怀：
> 雨声滴答
> 在 Fukakusa 幽居时的一个夜晚所聆听到的！[1]

再次，日本文化传统中的自然观和"山林情结"也让日本人对寒山诗中所反映的山林幽居与回归自然的生活状态心仪不已。铃木大拙曾分析说："日本人的热爱自然，我通常以为是与日本本岛中央的富士山不无关系。"[2] 事实上，日本人对山林，尤其是具有民族象征意义的富士山有特别的情感；诗人寒山隐居于浙江天台山的寒岩与幽林之间，而且，

---

[1] 转引自 Suzuki, D. T. *Love of Nature. Zen and Japanese Culture*. New York: Princeton University Press, 1973: 342.

[2] 转引自 Suzuki, D. T. *Love of Nature. Zen and Japanese Culture*. New York: Princeton University Press, 1973: 331.

第4章　目的地文化多元系统与寒山诗的语际旅行

日本僧众也多视天台山为自己的释家祖庭。于是，这种彼此对于山林的感情，以及附着其上的宗教情感，使得寒山的生态思想、生活态度以及寒山诗所描摹的幽玄意境，对日本国人产生了一种无法抗拒的天然亲和力。这样一来，自然又为寒山和寒山诗在日本赢得了数个世纪的文学名声和无数的追随者。再加之中日美术界对于寒山题材的追捧与交流，寒山热在日本因此一再升温，于是寒山诗自传入日本后便一直历久不衰。

至于昭和以来日本人对于寒山和寒山诗的兴趣，除了上述原因外，还跟二十世纪初（1900 年 6 月 22 日）中国甘肃敦煌莫高窟藏经洞被发现后所引发的"中古学术热"有很大关联。藏经洞内挖掘出了公元四至十一世纪的佛教经卷、社会文书、刺绣、绢画、法器等文物五万余件。这一发现为研究中国及中亚古代历史、地理、宗教、经济、政治、民族、语言、文学、艺术、科技提供了数量极其巨大、内容极为丰富的珍贵资料。日本人一向重视敦煌学的研究，从藏经洞的发现之初就显示出了浓厚的兴趣。日本近代著名探险家橘瑞超（1890—1968）继英国考古学家斯坦因（Marc Aurel Stein 1862—1943）、法国东方学家伯希和（Paul Pelliot 1878—1945）之后来到敦煌，用不正当的手段从藏经洞的值守者王圆箓道士（1849—1931）那里取走大量的文物和经卷。民国元年（1912）十月，日本探险家吉川小一郎（1885—1978）等又用白银 350 两骗买敦煌写经 400 余卷。在敦煌学和中国中古学术研究方面，日本学术界一直走在世界同行的前面，并取得了诸多骄人的成绩。时至今日，日本学术界仍然视敦煌学为其东洋史学的骄傲。

尽管在藏经洞内并未发现寒山和寒山诗的任何踪迹，但却发掘出土了寒山的灵魂兄弟、唐代通俗诗歌重要开创者王梵志的诗歌共 28 种写本原卷，这些被埋没一千余年的五言通俗诗终于得以登堂入室重新回归唐代诗坛，并由此引发了人们对于通俗诗的兴趣。1933 年，日本学者矢吹庆辉（1879—1936）的《鸣沙余韵解说》一书出版，率先向日本读者介绍了王梵志和他的诗歌。其后，在日本学术界出现了诸如内田泉之助、入矢义高、神田喜一郎、金冈照光等大批王梵志研究专家。而作为梵志诗风的直接继承者,寒山的通俗诗在艺术成就上是梵志诗所无法比肩的。对于同属通俗诗路的王梵志、寒山和庞蕴,中国敦煌学家项楚评论说:"寒山诗中有俚俗的一体,这是与王梵志和庞居士诗相近的,寒山诗中稍深微妙的境界却使王梵志诗和庞居士诗显得稚拙了。"[1]因此人们在关注梵志诗的同时,自然地也将目光投向了本来就在日本读者中有着数个世纪良好声誉的寒山诗。于是,对于中国中古文学的热情,以及日本文学传统中长期存在的宗教因素,再加之禅道在日本的深远影响,寒山诗在梵志诗被发现后,再度点燃了日本各界对于寒山诗的热情。从昭和以来寒山和寒山诗研究的众多成果便可轻松得出上述结论。

要之,寒山诗因其质朴的语言风格、幽玄的禅宗境界、不入世浊的隐者情怀、回归自然的生态意识,赢得了日本专业读者与民间大众的持久喜爱。而二十世纪文化研究的发展,使得文学的雅俗之隔逐渐消解,文学经典也迎来了一个众声鼎沸、雅俗并存的后经典时代。对于通俗文学的重新认识,以及寒山诗在日本建立起来的数个世纪的传统典范地位,使得寒山诗即使在现当代的日本也丝毫没有削弱其巨大的文学影响。由此看来,寒山和寒山诗在日本文学和翻译文学中的语际旅行还是相当顺畅的。在语际旅行至目的地日本之后,寒山诗不仅得到各界人士的喜爱,而且还成就了其显赫的文学经典地位。

4.2.2 寒山诗在朝韩

据考,寒山诗自十三世纪的宋元时期便传入朝鲜,此后就即时地在朝野上下流传开来。除古代的刊刻、收藏、校评、拟写之外,朝韩两国现当代的"寒学"研究还呈现出翻译、注解、考订、评论等多元的研究势态,甚至也进入了学院派的研究视野。

---

[1] 项楚.唐代的白话诗派.江西社会科学.2004(2):40.

第 4 章　目的地文化多元系统与寒山诗的语际旅行

1. 中朝（韩）文化交流溯源与寒山诗的传入

据中、朝两国一些早期文献的记载，朝鲜半岛上第一个王朝的建立者，是中国商朝末年的贤臣箕子。箕子东渡的故事在《尚书大传》《史记·宋世家》《汉书·地理志》等文献均有记载。据传朝鲜境内有箕子在朝鲜的世系，并被指为是今日鲜于氏的祖先，但有历史学家质疑其为后人伪托，目前也还没有考古学方面的证实。在日本和朝、韩历史学界中亦有许多学者根本不承认箕子朝鲜的存在，但中朝两国之间的交往早在中国商秦时期就已经开始，却是大家都可以接受的事实。

古代两国间的交往形式主要表现为持续不断的移民潮。大规模的移民潮大约始于中国的战国末期。随着秦国统一战争的加速，燕、齐、赵等国老百姓为了躲避战乱，开始经辽东徒步，或由黄海渡船，纷纷逃往朝鲜半岛。秦统一中国后由于秦皇朝实行高压政策，使得很多秦民为了躲避苦役，继续逃往朝鲜半岛。秦末农民起义爆发后，移民的数量和规模较往昔更盛。[1] 毋庸讳言，大量移民的进入和随之而来的先进汉文化在很大程度上加速了朝鲜半岛的文明与开化。在西汉初年的移民潮中，燕人卫满率领 1 000 多名部属来到朝鲜半岛建立了"卫氏朝鲜"。卫氏王朝存续期间，积极输入中原优秀文化，国家也愈来愈强盛。西汉武帝担心卫满朝鲜对汉朝的威胁愈来愈大，便于公元前 108 年举兵讨灭卫氏王朝，并在其旧地置郡统治，对朝鲜半岛北部地区的直接统辖竟长达 400 余年。在这 400 余年间，大陆先进文化源源不断地输入。

据传，在诗歌领域，早在公元前 17 年朝鲜半岛的高句丽（Koguryo）的琉璃王（King Yurimyong）为纪念离走的妃子中国女子雉姬，用汉字创作了一首表达思念之情的《黄鸟歌》——"翩翩黄鸟，雌雄相依。念我之独，谁其与归。"尽管无法证实它是否确实出自琉璃王之手，但却表明朝鲜半岛的抒情诗，在那之前就已经存在了。[2] 这首《黄鸟歌》采

1　汪高鑫、程仁桃. 东亚三国古代关系史. 北京：北京工业大学出版社，2006：6-7.

2　Jeon, K. T. The Infulences of Chinese Literature on Korean Literature. *Tamkang Review*, No. 1. Oct 1971-April 1972 (Vol II, No. 2 & Vol III): 107.

寒山诗：文本旅行与经典建构（修订版）

用古汉语的四言诗体创作而成，而且无论从形式到内容都很容易看到《诗经》的痕迹。后来，朝鲜半岛境内的新罗创立了一种"乡歌"（Hyangga）的诗歌创作形式。其创作的语言载体被通称为"吏读"（idu），这是一种汉语朝鲜语的混合文字。形式上都是汉字，文句中实词也多用汉语，虚词则以朝鲜语（以汉字记音）为多，句法从朝鲜语。这种文字将汉字的表意功能和表音功能活用于韩国语，单词中有的音节使用假借式音读法，有的使用韩国式意读法，有的合用这两种方法。实际上，借用汉字进行书面表达的历史一直延续到1446年朝鲜世宗王在位（1419—1450）时创立朝鲜自己的拼音字母文字——谚文才逐渐结束。韩国诗歌的诗体形式是由诗句中的音节数和诗行、诗节中的句数来控制的，而不是依靠音调来调节。"乡歌"中最常见的为十句体。

据考，汉诗传入朝鲜半岛大约就在公元六世纪新罗统一朝鲜之后。新罗派往唐朝的遣唐使和留学生是最早接受和摹写唐诗的人群。《全唐诗》中就收录了新罗诗人崔致远、王巨仁、金地藏等的诗作。其中崔致远是最有成就的一位新罗诗人，被誉为朝鲜汉诗的奠基人和开拓者。朝鲜高丽时期的著名诗人李奎报（1169—1241）的《白云小说》曾记述说"崔致远赴唐并留唐为官，就是凭其文笔而著称于当世的"。[1] 在诗论方面，直到1260年李仁老（1152—1220）的《破闲集》问世，朝鲜半岛才有了自己的第一部诗话专著。此外，随着"谚文"这种独立文字的创制，对于中国诗歌的谚解（翻译）也就出现了。最具代表性的是1481年发行的《分类杜工部诗谚解》25卷。此外，还有在七言古诗中挑选联句百首的《百联抄解》等。[2]

宋元时期，由于有辽国和金国的阻扰，中国与朝鲜半岛的文化交流和人员往来，并不是很密切。两国间在书籍方面的交流也多限于诗歌、佛典、医学和法律文献等不关涉政治的领域。据考，寒山诗也就是在

---

[1] 转引自 Se-Wook, H. A Study of Chinese Poetry and Poetry Talks in Korea. *Tamkang Review*, April 1971 (Vol II, No. 1): 99.

[2] 李得春. 韩国历代汉韩翻译简述. 解放军外国语学院学报. 2005（4）: 77.

第4章　目的地文化多元系统与寒山诗的语际旅行

这一时期传入朝鲜半岛的。根据日本汉学家岛田翰在日本明治38年刊本《宋大字本寒山诗集》卷首的说法，南宋理宗宝祐三年乙卯（1255）释行果刊刻的"宝祐本"于元代传入朝鲜，由朴景亮等刊行高丽覆宋本。而据韩国学者金英镇的介绍：韩国现存最早的寒山诗版本是朝鲜时代刊刻的奉恩寺本。该刻本属于郭宅纸铺本系统，与高丽女信本和四部丛刊影玉峰本的版本系统相同，初刊于宋成宗元贞二年（1296），奉恩寺本刻于朝鲜哲宗七年（1856），现藏于韩国的东国大学校和高丽学校的图书馆。[1]另据韩国岭南大学李钟美博士介绍，朝鲜本系统版本有一个共同的特点，皆为与宋慈受和尚拟寒山诗合编之本。朝鲜覆刻元本（1574年，韩国精神文化研究院藏）是现在所能见到的最早的寒山诗与慈受和尚拟寒山诗合编本。在此基础上，又衍生了其他一些版本。如：断俗寺本（北京图书馆藏朝鲜本）、奉恩寺本30 [朝鲜咸丰六年丙辰（1856）韩国精神文化研究院藏] 以及承沿奉恩寺本的朝鲜刻本（北京大学图书馆藏）。李钟美指出，寒山诗与慈受和尚拟寒山诗合编之本，至今未曾见任何一种中国本的传本，全赖韩国本流传至今。[2]

2. 寒山诗在朝韩的流通、传播与接受

在高丽时代（1392年以前），最早介绍寒山诗的是高丽的真觉国师慧谌（1178—1234）。他精通韩、中的禅思想和禅文学，能够自如地运用寒山诗，并能依据寒山诗创作自己独特的文学作品，其代表作即著名的《冰道者传》，在韩国古代小说史研究中占有重要的一席之地。韩国

---

[1]（韩）金英镇.论寒山诗对韩国禅师与文人的影响.宗教学研究.2002（4）：44.实际上，这里在时间的叙述上有些错乱。郭刻本所记的元贞丙申的确为元贞二年，即1296年。但时间上已属元而非宋了。段晓春也指出："寒山诗后的'杭州钱塘门里车桥南大街郭宅纸铺印行'云云也是佐证，因宋代杭州曰临安，称杭州必是入元后所题。"因此可知此刻本所依据的是一元浙本而非宋本。段晓春认为：该元刻本所依据的应该是个南宋浙刻本，而当时广为流传的是志南刻本，宋浙本已罕见。（段晓春.《寒山子诗集》版本研究匡补.图书馆论坛，1996（1）：64.）

[2] 李钟美.朝鲜本系统《寒山诗》版本源流考.文献，2005（1）：46-60.

寒山诗：文本旅行与经典建构（修订版）

的历代高僧如高丽连禅师、天顼、普愚、宗正徐京保禅师、宗正正性禅师等都将寒山的言行当成禅家事迹广为传播。在禅林外，从高丽到朝鲜历代名臣硕儒，也都对寒山诗青睐有加。如高丽名相李齐贤（1287—1367）的诗集中，就有《天台三圣傍虎同眠》《丰干伏虎》等以三圣（寒山、拾得和丰干）为题材的诗。而受寒山诗影响最为深刻者，当属朝鲜文人赵昱（1498—1557）。他曾写过多首拟寒山诗，其风貌与寒山诗最为接近。在近现代，韩国众多诗人都以寒山诗为精神土壤，作品中或直接或间接变用寒山诗，如诗人郑芝溶、李元燮、金英达、金冠植、朴堤千等。[1]

在现当代的韩国，翻译、注解寒山诗的著述版本包括：韩国东国大学国文系教授金达镇翻译的《寒山诗》（法宝院，1964年），1970年该译本由弘法院再版；金达镇译注、崔东镐解说的《寒山诗》（世界社，1989年、1995年）；金达镇译、崔东镐编选的《寒山诗》（文学村，2001年）以及韩国学者李钟益编译的《寒山诗讲义》（京城文化社，1982年）。[2] 其中，金达镇翻译的《寒山诗》最为有名，该译本附有中文原文，共320页，是一部学习和研究寒山诗的力作。此外，还有韩国学者、诗歌翻译家 Jaihiun J. Kim 翻译的《寒山诗：301 首》（*Cold Mountain: 301 Poems*）（1989年），该译本由首尔的 Hanshin 出版有限公司出版。与金达镇的《寒山诗》译本一样，该译本同样附有中文原文，共232页，除此之外，另有一篇长达13页的序。毋庸置疑，韩国现当代的这些寒山诗译本和注本，对于韩国人了解和认识中国诗人寒山和寒山诗起到了非常重要的作用，它们在一定程度上催生了其他领域对于寒山诗的诸种兴趣。

实际上，寒山诗不仅对韩国诗界和译界有着巨大的吸引力，小说界和学术界也非常关注这一题材。1994年，韩国的真音出版社出版了

---

[1] 金英镇. 论寒山诗对韩国禅师与文人的影响. 宗教学研究, 2002（4）: 38–45.

[2] 朴永焕. 当代韩国寒山子研究的现状和展望. 浙江省社会科学联合会编. 寒山子暨和合文化国际研讨会论文集. 杭州：浙江大学出版社, 2009: 228.

第4章 目的地文化多元系统与寒山诗的语际旅行

小说家高银以寒山拾得事迹为题材的佛教小说《寒山拾得》。在学术界，从二十世纪八十年代到二十一世纪初，韩国学界对寒山诗的兴致始终不减。据朴永焕教授的研究数据显示：截至2008年止，韩国学人中，专治寒山和寒山诗而获得硕、博士学位者一共有10人。其中，博士学位论文及博士后出站报告共4篇，硕士学位论文7篇。具体信息如下表所示：

表4-1 韩国"寒学"研究博士学位论文及博士后出站报告

论文作者	博士学位论文题目	毕业院校	毕业时间
李日宰	《寒山诗歌世界研究》（以禅文学为中心）	东国大学（韩国）	1994-02
金英镇	《唐代白话诗研究》（以王梵志和寒山为中心）	四川大学（中国）	2000-07
李钟美	《寒山诗版本研究》	北京大学（中国）	2001-11
李钟美	《寒山诗版本系统源流考》（博士后出站报告）	浙江大学（中国）	2004-12

表4-2 韩国"寒学"研究硕士学位论文

论文作者	硕士学位论文题目	毕业院校	毕业时间
朴锡	《寒山子禅诗研究》	首尔大学（韩国）	1985-02
朴鲁玹	《寒山诗及其版本之研究》	台湾政治大学（中国）	1986-02
金铉雨	《寒山诗研究》	国民大学（韩国）	1988-02
吴允淑	《王维诗与寒山子诗比较研究》（以禅趣为中心）	成均馆大学（韩国）	1988-08
金京烨	《寒山和他的禅诗研究》	中央大学（韩国）	1990-02
Yoo Ji Won	《寒山禅诗研究》	高丽大学（韩国）	2002-08
成明淑	《中国与日本寒山拾得图研究》	弘益大学（韩国）	2002-08

从论文的选题来看，以禅诗作为寒山诗研究视角的最多，其中博士论文1部，硕士论文4部；其次是从版本学的角度来研究寒山诗的，博、硕士论文各1部；从古文献学的角度来探讨寒山白话诗的艺术特色和文

寒山诗：文本旅行与经典建构（修订版）

学影响的有博士论文1部；而从寒山诗的内容构成、语言特点以及传世流布的角度来研究寒山诗的有硕士论文1部（金铉雨《寒山诗研究》）；值得一提的是，另有1部硕士论文是从东洋美术史学的角度，考察寒山拾得作为绘画题材在中日美术史上的流布与影响。[1]

综观韩国学界的这些寒山诗研究成果，其研究方法既有探讨语言形式、修辞特色和内容分析等传统路数，也有从文献学、版本学、美术史学等专门领域来考查寒山和寒山诗的流布与传世的影响研究。这些研究论文，无论在文献爬梳还是在研究方法上，都颇具学术价值和开拓意义，韩国的"寒学"研究也因此而赢得了世界同行的尊重。

与博、硕士论文的情况类似，在二十世纪八十年代之前，韩国的学术刊物几乎找不到任何有关"寒学"研究的文章。屈指可数的几项研究成果，也不是出自中文学界，而主要是出自韩国国文学界与佛教界人士。比如锦城的《人间诗人地上的哲人——寒山拾得的一生》（《佛教》29集，1941年5月）、韩国国文学者金云学的《寒山诗论——续佛教的文学》（《现代文学》8集，1962年9月）、金光林的《寒山拾得》（《韩国文学》36集，韩国文学社，1976年10月）以及山口晴通的《寒山诗考》（《印度学佛教学研究》，1970年3月）。[2]

二十世纪八十年代以来，这种情况有了根本性的改观。其中较具代表性的研究学者主要有柳晟俊和金兑坤两位教授。他们在八十年代所发表的系列研究成果，开启了韩国"寒学"研究的先河。其中，柳晟俊教授著有《寒山的参禅诗》（《中国文学》第8集，1981年）和

---

1 据朴永焕教授介绍，《中国与日本寒山拾得图研究》主要分为三个部分：第一个部分从文献记载、南宋画家的传承作、南宋元代禅僧们的评价等三个方面探讨寒山拾得图的特点；第二个部分探究寒山拾得图的变化情况，即变为仙人像的情况和跟仙人图融合的情况；第三个部分探讨中国与日本寒山拾得图的交流情况，以及在日本盛行的情况。详细可参考朴永焕.当代韩国寒山子研究的现状和展望.浙江省社会科学联合会编.寒山子暨和合文化国际研讨会论文集.杭州：浙江大学出版社，2009：223-225.

2 朴永焕.当代韩国寒山子研究的现状和展望.浙江省社会科学联合会编.寒山子暨和合文化国际研讨会论文集.杭州：浙江大学出版社，2009：226.

第4章 目的地文化多元系统与寒山诗的语际旅行

《寒山和他的诗攷》(《韩国外大论文集》,韩国外大,1982年)。金兑坤教授著有《寒山生活变迁过程考》(《中国人文科学》,1987年)和《寒山诗的思想》(《外国文化研究》,朝鲜大学外国文化研究所,1988年)。此外,高丽大学韩国国文系的印权焕教授在八十年代末也发表过一篇专门针对金达镇译注、崔东镐解说的《寒山诗》而写的书评:《寒山诗的新鲜的冲击》,发表于《现代文学》第249集(现代诗学社,1989年12月)。[1] 这些评论文章以及金达镇所译注的《寒山诗》为"寒学"在二十世纪九十年代和二十一世纪韩国的进一步传布与接受奠定了良好的基础。

二十世纪九十年代前后,韩国在"寒学"研究方面,不仅在论文的数量上有进步,而且研究范围越来越广,人数也在逐渐增加,论文质量较过去也有了提高。就这一时期登载于韩国学术专刊的学术论文的情况而言,较有代表性的有高丽大学韩国国文系崔东镐教授的《寒山诗对禅诗和现代诗的影响》(《比较文学》,韩国比较文学,1994年12月)。另外,培才大学(大田)李鲜熙教授的系列"寒学"研究专论也有较好的学术影响力:《寒山诗中的"寒山"的意境》(《中语中文学》,韩国中语中文学会,1993年)、《寒山诗歌里面的寒山子精神世界》(《人文论丛》,培材大学人文科学研究所,1997年11月)、《寒山子的悲剧意识》(《人文学研究》33卷69号,忠南大学,2006年12月)及《寒山子的"生廉死乐"人生观》(《中国学论丛》,(清州)韩国中国文化学会,2005年6月)等。曾撰写过《寒山诗及其版本之研究》(1986年)的朴鲁玹在这一时期发表有:《寒山诗研究——以诗内容为中心》(《诚信汉文学》,诚信女子大学,1990年12月)、《寒山诗的佛教思想研究》(《论文集》,尚志大学并设专门大学,1994年8月)和《寒山诗与儒道思想》(《论文集》,尚志岭西大学,2001年8月)等论文。

---

1 朴永焕.当代韩国寒山子研究的现状和展望.浙江省社会科学联合会编.寒山子暨和合文化国际研讨会论文集.杭州:浙江大学出版社,2009:226.

此外，还有李日宰的《寒山诗的青山白云的象征和体用》(《东国思想》,（首尔）东国大学，1992年12月）、李廷卓的《寒山诗一考》(《论文集》,安东大学，1992年12月）、诸章宦的《寒山的生平和思想一考》(《论文集》,陆军第三士官学校，1994年5月）、姜正万的《寒山大师的佛教思想初探》(《中国学论丛》,韩国中国文化学会，1998年12月）、金英镇的《寒山诗对日本的影响》(《国际言语文学》,国际言语文学会，2002年12月）、《寒山诗对韩国古典文学的影响》(《大东汉文学》,大东汉文学会，2002年12月）、《论寒山诗对韩国禅师与文人的影响》(《宗教学研究》,四川大学道教与宗教文化研究所，2002年第4期）、成明淑的《13、14世纪中国寒山拾得图的考察》(《温知论丛》,温知学会，2002年12月），[1]以及李钟美的系列研究成果：《从历代目录看寒山诗的流传》(《古籍整理研究学刊》,东北师范大学古籍整理研究所，2003年第3期）、《〈寒山诗〉版本系统源流考》(浙江大学博士后出站报告，2004年）、《朝鲜本系统〈寒山诗〉版本源流考》(《文献》,中国国家图书馆，2005年第1期）、《国清寺本系统〈寒山诗〉版本源流考》(《中国俗文化研究》,四川大学中国俗文化研究所，2005年）等。

综上所述，韩国九十年代的"寒学"研究论文比较集中于寒山诗诗歌意境的探讨，尤其是寒山诗与儒、释、道的文学渊源；进入二十一世纪后，"寒学"研究出现了一些新的趋向，影响研究和版本研究是这一时期韩国"寒学"研究的两大焦点。金英镇和李钟美两位博士的研究成果就颇具代表性。事实上，他们为韩国新时期的"寒学"研究提供了新的研究思路和研究路径。总的来说，二十世纪九十年代以来的这些研究成果，以及来自不同专业领域的研究团队，极大地推动了韩国的"寒学"研究，使得寒山和寒山诗在韩国得到了即时广泛的流通与传播，相关的"寒学"研究在韩国也得到了空前的发展。

---

1 朴永焕.当代韩国寒山子研究的现状和展望.浙江省社会科学联合会编.寒山子暨和合文化国际研讨会论文集.杭州：浙江大学出版社，2009：226-227.

第4章 目的地文化多元系统与寒山诗的语际旅行

为什么寒山诗在作为语际旅行目的地的朝韩受到如此的欢迎呢？原因大致与寒山诗在日本的情况类似。首先是语言文字上的亲近关系。朝韩在很长时间里都是借用汉字进行书面表达。而且由于两国间交通上的便利，从古代的移民潮开始，汉文化就源源不断地输入朝鲜半岛，而中国诗无疑是朝韩诗歌的渊源所在，所以历史上朝韩的朝野上下对汉诗文都颇多爱好，而且其汉文修养都比较高；具体到寒山诗，无论是其主流诗、通俗诗还是宗教诗，都具有颇高的文学价值，对喜爱中国诗歌的朝韩读者而言，自然有一定的吸引力。其次，朝韩对于佛教文学尤其是禅文学的兴趣远甚于中国，如前面提到的"乡歌文学"，其题材都以宗教文化为创作源泉，而且创作主体多为僧侣与佛教信徒，反映的也多是宗教思想。因此，朝韩对这位被传为禅之隐者的诗人寒山的诗文及其言行都深好之。拟写、校评、注释、翻译寒山诗之风气历代不绝，现有的十部学位论文中有五部是从寒山诗的禅诗视角来分析论证，即是最好的佐证。再者，由于朝韩历代知名僧众、文人雅士甚至朝廷重臣等所谓的文学赞助人的推崇、拟写与评论，寒山诗在旅行至朝韩后便大行其道，显然是意料之中的事情。而二十世纪朝韩对于寒山诗的兴趣，大致可归为世界范围内的通俗文化研究以及禅学研究的升温，以及海外"寒山热"回流中国后的第二波"寒学"研究热对于中国近邻朝韩的吸引。

4.3　寒山诗在欧洲的语际旅行

中国古典诗歌的翻译与研究，自十九世纪以来就一直是西方汉学界的"宠儿"。经过二十世纪初"意象派"的推而助之，以及埃兹拉·庞德（Ezra Pound, 1885—1972）和阿瑟·韦利等诗人与学者们卓越的创造性工作，中国古典诗歌在西方汉学界的影响竟如日中天。而自二十世纪五六十年代始，为了满足西方大学东亚文学和中国文学课程教学的需要，中国古典诗歌的翻译与学术研究更是成了这些大学东亚语言文学系的专属领地。这无疑为包括寒山诗在内的中国古典诗歌的语际旅行提供了进入目的地文化多元系统的绝佳契机。寒山诗在这样的话语环境中，顺利地进入到欧洲汉学的学术视野和翻译文学的经典殿堂。事实上，从二十世纪五十年代开始，一直到二十一世纪的今天，在这半个多世纪的时间里，寒山诗在欧洲的语际旅行从未停歇，不仅如此，它还几乎成了欧洲汉学关于中国古典诗歌翻译与研究的焦点话题。

4.3.1 寒山诗在英国

中国诗人寒山在语际旅行目的地英国的首位异国知己竟然是大名鼎鼎的英国汉学家阿瑟·韦利。自 1954 年韦利的寒山译诗问世以来，寒山诗在英国引发了多位汉学家与翻译家的附会诠译和学术研究兴趣，寒山诗也因此在英国乃至整个西方世界流行开来，并逐步建立起了它在西方翻译文学中的经典地位。

1. 阿瑟·韦利与寒山诗

阿瑟·韦利是世界闻名的汉学家和翻译家，精通日语和中文，翻译了大量的中日文学作品，其中包括《日本能剧》(*The Nō Plays of Japan*, 1921)、日本女作家紫式部的古典文学巨著《源氏物语》(*The Tale of Genji*, 1925)、日本女作家清少纳言的代表作《枕草子》(*The Pillow-Book of Sei Shōnagon*, 1928)；以及中国诗歌、典籍与艺术作品的翻译：《汉诗一百七十首》(*A Hundred and Seventy Chinese Poems*, 1918)、《中国绘画研究导论》(*An Introduction to the Study of Chinese Painting*, 1923)、《道德经》(*The Way and Its Power*, 1934)、《诗经》(*The Book of Songs*, 1937)、《论语》(*The Analects of Confucius*, 1938)、《猴子》(*Monkey*, 1942)(《西游记》节译本)、《禅宗与艺术》(*Zen Buddhism and Its Relation to Art*, 1959)、《敦煌手稿：敦煌民谣与故事》(*Tun-huang Manuscripts: Ballads and Stories From Tun-huang*, 1960) 等。此外，还有中国诗人李白 (*The Poetry and Career of Li Po*, 1950)、白居易 (*The Life and Times of Po Chü-I*, 1949)、袁枚 (*Yuan Mei: Eighteenth Century Chinese Poet*, 1956) 等人的诗歌与传记研究专论。

第4章　目的地文化多元系统与寒山诗的语际旅行

客观而论，与上述这些翻译作品和研究成果相比，韦利的寒山诗翻译无论在译事规模还是在实际影响力上，都稍逊一筹。不过，发表在1954年9月《相遇》(Encounter)第12卷的27首寒山诗，却在不经意间开启了西方世界寒山诗翻译与研究的先河。中国诗人和那些归属他名下的寒山诗在经由这位享有盛誉的英国汉学家译出之后，便即时地在西方世界流行开来。事实上，美国诗人加里·斯奈德便声称自己是在韦利的这27首译诗的刺激和推动下，开始自己的寒山诗翻译的。后者于1958年在垮掉派作家的宣传阵营《常春藤评论》(Evergreen Review)上发表的24首寒山译诗，至今仍被学界公认为是最具影响力的寒山诗译本。

据考，韦利发表在《相遇》上的这27首寒山译诗，主要由反映家庭生活、世俗生活、禅理参悟和隐居生活的诗组成，而后者占了约2/3的篇幅。在1961年由韦利翻译并再版的《中国诗选》(Chinese Poems)中，这27首寒山诗也被一并收录。1970年，在英国学者伊万·莫里斯(Ivan Morris，1925—1976)编辑整理的韦利传记《山中独吟：阿瑟·韦利纪念文集》(Madly Singing in the Mountains[1]: An Appreciation and Anthology of Arthur Waley)中，编者也再次收录了韦利这27首译诗中的4首和那篇简短的寒山诗译序。

不过，关于韦利是如何发现寒山和寒山诗的，学界至今都无从知晓。无论是译序、传记还是其他场合，韦利本人以及韦利研究专家都未曾披露过。也许是因为中国唐代的诗国天空太过璀璨，再加之当时西方汉学界对中国古典诗歌的认识与评价基本上还是与中国国内的诗评界和学术研究界保持了同一口径，因此在当时恐怕根本就没人会注意中国诗史中

---

[1] 书名 Madly Singing in the Mountains 系取自韦利所译之白居易（772—846）诗《山中独吟》。白诗原诗为：人各有一癖，我癖在章句。万缘皆已消，此病独未去。每逢美风景，或对好亲故；高声咏一篇，悦若与神遇。自为江中客，半在山中住；有时新诗成，独上东岩路。身倚白石崖，手攀青桂树，狂吟惊林壑，猿鸟皆窥觎；恐为世所嗤，故就无人处。此首诗是元和十二年（817）左右白居易在江州司马任上所做。以此为书名，足见韦利的个人禀性以及他对于白诗的喜爱。

寒山诗：文本旅行与经典建构（修订版）

都遍寻不见的"不入流"的边缘诗人寒山和他的那些"非主流"诗歌。也许韦利本人也无意为这位中国诗界的"失意者"辩争或挽回什么，于是没有任何相关文献记载这桩"文学姻缘"是如何缔结的自然也在情理之中。

然后，学术界还是比较倾向于这样一种说法，即认为韦利"可能是通过日文有关寒山的资料而发现寒山的"。[1] 今天来看，此说自有一定的说服力。因为众所周知，寒山诗在日本的流布是相当广泛的，对于日本文学和艺术的影响也是相当深远的；而韦利对于中日文学、艺术和哲学都有精深的研究，相信日本文学与艺术对于白居易和寒山的持久热情，韦利肯定不会陌生，而且韦利所译的日本女作家紫式部的古典文学巨著《源氏物语》其实就深受白居易诗歌美学的影响，因此在译寒山诗之前，韦利就发表了白居易专论《白居易的生平与时代》。在白居易之后传入日本的寒山诗和传奇人物寒山，在日本也获得了历代汉学家、美术史家以及艺术家们的钟睐，韦利对这一切自然不会熟视无睹。除此之外，从韦利浩瀚的译作中，我们还可以看到他对于中国白话诗传统的熟晓，以及他对于禅宗文化和敦煌文学的浓厚兴趣，而这些特点在寒山诗中都有很好的体现和表达。因此，韦利在翻译和研究中国禅文化以及白话诗歌传统的过程中，对这些特点兼而有之的寒山诗偶有旁涉，是完全可能的。事实上，在韦利生活的那个年代，日本对于寒山和寒山诗的研究与重视程度，是中国国内所无法比拟的。

综合这些因素，我们以为，日本是寒山诗语际旅行至西方世界的重要中介，而韦利则极有可能是从日文文献中与寒山和寒山诗不期而遇的。[2] 从目前掌握的资料来看，韦利是英国最早发现并译介寒山诗的第一个"隔世知音"。

---

1 钟玲.文学评论集.台北：时报文化出版事业有限公司，1984：10.
2 值得注意的是，作为中国近邻的日本在寒山诗的文本旅行中多次充当了"旅行中介"的角色。实际上，即便是斯奈德译本、华兹生译本以及后来的其他多个寒山诗译本也和日本这一"旅行中介"颇多关联。

第 4 章　目的地文化多元系统与寒山诗的语际旅行

2. 寒山诗在英国的译介

也许正是因为上面所提到的种种原因，在韦利之后近十年，由于受传统的诗歌评价体系的影响与左右，风格混杂且与主流诗学标准背道而驰的寒山诗，在英国一直没有新的译本。

只是到了六十年代，英国的俳句与禅宗研究专家布莱思（Reginald Horace Blyth, 1898—1964）才在自己的专著《禅与禅典》（*Zen and Zen Classics*）中，再次提及寒山和寒山诗，并翻译了"茅栋野人居"与"可笑寒山道"两首寒山诗。在 1964 年出版的第二卷《禅史》（*History of Zen*）中，布莱恩翻译了 15 首寒山诗。不过，因为布莱思这套五卷本的系列专著是由日本的北星堂书店（The Hokuseido Press）出版发行的，所以其所译与所论的寒山诗，在当时的英国国内影响是微乎其微的。

随后，又过了十余年，即 1976 年，耶鲁大学出版社同时在伦敦和纽黑文出版了著名汉学家傅汉思（Hans Frankel）的《中国诗选译随谈》（一译《梅花与宫闱佳丽》）（*The Flowering Plum and the Palace Lady: Interpretations of Chinese Poetry*）。寒山诗在该译诗集中仅被简单提及。据考，该译诗集仅选入"老翁娶少妇""东家一老婆"以及"欲识生死譬"三首寒山诗，其影响差强人意。同年，由香港中文大学出版社出版、中大翻译研究中心主编的《译丛》（*Renditions*）系列之《英译中诗金库》（*A Golden Treasury of Chinese Poetry*），通过华盛顿大学出版社，在伦敦和西雅图同时上市发行。在该书的序言部分有著名翻译家唐安石（John Turner, 1909—1971）所译的一首寒山诗，译者命之为"无题"（No Title）。但唐安石在序言中却直言他并不很喜欢寒山诗，因为"写作此诗的作者寂寂无名。之所以选它来译是因为它的怪异以及没有唐诗所惯有的那种'雄浑高迈'。人们一直有一种成见，以为中国诗歌都是雄浑高迈和千篇一律的。我译中国诗的一个'附带目的'就是为了让他们打消这种念头，而这首诗正是一首质朴无华的作品"。[1]

---

[1] 该诗实则是寒山诗中起句为"城北仲家翁"的一首，属寒山诗之通俗诗类。详细可参见 Turner, J. Preface. *A Golden Treasury of Chinese Poetry: 121 Classical Poems.* Hong Kong: The Chinese University of Hong Kong, 1976: 17–18.

寒山诗：文本旅行与经典建构（修订版）

客观地说，七十年代中国的国内文学，受当时政治意识形态的影响，一度停滞，当时的西方对中国国内的政治形势的兴趣，远远大于对这个国家的文学兴趣，再加上 1976 年的这两个中国诗译本对于寒山诗的介绍是如此的简单和初浅，以至于英国人对中国唐代诗人寒山和他的那些诗，并无任何实质性的认识。1980 年，英国著名诗人与翻译家詹姆士·克卡普（James Kirkup）翻译的《寒山诗二十五首》(*Cold Mountain Poems: 25 Poems by Han-Shan*)，也没有让这种状况有任何的改观。尽管该译本所选的二十五首寒山诗是用英文翻译而成，并有中文对照，但却是在日本京都（Kyoto Editions）出版和发行的。

此后近二十年，寒山诗在英国再度沉寂下去。然而，二十世纪的敦煌大发现以及英国探险家和考古学者在这一领域的出色工作，尤其是九十年代世界范围的禅学风潮，令英国诗人和学术界对浅白如话同时又意境高远的中日禅诗，不能不另眼相看了。1999 年，英国学者彼得·哈里斯（Peter Harris）编译的《禅诗》(*Zen Poems*) 行世，该禅诗集收罗了中国诗人谢灵运（385—433）、六祖惠能（638—713）、王维（？701—761）、刘长卿（？710—？85）、白居易（772—846）、柳宗元（773—819）、寒山、拾得、皎然（730—799）、贾岛（779—845）以及苏东坡（1037—1101）等人的诗作。当然也收录了日本诗人与禅僧如道元（Kigen Dogen, 1200—1253）、义堂周信（Gido Shushin, 1325—1388）、松尾芭蕉（Matsuo Basho, 1644—1694）、白隐慧鹤（Hakuin, 1686—1769）以及大愚良宽（Ryokan, 1758—1831）等人的禅诗作品。在中国禅诗部分，寒山诗选入 16 首，拾得诗 3 首。仅次于王维（18 首）与苏东坡（18 首），而白居易的诗仅收了 7 首。这 16 首寒山诗是由哈里斯本人（2 首）、韦利（3 首）、斯奈德（3 首）、华兹生（6 首）、薛爱华（Edward Schafer）（1 首）、韩禄伯（1 首）所译；而三首拾得诗均选自美国纽约州立大学教授何瞻（James Hargett）在《葵晔集》(*Sunflower Splendor*, 1975）中的译文。在译诗集的"前言"里，哈里斯说："在中国和日本有许多杰出的诗人是真正的禅僧或者有过隐居经历的居士。在中国，他们中最知名的非寒山莫属了。和其他对佛教饶有兴趣的中国诗人一样，

第 4 章　目的地文化多元系统与寒山诗的语际旅行

寒山对日本后世禅僧的影响是非常巨大的，其中包括对日本著名诗隐大愚良宽（Ryokan）[1] 的影响。"[2]

2006 年，英国译者克莱恩（A. S. Kline）在互联网上发表了其自译的《寒山如是说——寒山诗二十七首》(Words from Cold Mountain, Twenty-Seven Poems by Han-shan)，并供研究者免费下载和用于非营利渠道的流通与传播。该译本由三部分组成："引论"（Introduction）、"译诗"（The Poems）和"首行索引"（Index by First Line）。在简短的译序中，译者说："寒山，或曰寒山子，与他的同伴拾得，生活在公元八世纪末、九世纪初的杭州湾南部的浙江省天台山圣地。这二人，牵手大笑，来去如风，垂恋荒野，我行我素，怡然自得。就像寒山本人所言，他的禅不在诗内，而在心中。"[3] 接下来的译诗，以《家有寒山诗》(Don't you know the poems of Han-shan?) 开始，以《寒山深更好》(Cold rocks, no one takes this road) 结束。译者所选的诗作中，绝大部分是与诗人的隐居地寒山相关联的作品。译本以直译为主，行文简洁明快，口语化色彩较浓。

从韦利 1954 年首译寒山诗，到 2006 年克莱恩寒山诗译本的问世，寒山诗在英国的传布与翻译走过了五十多年的历程。尽管这一路走得磕磕绊绊，尽管通俗质朴的寒山诗在当时的英国文化语境中未得到积极的响应，但在专业读者层面，韦利对于寒山其人其诗的解读与考证、对于寒山诗英译过程中的翻译规范的诸多考虑，都极具汉学家特点，因此也得到了专业读者的高度认可。虽然寒山诗没有像它在美国文化多元系统中那样风采照人，但享有世界盛誉的汉学家韦利的寒山诗英译，却带动

---

[1] Ryokan Taigu (1758—1831)，日本德川时代（1603—1867）晚期的禅僧，著名诗人和书法家。一个乡村头目的长子，17 岁出家当和尚，法名大愚良宽。21 岁时遇见游方僧国仙和尚，随国仙去备中玉岛的圆通寺，在该寺修行 12 年。国仙圆寂之后，良宽云游日本各地。到年老时，回到故乡越后，研究《万叶集》和古代书法。参见良宽．大英百科线上（台湾地区）.

[2] Harris, P. F. *Zen Poems*. New York: Alfred A. Knopf, 1999: 18–19.

[3] Kline, A. S. *Twenty-Seven Poems by Han-shan*. 来自 tonykline 网站。

寒山诗：文本旅行与经典建构（修订版）

了整个西方世界对于寒山诗翻译与研究的热潮。事实上，如今在西方世界盛传的数种寒山诗版本，都或多或少地受到韦利译本的滋养与影响。

3. 英国学者的"寒学"研究专论

1962年，当美国汉学家巴顿·华兹生（Burton Watson）的《唐代诗人寒山的一百首诗》(Cold Mountain: 100 Poems by the T'ang Poet Han-shan)由哥伦比亚大学出版时，英国著名汉学家、翻译家大卫·霍克思（David Hawkes, 1923—2009）于同年在《美国东方学会会刊》(Journal of the American Oriental Society)上发表了一篇针对华兹生译本的书评。这既是一篇书评，也是一篇精彩的"寒学"研究专论。作者指出：尽管长期以来人们都认为闾序是伪作，但"总非空穴来风"的这种迷信思想总也挥之不去。例如，不少人仍然假定寒山是一位释僧，而对于寒山诗内证的研究却与这种结论大相径庭。霍克思提到了吴其昱的研究成果，并大体上支持道翘乃伪序作者的说法。他甚至推测认为道翘可能并不知道寒山是何许人也，但他的确有集诗之事。写诗的这位隐士大约在此前15至20年就已死去，道翘所了解的寒山是由当地那些迷信的庄稼汉们讲述的传说故事。[1] 这篇书评在一定程度上丰富了英语世界对于寒山和寒山诗的认识与理解。但由于英国学界的学院派作风对于此类诗歌的排斥，以及当时英国的翻译界和汉学界对于中国诗人的兴趣大体上仍囿于中国诗史中的那些传统名家的缘故，寒山诗在六十年代的英国学界以及此后长达40年的英国学院派那里并未获得多少的文学名声。

不过，2003年，在美国学者彼得·郝伯逊（Peter Hobson）的《寒山诗》译本（Poems of Hanshan）中，出现了两篇颇有分量的"寒学"研究专论：《寒山在文学史上的地位》(Hanshan's Place in History) 和《寒山诗译本研究》(Hanshan in Translation)，这两篇文章均出自国际知名汉学家、伦敦大学亚非学院的东亚历史教授、英国学者巴雷特（T. H.

---

[1] Hawkes, D. Book Review: *Cold Mountain: 100 Poems by the T'ang Poet Han-shan*. *Journal of the American Oriental Society*, 1962(82.4): 596.

第 4 章　目的地文化多元系统与寒山诗的语际旅行

Barrett)的笔下。这是英国学界关于寒山和寒山诗研究的不可多得的研究专论,也是英国学者对世界"寒学"研究的杰出贡献,同时标志着英国学界对于寒山和寒山诗的研究开始步入了真正意义的学术研究时代。因此,在英国的"寒学"研究领域甚至是整个英国的东亚研究领域,它都将具有里程碑式的学术意义。在《寒山在文学史上的地位》的第一部分《东亚的宗教诗传统》的起始部分,巴雷特便说:

> 从中国发端的东亚文学传统中持续不间断的文学意识让人印象深刻,这一传统延续至今已经有近3 000年的历史了。这种连续性和西方文学的时间跨度相比的最大不同是宗教文学所扮演的角色相对而言是无足重轻的。当然,也有例外,寒山即是其中的一种例外情况。但要弄清楚寒山是怎样的一种例外以及为什么寒山是例外,则需要对中国文学传统的发展有一些背景知识的了解,同时要了解它的文学价值观与英语读者所熟悉的那一套价值观有怎样的不同?[1]

巴雷特接着从屈原始,谈及后来的道教文学以及中国宗教诗的兴起,在文章的第三部分作者探讨了"山"与"诗"的关系。巴雷特认为"山"是唐代精华诗中的最常用的语汇之一。而"寒山"仅是这位诗人的笔名而已。巴雷特也提到了寒山的前辈王梵志,认为"敦煌写本中的王梵志诗被证实有道教的渊源。将各种思想糅合于不同的传统当然也是寒山的特征之一"。[2]

关于"山",巴雷特还提到说:

---

[1] Barrett, T. H. Hanshan's Place in History. Hobson, P. *Poems of Hanshan*. Walnut Creek: Altamira Press, 2003: 115.

[2] Barrett, T. H. Hanshan's Place in History. Hobson, P. *Poems of Hanshan*. Walnut Creek: Altamira Press, 2003: 123.

寒山诗：文本旅行与经典建构（修订版）

> 中国的山是做学问的好地方：清净、清爽、幽美。当然，在中国，入仕的机会是要靠所受教育来提升的。诗人寒山栖居的天台山就是很有点"大学"架势的一处所在，它以悠久的佛教传统和各种奇异的神仙传说而闻名……也许在我们的诗人到此之前就已经有个叫"寒山"的地方了，但是也有可能他用这个名字来指他的处所和诗人本人……《文选》——这部在公元六世纪早期编成的文学选集中"寒山"一词就出现过好几次，因此选择它作为名号实在没有什么来头，实际上，我们发现皎然也用过它。到了公元八世纪下半叶，我们在张继写成于八世纪末的一首诗中发现了苏州城外有一座同名的"寒山寺"。[1]

不可否认，作者对于"山"的感验以及对于"寒山"这一名称的考证颇有见地。事实上，东西方读者还可以从文章中读到关于中西文学传统、宗教文学地位以及东亚文学源流的精彩见解。这样的叙述策略无非是想告诉读者，寒山和寒山诗并非横空出世，它也是在一定的文学土壤中孕育发展起来的。文章将寒山和寒山诗置于这样的文学大背景之下来进行研究的研究方法以及在此基础上得出的研究结论，无论对于寒山和寒山诗本身的研究，还是对于整个中国文学、东亚文学和东亚宗教史的研究都不无裨益。

在接下来的《寒山其人》这一部分，巴雷特提到了吴其昱（法国）、蒲立本（加拿大）、韩禄伯（美国）等学者对于寒山身世的考证，以及杜光庭、徐灵府为代表的道教与后来的禅教中人对寒山的争夺。作者的结论是：

> 寒山明显不属于任何一派。我将其归类为"山人"（mountain man），这应该是最合适的，因为它可以反驳那些后世关于寒山身世的荒诞传说。然而，无论是非对错，寒山对于后世文学

---

[1] Barrett, T. H. Hanshan's Place in History. Hobson, P. *Poems of Hanshan*. Walnut Creek: Altamira Press, 2003: 124.

第4章 目的地文化多元系统与寒山诗的语际旅行

的影响是通过其传说中的禅林身份而实现的却是无可辩驳的事实。他的这一形象是如何形成的？以及为什么会形成？这些问题是探讨其在东亚宗教史中地位之必不可少的前提。[1]

接着作者谈到了寒山在日本、韩国和越南等东亚国家的流布与接受情况。在该文的最后一个部分《寒山之上》中，作者认为寒山诗之所以不朽是因为后世的拟作。这与当代德国著名学者沃特·本雅明（Walter Benjamin, 1892—1940）所谓的文学作品的"来世"（afterlife）是翻译与译者的功劳之说法如出一辙。作者同时指出"如此大量拟作的出现也许正好说明了他的影响"。在文末，作者总结道：

> 准确地说，当寒山因为个人的现实原因从当时的文学传统中抽离的时候，他的诗歌凝视（poetic gaze）就纯粹变成个人的了：清新、直接、甚至震撼。而且，这种诗风使得他对于宗教的洞见不囿于简单的说教——这一点是后来的宗教诗人所嫉妒的，但他们却永远没有办法模仿。西谷启治（Nishitani Keiji）也许是对的：如果真实的寒山身上有些禅味的话，那不是因为他是那个运动的追随者。相反，极有可能的是他使那个运动紧随其后，禅也因此有了几许寒山的味道……尽管所谓的"禅诗"注入了顿悟后的洞见，但我们必须承认大部分的禅诗仍然和主流的精华诗没有什么两样，只不过是前者选择了别样的呈现方式。尤其被援引至有序的禅林环境而非孤独的隐士生活中那种激烈的变迁之时，简单而直接的诗风通常就会产生一种奇异的魅力，至少不是那么无味。但寒山诗过去是、现在仍然是一种难以逾越的挑战。[2]

---

1 Barrett, T. H. Hanshan's Place in History. Hobson, P. *Poems of Hanshan*. Walnut Creek: Altamira Press, 2003: 128.

2 Barrett, T. H. Hanshan's Place in History. Hobson, P. *Poems of Hanshan*. Walnut Creek: Altamira Press, 2003: 136–137.

寒山诗：文本旅行与经典建构（修订版）

巴雷特关于寒山和寒山诗的种种议论可谓精妙，尤其是作者对于中国文学中"山"之主题、寒山诗风以及寒山在禅诗中的文学地位的分析与评论令人拍案。相信这篇研究专论对于寒山与寒山诗甚至中国宗教文学的相关研究都将具有极高的学术价值和参考意义。而由他提出的"如果真实的寒山身上有些禅味的话，那不是因为他是那个运动的追随者。相反，极有可能的是他使那个运动紧随其后，禅也因此有了几许寒山的味道"的论点更是掷地有声。当然，这一说法无疑从另一个角度道出了寒山和寒山诗在文学研究与宗教研究中的不可多得的学术价值与重要影响。

在另一篇《寒山译本研究》中，巴雷特教授梳理了现存的有一定代表性的寒山诗译本。这种繁琐的文献整理工作对于喜爱寒山诗的读者而言，自然提供了一个可以进行对比研究的绝佳机会，同时通过不同版本则可以更为全面地了解寒山其人其诗。在结束部分，作者说："在寒山研究与赏析的'百花园'中将继续开出美丽的花朵，这似乎是毋庸置疑的。"[1]事实上，巴雷特的这两篇"寒学"研究专论无疑正是这百花园中美丽妖娆的两朵奇葩。

综上所述，自五十年代阿瑟·韦利首开寒山译诗先河以来，寒山诗在英国尽管有多位汉学家与译者附会诠译，但也许是因为英国文化规范与文学传统自身难以逾越的保守特性、以及寒山诗俚俗的一面与英国学院派诗人所追求的精雕细刻、广征博引的学院派诗风存在诸多分歧、甚至也许学院派从未真正地将寒山所代表的民间诗人及其诗歌纳入严肃的研究对象。正如台湾辅仁大学外语学院华裔学志汉学研究中心主任魏思齐（Zbigniew Wesołowski SVD）神父所言，"不列颠有一个非常强调功利与现实价值的汉学传统/中国研究，过于强调现实政治与经济价值，在所谓'古典'汉学学术研究方面可能大打折扣"。[2]代表了中国古

---

1 Barrett, T. H. Hanshan's Place in History. Hobson, P. *Poems of Hanshan*. Walnut Creek: Altamira Press, 2003: 151.

2 魏思齐. 不列颠（英国）的汉学研究概况. 汉学研究通讯, 27:2（106）, 2008（5）: 52.

第4章 目的地文化多元系统与寒山诗的语际旅行

典文学之支脉的唐代诗歌,实在很难走进学院派的关注视野。因此,寒山诗在英国的命运就像是在英国主流诗歌的星空里零星点缀的几点星火而已。不过,也许令那些学院派们始料不及的是,这点点星火在欧洲其他国家竟成燎原之势。首当其冲的便是与英国一海毗邻的欧洲汉学研究重镇——法国。之后在法国的火炬传递下,许多欧洲国家如德国、比利时、荷兰、瑞典、捷克等也纷纷开始了寒山诗的译介和研究,甚至这场西方"寒山热"在一定程度上也影响了后来的英国学者对于寒山诗的翻译与研究兴趣,彼得·哈里斯的《禅诗》、巴雷特的两篇研究专论以及克莱恩的《寒山如是说——寒山诗二十七首》无疑就是这一热力冲击下的产物。

4.3.2 寒山诗在法国

在法国,由于"中国文化热"、敦煌学研究、自由诗运动、"垮掉派运动"、存在主义哲学以及世界性的禅学研究热等因素的影响,唐代诗人寒山的语际旅行几乎没有遭遇任何来自目的地文化多元系统中的语境压力,寒山诗在欧洲汉学研究重镇法国得到了广泛的流通与传播。

1. 中法文化交流溯源

由于历史的原因,中法两国的交流要迟于其近邻西班牙、葡萄牙和意大利等。但西方传教士关于中国的著述却在法国人的心目中种下了"理想国"的种子。对于中国风物的向往激发了法国人与中国交通的强烈愿望。于是当十七世纪六位以"国王数学家"头衔远赴中国的耶稣会士到达中国本土后,中法文化交流的大幕终于徐徐拉开了。1742年法国皇家汉学院开始讲授汉学,1796年设立巴黎东方语言学院。诚如有论者指出的那样:"法国汉学虽然是经意大利等邻国的启示、诱发、影响而促起的,但一经法国人之手,就把它推到中心地位。"[1] 正是早期的

---

1 钱林森. 中国文学在法国. 广州:花城出版社,1990:5.

寒山诗：文本旅行与经典建构（修订版）

这些耶稣会士关于中国文化的著述，造就了十八世纪法国和整个欧洲的中国文化热。这种"欧洲欣然中国化"的势态，使得各个领域和阶层的人们都不约而同地期望从中国文化里来寻求解决自身发展的有用因子。中国文化热也因此在十九世纪上半叶迈入了一个稳定发展的良性轨道，中国古典文学西渐法国也因此成为这一世纪最耀眼的文化风景线。1814年，法兰西研究院通过决议将中文列为法国最高研究院的课目，培养和造就汉学研究的专门人才的通道就此打通，甚至当时德国的学者因为国内条件的局限，也在法国接受汉学的培训。以此为开端，法国对于中国文学的译介进入了一个空前活跃的时代。不过，二十世纪四十年代，法国因为陷入"二战"前后的泥淖之中，汉学研究全面停滞和倒退。幸运的是，六十年代早期出现转机，汉学研究也在此时开始复苏和重建，多所法国大学和中学设立中文课程，培养中文人才。与此同时，扩充和新建了一系列汉学研究机构，出现了一大批各个领域的汉学研究专家，法国汉学由此重新进入新的全盛期。中国文化与文学的语际旅行在这样的文化症候中自然是顺风顺水。

就中国古典诗歌而言，十七世纪和十八世纪法国汉学家进行过一些零星的译介，比较有影响的即是"五经之首"的《诗经》的零散选译。不过，到了十九世纪，中国历代诗歌的翻译与研究开始了蓬勃发展的势头。出现了像著名汉学家德理文（Le Marquis d'Hervey-Saint-Denys, 1823—1892）翻译的《唐诗》（Poesies de L'epoque des Thang, 1862），以及1867年杰出女诗人朱迪思·戈蒂埃（Judith Gautier, 1845—1917）在其中国老师丁敦龄（Tin Tun Ling, 1831—1886）协助下翻译的《玉书》（Le Livre de Jade）等典范之作。前者的《唐诗》选译了李白、杜甫、王维等35位中国诗人的97首诗作；而后者的《玉书》则选译了上至周朝下到清代的35位诗人（其中包括无名氏8人）共110首诗词。译诗按内容分为八类：爱情诗42首、月9首、行旅7首、宫廷6首、战争8首、酒8首、秋16首、诗人14首。其中，李白诗19首，杜甫诗17首，苏东坡8首，张若虚7首，李清照6首。

二十世纪以来，法国的汉学研究在原有基础上又上了很大一个台

第4章　目的地文化多元系统与寒山诗的语际旅行

阶。汉学教育机构的完善和中国甘肃敦煌藏经洞的发现，使得中法文化交流更趋频繁，法国的汉学研究也开始进入全面鼎盛的时代。出现了一些有世界影响的汉学大师。如：著名汉学大师、"欧洲汉学泰斗"爱德华·沙畹（Edward Chavannes, 1865—1918）、中国上古史专家马伯乐（Henri Maspero, 1883—1945）、著名社会学家葛兰言（Marcel Granet, 1884—1940）、西方敦煌学先驱伯希和（Paul Pelliot, 1878—1945）、著名佛学家、敦煌学家戴密微（P. Demieville, 1894—1979）以及其弟子社会文化史家谢和耐（Jacques Gernet, 1921—2018）、司马赋研究专家吴德明（Yves Hervouet）和吴其昱（Wu Chi-yu）、道教研究典籍学者康德谟（Max Kaltenmark, 1910—2002）及其弟子道藏专家施舟人（K. Schipper, 1934—）、中国小说研究专家雷威安（Andre H. Lévy, 1925—）、嵇阮研究专家侯思孟（Donald Holzman, 1926—）、中国古文字和思想研究专家桀溺（Jean-Pierre Diény, 1927—2014）、中国诗歌研究专家程抱一（Francois Cheng，又称程纪贤，1929—）、南洋华裔文学专家苏尔梦（Claudine Salmon, 1938—）、中国语言研究专家贝罗贝（Alain Peyraube, 1944—）等。

在中国古典诗歌领域，1911年出版了葛兰言的《中国古代祭礼与歌谣》（Fêtes et Chansons de Anciennes de La Chine），其对《诗经》的研究以及所选译的《国风》深受汉学界称道。而在二十年代至五十年代，由于历史的原因，法国对于中国古典诗歌的翻译与研究相对沉寂了许多。不过1962年戴密微教授主持编译的《中国古诗选》开始打破了这种僵局。该选本共翻译了从上古到清代204位诗人共374首诗作。接下来的六七十年代，出现了大量的以中国古典诗歌为题的译著与研究专著。如吴德明的《汉代官廷诗人——司马相如》、桀溺的《古诗十九首》《牧女与蚕娘》、侯思孟的《嵇康的生平和思想》《诗与政治：阮籍》以及程抱一的《中国诗语言研究》等。这样大量的、高水准的中国古典诗歌研究与翻译，使得法国在世界汉学界的影响如日中天。寒山诗在法国的语际旅行就在这样的背景下登场了。

寒山诗：文本旅行与经典建构（修订版）

2. 寒山诗在法国的流通、传播与接受

法国的寒山诗翻译与研究，肇始于著名敦煌学专家吴其昱 1957 年的《寒山研究》专论。之后，寒山诗在法国经历了短暂的沉寂期。在六十年代重炽的中国古典诗歌翻译热的推动下，七十年代寒山诗又重获学术界的青睐。1975 年 9 月，由法国当代知名汉学家雅克·班巴诺（Jacques Pimpaneau，中文名字班文干）[1]翻译、巴黎东亚出版中心（Centre de publication Asie orientale）出版的《达摩流浪者：寒山诗 25 首》（*Le Clodo du Dharma: 25 poèmes de Han-shan*）就是一个良好的开端。而八十年代对唐代白话诗人的翻译，是这一时期中国古典诗歌译介的重点和特色。首先是 1982 年戴密微的《王梵志诗全译本》出版，接着在 1985 年出现了两个寒山诗译本：郑荣凡（音）与哈维·科勒（Cheng Wingfan & Hervé Collet）合译的《寒山：绝妙寒山道》（*Han Shan: Merveilleux le Chemin de Han Shan*）以及卡雷·帕特里克（Carré Patrick）翻译的《云深不知处：流浪汉诗人寒山作品集》（*Le Mangeur de Brumes: L'oeuvre de Han-shan, Poète et Vagabond*）。2000 年，巴黎的阿尔班·米歇尔出版社（Éditions Albin Michel）出版的《碧岩录：语录与禅诗》（*Le Recueil de la Falaise Verte: Kôans et Poesies du Zen*）[2]中则收录了译者柴田真澄夫妇（Maryse et Masumi Shibata）翻译的 27 首寒山诗。

---

[1] 班巴诺，巴黎第三大学和法国国立东方语言文化学院教授。研究领域包括中国诗赋、中国戏剧、皮影、文明史等，1958—1960 期间曾赴北京大学学习，也曾在中国外文出版社工作。译有屈原、宋玉、寒山、苏轼、柳宗元、闻一多等人的诗赋和散文作品。在沙畹之后，班巴诺译完了《史记》卷帙浩繁的"列传"。

[2] 《碧岩录》全称《佛果圜悟禅师碧岩录》，亦称《碧岩集》，是宋代著名禅僧圜悟克勤大师所著，共十卷。书的内容由重显禅师的百则颂古和圜悟的评唱组成。取名《碧岩录》是因为圜悟克勤禅师当时住在宜州（今湖南）的贾山上，山上有一块方丈大小的石头，叫碧岩石，他的丈室就以碧岩为名。夏季给学生讲禅宗公案，策励学人用功精进，学生记录下来，结集成书就叫《碧岩录》。此书撰成后，在禅林享有盛誉，向有"禅门第一书"之称。雪窦大师的颂古百则，向来被认为是禅文学的典范之作，而圜悟大师的评唱，与原诗可谓珠联璧合，使得该书成为禅文学史上的经典。

第 4 章　目的地文化多元系统与寒山诗的语际旅行

事实上,法国寒山诗的翻译与研究,是以法籍华人学者、敦煌学以及俗文学研究专家吴其昱 1957 年在《通报》(*T'oung Pao*)上用英文发表的寒山研究专论《寒山研究》(*A Study of Han Shan*)[1] 为标志的,它代表了当时寒山和寒山诗研究的最高学术水平。在该文中,作者深入细致地探讨了寒山的各种传说及生平传略,并大胆推论寒山的原型可能就是道宣《续高僧传》中的释僧智岩。除翻译了与寒山相关的一些轶事传闻外,吴其昱还选译了 49 首寒山诗和一首拾得诗(很多介绍文章都误为 50 首寒山诗)。文章的附录则由四个专题组成:"智岩生平大事一览表"(A Table of More Important Events in Chih-yen's Life)、"地名考:始丰与唐兴"(The Place-names: Shih-feng and T'ang-hsing)、"寒山诗版本考"(The Editions of Han-shan poems)、"《后集续高僧传》真伪辨"(The Authenticity of the *Hou-chi Hsu Kao-seng Chuan*)。细腻周密的文献考证让人印象深刻。

关于一向争议颇多的寒山诗集中所附的闾丘胤序,吴其昱也认为该序非闾氏所作。他的考证依据如下:

> 闾序中"唐兴"用了三次,可见这似乎是原文所有。即是说,这不可能是后人附会上去的。鉴于"始丰"更名为"唐兴"县是在肃宗上元二年(761),因此此序应作于公元 761 年以后。……此外,序中"汝诸人"这一表达法是希运(亦称黄檗断际禅师)《传心法要》(序署 857 年)中禅师们的日常惯用语。[2] 因此该序应该不会早于九世纪中期的这段语录。同时,序作者的官衔也能提供一点时间方面的线索。在当时台州只有两段时间称"赐绯":721—741 年间和 758 年以后。最后,且不说序与诗的冲突,序的写作格式也不同于当时一般的写序方

---

[1] 该文在 1957 年曾有单行本问世,由 E. J. Brill 出版社出版。

[2] 如《传心法要》中即有"恐汝诸人不了,权立道名,不可守名而生解"的表达法。——笔者注。

寒山诗：文本旅行与经典建构（修订版）

法。序末的日期也许是故意隐去的，取而代之的是 38 行四言诗，也许这是按照佛经的写作模式创作的，比如《妙法莲华经》或者变文。序作者似乎更像是个僧人（道翘？）而不是一个有学问的官员。[1]

同时，吴其昱还对寒山诗中佛典及佛门术语使用情况进行了考证。他指出：寒山佛理诗中近一半的术语均引自七世纪中叶以前最为盛行的《大般涅槃经》。[2] 这种从史料出发来考察寒山身世与寒山诗语言特点的研究方法，很大程度上启发了后来的"寒学"研究。尽管吴其昱的寒山诗翻译受到某些学者的指责，如美国学者保罗·卡恩（Paul Kahn）就批评说："吴（其昱）的译诗学究气十足，而英诗的情趣不足。那些译诗总的来说堪称劣诗"。[3] 但吴氏之《寒山研究》对于寒山身世以及寒山诗的内证考据，显然开前人之未说，并有力地推动了后起者的寒山和寒山诗研究。2002 年，吴其昱出版了寒山诗英译的单行本：《寒山诗——唐代隐士寒山的传奇与诗歌》(*Cold Mountain Poems: Being the Legends and Poems Attributed to the T'ang Dynasty Hermit Han Shan*)。该英译本由英国的 Clear Light Free Press（Shirley, Surrey）出版社出版。虽然只有薄薄的 32 页，但该译本和吴其昱的《寒山研究》专论一道，为寒山诗在法国与欧洲的语际旅行铺平了道路，尤其是对寒山诗在欧洲多个汉学重镇的流通与传播起了实质性的开拓作用。就此而言，吴氏实在是功莫大焉。

吴其昱首开法国"寒学"研究的先河，但寒山诗的第一个法译本却是等了十八个年头才姗姗而至。1975 年 9 月，由班巴诺翻译的、东亚出版中心出版的法译本《达摩流浪者：寒山诗 25 首》行世。书名《达摩流浪者》显然取自"垮掉一代"的精神领袖杰克·凯鲁亚克（Jack

---

1　Wu, C. Y. A Study of Han Shan. *T'oung Pao*, 1957（XLV）: 397–399.

2　Wu, C. Y. A Study of Han Shan. *T'oung Pao*, 1957（XLV）: 400.

3　Kahn, P. Han Shan in English. *Renditions*, Spring 1986: 145.

第 4 章　目的地文化多元系统与寒山诗的语际旅行

Kerouac）的同名小说（*The Dharma Bums*）。值得一提的是，凯鲁亚克的这本小说正是题献给自己心目中的理想英雄寒山的。班巴诺的法译本有一篇译者写成于 1974 年 6 月的长序。在序首，班巴诺说：

> 寒山是生活在公元七世纪前后的一位中国诗人，他的名字总是和禅联系在一起。归属他名下的诗作有 311 首。这个衣衫褴褛的传奇人物总是乐呵呵的。他有个同伴叫拾得。他的身上有他那个时代的嬉皮气息。今天他的言行也成了一种另类生活方式的风向标。[1]

这种说法似乎表明班巴诺之所以选择翻译寒山诗，是因为他注意到了寒山与二十世纪的嬉皮在形象与气质上的神似。在序中，班巴诺提到了韦利译本、斯奈德译本、华兹生译本与凯鲁亚克的《达摩流浪者》，但却将斯奈德译本的发表时间误为 1956 年 8 月。译者还谈到了美国学者艾伦·瓦兹（Alan Watts，1915—1973）与日本学者铃木大拙（D. T. Suzuki，1870—1966）在美国对于禅宗的推介以及其间年轻一代对于寒山的崇敬。接着，译者简单探讨了寒山的身世以及寒山诗在中日两国的接受情况。

班巴诺的译诗颇有特色，每首译诗都配有中文原文，并由中国香港书法家李国荣用各种体例的软笔书法题写原诗。在翻译处理上，译诗也别具匠心，每首中文原诗都有两种法文译例对应：一为字对字的直译；一为自然流畅的意译。该译本的配画也特别讲究：封面是清代名画家罗聘（1733—1799）所绘之寒山、拾得像；而封内除了该画外，还有罗聘的题词：《寒山、拾得二圣降乩》诗曰：'呵、呵、呵！我若欢颜少烦恼，世间烦恼变欢颜。为人烦恼终无济，大道还生欢喜间。国能欢喜君臣合，欢喜庭中父子联。手足多欢荆树茂，夫妻能喜琴瑟贤。主宾何在

---

[1] Pimpaneau, J. *Le Clodo du Dharma: 25 poèmes de Han-shan*. Paris: Centre de publication Asie orientale, 1975: 7.

寒山诗：文本旅行与经典建构（修订版）

堪无喜，上下情欢分愈严，呵、呵、呵！'考寒山、拾得为普贤、文殊化身。今称和合二圣，为寒山、拾得变相也，花之寺僧罗聘书记。"封底画为宋末元初著名画家颜辉（生卒年不详）所绘之拾得图，该画现藏于东京国立博物馆。要之，集书、画、文、译于一体是该译本的最大亮点，这种典型的"中国情调"对于西方读者自然有很大的吸引力。

八十年代，寒山诗在法国有两个法语译本，而且均于 1985 年出版。一为郑荣凡（音）和哈维·科勒二人合译的《寒山：绝妙寒山道》；二为卡雷·帕特里克翻译的《云深不知处：流浪汉诗人寒山作品集》。前者由米勒芒的蒙达昂出版社（Moundarren）出版。对于译诗的数目，无论是伦敦大学亚非学院的巴雷特教授还是《中国文学在法国》一书的作者、中国学者钱林森都误为 108 首，但这一数据其实是不准确的。译者共选译了 111 首寒山诗。其中五言 97 首、七言 9 首、三言 5 首。在序言部分，译本首先从释迦牟尼（sakyamuni）的"顿悟"始，简单追溯了禅宗的发展史，直至六祖惠能的生平事迹。对于寒山，译者有这样一段介绍文字：

> 惠能于公元 713 年圆寂。当时的中国正处于一个文化辉煌时代的黎明时期。在这个世纪里生活着伟大诗人李白、杜甫、王维和白居易。伟大的禅宗大师除了惠能之外，还有南岳（怀让）、马祖（道一）、黄檗（断际）和灵智。禅在当时臻于鼎盛，它对遍布中国境内寺院的那些寺僧和有时想远离尘世和退隐山林的俗家居士们都发挥着相当大的影响力。他们中的某些人后来选择一直呆在寺里或者成为隐士，在中国伟大而奇特的隐士传统里过着无忧无虑、净心澄明的生活。在他们中间，寒山也许是最为著名的一位，他也生活在那个伟大时代。在短暂的家庭生活之后，他游走四方，最后退隐于越国。在那里，他向两位南宗禅的大师请学：南岳（怀让）和马祖（道一），最后在天台山定居下来，世人称他为寒山。据他的名字，人若与山合而为一，从词源学上看，就显出神仙风骨来。人 + 山 = 仙也。

第 4 章　目的地文化多元系统与寒山诗的语际旅行

天台（天之台也）是中国东端、毗邻中国海岸线的杭州湾南部的一座山脉。在天台山的山坡上是漫山的桂树，它们是生命不朽的象征。在这片与世隔绝的土地上寺庙与道观林立。最著名的即是国清寺，那位骑在虎背上唱吟的丰干禅师便居于此……寒山和他的同伴、国清寺僧拾得后来成了禅画史上的一个热门题材：寒山手持一卷诗书，而拾得手握扫帚。他们远离俗世却快快乐乐。该书封面之寒山肖像是据十四世纪的大画家颜辉所绘之寒山图摹画的。据传寒山将自己的诗刻在树上、岩壁上、墙上。寒山诗序是由辑录了这些诗的一位高官名叫闾丘胤的所作，但与中文传统相悖的是序言并没有标明作序日期。但闾氏所辑之寒山诗今均佚失不传。禅的轨迹：信（la confiance）、疑（le doute）、忍（la persévérance）这三大信条为寒山顶上的诗人寒山指明了方向，并丰富了他的人生。他对人性本真的探寻，顺乎自然之道，所以最后获得了自由。[1]

可以看到，译者对于中国禅宗史以及中国古代文化中的隐士传统均相当熟悉。此外，和大多数学者一样，译者对闾序也持置疑态度，其理据也与先前学者的观点相同。不过译者认为寒山曾请学于南岳和马祖的说法，倒不曾有任何学者论及。尽管质疑其真实性，该译本还是翻译了闾序，译文贴近原文，但原序中闾氏的那首颂诗却略去未译。整个译文以直译为主，译笔简洁流畅，也无任何相关注释。此外，该译本也配有译者之一的郑荣凡（音）题写的中文原文，对于读者而言，自然是比较方便作对比阅读与研究。这本 1985 年 6 月初版的译著在 1992 年 12 月再版。值得一提的是，在这一套汉诗法译系列丛书中，还有关于陶渊明、李白、王维、杜甫、白居易、苏东坡、杨万里等中国诗人的译著。

1985 年，巴黎的腓比斯出版社（Phebus）出版了法国学者卡雷·帕

1　Cheng, W. F. & Hervé, C. *Han Shan: Merveilleux le Chemin de Han Shan*. Millemont: Moundarren, 1985 & 1992: 3–4.

寒山诗：文本旅行与经典建构（修订版）

特里克的寒山诗法译本《云深不知处：流浪汉诗人寒山作品集》。该书共311页，不过囿于资料来源，笔者对译者的译诗数目不甚了了。不过，钱林森教授曾简略提及寒山诗在法国的译介情况："1985年法国先后出版两本寒山诗译，一本书名为《寒山》，译寒山诗108首；另一本书名为《云游四方的诗人》，译寒山诗331首。"[1] 考虑到现存寒山诗的实际数目，钱林森所言的"331首"恐为311首之误。

九十年代，除了郑荣凡（音）和哈维·科勒二人合译的《寒山：绝妙寒山道》在1992年12月再版之外，寒山诗在法国并未出现新的译本。进入二十一世纪后，法国的第一部寒山诗译本，即是2000年由巴黎的阿尔班·米歇尔出版社出版的、日本学者柴田真澄夫妇法译的《碧岩录：语录与禅诗》。书名《碧岩录》取自宋代著名禅僧圜悟克勤大师（1063—1135）所著的、有"禅门第一书"之称的同名语录体禅典。

柴氏夫妇的译著共分四个部分：第一部分为《碧岩录》选译，细分为"南普""赵州""扇、舞、雪"与"诗禅与一指禅"四个小部分，其中翻译了圜悟克勤《碧岩录》中所记之南泉（普愿）（Nan-ts'iuan, 748—834，日语名Nansen）、赵州（从谂）（Tchao-tcheou, 778—897，日语名Jôshû,）、盐官（齐安）（Yen-kouan, ?—842, 日语名Enkan）、金牛和尚（Kin-nieou, 日语名Kingyû）、大光和尚（Ta-kouang, 日语名Daïkô）、庞居士（Le laic P'ang, ?—815, 日语名Hô-koji）、长沙（景岑）（Tch'ang-cha, ?—868, 日语名Chôsha）、俱胝和尚（Kiu-ti, 日语名Gutei）等中国禅师的禅门事迹与语录。第二部分名为"寒山：禅诗"，选译了唐代诗人寒山的27首诗作。第三、四部分则选译了两位日本禅师的事迹与禅诗。其中第三部分为"俗世是可悲与忧郁的：国木田独步[2]的诗"；第四部分为"俗世是短暂的、但我是快乐的：仙崖义梵[3]的诗"。

---

1 钱林森.中国文学在法国.广州：花城出版社，1990：44-45.

2 国木田独步（Kunikida Doppo, 1871—1908），日本小说家与诗人，本名国木田哲夫。日本自然派小说家的先驱。其代表作为1904年出版的《独步集》。

3 仙崖义梵（Sengai Gibon, 1750—1837），日本禅僧。法名义梵，故又称义梵和尚，岐阜人。居博多圣福寺。善书画且工于茶道，有《茶道极意》一书。

第4章　目的地文化多元系统与寒山诗的语际旅行

至于寒山诗，柴氏夫妇选译的这 27 首主要以寒山诗中说理与议论见长的那部分诗作为主，其中大多包含一些佛教思想，如劝人行善、转世轮回等。这类诗作几乎占译诗总数的三分之二，计有 21 首之多。据考，这 21 首在译本中的顺序依次为：《凡读我诗者》(《致读者》)[1]《一为书剑客》(《吾老矣》)《玉堂挂珠帘》(《妖冶、漂亮、迷人的女子》)《智者皆抛我》(《智愚我皆抛》)《瞋是心中火》(《瞋怒》)《贪人好聚财》(《聚财》)《东家一老婆》(《财聚财散》)《璨璨卢家女》(《富人也会死》)《城中娥眉女》(《美人歌舞》)《谁家长不死》(《关于死亡》)《若人逢鬼魅》(《遇鬼》)《闻道愁难遣》(《愁其一生》)《生前大愚痴》(《转世轮回》)《俊杰马上郎》(《老少年》)《有酒相招饮》(《少壮须努力》)《浩浩黄河水》(《河与人》)《有人兮山陉》(《老之悲》)《老翁娶少妇》(《四种婚姻》)《昨夜梦还家》(《梦中妇》)《个是谁家子》(《可憎之人》)《城北仲家翁》(《仲家翁》)。另外，该译本选译了 6 首诗人退隐寒岩后所作的意境幽玄的禅悟诗，它们分别是：《杳杳寒山道》(《寒山道》)《白云高嵯峨》(《激情澎湃》)《碧涧泉水清》(《空与静》)《一向寒山坐》(《吾友之死》)《重岩我卜居》(《白云与幽石》)《可笑寒山道》(《寒山道》)。译者选译的除一首楚辞体《有人兮山陉》外，其余均为五言诗。而且，在每首寒山译诗之后，均有译者对于原诗的品评，部分译文还援引日本禅师的诗作作对比研读。

在起首的《致读者》[2]下面，译者对寒山有这样的介绍："这首诗和下面的诗出自寒山（日语名叫 Kanzan，生卒年不详，但某些证据表明这位诗人可能生活于公元九世纪）。'寒'即寒冷、清凉、冰冷刺骨、冷静、镇定。而'山'指山岳。当中国人或者日本人看到或者听到'寒'这个字的时候，便会油然生寒和感受到沉着镇定。因此我们未采用音译的

1　下面笔者所引的各首诗先列出的是原诗的首句，括号中是柴田真澄法译本所加的题目。

2　Shibata, M. & Shibata, M. (Maryse Shibata & Masumi Shibata). *Le Recueil de la Falaise Verte: Kôans et Poésies du Zen*. Paris: Éditions Albin Michel, 2000: 73–74.

寒山诗：文本旅行与经典建构（修订版）

Han-chan，而是以'Montagne froide'替代之，以使读者可以深入这些诗作。今天，已完全没有可能证实他的真实存在了。人们仅仅能够推论说他是唐代天台山的一位寺隐，据传他某一天就消匿无踪了，唯一留下300首写在树上或者墙上的诗作。"

就翻译策略而言，译者主要采用了意译的处理方法，如第二首诗中的"寄语钟鼎家"被译为"寄语富人家"（J'avertis les familles opulentes）；而第15首的"黄泉无晓日"则译成了"另世无曙日"（Dan l'autre monde / Il n'y a ni aurore ni soleil）；类似的，第21首的"黄泉前后人"也被译者衍译成了"早晚，人都会死的"（Tôt ou tard, tout le monde meurt）。在整部译作中，偶尔可以见到直译手法的尝试，但采用了直译的译诗，却在语义理解上差强人意。如第18首中的"生前大愚痴，不为今日悟"中的"生前大愚痴"被译者意译成了"出生之前我一直很无知"（Avant ma naissance j'étais tres ignorant），而事实上这里的"生前"实则为"前生"的意思；而指"今生"的"今日"也被误为"今天"（aujourd'hui）。类似的，还有译者对于第20首中的"一向寒山坐"的理解与翻译。"一向"在诗中的意思是"一直"，专指过去的一段时间；而"坐"在这里指"居住"，可译者却将其译为"一旦我面对寒山坐着"（Une fois je m'étais assis / Face à la "Montagne froide"）。柴田真澄夫妇的译文尽管是以诗行的形式排列，但散文叙事的痕迹较浓。此外，尽管原诗用典较多，但译诗仅有第3首有唯一的一处解释性译注。不过这部禅诗选对于寒山诗在二十一世纪法国的延传所起的作用却是显而易见的。

综合起来，寒山诗在法国的文本旅行与经典建构大致是由以下语境因素推动和促成的：

1）始于十八世纪、在两次世界大战后勃兴的欧洲"中国文化热"的推动。中国的古老文明与悠久文化成了欧洲医治社会与战争创伤的良方。法国汉学在这股"中国模式热"下取得了非凡的成就。对于中国古典诗歌的翻译与研究因此一直居于世界汉学界的前沿。

第 4 章　目的地文化多元系统与寒山诗的语际旅行

2）敦煌学研究的发展[1]使得法国汉学家在注意到敦煌藏经洞的唐代白话诗人王梵志的诗歌写本之余，也不可避免地将其后继者寒山列为关注对象。如 1957 年吴其昱的《寒山研究》和 1982 年戴密微的《王梵志诗全译本》等。

3）自由诗（vers libres）[2]1880 年左右在法国的发端，使得法国文学对深受其影响的中国新诗以及近一个世纪以前中国的那场白话文运动有很大的兴趣。中国的自由诗、象征诗和朦胧诗在法国得到了很好的译介。李金发、戴望舒、徐志摩等人的诗作被大量译介。而追本溯源，中国新诗运动以来的诗人与诗歌所代表的通俗传统在唐代诗人王绩、王梵志、寒山、拾得那里就可以找到源头。事实上，西方，包括法国对于中国古典诗的兴趣远远大于对于中国新诗的兴趣。尽管新诗源于自由诗风的同时又融汇了中国本土的古典传统，但中国古典诗歌则是西方诗歌之所以开创法国象征主义诗歌传统影响下的"自由诗"与美国诗界所谓"意象派"诗歌的滥觞，因此对于通俗的、自由的诗风如寒山诗等自然是趋之若鹜。相信七八十年代的那几个译本就是在受到这样的影响后出现的。

4）源起于美国的"垮掉运动"也适时地波及到了欧洲，法国自然也受其影响。再加上青年人对于二十世纪上半叶最具代表性的哲学思潮——萨特为旗帜的存在主义的追捧。存在主义哲学的"反抗"特质被

---

1 在法国科学院（C.N.R.S.）经费支持下，法国汉学界曾成立了四个研究小组，几乎将有关汉学家网罗殆尽。这四个小组分别是敦煌小组，由苏远鸣（Michel Soymié, 1924—2002）召集、文学小组，由侯思孟召集、语言小组，由李嘉乐（Alexis Rygaloff, 1922—）召集和道藏小组，由施舟人召集。敦煌小组于 1973 年成立，吴其昱即为其中成员。

2 英语中的"自由诗"（free verse）的名称即是译自法语的 vers libres。法国于 1880 年左右出现自由诗运动。这一运动在二十世纪迅速得以普及。如高东山所说，这是"与资本主义社会政治经济发展，人民要求更大程度的精神与个性解放，视一切规范为束缚自由的羁绊等社会思潮有密切关系"。（高东山. 英诗格律与赏析. 北京：商务印书馆，1990：281.）中国的新诗运动当然是中国诗歌和中国语言文学发展过程中的必然，同时亦是受西方自由诗运动影响下的产物。因此在趋新的同时也保留了古典诗歌的某些传统。

无限夸大。"无形之中西皮（嬉皮）变成存在主义者，西皮（嬉皮）运动和存在主义运动，真有些不分彼此了。"[1]而年轻一代身上反传统、反文化、反主流、反世俗的思潮势必可以从寒山诗中找到隔世知音。如1975年班巴诺所译的《达摩流浪者：寒山诗25首》就指出："他（寒山）的身上有他那个时代的嬉皮气息。今天，他的言行也成了一种另类生活方式的风向标。"显然，寒山的嬉皮气质在感染美国青年的同时，不可能打动不了大洋彼岸同样血气方刚的另一群同样年轻的青年们的心扉。

最后，应该指出的是，二十世纪初，随着敦煌写本里大量禅籍的发现，禅学研究引起中外学者的极大关注。紧接其后，禅学思想又由日本学者如铃木大拙等介绍到欧美，并立即引起西方学者的广泛兴趣，从而出现了至今仍方兴未艾的世界性的禅学热潮，致使禅学研究成为二十和二十一世纪的"显学"。而无论言行还是诗趣都禅味十足的寒山和寒山诗自然也成了西方学者们的追捧对象。寒山诗在法国乃至世界范围的传布、译介与研究无疑就是这一禅学热潮下的产物，而寒山诗在汉学研究重镇法国的翻译与研究因此更是成为欧洲"寒学"研究的风向标。在法国的火炬传递下，许多欧洲国家如德国、比利时、荷兰、瑞典、捷克等也纷纷开始了寒山诗的译介和研究。

4.3.3 寒山诗在欧洲其他国家

寒山诗在欧洲的语际旅行肇始于英国，经过"汉学研究重镇"法国的火炬接力，随后在欧洲许多国家开花结果。1974年，德国学者史提芬·舒马赫（Stephan Schuhmacher）翻译的《寒山：150首寒山诗》(*Han Shan: 150 Gedichte vom Kalten Berg*) 问世。该译本由德国杜塞尔多夫（Dusseldorf-Koln）的Diederichs出版社出版，共译寒山诗150首，以《父母读经多》始、《家有寒山诗》止，全书共177页。舒马赫的这一寒

---

[1] 孙旗. 寒山与西皮. 台中：普天出版社，1974：32.

第4章　目的地文化多元系统与寒山诗的语际旅行

山诗译本在欧洲有一定的影响，1996年寒山诗的捷克语版本，就是据舒马赫的译本转译的。

1977年，荷兰阿姆斯特丹的德阿尔贝德尔斯贝出版社（De Arbeiderspers）出版了著名汉学家伊维德（Wilt. L. Idema, 1944—）[1]用荷兰语翻译的《寒山诗：禅诗》（Gedichten van de Koude Berg: Zen-poezie）。该译本共翻译了200首寒山诗并普及了寒山的一些相关材料。据记载，荷兰对于中国古典诗歌的翻译早在1838年就已经开始了。1837年创刊的、当时荷兰最具影响力的文学期刊《指南》（De Gids）的第2卷，就译有一首中国叙事诗：《尼姑思凡》。另有一首《木兰诗》（荷兰语译为《一位士兵的女儿：中国民谣》）（De dochter soldaat: Chinese ballade）和杜甫的《江村》（荷兰语译为《回乡》）（De terugkomst in het dorp）。[2]不过，十九世纪荷兰对于中国诗歌的兴趣不大，而二十世纪，尤其是四十年代以后，大量转译自欧洲其他语种的中国诗译本纷纷出现，但质量却参差不齐。不过，到了七八十年代，随着荷兰留学中国的学生数目俱增，对于中国诗的翻译与研究由此有了重大的突破。伊维德无疑是荷兰汉诗英译领域的集大成者，他不仅翻译了寒山诗（200首），还翻译了唐代诗人如孟浩然、王维、李白、杜甫、白居易等人大量的诗歌作品。1986年和1989年，他还分别发表了白居易（100首）与杜甫（144首）诗集的荷兰语译本。

1985年，在比较文学和翻译研究的重镇比利时，布鲁塞尔的潭龙出版社（Thanh-Long）出版了著名唐诗研究专家乔治特·雅热

---

[1] 伊维德，哈佛大学东亚语言与文学系中国文学教授。他以中国早期白话小说为博士论文，于1974年在莱顿大学获得博士学位。其研究领域包括中国早期白话文学、中国戏剧、中国近现代女性文学、中国流行叙事民谣等。除了以英文发表了大量论著外，他还以中文和德文发表学术论著，并以他的母语荷兰文发表了30多种著作。2004年任费正清东亚研究中心主任。他同时是荷兰王家艺术和科学学院院士。

[2] Idema, W. L. Dutch Translations of Classical Chinese Literature. Leo Tak-hung Chan. *One into Many, Translation and the Dissemination of Classical Chinese Literature*. Amsterdam & New York: Rodopi, 2003: 222.

寒山诗：文本旅行与经典建构（修订版）

（Georgette Jaeger, 1920— ）[1] 翻译的《寒山：道家、佛家和禅家隐士》（*Han Shan, Ermite taoiste, Bouddhiste, Zen*）。该译本是用比利时的官方语言法语翻译的，共译了 100 首左右的寒山诗。值得一提的是，1987 年，雅热还翻译了清代蘅塘退士编选的《唐诗三百首》，由中国国际文化出版公司出版发行。

在汉学研究的另一欧洲重镇瑞典，著名学者拉斯·贝格斯特（Lars Bergquist）和李克前（音）（Li Keqian）于 1990 年翻译出版了一部名为《皮影戏、清泉：唐诗》（*Skuggspeo, klara vatten: Tangdikter*）的译著。该译本由斯德哥尔摩的 Norstedt 出版社出版，主要选译了一些与佛、道、禅有渊源的唐代诗人的诗作。其中，该译著选译了 17 首寒山诗和 2 首拾得诗。而李白的诗选了 16 首，而王维、杜甫和白居易的诗仅选了 10 首左右。[2]

另外，在中欧的捷克，由于其优良的语言学传统和对于禅学的热爱，寒山诗在该国得到了很好的译介。早在二十世纪七十年代，捷克汉学界泰斗、中国文学翻译家王和达（Oldřich Král, 1930—2018）[3] 就在其 1971

---

[1] 乔治特·雅热，比利时汉学家，1920 年生于比利时北部大城市安维尔（Anvers）。20 岁时开始对汉语产生兴趣，之后在布鲁塞尔的比利时高等汉语教育学院上中国语言、文学和哲学课。1947 年，乔治特·雅热在巴黎的理查·马思出版社（Editions Richard-Masse）出版了《中国历史》；1977 年，在瑞士纳沙泰尔的拉巴克尼尔出版社出版了《中国文人唐代诗人及其交往》；除翻译出版了《寒山：道家、佛家和禅家隐士》之外，1987 年，由国际文化出版公司在北京出版了她翻译的《唐诗三百首》。

[2] Almberg, E. S. P. From Apology to a Matter of Course. Leo Tak-hung Chan. *One into Many, Translation and the Dissemination of Classical Chinese Literature*. Amsterdam & New York: Rodopi, 2003: 206.

[3] 王和达，捷克汉学界泰斗、翻译家。毕生从事汉学研究和中国文学翻译。他的译著包括《道德经》《庄子》《儒林外史》《红楼梦》《肉蒲团》《金瓶梅》《孙子兵法》《家》等。曾凭借译作《庄子》获得捷克最佳图书奖。捷译本《红楼梦》在北京获得纪念曹雪芹逝世 240 周年作品翻译国际奖；2010 年，获得捷克共和国国家特殊贡献奖、捷克共和国科学社会社科特殊奖、捷克共和国国家终身文学翻译奖。2017 年，王和达获得中国政府颁授的第十一届中华图书特殊贡献奖。

第4章　目的地文化多元系统与寒山诗的语际旅行

年翻译的《道：古中国诗文集》(Tao: texty stare Číny) 中选译了几首寒山诗。该译著由布拉格的 Ceskoslovenský Spisovatel 出版社出版。1987 年，捷克著名学者和翻译家马尔塔·瑞萨娃（Marta Ryšavá）翻译出版了《寒山：亮光照映下的玉影》(Chan Šan: Nad Nefritovou tůní jasný sviit)。[1] 译者从二十世纪五十年代末开始翻译唐诗，译有李白、王维、白居易、孟浩然、寒山和拾得等的诗作。据译者称，她用了近 25 年的时间翻译寒山与拾得诗。她的译诗讲究用韵，有时与原文相较，甚至过之而无不及。因为她的过度用韵，她的译文在捷克也招致了一些批评，但她对唐代诗歌在捷克的流通与传播，却也起到了非常积极的作用。

1996 年，寒山诗的另一个捷克语译本《寒山：寒山诗》(Chan-Šan: Basne z Ledove hora) 问世。它是由捷克学者阿莱娜·布拉霍娃（Alena Bláhová）翻译、捷克唐诗专家罗然（Olga Lomová, 1957—）[2] 作序。该译本是在德国学者史提芬·舒马赫的《寒山：150 首寒山诗》德译本的基础上转译的。作为译本编辑的罗然为该译本补充了评论和注释。在译序的开始部分，罗然先翻译了闾丘胤序和寒山的一些轶闻事迹，接着是她的评论，这部分的篇幅长达 18 页。在译著的后记里，编者和译者提到了寒山诗在捷克的翻译情况、三个捷克语译本以及舒马赫的德译本。此外，她还提到了 1990 年由纽约州立大学出版社出版、美国学者韩禄伯翻译的《寒山诗：全译注释本》以及 1991 年由陕西人民出版社出版的、中国学者徐光大的《寒山子诗校注》。不可否认，译者在翻译时参考了上述版本。该译本共选译寒山诗 151 首，而且几乎每首诗

---

[1] Gálik, M. Tang Poetry in Translation in Bohemia and Slovakia (1902—1999). Leo Tak-hung Chan. *One into Many, Translation and the Dissemination of Classical Chinese Literature*. Amsterdam & New York: Rodopi, 2003: 295.

[2] 罗然，捷克著名汉学家、布拉格查理大学艺术学院东亚研究系教授。长期致力于中国文学的翻译与研究。研究领域包括中国文学史、现代文学与文化观、史记研究等，著有《风景的信息：王维诗歌对自然的呈现》《唐诗读本》和《文学史导论》等著作，并将《史记》以及《美食家》等现当代小说翻译为捷克文。

都有罗然的注释，这一点无疑使它更像是学术翻译，这也是它的前译所不能比拟的。此外，译著还配有 17 幅相关主题的图片，与译诗可谓相得益彰。因为它严谨的学术态度与良好的翻译质量，赢得了各界的广泛好评，该书在 1998 年得以再版。

如果与寒山诗在日本和美国的文本旅行与经典建构历程相比较，不难发现，半个多世纪的寒山诗欧洲之行，主要还是囿于汉学界与宗教界的关注与传布。客观而论，其文本旅行的线路和模式略显单一，甚至也未完成真正意义上的经典建构。因而其影响力、流通力和传播力相对有限。但需要指出的是，如果没有欧洲汉学界和宗教界的译介与研究，"寒学"研究在欧洲或者其他洲的国家和地区就不可能获得本雅明所谓的"来世"和诗人本人所预期的"即自流天下"。

4.4 寒山诗在美国的语际旅行

从生态诗人加里·斯奈德的寒山诗译介开始，到著名比较文学学者白之（Cyril Birch, 1925—2018）《中国文学选集：从早期到十四世纪》（*Anthology of Chinese Literature: From Early Times to the Fourteenth Century*）和其他多种文学选集的收录，再到全译本、纪录片、游记的面世、美国本土诗人拟寒山诗的出版以及在伯克利地区的"诗歌道"留名，寒山诗走过了一个极富传奇色彩的文本旅行与经典建构历程。与欧洲诸国不同的是，寒山诗在美国的旅行线路和旅行模式呈现出多元立体的特点，甚至还得到了学校教育的认可，进入教学大纲和课程安排的制度化语境，完成了流通、传播、被摹写、被讲授等一系列的经典建构行为。

4.4.1 寒山诗在美国的译介

客观而论，寒山诗在美国的译介经由汉学家、诗人、大学教授、自由译者、自由作家、出版商、僧人、佛教徒、禅师等各界人士的力推，

第 4 章 目的地文化多元系统与寒山诗的语际旅行

取得了巨大的成功。这些译介行为从不同的选材与阐释视角，极大地丰富了目的地文化多元系统对寒山诗的认知，为寒山诗在主体文化规范中完成真正意义上的经典建构奠定了重要基础。

1. 寒山诗在二十世纪六十年代前的美国

　　1933 年，美国汉学家亨利·哈特（Henry Hart）在《百姓诗》（Poems of the Hundred Names）中首次介绍寒山诗。《百姓诗》中选入一首寒山通俗诗"城北仲家翁"。译者还给这首诗加了一个标题"仲氏"（The House of Chung）。哈特之所以选译寒山诗，很可能是因为与胡适《白话文学史》对于寒山的记述有关。因为他在译本前言中曾提及胡适的这本著作。[1] 不过，这短短的一首诗当时并没有引起多少的关注。这或许是因为美国汉学在二十世纪三四十年代还处于奠基成形期。截至 1936 年，全美高校专注中国研究者不到 50 人。[2] 因此，寒山诗在美国的语际文学之旅，尽管比英法两国要早上 20 余年，但却没有产生任何实质性的影响。不过"二战"结束之后，尤其是进入到二十世纪五六十年代，美国汉学研究却获得了快速发展。

　　1955 年，在著名汉学家陈世骧教授的指导下，斯奈德开始翻译《寒山诗》。其间他还承蒙哈佛大学中国文学教授方志彤（Achilles Fang, 1910—1995）和日本著名学者入矢义高的点拨。1958 年，当中国学者余嘉锡发表《四库提要辨证》之时，大洋彼岸 28 岁的美国青年诗人加里·斯奈德在垮掉派作家的宣传阵地《常春藤评论》秋季号第 II 卷第 6 期上，发表了 24 首寒山译诗。这一英译本是目前公认影响力最大的一个。[3] 在"二战"结束之后的那个特殊年代里，斯奈德笔下的唐代

1　Hart, H. *The Hundred Names: A Short Introduction to the Study of Chinese Poetry with Illustrative Translations*. Berkeley: University of California Press, 1933: 1.

2　吴原元. 略论 20 世纪 40 年代中国赴美学者对美国汉学的影响. 华侨华人历史研究，2010(02): 31–40.

3　1965 年由 Press-22 出版单行本：*Cold Mountain Poems: Twenty-four Poems by Han-Shan*；1970 年和 1972 年该单行本再版。

寒山诗：文本旅行与经典建构（修订版）

诗人寒山成了美国年轻一代顶礼膜拜的精神领袖，在中国文学系统中长期被边缘化的寒山诗在轰轰烈烈的"垮掉运动"中出尽了风头，并一跃成为"旧金山文艺复兴"的经典之作。次年，也就是1959年，斯奈德将自己所译的寒山诗并入自己的个人诗集，辑为《砌石与寒山诗》(*Riprap and Cold Mountain Poems*) 结集出版。

诚如有论者所言，"细草作卧褥/青天为被盖"的寒山成了"垮掉一代"的象征、"嬉皮"的典范。经过翻译的寒山化身为美国文学一个迷人的原型，对欧美文化产生了广泛的影响。[1] 当然，斯奈德在美国读者心目中成功复活中国诗人寒山的同时，自己也一举成名，并因此而获得了"美国寒山"的美誉。

一般认为，唐代诗人寒山和寒山诗命运的重大转折点也就是在这一时候出现的。美国学者罗伯特·科恩（Robert Kern）曾感慨地回顾：

> 在当时的语境下，斯奈德笔下的寒山——这位唐代诗人、疯癫的山之隐者——就变成了一位"垮掉"英雄（a beat hero）和反文化的先锋。借用大卫森（Davidson）的说法，他成了一个"反对符号"。如果科勒（Kenner）称《华夏集》(*Cathay*)为战时畅销书的话，那么，《寒山诗》就是一本冷战时期的畅销书。[2]

值得注意的是，寒山在当时的美国社会已经摇身一变成为一位反文化先锋，而寒山诗也开始登堂入室，成为一本名副其实的畅销书。斯奈德寒山诗译本的影响自然不言而喻。很显然，他所译的24首寒山诗，首先在汉学界赢得了高度认可。加之美国战后的社会文化多元系统对于东方智慧的呼唤，以及诗人翻译家在翻译过程中的有意误读和本土化重

---

[1] 奚密. 诗生活. 桂林：广西师范大学出版社，2004：2.

[2] Kern, R. Seeing the World without Language. *Orientalism, Modernism and the American Poem*. New York: Cambridge University Press, 1996: 237.

第4章　目的地文化多元系统与寒山诗的语际旅行

构,寒山诗在赢得专业读者的同时,也获得了当时社会大众的一致好评,甚至在当时的美国社会还起到了巨大的精神救赎和文学启蒙的作用。时至今日,斯奈德的英译本仍是寒山诗译本中最具影响力的一种。在"垮掉派"诗歌运动与旧金山文艺复兴的大背景下,寒山诗中所流露出的禅宗心境、生态意识、人生哲学和生活状态,都在很大程度上呼应了美国战后的主流意识形态和主流诗学,也疗治了美国民众的心理创伤和精神困顿。从此以后,寒山诗在美国的语际旅行一路高歌猛进。以此为契机,寒山和寒山诗开始了在美国翻译文学史中最具传奇意义的文学之旅。

2. 寒山诗在二十世纪六十年代的美国

1961年,纽约老牌的托马斯·克罗维尔出版公司（Thomas Y. Crowell Company）出版了美国加州大学学者托马斯·帕金森（Thomas Parkinson）编辑的《"垮掉一代"文丛》（A Casebook on the Beat）,其中收录了斯奈德翻译的24首寒山诗（页138-147）。实际上,因为帕金森编辑的这部文丛是较早真实反映"垮掉一代"生活与创作的资料来源,所以在学术界有较好的口碑,其卓越的史料价值也深得学术界的认可。因此,在研究"垮掉一代"和五六十年代的美国社会文化方面,它一直都是很核心的研究材料,斯奈德翻译的寒山诗也位列其中。凭借这本书的推介,寒山诗的语际旅行在六十年代早期得到了更大范围上的传布与接受。[1]

1962年,美国汉学家华兹生发表《唐代诗人寒山的一百首诗》,由格罗夫出版社出版。这是华兹生翻译的第一本中国古典诗歌集,也是当

---

[1] 美国著名学者马隆尼在1982年8月就曾提到说:"我最初是在一本皱巴巴的二手书中接触到寒山诗的,它就是托马斯·帕金森编辑的《"垮掉一代"文丛》。其中收录了加里·斯奈德的24首寒山译诗,其率直（direct）而明晰（luminous）的特点让我印象深刻。从那以后,寒山诗就一直感染着我,并常年带给我愉悦和快乐。"参见 Maloney, D. F. *The View from Cold Mountain: Poems of Han-shan and Shih-te*. New York: White Pine Press, 1982.

寒山诗：文本旅行与经典建构（修订版）

时翻译寒山诗最多的一部译诗集。译诗采用美国当代口语的通俗译法，且使用了"本土化"的意译处理。1970年和1972年，该译本两次再版。值得一提的是，华兹生的寒山诗译本还影响和启发了后来者的寒山诗翻译、研究和仿写。1983年美国翻译家赤松的寒山诗全译本，便是在华兹生译本的帮助和激励下问世的。1990年美国学者韩禄伯的寒山诗全译本，同样是在使用华兹生译本的过程中受到启发，进而翻译出版的。2007年，美国诗人伦菲斯提的仿寒山诗集《一车诗卷：仿唐代诗人寒山诗一百首》(A Cartload of Scrolls: 100 Poems in the Manner of T'ang Dynasty Poet Han-shan) 也是受到华兹生译本的启发而出版的。

1963年，美国加州大学教授薛爱华的专著《撒马尔罕的金桃：唐代之异国情调研究》(The Golden Peaches of Samarkand: A Study of T'ang Exotics) 出版。这部专著选入两首寒山诗。对于"寒山"，薛爱华在1975年出版的《葵晔集》的附录中曾这样写道：

> 寒山是地名同时也是人名。对于将寒山当作避难所的这个人我们几乎一无所知。寒山是他的精神象征也是他的笔名。……在他死了数百年之后，他成了禅教神话，尤其在日本更是备受推崇。在之后的艺术作品中，他经常被描述成一个疯疯癫癫的人物：一个衣冠不整、咧嘴傻笑的、快乐的社会弃儿。很难相信他的诗为他造就了这么大的名声。[1]

有意思的是，一个疯疯癫癫的社会弃儿居然成了禅教神话，这样的主题和描述很显然深得读者的期待，颇具阅读吸引力。因此，表面的贬抑之辞，却能激发起读者更热烈的阅读兴趣。

事实上，上述华兹生的译本是因为受日本学者入矢义高的寒山诗校注本的刺激，从而开始自己的寒山诗翻译的。而六十年代的其他两部著

---

1 Liu, W. & Lo I. (eds.). *Sunflower Splendor: Three Thousand Years of Chinese Poetry*. Bloomington & London: Indiana University Press, 1975: 549.

第 4 章　目的地文化多元系统与寒山诗的语际旅行

述对于寒山诗的收录，在很大程度上则是受当时"垮掉"风潮的影响，尤其加州的伯克利地区是当时嬉皮运动的发源地，所以加州和附近的大学校园自然首当其冲。寒山作为当时嬉皮公认的"祖师爷"而进入加州大学两位教授的著述，就不难理解了。而进入学院派和文学赞助人的关注视野与文学书写，无疑又可以大大助推寒山诗在美国的流通与传播，也多少具备了文本经典化的前提条件。

1969 年，美国威斯康星大学麦迪逊分校出现了第一本以寒山诗为题的硕士论文。题目为《寒山：寒山诗及西方对他的接纳》（*The Cold Mountain: Han Shan's Poetry and Its Reception in the West*）。作者是当时在该校就读的中国学者钟玲。这本论文的问世，标志着"寒学"研究在二十世纪六十年代末已正式进入美国的学术研究话语场。

3. 寒山诗在二十世纪七十年代的美国

1974 年，哈特的另一本译诗集《卖炭翁及其他》（*The Charcoal Burner and Other Poems*）中译有三首寒山诗：即原诗中的"天高高不穷""人生不满百"和"报汝修道者"。译者选译的这三首诗都是以说理见长的佛理诗。1975 年出版的、由著名学者柳无忌、罗郁正编辑的《葵晔集》（*Sunflower Splendor*）收录了薛爱华与欧阳桢（Eugene Eoyang）翻译的寒山无题诗四首。1976 年，著名汉学家傅汉思（Hans Frankel, 1916—2003）的《中国诗选译随谈》（一译《梅花与宫闱佳丽》）（*The Flowering Plum and the Palace Lady: Interpretations of Chinese Poetry*）中亦选入三首讲述俗世生活和生死轮回的寒山诗："老翁娶少妇""东家一老婆"以及"欲识生死譬"。该书由耶鲁大学出版社出版。1976 年，由美国人吉姆·哈迪斯荻（Jim Hardesty）与阿瑟·托比亚斯（Arthur Tobias）合译出版了英汉对照的寒山诗选集《寒山揽胜》（*The View from Cold Mountain*）。该译本仅薄薄的 21 页，不过却是由鼎鼎大名的白松出版社（White Pine）出版。1977 年，美国威斯康星州拉克罗斯（La Crosse）的 Juniper 出版社出版了美国学者乔治·埃利森（George Ellison）据阿瑟·韦利等人的寒山诗英译本改译的《荒野啸笑：寒山诗

寒山诗：文本旅行与经典建构（修订版）

十三首》(Guffawing in the Wilderness: 13 Poems)。相对而言，该译本的影响比七十年代的其他寒山译诗要沉闷许多。

1978年，《吊不劳白鹤——译自中国寒山》(The White Crane Has No Mourners: From the Chinese of Han Shan)一书（共42页）由三藩市的斯通出版社（The Stone）出版，译者仍为1976年翻译《寒山揽胜》的哈迪斯荻与托比亚斯二人。同年，该译本还被合并收入一部译诗集《吊不劳白鹤 & 啸叫的雁群》(The White Crane Has No Mourners: From the Chinese of Han Shan / Honking Geese: From the Japanese of Basho & Etsujin)，其中的《啸叫的雁群》则收录了日本俳句大师松尾芭蕉（Basho, 1644—1694）与弟子越智越人（Etsujin）的俳句作品。事实上，俳句所描摹的意境与寒山诗颇有相同之处，二者在自然景色、人生玄思、禅宗境界的描写上都有诸多共通点。甚至，俳句也较多地使用民间话语（俏皮话）和富有生活气息的事物来作为抒发题材。因此，将二者并置起来，在流通和传播方面，可谓相得益彰，各有助益。

值得注意的是，在七十年代，"寒学"研究开始较大规模地进入美国学院派的研究视野。这一时期，共出现了三本以寒山诗为题的博硕士论文：一为德克萨斯大学奥斯丁分校安娜·霍里（Anna Frances Holley）的硕士论文：《雾之叶、雪之花：中国诗人寒山译本之比较研究》(Leaves of Mist/Flowers of Snow: A Comparative Study of the Translations of the Chinese Poet Han Shan, 1973)；二为加州大学伯克利分校鲁宾达纳（S. H. Ruppenthal）的博士论文：《寒山诗中佛理之传通》(The Transmission of Buddhism in the Poetry of Han Shan, 1974)；三为俄亥俄州立大学斯塔堡（Robert Stalberg）的博士论文：《寒山诗集》(The Poems of Han-shan Collections, 1977)。这三本论文从文学、宗教和翻译的视角对寒山诗进行了较为全面的探讨。

4. 寒山诗在二十世纪八十年代的美国

紧接七十年代的学院派研究势头，1980年，阿瑟·托比亚斯的硕士论文《寒山：寒山诗》(Han-shan, the Cold Mountain Poems, 1980)

第4章 目的地文化多元系统与寒山诗的语际旅行

在美国康奈尔大学完成。同样是在 1980 年，著名诗歌翻译家、布朗大学的拉铁摩尔（David Lattimore）教授翻译的中国诗集《世界和谐》（*The Harmony of the World*）选译了一首寒山诗"家有寒山诗"。

1982 年，由托比亚斯等三人合译的《寒山揽胜——寒山拾得诗》（*The View from Cold Mountain: Poems of Han-Shan and Shih-te*）更是收录了由托比亚斯翻译的 34 首寒山诗和 19 首拾得诗。该书与 1976 年出版的《寒山揽胜》一样，均由著名的白松出版社出版。不过和前译不尽相同的是，该译本加入了拾得诗的翻译。

编者马隆尼（Dennis Maloney）在该书前言中说："他们（寒山和拾得）的诗已不仅仅是宗教意义上的布道了，而是包含了深邃的、让人震撼的精神境界。此外，在视阈和叙事上又保持了鲜明的个人特色。"[1] 在译诗之前的《寒山》一文中，译者托比亚斯向读者介绍说："老实说，对于寒山我们知之不多。他的真实身份与生平至今是个谜……寒山与中国历史上众多山隐者一样以山为名……我个人的感觉是寒山诗集既真实记录了旅程也让人看到了结果。每首诗都有各自的说法，它主要取决于读者对诗的感悟。我们选译的诗于我而言是整个诗集的缩影。"[2] 译者最后还不失幽默地说"祝大家登山快乐"（Happy climbing）。这个译本所选的寒山诗均是表现寒山隐居生活的，其在翻译上的最大特点就是近乎逐字对译的直译风格。在这一点上，似乎比前译都有过之而无不及。

1983 年，美国译者赤松的全译本《寒山歌诗集》（*The Collected Songs of Cold Mountain*）（307 首）行世，这是英语世界的第一个寒山诗全译本，因而在寒山诗的翻译与研究领域具有特别的意义。除了翻译之外，该译本亦有译者严谨细致的注释。2000 年，该译本的修订版发表。

---

[1] Maloney, D. F. *The View from Cold Mountain: Poems of Han-shan and Shih-te*. Tobias, A. et al (trans.). New York: White Pine Press, 1982: no page number.

[2] Han-shan. *The View from Cold Mountain: Poems of Han-shan and Shih-te*. Tobias, A. et al (trans.). New York: White Pine Press, 1982: 3.

寒山诗：文本旅行与经典建构（修订版）

1986年，香港中文大学的《译丛》（*Renditions*）杂志刊登了美国学者保罗·卡恩（Paul Kahn）的《英语世界中的寒山》（*Han Shan in English*）一文。文章追溯了寒山诗在东西方的流布史，并对比研究了韦利、斯奈德、华兹生、赤松四个寒山诗译本的特色。文章结束部分还记述了寒山寺、张继的《枫桥夜泊》、以及斯奈德游寒山寺时所作的《在枫桥》（"At Maple Bridge"）[1]。这篇"寒学"研究文章具有较好的文献价值和学术研究价值。

5. 寒山诗在二十世纪九十年代的美国

1990年，美国著名学者韩禄伯的《寒山诗：全译注释本》问世，这是继赤松全译本之后的第二个寒山诗英语全译本，该译本共选译311首寒山诗。和赤松译本一样，韩禄伯译本也有详尽的引论、注释和考证，并有丰富的附录和索引。

1993年，美国学者伊士曼（Roger Eastman）编辑的《宗教面面观》（*The Ways of Religion*）在第三章"禅教"部分选入斯奈德的9首寒山译诗。1994年，北加州大学中文教授、翻译家杰罗姆·西顿（Jerome Seaton）与马隆尼合编的《不系舟：中国禅诗选》（*A Drifting Boat: An Anthology of Chinese Zen Poetry*）也收录由托比亚斯译的22首寒山诗。1995年，牛津大学出版社出版了美国著名汉学家、宗教研究学者司马黛兰（Deborah Sommer）的《中国宗教》（*Chinese Religion: An Anthology of Sources*）。该宗教读本选集中选入她本人翻译的9首寒山诗，编者另有简短的译序言介绍寒山其人其诗。该书被美国多家大学用作中国宗教课程的入门教科书。

1996年，美国诗人彼得·斯坦布勒（Peter Stambler）的《相遇寒山——寒山诗之现代版》（*Encounters with Cold Mountain: Poems by Han Shan,*

---

[1] 原诗为：Men are mixing gravel and cement/ At Maple Bridge,/ Down an alley by a tea-stall/From Cold Mountain Temple;/ Where Zhang Ji heard the bell./ The stone step moorage/Empty, lapping water, / And the bell sound has travelled/ Far across the sea.

第 4 章 目的地文化多元系统与寒山诗的语际旅行

Modern Versions by Peter Stambler）在中国北京出版并全球发行。斯坦布勒共选译了 134 首寒山诗，不过译本"译"的成分不足，而"仿写"的痕迹较重。

1996 年 8 月，由 Counterpoint 的两位总编福斯特和舒梅克（Nelson Foster & Jack Shoemaker）编辑的《潺潺的溪水：禅宗新读本》(*The Roaring Stream: A New Zen Reader*) 由 Ecco 出版社出版，并在加拿大同步出版发行。该读本所选的禅籍时间跨度约一千余年，内有中国惠能、僧璨、黄檗、寒山、马祖以及日本道元、良宽、芭蕉、白隐、一休等人的作品。读本由美国当代著名的生态学家罗伯特·艾肯（Robert Aitken）禅师作序。艾肯在序言里说道："该选辑对于那些想研习禅宗传统的初学者而言，是一本理想的入门读物；而对于那些已经'在路上'的人士而言，它又是一本必备的原始资料读本。"[1] 该读本选有寒山诗 18 首。

1999 年，由赤松和奥康诺（Mike O'Connor）主编的《白云应知我——中国诗僧诗选》(*The Clouds Should Know Me by Now: Buddhist Poet Monks of China*) 在扉页选用了斯奈德所译的寒山诗第 8 首《登陟寒山道》。编者显然是想用该诗的最后两句"谁能超世累，共坐白云中"与该书的标题呼应，并以此为全书的僧诗翻译定调。在引论中，美国学者谢林（Andrew Schelling）将寒山诗归结为"石树诗"，并追溯了闾氏集诗的传说。论者认为布莱恩、斯奈德、赤松与华兹生的寒山诗翻译使得寒山在近几十年名声大振。[2] 同年 5 月，在美国前佛教协会主席陈健民（Yogi C. M. Chen, 1906—1987）居士的个人官方网站上贴出了陈生前所写的一篇文章《供嬉皮阅读的寒山诗》("Selected Han-Shan Poems for Hippie Reading")。该文指出：尽管嬉皮们称自己师承寒山，但实质

---

1 Foster, N. & Shoemaker, J. *The Roaring Stream: A New Zen Reader*. Hopewell, N. J.: Ecco Press, 1996.

2 Schelling, A. Introduction. Pine, R. & O'Connor, M. (eds.). *The Clouds Should Know Me by Now: Buddhist Poet Monks of China*. Boston: Wisdom Publications, 1999: 3.

上却严重误读与歪曲了寒山和寒山诗。陈健民翻译了近80首寒山诗，并从"遁世"（Drop Out）"修身"（Turn On）"冥想"（Tune In）三个方面来对照二者在言行上的殊异之处。文章颇有见地，在宗教界影响极大。[1] 同年10月，由 Bottom Dog Press 出版社出版的《禅风诗意——山中何所有》（Chinese Zen Poems: What Hold Has This Mountain）收录了寒山、拾得、王维、杜甫、白居易、皎然、苏轼等中国诗人的禅诗作品共计100余首。编译者为美国博林格林州立大学（Bowling Green State University）的人文学教授拉里·史密斯（Larry Smith）和台湾人黄美惠（音）。可以看出，寒山和寒山诗在二十世纪最后五年，仍然深得美国各界人士的喜爱，尤其是人们从文学与宗教的双重视角，深入发掘了其作品中的禅宗思想、佛家理念和语言特色。

6. 寒山诗在二十一世纪的美国

事实上，寒山和寒山诗在新世纪里的语际旅行，依然顺风顺水。2000年，哥伦比亚大学出版了著名翻译家闵福德（John Minford）与刘绍铭（Joseph S. M. Lau）合编的《含英咀华集》（Classical Chinese Literature, an Anthology of Translations）（Volume I: From Antiquity to the T'ang Dynasty），内收斯奈德的寒山诗译序与14首寒山译诗。

2002年，由 Counterpoint 出版社出版、美国学者大卫·兴登（David Hinton）编译的《山居：古中国的荒野诗》（Mountain Home: The Wilderness Poetry of Ancient China）选入13首寒山诗。

2003年，美国学者赫伯逊选译的《寒山诗》（Poems of Hanshan）出版。译者共选译了106首寒山诗。此外，该译本还附有伦敦大学亚非学院巴雷特教授的两篇"寒学"研究专论：《寒山在文学史上的地位》和《寒山诗译本研究》，从而使得该译本具有较好的学术与史料价值。

---

[1] Chen, Y. Selected Han-Shan Poems for Hippie Reading. 来自 Yogi Chen 的个人网站。陈健民在文中提及比尔·华埃慈（Bill Wyatts）也曾译过近80首寒山诗，但除了此处的记述之外，笔者未找到与此相关的任何信息。

第4章　目的地文化多元系统与寒山诗的语际旅行

2004年，美国诗人哈米尔（Sam Hamill）和北卡罗来纳大学教堂山分校的中文教授杰罗姆·西顿编辑并翻译的《禅诗选》（*The Poetry of Zen*）由香巴拉（Shambhala）出版社出版。在该诗选的版权页上，就赫然印着西顿翻译的两句寒山诗"我心似秋月，碧潭清皎洁"。该禅诗集主要由两部分组成。第一部分是西顿所译的中国禅诗，其中包括老子、陶潜、谢灵运、王梵志、寒山、拾得、李白、王维、杜甫、皎然、白居易、杜牧、苏东坡、袁枚、苏曼殊等人的诗作；第二部分是哈米尔所译的日本禅诗，包括西行、布袋和尚、道元、芭蕉、良宽等人的作品，另有部分汉诗和俳句作品。西顿在"中国诗序"中提到说："王梵志和传说中的两个疯人——寒山和拾得一样，都是身缠布裘的流浪者。这三人极有可能都从未做过寺僧，尽管寒山和拾得曾在著名的国清寺帮过厨，而且在禅史上曾被人尊为文殊菩萨和普贤菩萨的化身。"[1] 该部禅诗选中共收录西顿所译的寒山诗10首。

2005年，安德鲁·黑格曼（Andrew Hegeman）在美国西华盛顿大学完成其长达124页的硕士论文《山行：穿越时空的寒山诗》（*Moving Mountains: Han-Shan's Poetic Body Crossing Ocean, Lands, and Time*）。同样是在2005年，一本题为《寒山：唐代禅派诗人寒山的超验诗》（*Cold Mountain: Transcendental Poetry by the Tang Zen Poet Han-shan*）的小册子在美国印行。译者自称"云游诗人"（Wandering Poet），毕业于加州州立大学，是北加州的一位僧人兼诗人。书中感谢了协助其翻译的朋友姚晓颖（音）（Yao Xiao Ying）。在简短的译序中，译者说："无人知道是谁创作了这些寒山诗。除了诗歌本身，我们对于诗的作者一无所知。"[2] 其中，译者还提到了华兹生的100首寒山译诗和斯奈德的24首译诗。该译本共选译了33首寒山诗，其中包括寒山诗中的6首三言诗。其中5

---

[1] Hamill, S. & Seaton, J. *The Poetry of Zen*. Boston, Massachusetts: Shambhala Publications, Inc., 2004: 13–14.

[2] Wandering Poet, M. A. Foreword. *Cold Mountain: Transcendental Poetry by the Tang Zen Poet Han-shan*. 2005: no page number.

寒山诗：文本旅行与经典建构（修订版）

首据原文直译译出，其余 28 首意译的成分居多。这本小册子在 2008 年 1 月再版，译者修订和扩容了原有的译诗，共译了 77 首寒山诗。

2009 年 7 月，另一本寒山诗选《寒山诗：寒山、拾得、王梵志禅诗选译》(Cold Mountain Poems: Zen Poems of Han Shan, Shih Te, and Wang Fan-chih) 由香巴拉出版社出版。译者仍为资深翻译家杰罗姆·西顿。译本以直译为主，口语化的色彩较浓。但该诗选的扉页却将王梵志说成是比寒山还晚出数个世纪的禅门居士，这和学界的传统认识不相吻合。类似地，版权页将寒山误为明代四大高僧之一的憨山，故而将其生卒年份也误为 1546—1623。该书在 2019 年 5 月再版。

2010 年，斯奈德的《砌石与寒山诗》由 Counterpoint 出版社出版了 50 周年的纪念版，重新介绍这本二十世纪五六十年代最重要的诗集之一，足见寒山和寒山诗在目的地读者心目中的不朽地位和持久影响。毫无疑问，这一版本将重新唤起那个时代的美国人共同的文化记忆，同时还将以其简洁明快的诗歌美学和无处不在的中国智慧激起新一代读者的兴趣。同年，美国旧金山州立大学查尔斯·艾根（Charles Egan）翻译的《云深不知处：中国禅诗选》(Clouds Thick, Whereabouts Unknown: Poems by Zen Monks of China) 由哥伦比亚大学出版社出版，该译诗集为"亚洲经典文库"(Translations from the Asian Classics) 系列丛书，其中收录了艾根所译的寒山诗；2011 年，由加州的佛光出版社（Buddha's Light Publishing）出版的《几度春秋：中国佛学文选》(After Many Autumns: A Collection of Chinese Buddhist Literature) 中，也收录了寒山诗，该文选由约翰·吉尔（John Gill）、苏珊·泰威尔（Susan Tidwell）和约翰·巴科姆（John Balcom）编辑整理。

2015 年，明尼苏达大学中国文学教授保罗·鲁泽（Paul F. Rouzer）先是出版了专著《论寒山：一个佛教徒对寒山诗歌的解读》(On Cold Mountain: A Buddhist Reading of the Hanshan Poems)。该书是一本文学批评书籍，以一个佛教徒的视角对寒山诗进行了全面解读。全书共分为"寒山其人""寒山其诗""解读佛教徒"三个部分。2017 年，鲁泽接着又翻译了《寒山拾得和丰干诗》[The Poetry of Hanshan (Cold

Mountain), Shide, and Fenggan]。该译本是中国人文文库（Library of Chinese Humanities）之一种，文库总编辑名单中有大名鼎鼎的宇文所安。

综上所述，二十世纪六十年代，寒山诗在美国的语际旅行主要是受"垮掉派"运动和"旧金山文艺复兴"的影响；而七八十年代的文学之旅则主要是应美国大学东亚文学和中国文学课程教学之需；九十年代寒山诗在美国的影响大多限于宗教界的学习与研究；而二十一世纪寒山诗除继续进入各类诗歌选辑之外，同时开始全面地进入各类文选，并伴随着新的解读和翻译文本的出现。

4.4.2 寒山诗与文学选集

1965年，由加利福尼亚大学伯克利分校教授白之编辑的《中国文学选集：从早期到十四世纪》选录了斯奈德所译的全部24首寒山诗以及闾丘胤序。该文学选集由格罗夫出版社出版，出版之初即受到各方好评，成为许多美国大学的指定教材，后被联合国教科文组织收录进中国代表著作系列。因为这本经典文选的收录和讲授，寒山诗在美国翻译文学中的经典地位，在形式上得以初步确立。

1984年，华兹生的《哥伦比亚中国诗歌选》（*The Columbia Book of Chinese Poetry: From Early Times to the Thirteenth Century*）收录了华兹生翻译的25首寒山诗。值得一提的是：华兹生将寒山与唐代著名诗人韩愈和白居易并置于"唐代重要诗人"一章。在译序中，译者说："实际上，贯穿寒山诗集始终的是禅，或者确切地说是佛的思想。这种思想坚信一切日常生活的经验，无论是痛苦还是宁静、卑微还是高贵，均由心而发。"[1] 事实上，这部中国诗歌史也被美国多家大学用作讲授中国文学的教材和范本，寒山诗的经典地位进一步得以巩固。

1996年，美国汉学家宇文所安（Stephen Owen）编译的《中国文学

---

1 Waston, B. *The Columbia Book of Chinese Poetry: From Early Times to the Thirteenth Century*. New York: Columbia University Press, 1984: 260.

寒山诗：文本旅行与经典建构（修订版）

选集：起源至 1911 年》(*An Anthology of Chinese Literature: Beginnings to 1911*)由诺顿出版社（Norton）出版。该选集在《盛唐诗》(*High Tang Poetry*)中专辟一小节探讨"寒山：寒山子"(Han-shan: The Master of Cold Mountain)，并收录宇文所安自己翻译的五首寒山诗。他认为："在唐代，最接近真正意义上的'宗教诗'的诗作，是寒山和他的同伴拾得所作的为数不多的诗。"[1] 巴雷特称宇文所安选集中的寒山"在整个中国文学中找到了自己应有的位置"。[2] 显然，知名汉学家和知名学者的翻译与品论，在很大程度上继续推动着寒山诗的语际文学之旅，同时选入权威文人编辑的文学选集，无疑就让寒山和寒山诗拥有了文学经典的耀眼光环。

在新世纪的文学选集中，首先是美国著名汉学家梅维恒（Victor Mair）主编的《哥伦比亚中国文学史》(*The Columbia History of Chinese Literature*, 2001)于多处（页20；页431；页980 等）论及寒山与寒山诗。2003 年，由美国翻译家艾略特·温伯格（Eliot Weinberger）编辑、资深出版社 New Directions 出版的《中国古典诗歌选集》(*The New Directions Anthology of Classics Chinese Poetry*)则收录了15 首斯奈德所译的寒山诗。2005 年，由 Anchor Books（著名的兰登出版社的分部）出版的托尼·巴恩斯通（Tony Barnstone）与周平（Chou Ping，译音）编译的《安克尔中国诗歌史》(*The Anchor Book of Chinese Poetry: From Ancient to Contemporary, the Full 3000-year Tradition*)更是用了一节的篇幅专门介绍寒山和寒山诗，并选译 23 首寒山诗。

2006 年，另一本中国诗歌选辑《香巴拉中国诗歌选》(*The Shambhala Anthology of Chinese Poetry*)由波士顿的香巴拉出版公司出版，该诗选由北加州大学中文教授杰罗姆·西顿编辑和翻译。诗选从公元前

---

[1] Owen, S. *An Anthology of Chinese Literature: Beginnings to 1911*. New York: Norton, 1996: 405.

[2] Barrett, T. H. Hanshan in Translation. Peter Hobson. *Poems of Hanshan*. Walnut Creek: Altamira Press, 2003: 149.

第 4 章　目的地文化多元系统与寒山诗的语际旅行

十二世纪的周朝诗歌开始,一直辑至晚清苏曼殊等人的诗歌作品。在第三章题为"超越时空:六位唐代禅宗大师诗选"(Out of Place and Time: Six Zen Masters Poets of the T'ang)一节,译者选入了王梵志、寒山、拾得、皎然、贾岛和贯休的诗歌。通过这些权威文选,寒山诗的经典性在新世纪得以进一步的延传和巩固。

综上所述,这些文学史和文学选集对于寒山诗的评论、阐发、翻译和收录,使得寒山诗的语际旅行线路大大拓展,寒山诗不仅赢得专业读者的认可,而且也与普通大众拉近了距离,并由此进入美国多所大学的文学讲堂。寒山诗的经典地位,通过文选和课堂,得到了实质性的传播与接受,也因此而得到形式上和体制上的确立和保障。

4.4.3　寒山诗与美国公众

除了学术界,小说家、诗人、游记作家、电影制片人和普通大众都对寒山和寒山诗青睐有加,寒山和寒山诗的身影也开始频繁出现在小说、诗集、游记、电影、视频和"诗歌道"等各类媒介平台上,其影响从五六十年代的"垮掉派运动"与"旧金山文艺复兴"开始,一直延续至今。

1958 年,"垮掉一代"的先锋人物和代言人凯鲁亚克(Jack Kerouac, 1922—1969)的小说《达摩流浪者》(*The Dharma Bums*)出版。作者在该部小说中提到了自己心目中的理想英雄寒山,以及他名下的那些颇具禅意的诗作。值得一提的是,作者在扉页上题有"献给寒山"(Dedicated to Han Shan)的字样。这是寒山和寒山诗首次进入美国小说家的文学创作。由于作者自身强大的影响力,寒山诗的流通和传播因此也迈上了一段新的征程。

1997 年,由美国小说家查尔斯·弗雷泽(Charles Frazier)创作的长篇小说《寒山》(*Cold Mountain*)问世。作者在扉页上就援引斯奈德所译的寒山诗第六首的前两行:"人问寒山道,寒山路不通"(Men ask the way to Cold Mountain / Cold Mountain: there's no through trail)。小说

寒山诗：文本旅行与经典建构（修订版）

讲述的是美国南北战争末期一名受伤士兵英曼（Inman），在灵魂仿佛燃尽之后，对家园和恋人强烈的渴望支撑他站立起来，踏上了艰辛漫长的返家之旅。作者对于主人公英曼坚韧毅力的描述使得有学者相信："美国作家弗雷泽从中国诗人寒山那里读到了禅宗的基本性情与意境：坚忍不拔、自信自力、明心见性、纯任自然……。"[1] 该部小说拥有惊人的销售量，曾获 1997 年美国国家图书奖。2003 年，该部小说被好莱坞著名导演安东尼·明格拉（Anthony Minghella）改编之后搬上了大银幕。[2] 影片一经公映，便夺得多个重要的电影节奖项，造成了不俗的社会反响。2017 年，该部小说还出版了 20 周年的纪念版本。寒山和寒山诗对于美国小说家和美国公众的吸引力，由此也可见一斑。

2006 年，一部时长约 29 分钟的传记纪录片《寒山》（Cold Mountain: Han Shan）在美国问世。由迈克·阿扎尔（Mike Hazard）和德布·沃尔沃克（Deb Wallwork）联合执导的这部纪录片在中国、美国和日本三地完成拍摄。在这部纪录片中，斯奈德、华兹生、赤松和美国诗人詹姆斯·伦菲斯提（James Lenfestey）纷纷出镜，向观众讲述了他们心目中的寒山生平，并朗诵了多首寒山译诗。电影海报是一幅中国水墨画。画中的中国诗人寒山身着僧衣、衣冠不整、双手交叉、头顶经书，咧嘴大笑，活脱脱就是一个快乐的诗僧形象。这部纪录片的出现，距离斯奈德发表寒山译诗，已近半个世纪。更难得的是，四位翻译家同台缅怀和解读寒山其人其诗，足见寒山诗在美国翻译文学中的经典地位。

2007 年，美国诗人伦菲斯提的仿寒山诗集《一车诗卷：仿唐代诗人寒山诗百首》（A Cartload of Scrolls: 100 Poems in the Manner of T'ang Dynasty Poet Han-shan）出版。作者将自己的诗集题献给了华兹生："献

---

1 子规.中国的寒山与美国的冷山.文史杂志，2004（6）：29-30.

2 该部小说在中国大陆惜译为《冷山》，如周玉军、潘源译，南宁接力出版社 2004 年出版的《冷山》。根据同名小说改编的电影在大陆也被译成了《冷山》。在中国香港，也许是为了追求商业票房与眼球效应，Cold Mountain 还被译成了《乱世情天》。如果正确翻译为《寒山》，或许寒山和寒山诗在中国国内还会获得更多人的关注和认可。

第 4 章　目的地文化多元系统与寒山诗的语际旅行

给巴顿·华兹生，他优美的译诗使得我听见了寒山之歌。"1974 年，作者在拜读了华兹生所译的《唐代诗人寒山的一百首诗》之后，自己的皮肤疣竟然不治而愈。[1] 2014 年，作者又在《寻找洞穴：寒山朝圣》一书中，记述了自己在 2006 年秋到日本和中国寻访诗人寒山栖息之所寒岩的经历。作者在书中称"他的诗我已经爱了 30 多年，他的名字来自他居住的地方"。作者追述了他读到华兹生翻译的《唐代诗人寒山的一百首诗》的情形："他平淡无奇的语言、粗俗的事实、讽刺官僚主义的言辞，以及对安静心灵的渴望，这些都未经任何老师的调教，直接进入了我的心灵，似乎抚平了我不知道自己有过的伤口。我爱上了他的声音，就像一个我不认识的哥哥的声音。"[2] 作者的写作中，不时穿插着作者和寒山的诗歌。因此，作者寻找寒岩的旅程，实际上是一场关于诗歌、宗教、语言和风景的朝圣之旅，将吸引寒山诗爱好者和旅行写作爱好者的关注。出于致敬和喜爱，伦菲斯提将该书题献给了寒山、华兹生、赤松和他朝圣之旅的旅伴玛格丽特，迈克和埃德。

更有意思的是，陶洁在《美国诗歌一侧面》一文中见证说，在美国的伯克莱地区有一处名为"诗歌道"的"美国诗歌文物建筑"，威特·宾纳（Witter Bynner）译的李白和斯奈德译的寒山都入选了此"诗歌道"。[3]

---

[1] 这种经历见于作者的第 11 首寒山仿诗："Han-shan Is the Cure for Warts"。全诗为 My job was eating me night and day, my wife /threatening to leave, taking even the stroller and the quilt. /A family of warts blossomed on my thumb so big I introduced them / to tellers and clerks. Ha ha, they'd say, making quick change. / Then I bumped into Han-shan in the bookstore, one hundred poems /so small I read them all. We moved to a new place. /My wife smiles out on sidewalks where children ride. /I work in a room so quiet I can hear my heartbeat. /My warts are gone, no marks, no scars. Lenfestey, J. *A Cartload of Scrolls: 100 Poems in the Manner of T'ang Dynasty Poet Han-shan*. Duluth, Minnesota: Holy Cow Press, 2007: 27. 这种仿写方式显然从另一个侧面巩固了寒山诗在美国文化多元系统中的经典地位。

[2] Lenfestey, J. P. *Seeking the Cave: A Pilgrimage to Cold Mountain*. Minneapolis : Milkweed Editions, 2014: 30.

[3] 陶洁. 美国诗歌一侧面. 人民网.

寒山诗：文本旅行与经典建构（修订版）

这一事实充分表明：寒山诗已走近了美国的公共社区和普通大众。至此，寒山诗在美国的经典化历程从斯奈德的译诗开始，到全译本的面世，直至白之和其他多种文学选集的争相收录，以及"诗歌道"留名，走过了一个极富传奇色彩的经典建构历程。

如果说，胡适、郑振铎和余嘉锡举三人之力使寒山和寒山诗进入中国文学话语和中国文学史的关注视野，那么韦利、吴其昱、斯奈德三人则无疑将寒山带入了另外一个更为璀璨的文学世界。在那里，中国文学中的"边缘诗人"和"边缘文本"堂而皇之地迈进西方文学"中心"与"经典"的殿堂。此后，"寒山热"在欧美就一直在热闹非凡地上演着。寒山诗更是全面进入美国各大文学选集和东亚文学的大学讲堂。甚至，这股滚烫的寒山诗热潮此后还回流至寒山的故国，从而掀起寒山诗研究的"第二波"。

综观寒山诗在美国的语际旅行与经典建构历程，我们不仅可以看到寒山诗自"旧金山文艺复兴"以来在文学界和普罗大众中建立的持久影响，也看到了在自然和生态话语日益受到重视的今日美国，人们对寒山诗中所折射出的自然观、宇宙观和生命观的认同与接受。寒山诗中的佛教教理、禅宗意境、荒野情怀、生态意识自二十世纪九十年代以来，得到了更加深入的发掘、阐释、翻译与研究。伊士曼编辑的《宗教面面观》、西顿与马隆尼合编的《不系舟：中国禅诗选》、兴登编译的《山居：古中国的荒野诗》、艾根选译的《云深不知处：中国禅诗选》、鲁泽解读的《论寒山：一个佛教徒对寒山诗歌的解读》等就是明证。在物质文明高度发达但深受环境危机侵害的美国社会，寒山所代表的生活方式以及寒山诗中所体现的那种追求自然、社会与精神和合共存的生态视野，还将具有巨大的吸引力和强劲的生命力，而这也将进一步助推寒山诗在美国文化多元系统中的语际旅行，并巩固寒山诗在美国翻译文学中的经典地位。

第5章 寒山诗在目的地文化多元系统中的经典建构——以斯奈德译本为考察中心

> 粤自居寒山，曾经几万载。
> 任运遁林泉，栖迟观自在。
> 寒岩人不到，白云常叆叇。
> 细草作卧褥，青天为被盖。
> 快活枕石头，天地任变改。
>
> ——寒山[1]

从二十世纪三十年代开始，一直到二十一世纪的今天，在近一个世纪的时间里，寒山诗在欧、亚、美各国的语际旅行从未间断过。寒山诗通过各种媒介和平台，得到了最大程度的流通、传播与接受。这从各种译本、文学选集、小说电影、宗教读物、禅诗选本对它的各种青睐，便可轻松窥见这种传播力与影响力。如果"经典"是那些经得起时间检验、被大多数人阅读、为官方认可并成功进入大学讲堂的文本的话，那么寒山诗早在二十世纪五六十年代就已经为自己在英语世界赢得了"经典"身份。如前所述，寒山诗的语际旅行，经由日本这个旅行中介，而得以入传欧美。以1933年美国汉学家亨利·哈特在《百姓诗》首次介绍寒山诗以及1954年英国著名汉学家阿瑟·韦利译介27首寒山诗为

---

[1] 寒山.诗三百三十.彭定求编.全唐诗（第二十三册）.北京：中华书局，1960: 9083.

起点，寒山诗在以英美为中心的英语世界获得了即时传播与高度认可。尤其是当 1958 年加里·斯奈德发表 24 首寒山译诗之后，"细草作卧褥，青天为被盖。快活枕石头，天地任变改"的寒山形象迅速俘获了美国战后"垮掉的一代"的心扉。寒山诗于是顺理成章地成为那一个特殊时代的畅销经典。

5.1 美国战后的文化多元系统

美国经济在"二战"之后进入了高度工业化阶段，但现代工商业及机械文明对人的压抑与异化，也使得各种社会问题日渐暴露。"生育高峰""冷战""麦卡锡主义"等一系列问题更使得国内的民权运动大炽。旧的社会标准受到广泛质疑，而新的标准和模式远未建立，此时的民众处于极度的混乱和迷惘当中。

在这些社会问题面前，美国的年轻一代选择了一系列极端的方式来发泄对本国文化与宗教传统的不满：背包革命、露宿荒野、酗酒、吸毒、群居、滥交等就是他们反世俗、反现实的公然招牌。除此之外，他们也嗜好小珠、花、铃饰、夺目的强光、震耳欲聋的音乐、奇装异服以及色情的口语。"且自认为其目的只是以'和平方式'及以身作则的诱导力达成推翻西方社会的企图。"[1] 徐迂认为嬉皮有一个共同点："他们不满现实，憎恨工业社会的文明，蔑视权力，追求'成功'的平凡生活，看轻虚伪'步步上爬'的人生秩序，反抗自我，慎守范围，违背天性的道德，解脱基督教传统的教条。他们提倡人类爱、崇奉自然、祈望和平、反对战争、想从种种束缚中走出来，追求纯真的自我。于是他们提倡服药，用药来解剖自我、扩展自我、解放自我、发掘自我、表现自我、麻醉自我！"[2] 有西方学者称："嬉皮是全美国十五岁到二十五岁

---

[1] 孙旗. 寒山与西皮. 台中：普天出版社，1974：45.

[2] 孙旗. 寒山与西皮. 台中：普天出版社，1974：48.

第5章 寒山诗在目的地文化多元系统中的经典建构——以斯奈德译本为考察中心

之间四千万青年的主要生活方式。"[1] 1967年，嬉皮旧金山的大本营Hashbury就有六万人定居。这一风潮在美国校园里也有充分的反映："六十年代的美国学生，除了喝酒之外，就是抽大麻，这当然是六十年代嬉皮文化的影响。长头发、衣冠故意不整，以抽大麻作为社交，参加群众摇滚乐大会、示威游行、大叫'做爱而不作战'（Make Love not War）的口号——这一切皆是典型嬉皮文化的表征。嬉皮的发源地在柏克莱，东部的学校较西部望尘莫及，但学生的生活方式仍然受到影响"。[2] 很显然，当时美国公众这种心灵上的狂躁与喧嚣需要得到平复、慰藉或者说调整。于是，在一部分美国人的心目中，"出世的思想便自然地产生。对于日出而作、日入而息、与人无争、原始升平的生活方式，产生无限的怀古情绪"。[3] 美国社会与民众都希望可以借鉴异国模式——尤其是古老和谐的东方文明来重构美国民族文化与民族精神。在诗集《龟岛》（Turtle Island）中，斯奈德就曾指出：

> 我们的文明走入歧途的根本原因在于我们错误地相信自然乃不实之物，而且认为它不如人类那么充满活力和满脑智慧。甚至在某种意义上觉得它根本是没有生命的。栖身其中的动物智商低下、情感迟钝，因此我们没有必要顾及它们的感受。[4]

这无疑是人类在工业文明下所滋生的一种病态心理与认识误区。由于有长期的山野生活经验，再加上对人类牺牲自然以谋求文明进步的劣行的理性思考，斯奈德认为："我们需要一种可以和荒野共生的、和谐而有创造力的文明。我们必须开始在这里，在新世界里培育这种

---

[1] 孙旗. 寒山与西皮. 台中：普天出版社，1974：51.

[2] 李欧梵. 我的哈佛岁月. 南京：江苏教育出版社，2005：99.

[3] 孙旗. 寒山与西皮. 台中：普天出版社，1974：49-50.

[4] Snyder, G. *Turtle Island*. New York: New Directions, 1974: 107.

寒山诗：文本旅行与经典建构（修订版）

文明。"[1] 也许正是中国诗人寒山抽离俗世、走向荒野之举吸引了他。在斯奈德的眼里，荒野代表着自由，荒野也代表着智慧。用斯奈德的话来说，具有野性之美的自然，"不是我们拜访的地方，它就是家"。[2]

很显然，美国社会与文化不能解决自身在工业化发展过程中的这种时代困境，要拯救美国自身的文明首先而且唯一的办法，是改变美国社会固有的和守旧的思维模式，而这种变革的力量不是来自内部，而是需要借助外来文明的帮助。于是，在这种对于异域模式的呼唤当中，翻译文学便跃居译入语文化多元系统的中心。此时的目的地文化希望接纳的是有利于变革守旧的社会建制与改良传统文学范式的全新模式。在这个目的地文化系统处于关键转折点的时候，翻译的社会与文化功能得以强调和突出，而翻译所承载的审美功能相对被淡化。这样的社会文化语境与主流意识形态，在很大程度上左右着译者的翻译选材。毋庸置疑，此时的翻译作品如果想得到社会的认可与接受的话，就必须在输入新思想和新文学模式上有所突破。如果译者自身的文化态度也认同这一种说法的话，那就表明译者、文本与目的地文化的主流意识形态可以和谐共生。加里·斯奈德和他所选译的24首寒山诗，正是在趋顺了目的地文化的主流意识形态的前提下，赢来了空前和谐的翻译场。

客观而论，在经历了"二战"的洗礼之后，美国经济进入一个空前发展的黄金时期。这种经济的迅速发展，在某种程度上也刺激和带动了文学的生产和再生产。以此为契机，美国本土的文学创作与翻译活动进入快车道。自五十年代始，其翻译事业便经历了一次前所未有的繁荣期。在当时的美国学者看来，翻译——这种特殊的了解与认识他者的旅行方式——已然成为当时美国在文化上寻求出路的一种重要手段。除了向欧洲文化传统借鉴之外，这种对于他者的渴求，还体现在对于亚洲和某些少数族群文化的引进与译介方面。这种举动，"一方面是对美国政

---

1 Snyder, G. The Etiquette of Freedom. *The Practice of the Wild*. Berkeley: North Point Press, 1990: 6.

2 Snyder, G. The Etiquette of Freedom. *The Practice of the Wild*. Berkeley: North Point Press, 1990: 7.

第5章　寒山诗在目的地文化多元系统中的经典建构——以斯奈德译本为考察中心

府谋害亚洲这个他者的抗议；一方面也是对国内镇压非裔美国人这个他者的社会现实的一种抗议"。[1] 同时，由于美国大学教育课程改革对于非英语文学的需求，再加之当时的某些美国主流诗人、学者与翻译家均倾向认为东亚文明的经验，尤其是中国古代的经验，可以移植到二十世纪的美国生活中来[2]。基于这样的认知，外国文化，尤其是悠久的东方文化，得以源源不断地输入。这些异质文化的输入，实际上成为美国战后一系列反主流文化运动的重要组成部分，同时也带给美国人一种全新的思维方式和一个重塑自我的机会。

在美国汉学界，以著名汉学家杰罗姆·西顿、齐皎瀚（Jonathan Chaves）、华兹生以及大卫·兴登为代表的学者们，开始置身于中国古典诗歌翻译与研究的洪流之中。在诗歌领域，美国本土著名诗人如威廉·卡洛斯·威廉斯（William Carlos Williams, 1883—1963）、王红公以及斯奈德等人纷纷开始翻译东方诗歌，尤其是译介中国古典诗歌，并试图从中国诗人放逐与自我放逐的荒原隐者的形象模式中寻找美国出路。这场声势浩大的翻译活动，在二十世纪六十年代臻于鼎盛。而在七十年代早期，随着旧金山文艺复兴运动、反越战运动、民权运动、妇女解放运动等一系列旨在瓦解中心建制的社会文化运动的结束，此时的诗人们，由于种种原因，开始疏离于知识文化界，几乎无人再从事翻译，翻译的热度才开始慢慢消退。

不过，"当美国诗人结束译事的时候，却机缘巧合地开启了他们被翻译的时代"。[3] 事实上，无论是翻译还是被翻译，这些身处文化转折时期的诗人们，却在不经意间叩响了中国古典诗歌的大门，进而受到这种中国影响的滋养，并在自己的原创诗歌中创造性地融入各种中国元素和

---

[1] Weinberger, E. The Role of the Author in Translation. Allen, S. *Translation of Poetry and Poetic Prose: Proceedings of Nobel Symposium 110*. Singapore, New Jersey, London, Hong Kong: World Scientific Publishing Co. Pte. Ltd., 1999: 245.

[2] 钟玲. 美国诗与中国梦. 桂林：广西师范大学出版社，2003: 143.

[3] Weinberger, E. The Role of the Author in Translation. Allen, S. *Translation of Poetry and Poetic Prose: Proceedings of Nobel Symposium 110*. Singapore, New Jersey, London, Hong Kong: World Scientific Publishing Co. Pte. Ltd., 1999: 245.

寒山诗：文本旅行与经典建构（修订版）

中国风格。关于这一点，斯奈德直言不讳："我试着用坚韧、简单、简短的文字来写诗，在这样的表面结构之下隐藏着某种复杂性。从某种程度上讲，我是受到了我读过的中国五言诗和七言诗的影响，它们对我的心灵产生了强烈的冲击。"[1] 至于中国诗歌传统对西方诗歌的影响，斯奈德也承认："从四世纪到十四世纪，中国诗一直深受（不过是选择性地）自然界的影响。"当代西方诗歌也受到了这方面的影响。[2] 以斯奈德为例，他的英文诗歌具有浓厚的中国韵味和中国禅宗意识，尤其是中国山水诗和隐逸文化对他的影响相当深刻，以至于他坦陈："我也喜欢日本文学和日本诗歌，但我与中国诗歌有更强烈的共鸣。"除了寒山，斯奈德还翻译了中国诗人孟浩然（689—740）、王昌龄（698—757）、王维（701—761）、杜甫（712—770）、白居易（772—846）、杜牧（803—852）、苏轼（1037—1101）以及中国禅宗大师百丈怀海（约720—814）等人的作品。

很显然，随着本土诗人在诗歌创作中对于中国古典诗歌传统的融合和借鉴，这些带有中国印迹的英语原创诗歌，却在不经意间以某种或隐或显的方式，传播和介绍着中国诗歌和中国文化。这样一来，中国诗歌也就在舆论上具备了在美国文化多元系统成就翻译文学经典的可能性。尤其是斯奈德翻译和仿写的寒山诗、王红公翻译与仿写的杜甫诗，为中国古典诗歌在"旧金山文艺复兴"和随后的本土诗歌试验中确立了巨大的文学名声。

与此同时，借助美国六七十年代大学教育课程对于东亚文学的需求这一绝佳契机，某些中国诗人和诗歌甚至还走入了美国大学的文学讲堂，其经典性也通过这种形式得以最终确立。关于这段历史，周英雄曾追溯道：六十年代，英美的文学系入学人数持续下降，外加当时民权意识高涨，文学系为挽救声誉，并应少数团体的需要，遂改革课程，修

1　Allen, D. *The New American Poetry.* New York: Grove Press, 1960: 420–421.

2　Snyder, G. *A Place in Space: Ethics, Aesthetics, and Watersheds.* Washington, D. C.: Counterpoint, 1995: 92.

第5章 寒山诗在目的地文化多元系统中的经典建构——以斯奈德译本为考察中心

订必读经典,加入妇女文学、黑人文学、非英美地区英文文学,以及其他以主题为主的课程。然而这第一波的课程改革谈不上成功。课程改革真正的成效恐怕要等到八十年代,这时文学批评的取向由文本主义转为对立批评,而各种少数人的话语也应运而生,并率先在杜克大学和斯坦福大学建立了滩头阵地。[1] 从这个意义上讲,正是这一系列的民权运动,促成了英美大学讲堂对于非英美地区文学的需求。中国唐代诗人寒山和寒山诗正是在这种语境下,进入到了当时学院派的关注视野。实际上,正是在陈世骧"唐代诗学"的研究生课堂上,斯奈德了解到寒山并开始着手翻译寒山诗的。

事实上,"二战"后的美国主流文化曾尝试建立一个新的、稳定的文化新秩序,然而在知识界却有一股强大的潜流,试图与现有的主流文化规范分庭抗礼。于是,各种民权运动风起云涌。不言而喻,战后美国的民权运动,使得本土的文学多元系统开始沿着多元化方向发展。而对于"少数族群"或某一民族的文学群体的作家所创作的"民族群体"的强调,让某些来自他国的、非本土的文学形式得到了关注和重视。因此,许多一流的诗人、作家与学者纷纷投身到译介和推广外国文学与文化的行列当中,积极参与构建新的文学与文化规范,翻译也由此走向美国文学多元系统的前台。不难想象,这一时期翻译文学的中心地位与中心话语权,自然可以促成一系列来自异国他乡的边缘文本,因为某种功利性的需要,而走向文学多元系统的中心,从而成为经典化形式库中的翻译文学经典。毫无疑问,斯奈德的寒山诗英译本的经典化历程可以而且应该纳入当时的文化多元系统这一互文语境中来进行考察。

---

[1] 周英雄.必读经典、主体性、比较文学.典律与文学教学.陈东荣,陈长房主编.台北:比较文学学会/台湾中央大学英美语文学系,1995:5.

5.2 主流意识形态与寒山诗的经典建构

如前所述，翻译文本的经典建构与本土文学经典的建构一样，既非一朝一夕之功，也不是任何个人的力量可以操纵与左右的。相反，它是一个漫长的事实意义与价值规范的认定过程，因此必然是一个历史的累积过程。诚如有论者所言："经典的最终确认是一个文学制度共同运作的结果……经典不仅来自某些个人超人的阅读趣味，同时，文学的生产、传播和接受均属制造经典的一系列环节。"[1] 当然，文本的经典建构其实是一个牵涉了众多文学与非文学因素的复杂动态过程。除了文学系统自身对于文学经典建构的重大影响之外，一些社会文化因素——如政治制度、经济地位、历史事件等——的操控力量同样不容小视，尤其是控制文本生产与翻译规范的"主流意识形态"以及文学经典制造者——"赞助人"在文本经典建构的过程中所起的作用往往是决定性的。

5.2.1 意识形态与翻译研究

无论承认与否，文本的经典建构除了文本自身的审美价值，在很大程度上还要取决于代表主流意识形态的某个合法机构对于其经典身份的最终认定。否则，对于"何为经典"的讨论永远只会流于主观和空谈。毫无疑问，翻译文本的经典建构过程，必然牵涉主流意识形态对于翻译文本的经典性的认定或再认定。在翻译概念艺术的作品时，西班牙学者玛莉亚·维达（Maria del Carmen África Vidal）对于意识形态在翻译中的影响曾深有感触地说道：

> 后现代主义哲学和后结构主义的出现，导致了层级削减，这使得翻译和译者的地位总算趋于合理。与此同时，也再次证明了翻译既不是纯洁的也不是无辜的。译者的意识形态、赞助

---

[1] 南帆.文学史与经典.文艺理论研究，1998（5）：11.

第5章　寒山诗在目的地文化多元系统中的经典建构——以斯奈德译本为考察中心

人的意识形态和译作待出版的出版中介的意识形态,都是非常重要的因素,它们足以改变产品的最后形态。但有一点是肯定的:文化是翻译的一个基本要素,翻译不可避免地要改写。此外值得一提的是,翻译不过是译者传递意识形态的一个借口罢了。[1]

翻译与意识形态之间的这种共谋关系在她的这段话里表现得再清楚不过了。事实上,翻译不仅是译者传递意识形态的借口,同时还是译者自己文化态度和意识形态的客观载体。众所周知,翻译是译者置身于社会文化语境中的一种语言转换行为。在论及语言与译者的关系时,维达说:"语言是译者的工具,一种危险的工具,一种可以引发灾难的工具;它不是清白的,通常隐含着某一种与之相关的对于世界的见解。按照法兰克福学派的观点,这种对于世界的见解是与某个机构或社会组织的合法性分不开的,也与维系其存在的权力关系息息相关。"[2] 换言之,语言中不可避免地包含了译者的意识形态话语,而这种意识形态话语是与赞助人(维达所谓的"机构"或"社会组织")及其权力关系紧密相连的。也就是说,语言与语言的使用从一开始就注定是非中性的。相反,它是一种权力的工具;或者说,权力通过语言发生作用;也可以说,语言是代表权力关系的意识形态的一种有效载体。由是推之,借助语言以实现翻译目的的翻译行为本身与意识形态难脱干系。

因此,翻译在这个意义上绝非清白无辜。事实上,译者在语言转换的过程中总会自觉不自觉地以一定的意识形态为翻译导向和参照坐标,无论对拟翻译文本的内容与形式的处理都大致如此。一般而言,意识形

---

[1] Vidal, M. (Mis)Translating Degree Zero: Ideology and Conceptual Art. Pérez María Calzada. *Apropos of Ideology: Translation Studies on Ideology-Ideologies in Translation Studies.* Manchester: St. Jerome Publishing, 2003: 85.

[2] Vidal, M. (Mis)Translating Degree Zero: Ideology and Conceptual Art. Pérez María Calzada. *Apropos of Ideology: Translation Studies on Ideology-Ideologies in Translation Studies.* Manchester: St. Jerome Publishing, 2003: 72.

寒山诗：文本旅行与经典建构（修订版）

态观照下的权力关系在很大程度上影响了文本内容的传达与取舍，即所谓的"结构规范"；而意识形态关照下的本土诗学传统则多少制约着文本的最终表现形式，也就是所谓的"篇章语言规范"。它们在很大程度上左右着译者在翻译决策过程中对于翻译规范的综合考虑。因此，翻译对于文本的语言描述和文化传递与意识形态永远也不太可能做到"井水不犯河水"。考虑到语言、翻译与意识形态三者间的这种内在关系，我们似乎可以说：意识形态不仅是哲学的基本范畴，亦是翻译学研究的基本范畴。

本质上讲，各个时期的翻译活动都会或多或少地牵涉进意识形态的影响。因此，"意识形态"是翻译学研究的核心概念和研究对象的说法，其实并不过分。不过，在中国，不少人总是将意识形态与政治混为一谈。其实，这是因为人们过多地强调了它的政治学意义。事实上，意识形态的影响存在于社会生活的各个方面，而政治、哲学、法律、语言、艺术、审美、宗教、伦理道德等，不过是它的具体表现形式而已。其"势力范围"是如此的广泛，因此，翻译与意识形态合谋，并借助它来实现译者在审美和道德诸方面的欲求，应是情理之中的事情，甚至有时这种合谋是不以翻译行为或译者意志为转移的。基于此，德国翻译理论家诺德（Christianne Nord）评论说："意识形态是一个给对方定性的评价性术语，很难看到有人用它为自己定性。然而，如果我们将意识形态理解为某一群体，某个派别，某个社团，甚至作者自己所信仰的东西的话，那么很明显，意识形态于人于己都发生影响。"[1]

各家各派对此都有相关论述。德国功能学派翻译理论家们均倾向于认为：译者在特定的社会背景下工作，按顾客认同的标准生产特定目的的译文。社会条件的制约反映在译文的语言结构中，即：译文将揭示

---

1 Nord, C. Function and Loyalty in Bible Translation. Pérez María Calzada. *Apropos of Ideology: Translation Studies on Ideology-Ideologies in Translation Studies*. Manchester: St. Jerome Publishing, 2003: 90.

第5章 寒山诗在目的地文化多元系统中的经典建构——以斯奈德译本为考察中心

出社会的、意识形态的、散漫的、语言常规的以及规范与约束的影响。[1] 诺德也说"译者的任务是发现翻译的潜在目的并生产出相应的文本"。[2] 显然,"对原文的选择以及采取何种方法翻译都取决于社会机构的兴趣、目的和动机。但同时也取决于文本自身。如词法层面(如有意选择或不选择某个词)与语法层面(比如使用被动结构以避免出现有关施动者的表述)。在文本中,意识形态总是比较明显的,它的多寡取决于文本的主题、文类与交流目的"。[3] 这一理解使得译者的主体身份得以进一步强化,也为其主体身份的建构找到了最好的理论依据。

但考虑到译者可能会在翻译实践中无限制地滥用自己的权力与主体性,诺德提出了"功能加忠诚"(Function plus Loyalty)的翻译原则。也就是说,翻译应为目标读者达成愿望,但同时应不背叛原文作者与译文读者的交流意图和期待。当然,不背叛并不意味着要自始至终地与之保持高度一致,因为"我们的目的有时就是为了与他们的意愿相左。在这种情形下,忠诚就要求译者将他们的行动纲领置于一个开放的状态并用翻译目的去证明它是合法正当的。(比如通过序言或注释)"。[4] 很显然,翻译实践中的序、跋、引言、附录、加注、补遗等各种副文本形式,均是为了帮助译者达成某种翻译意图,并企图通过这种种的言说方式来证明其行为的合法性。

---

[1] Schäffner, C. Third Ways and New Centres: Ideological Unity or Difference?. Pérez María Calzada. *Apropos of Ideology: Translation Studies on Ideology-Ideologies in Translation Studies.* Manchester: St. Jerome Publishing, 2003: 24.

[2] Nord, C. Function and Loyalty in Bible Translation. Pérez María Calzada. *Apropos of Ideology: Translation Studies on Ideology-Ideologies in Translation Studies.* Manchester: St. Jerome Publishing, 2003: 90.

[3] Schäffner, C. Third Ways and New Centres: Ideological Unity or Difference?. Pérez María Calzada. *Apropos of Ideology: Translation Studies on Ideology-Ideologies in Translation Studies.* Manchester: St. Jerome Publishing, 2003: 23.

[4] Nord, C. Function and Loyalty in Bible Translation. Pérez María Calzada. *Apropos of Ideology: Translation Studies on Ideology-Ideologies in Translation Studies.* Manchester: St. Jerome Publishing, 2003: 94.

德国功能学派翻译理论中的目的论,最看重的恰恰就是目标读者与译文意图,他们非常强调译本在目的地文化中所达成的交际功能。而翻译在普遍意义上又是为了对作者和读者尽"忠",所以"世上并没有'中立翻译'这件东西,尽管表面上它是中立的"。[1] 有学者也说,翻译涉及两种文化的交流。从表面看,"交流"一词似乎隐含着平等、友好。然而,这样的交流背后,真正隐含的却是两种意识形态的对抗。表层"平等友好"的"交流"实际上往往是对抗之后妥协的结果。[2] 张佩瑶曾指出:

> 文化沟通往往不是理想化的文化交流观里面两种文化坦诚相见、放开成见、互相认识的过程,而是两种(或多种)文化在不同的历史氛围和政治形势,不同的知识领域和认知模式,以及不同的权利关系和话语网络里面,因接触会产生碰撞、交锋、抗拒、控制、角力等磨合过程。[3]

不言而喻,如果说翻译是一个决策过程,那么对于意识形态的考量,永远都是这个决策过程中最核心的枢纽环节。

5.2.2 斯奈德寒山诗译本中的"意识形态"因素

通常而论,文本的意识形态与译者的意识形态和文化态度,大多会趋从于目的地的主流意识形态。因此,当文本旅行出发至目的地文化多元系统之时,该文本对目的地受众所产生的影响,与其说是由译者或

---

[1] Nord, C. Function and Loyalty in Bible Translation. Pérez María Calzada. *Apropos of Ideology: Translation Studies on Ideology-Ideologies in Translation Studies*. Manchester: St. Jerome Publishing, 2003: 109.

[2] 王东风. 一只看不见的手——论意识形态对翻译实践的操纵. 中国翻译, 2003(5): 17.

[3] 张佩瑶. 从话语的角度重读魏易和林纾合译的《黑奴吁天录》. 中国翻译, 2003(2): 19.

第5章　寒山诗在目的地文化多元系统中的经典建构——以斯奈德译本为考察中心

出发文本决定的，倒不如说是目的地文化多元系统中的主流意识形态所决定的。当然，如果译者、文本和目的地文化多元系统能和谐共生的话，那么该出发文本在就具备了最充分、同时也是最重要的经典建构前提。

1. 译者

就译者的角度而言，斯奈德的文化态度在当时无疑也是积极的和建构的。面对美国文化当时出现的种种问题，斯奈德曾不无担忧地说："……我开始意识到可能是整个西方文化都已误入歧途，而不仅仅是资本主义误入歧途——在我们的文化传统中有种种自我毁灭的迹象。"[1] 他进而认为："现今美国社会的一个主要问题是人们缺乏责任感。"[2] 因此，斯奈德选择了做一个积极的践行者。他本人亲身参加了发端于1955年10月13日的旧金山文艺复兴运动；六十年代还和垮掉派灵魂人物金斯堡一道共同筹划了 Great Human Be-In 活动；[3] 七十年代环保主义与绿色运动兴起之时，斯奈德还成了这个运动的诗歌代言人。1972年，斯奈德出席了在斯德哥尔摩举行的联合国人类环境大会，并以《地球母亲》一诗作为大会发言，为人类环保事业大声疾呼。1975年，其反映北美大陆生态的诗作《龟岛》更是一举夺得普利策诗歌奖。

不难看出，在美国文学与文化处于弱势与边缘的时候，斯奈德一直积极致力于构建文学和社会的中心秩序。在所有这些文学与社会活动中，斯奈德都将东方文明作为美国文化的参照系，并试图通过自己的翻译与创作以及自己的亲身实践将东方文化带入美国社会，"并与美国本土的地方性和北美印第安文化融合，形成一种具有独特性的跨文化

1　Snyder, G. *The Real Work: Interviews & Talks 1964-1979.* New York: New Directions Publishing Corporation, 1980: 94.

2　Snyder, G. *The Real Work: Interviews & Talks 1964-1979.* New York: New Directions Publishing Corporation, 1980: 117.

3　Gabriel, P. 后现代诗人史耐德. 监玉龙译. 诗人史耐德：从敲打派到后现代专辑. 当代（台北）. 1990（53）: 21.

寒山诗：文本旅行与经典建构（修订版）

现象，从而改写美国原有的文化传统"。[1] 也有论者说，斯奈德试图借禅玄互证、佛老结合的东方模式作为对西方文明的补充结构和矫正力量。[2] 而在当时的美国社会，最盛行的东方文化思想即是禅宗——尤其是经由著名学者铃木大拙[3]和艾伦·瓦兹[4]不遗余力的推介之后，禅宗思想更是深入人心。

斯奈德本人就是在1951年偶然读到铃木大拙的著作后，开始关注禅学和接触禅宗思想的。[5] 斯奈德曾回忆说："那之前，我在伯克利学习日语和中文，我对汉学及相关的学问有些兴趣，因此很喜欢做些这方面的研究。但那时我也有些左右为难，因为铃木大拙关于禅的书让我着迷，它们慢慢地让我离开学术与学问，也不再一味地相信书本、文字与教条。"[6] 后来，斯奈德还在"美国亚洲研究学会"（American Academy of Asian Studies）做过旁听生，当时艾伦·瓦茨就在那里任教。由于受瓦兹等好友的鼓励与支持，斯奈德于是在1959年前往日本京都

---

1 蔡振兴. 破与立：论史耐德《山水无尽》跨越疆界的想象. 中外文学，2004（5）：106.

2 刘生. 加里·斯奈德诗中的中国文化意蕴. 外语教学，2001（4）：78.

3 铃木大拙，京都大谷大学佛教哲学教授，佛教哲学领域的权威专家。他同时又是将禅宗传到英语世界的第一人。其主要佛学著作包括用英文发表的10余部以及用日文写成的著作约20部，其中的代表作有《禅论集》（*Essays in Zen Buddhism*）以及《禅与日本文化》（*Zen and Japanese Culture*）等。

4 艾伦·瓦兹是美国20世纪最著名的神学研究专家、曾获得神学博士学位。他在禅宗哲学、印度和中国哲学颇有建树。一生发表20多部哲学和宗教心理学著作。其中最具代表性的著作是《禅道》（*The Way of Zen*）与《禅的精神》（*The Spirit of Zen*）等。

5 1951年，斯奈德同时还读了保罗·卡鲁斯（Paul Carus）所译的《老子》译本与林语堂译的《庄子》。此后，他还读了孔子、日本俳句（1951年得到四卷本俳句）和一些佛典，并通过学习中文与观赏风景画接触到禅宗思想。（Meltzer, D. *San Francisco Beat: Talking with the Poets*. San Francisco, Calif.: City Lights Books, 2001: 280.）可见中、日文化对斯奈德当时及以后诗学思想、诗歌创作与诗歌翻译的影响。

6 转引自 Murphy, P. *A Place for Wayfaring: The Poetry and Prose of Gary Snyder*. Corvallis: Oregon State University Press, 2000: 8.

第5章　寒山诗在目的地文化多元系统中的经典建构——以斯奈德译本为考察中心

学禅，从此开始了他与禅的不解之缘。

因为有这样的社会文化氛围，和个人挥之不去的禅宗情结，斯奈德精心选译了24首充满了禅宗气质的中国诗隐寒山的诗歌作品。有人也许会质疑，为什么一位积极建构的译者，却选择了一个"出世"的寒山？实际上，斯奈德就是希望通过寒山和寒山诗，为当时纷乱的时世与喧嚣的世风，找到一种抱简守朴、自然恬淡的生活方式。他选择了禅，但不是让人在信仰中麻痹自己，而是倡导禅者健康的、积极的、自然的、生态的生活方式。正如有论者总结的那样："史奈德（斯奈德）的早期诗歌追求以及对禅宗的研究使他相信寒山诗歌中对自然的歌颂，对物欲的鞭挞以及他自然适意的生活方式正是西方文明所匮乏的因素，也正是该文明所应汲取之处。"[1]

在译诗中，斯奈德不仅将寒山嬉皮化，而且还将其置于美国文化背景之下，甚至在译序里，译者还有些迫不及待地邀约他的目标读者从美国当代社会中找寻他的踪迹。"他们（寒山和拾得）变成了神仙，现今人们有时候还可以在贫民区、果园、流浪者聚居的丛林和伐木工人的帐篷里与他们不期而遇。"[2] 中国诗人浪漫而智慧的形象，通过他的译笔得以栩栩如生地再现——尤其是寒山疏离俗世、走向自然的全新的生活方式，相信深深地吸引了译者本人和他的目标读者。困惑、迷茫的年轻一代对自我本真的寻觅、对自由灵肉的呼唤仿佛都能在"寒山"这一形象中找到聊以寄托的精神家园。

寒山，如斯奈德所说，是人、居所和心境的合一。英译寒山诗中所表现的诗人身处寒岩而超然不羁、寂然无求、宁静自在的心境和任运随行、我行我素的处世风无疑为这些"垮掉的一代"提供了一条可资借鉴的通向"绝对自由"的道路。诗中所流露的疏狂漫游、冥思顿悟的禅宗境界让他们倾慕不已，那颇具嬉皮气质的寒山当然就受到了他们的顶

---

[1] 贾瑞芳. 代言人、反射镜、理想国——评加里·史奈德的寒山诗译. 常耀信. 多种视角——文化及文学比较研究论文集. 天津：南开大学出版社，1995：61.

[2] Snyder, G. *Riprap & Cold Mountain Poems*. San Francisco: Grey Fox Press, 1965: 33.

寒山诗：文本旅行与经典建构（修订版）

礼膜拜，寒山诗中表现心性与自然融合的"禅"的意境，于是被人们广泛发掘与颂扬。为文明社会所累的美国人在中国诗隐寒山身上，仿佛依稀看到了"超世累"的曙光，觉得寒山就是与他们呼吸与共、心意相通的异国知己。

对于这种隐士模式的运用，表明"在美国文化自我更新的过程之中，此模式恰恰是美国文学所需要的"。[1] 通过译诗，诗人翻译家试图在美国文化中移入东方文化的特质，从而为美国社会和民众找寻一种重塑自我的全新模式，并期待通过译诗来影响社会意义与文学意义上的改良。实际上，新诗学和新的文学模式在此时的输入，不仅代表了一种文学创作形式的改革，而且更是诗人和作家希冀从中发现可供选择的社会形式的一种手段。因为"这一时期美国本土的主流诗歌作品总是流露出某种过激的超验主义和现实主义间的张力，这种张力表明战后美国根本无力让民众获得与经济成功同样巨大的社会认同感"。[2] 所以，当时的知识分子都试图从翻译中来寻求新的美国发展模式。美国学者科恩评论说：

> 斯奈德将这位唐代诗人介绍进当代美国社会，是本着文化融合和拓展读者眼界的目的……实际上，中国古代的精神生活因此变成了一种当代美国的可能性。……在这个进程中，该书也成了"垮掉运动"和"旧金山文艺复兴"的一种表达，它吸纳了西海岸的激进与实践传统，同时使得这些运动所寻求的迈克尔·大卫逊所谓的"美国社会的公社组织"[3] 这一模式广为

---

1 钟玲. 美国诗与中国梦. 桂林：广西师范大学出版社，2003：143.

2 Davidson, M. Preface. *The San Francisco Renaissance: Poetics and Community at Mid-century*. Cambridge: Cambridge University Press, 1989: xi.

3 陆文华在《美国西皮大迁移》中说，美国各大城市的西皮（嬉皮）大搬家，大量南迁集中到西南部的新墨西哥州，组织所谓"人民公社""青年公社""新社会""乌托邦"，至少在百万人以上，公社数字至少也有一千。转引自孙旗. 寒山与西皮. 台中：普天出版社，1974：51.

第5章 寒山诗在目的地文化多元系统中的经典建构——以斯奈德译本为考察中心

人知。有意思的是,斯奈德在 1955 年 10 月 13 日的旧金山六画廊公开朗诵了他译的几首寒山诗……这场诗歌朗诵会通常被看作是"旧金山文艺复兴"的序幕,同时也是对冷战中期形成的新文化、新美学与新政治的一次广泛而奇幻的宣传。[1]

斯奈德选择并诠释的中国唐代诗人寒山和寒山诗,在中国文学史书写中仅仅代表了一种"边缘文化"或者说一种"次文化"精神。但在译者看来,这种文化与文化精神,却正是反对五六十年代美国主流文化的一种"反文化"和"反传统"的可贵精神。因此,斯奈德的译诗,在某种程度上为美国文化多元系统输入了新的思想和新的文化精神,而这些东西正是当时这个多元系统所匮乏的。于是,这样的译本就有了在当时的社会文化语境中"被经典化"的可能性。通常而论,没有什么比目的地文化系统的主动选择和内在需要,更有利于文本旅行与经典建构的了。

2. 文本

从文本的角度来看,由于受意识形态的影响与操纵,文本旅行至陌生国度大抵都会遭遇翻译变异和文化误读。这样一来,势必会造成文本在翻译过程中的改写与变形。有学者曾直言不讳:"事实上,翻译就是对原文的一种改写。所有的改写,无论其意图如何,都体现了某种意识形态和诗学理论。"[2] 其实,这是翻译过程中注定会出现的现象。由于译者的文化先结构与本土意识,翻译不可避免地会按照译者意图与主流意识形态来归化异域文本。因此,美籍翻译理论家韦努蒂说:由于翻译不可避免地会归化异域文本,所以翻译总会遭人质疑,因为文本中融入

---

[1] Kern, R. Seeing the World Without Language. *Orientalism, Modernism and the American Poem.* New York: Cambridge University Press, 1996: 236–237.

[2] Lefevere, A. *Translation, Rewriting and Manipulation of Literary Fame.* London & New York: Routledge, 1992: vii.

寒山诗：文本旅行与经典建构（修订版）

了东道国某些特定群体的语言和文化价值观。[1] 本雅明在1923年发表的《译者的任务》一文中转述潘维兹的话时仅泛泛地谈到了语言方面的影响："我们的翻译家对自己语言的惯用法的尊重远胜与对外国作品的精神的敬仰。……翻译家的根本错误在于他保持了本国语言的一种偶然的状态，而不是让自己的语言受到外语的强烈影响。"[2] 但韦努蒂则认为，这种归化在译本生产、流通和接受的各个环节都有体现：

> 首先，对拟翻译的异域文本的选择通常会排拒那些与本土特定利益不相符的文本和文学形式。接着，则体现在以本土方言和话语方式改写异域文本这一翻译策略的制定过程中，通常的情况是，选择某些本土价值总是意味着对其他价值的排拒。再接着，译本以多种多样的形式被出版、评论、阅读和讲授，不同的制度语境和社会立场会产生不同的文化和政治影响，这使得问题更趋于复杂。[3]

这样一来，在文本旅行与经典建构的各个环节，译者的身影和与之灵魂附体的意识形态总是依稀可辨。事实上，斯奈德在翻译选材以及译本的生产、流通与接受的各个环节都不忘将自己的意识形态与当时的主流意识形态紧密融合。这一点首先体现在对拟翻译的异域文本的选择上。我们知道，对文本的选择往往体现了某种译者意图，它通常会排拒那些与本土特定利益不相符的文本和文学形式。斯奈德所选的这24首寒山诗都是有关寒岩与禅境的，如果选择那些说教诗，不仅与当时的主

---

1. Venulti, L. *The Scandal of Translation, Towards an Ethics of Difference.* London & New York: Routledge, 1998: 67.
2. Benjamin, W. The Task of the Translator. Schutle R & Biguenet J. *Theories of Translation: An Anthology of Essays from Dryden to Derrida.* Chicago: The University of Chicago Press, 1992: 81.
3. Venulti, L. *The Scandal of Translation, Towards an Ethics of Difference.* London & New York: Routledge, 1998: 67.

第5章　寒山诗在目的地文化多元系统中的经典建构——以斯奈德译本为考察中心

流意识形态背道而驰，而且绝难在目标读者中产生任何的审美认同。其次，译者的意识形态更是流露在译诗短序中。在该序言里，译者称寒山为"衣衫褴褛的中国隐士"。同时介绍说寒山诗都是用古朴清新的唐代俗语写成，诗中充满了道家、儒家和禅宗的思想。在序末，译者更是向目标读者们暗示说，寒山也许就在他们中间，或许就是隐身于他们中间的一位"大众英雄"。这段"开场白"对追求禅境、超脱、避世和期待大众英雄的"垮掉的一代"而言无疑具有强大的吸引力，在他们眼中，寒山的生活方式、精神境界以及诗隐寒山的寻道之路，正是他们一直苦苦寻觅的。

此外，在语言风格上，译者与当时主流的诗学传统也是亦步亦趋、始终不离。斯奈德选择了以自由体译寒山诗。不仅省去原诗的韵脚，甚至多处省去句首连接词和谓语动词，有时更用分词代替谓语动词。同时频繁使用美国口语，缩略语亦是随处可见。这些特征无疑迎合了美国自新诗运动以来开创的开放自由与意象并置的诗学传统，和由此沿袭下来的读者的期待规范和审美习惯；同时它们也是斯奈德身受中国古典诗歌与日本俳句影响的最有力证明。事实上，中国古典诗歌对美国新诗运动以及在运动中成长起来的美国诗人和美国现代诗的影响，是不可估量的。王红公曾说："……要他们（美国诗人）不用中国或日本的方式来思考是困难的。"[1] 斯奈德自然也不例外。他将中国古典诗歌的某些文体表现形式加以消化与改造，同时将它们创造性地融入自己的诗学思想与文化土壤中，也悄然融入自己自由诗体的创作和翻译之中。

在译诗中，斯奈德主要采用了直译与"陌生化"的方式翻译寒山诗。一般而言，在译目的地文化多元系统处于关键转折点的时候，译者大都会采取这样的翻译策略，以彰显异质文化的"充分性"。而事实上也正是如此，这些"异国情调"，正是当时美国众多有识之士认为走下坡路的美国文化所需要的"清新之风"，寒山诗中所流露的充满禅机和

---

[1] 转印自赵毅衡.远游的诗神——中国古典诗歌对美国新诗运动的影响.成都：四川人民出版社，1985：2.

寒山诗：文本旅行与经典建构（修订版）

人生哲学的处世方式，是他们乐意接受并争相仿效的。所有这一切，让我们清晰地看到苦心经营的译者意图：在美国文化中移入东方文化的特质，并继续沿袭中国古典诗歌对美国现代诗的影响，来巩固美国文化自身的大传统。

关于这一点背后所折射出的"本土意识"，钟玲分析说：

> 有些美国诗从表面上看来，其重点是异国的论述模式，但其实这种异国模式只是一种策略，用以凸显本土的论述，或有意凸显美国诗人个人的信息。还有一些美国诗，诗人似乎是很努力地把异国模式在英语诗句中具体化、本土化，但结果是诗中固然有异国情调的部分，但其重点仍然是西方的论述。[1]

从另外的视角来看上述分析，我们或许可以说，斯奈德选择中国诗人寒山和寒山诗，其实不过是借中国诗来论述美国问题并为这些美国问题找到一种解决方案。从本质上讲，斯奈德身上的美国文化传统才是他选择、改写、重构和传播寒山诗的内在动力。区𫚉也认为：

> 如果我们追根溯源，就会发现斯奈德所受的中国文化影响都可以在美国文化传统中找到相似或者对应的因子。斯奈德本人绝不会同意是中国文化和日本文化造就了他这个美国诗人。相反斯奈德十分强调"本土意识"（the sense of nativeness）。[2]

因此，在翻译过程中，译者的意识形态和强烈的"本土意识"合而为一，这使得译本在翻译过程中不可避免地遭遇本土化和具体化的改造、重构与创造性误读。斯奈德将寒山美国化和嬉皮化，就是最好的说明。在这个意义上，翻译变得不再仅仅是两种语言间的简单转

---

1 钟玲.美国诗与中国梦.桂林：广西师范大学出版社，2003：140.

2 区𫚉.加里·斯奈德面面观.外国文学评论，1994（1）：33-34.

第5章 寒山诗在目的地文化多元系统中的经典建构——以斯奈德译本为考察中心

换,而是目的地社会文化语境下的一种文化与文学行为,有时甚至可以说是一种独特的政治行为(a political act),是为了顺应主流意识形态并与实现译者意图的所谓的"理想翻译"(ideal translation)相区别的行为。

纵观历史上的任何一项翻译活动,无论对于拟译入文本的选择、还是译本的生产、流布与接受,无一例外都打上了意识形态的印记。就斯奈德的寒山译诗这一个案而言,译者、文本与主流意识形态空前和谐且高度统一。因此它很容易地就获得了作为赞助人的经典制造者和文本使用者们的推崇与认同。

5.3 赞助人与寒山诗的经典建构

如果说,对于主流意识形态的关注,是在回答"什么样的经典"这一命题的话,那么对于赞助人的讨论,实则是在解决"谁的经典"这一命题。

5.3.1 赞助人与文本的经典建构

美国翻译理论家勒菲弗尔(Andre Lefevere, 1945—1996)在其理论假说中将文学视为多元系统的一个子系统,并认为这个文学系统具备双重操控因素(control factor)。一为内因,包括了批评家、评论家、教师和译者等专业人士。二为外因,主要是指"促进或阻碍文学作品的阅读、创作和改写"的种种权力(个人和社会机构)。具体而言,勒菲弗尔认为,它既包括个人,也包括由个人组成的群体如宗教团体、政党、社会阶层、皇室、出版商和媒体(报纸、杂志和电视)。专业人士关注诗学,而赞助人通常对意识形态的兴趣远大于其对于诗学的兴趣。内因在外因所设定的参数内操控文学系统。一般而言,赞助人以三种方式发生作用:意识形态、经济利益、社会地位。赞助人可以是分离的,也可以是统一的。前者表现为文学系统受制于某一类赞助方式,

寒山诗：文本旅行与经典建构（修订版）

而后者表明这三种方式同时由一个赞助人提供，比如最高统治者。[1]

上述对于"赞助人"的探讨，还有一些值得商榷的地方。如果按照勒菲弗尔对于赞助人的界说来看，那么"内因"中所包括的批评家、评论家、教师和译者等专业人士，无疑也属于"促进或阻碍文学作品的阅读、创作和改写"种种权力的掌握者，他们在很大程度上可以操控主流诗学的走向，因此也是"促进或阻碍文学作品的阅读、创作和改写"的重要力量。所以，我们认为：赞助人既包括专业人士（如译者、文学批评家、评论家、教师、权威文人等）；也应包括促成和阻碍文本经典化的文学机构和组织，如翻译发起者、翻译中介、大学、文学社团、文学刊物、文学选集、研讨会、电影电视和出版社等。

在谈到一些中国诗歌的英译文在二十世纪中叶的美国诗坛是如何建立了经典地位时，钟玲认为它们的经典化是由下述力量推动的，最主要的是：(1) 有一些英文文字驾驭能力强的美国诗人或译者将中文诗译为优美感人的英文诗章；(2) 一些重要的美国文学选集把这些创意英译选入，视之为具经典地位的英文创作；(3) 美国汉学家和文评家奠定了这些创意英译的地位；(4) 一些美国诗人倡言其成就及影响力。[2] 在论及斯奈德翻译的寒山诗是如何成为美国诗坛的经典时，钟玲提到了 1955 年 10 月 13 日为旧金山文艺复兴运动拉开序幕的那场著名的六画廊诗歌朗诵会。钟玲称在文学史上的重要场合，斯奈德得以朗诵他英译的寒山诗，本身就为进入经典的殿堂打开了渠道。此外她还提到了斯奈德的英译本被著名比较文学学者白之的《中国文学史》选入，该选集由格罗夫出版社（Grove Press）出版，在二十世纪六七十年代还是美国各大学东亚文学和中国文学最常用的课本。"在此史耐德的寒山译文并未成为美国文学传统的经典，而是成为英语世界的英译外国文学的传统经典，即翻译文学（literature in translation）传统之经典，在白之的文学选集中，中国文学史被改写了，在中国不入流的寒山被提升至

---

1 Lefevere, A. *Translation, Rewriting and Manipulation of Literary Fame.* London & New York: Routledge, 1992: 14–17.

2 钟玲. 美国诗与中国梦. 桂林：广西师范大学出版社，2003：44.

第5章 寒山诗在目的地文化多元系统中的经典建构——以斯奈德译本为考察中心

主流诗人。"[1]

严格地说，钟玲在这里只是泛泛地谈到了寒山诗经典化过程中的译者和文选编撰者等"赞助人"因素，而作为内因的"专业人士"，和作为外因的"社会机构和社会组织"这两个方面的"赞助人"因素，在寒山诗经典化过程中所扮演的重要角色，还未有实质性的讨论。

5.3.2 斯奈德寒山诗译本中的"赞助人"因素

如果赞助人既包括专业人士，也包括促成和阻碍文本经典建构的文学机构和组织的话，那么在斯奈德寒山诗英译本经典建构的过程中，禅宗大师、汉学家、译者、六画廊诗歌朗诵会、《常春藤评论》、格罗夫出版社、文学史家和目标读者的完美合力，共同成就了中外文学史的一段经典建构佳话。

1. 专业人士

就影响斯奈德寒山译诗经典建构历程的文学系统内部的"专业人士"而言，首先要提到的是为寒山诗的流通与传播奠定舆论基础的两位当代禅学大师：铃木大拙和艾伦·瓦兹。

事实上，铃木大拙早在四十年代便开始在美国推介禅宗思想。其《禅论集》(*Essays in Zen Buddhism*)的三个系列分别在1949年、1950年和1953年出版和再版，在当时的美国社会引起巨大反响。在1953年的第三系列中，铃木大拙还翻译了一首寒山诗，起句为"忆得二十年"。1956年，美国哲学家、存在主义大师威廉姆·巴雷特（William Barrett, 1913—1992）编辑出版的《禅宗：铃木大拙文选》(*Zen Buddhism: Selected Writings of D. T. Suzuki*)更是为美国的"禅学热"推波助澜，其中搜罗了铃木大拙此前发表与出版的多篇禅宗研究专论与论著，分10章在美国出版发行。该书属安克尔系列丛书（Anchor Books）之一种，并由美国老牌的Doubleday出版公司（纽约）出版。

---

[1] 钟玲. 美国诗与中国梦. 桂林：广西师范大学出版社，2003：38.

寒山诗：文本旅行与经典建构（修订版）

与此同时，艾伦·瓦兹的《禅道》（*The Way of Zen*）也于1957年出版，该书在当时的美国是难得一见的畅销书，扉页上还赫然用中文写着"禅道"二字。继1959年9月再版后，1960年1月和7月，该书更是一年之内两度再版，1961年6月第四次再版；而瓦兹的另一本专著《禅的精神》（*The Spirit of Zen*）1958年由John Murray出版公司出版。1960年，该书则改由著名的格罗夫出版社再版发行，该书并被列入"常春藤"（Evergreen Edition）系列出版丛书。

可以说，正是这两位学者在禅学方面卓越的普及推介工作，从而"在美国掀起了对禅学的持久兴趣"。[1] 钟玲在《寒山诗的流传》一文中也提到说："一九五八年的美国对于东方文化并非一无所知。当时学禅之风正盛行美国。可以说是'一分钟比一分钟时髦'。"[2] 玄妙的禅理在当时的民众看来已"不再是个人的选择，而是挽救人类的必须"。[3] 尤其是禅者寡欲澹泊的生活方式、禅宗对人类道德规范的训诫和对物欲膨胀的嘲弄，使得众多美国人对禅宗能消除工业文明对人性的异化充满了憧憬与期待。而寒山诗中诗人寒山幕天席地、抱简守朴、自然恬淡的禅宗境界、生态意识、人生哲学，无疑对当时的译者和"迷途"的美国民众具有天然的吸引力。

在寒山诗的经典建构过程中，不得不提的专业人士，还包括当时任加州大学伯克利分校中国文学系教授的陈世骧（Chen Shih Hsiang, 1912—1971）。陈世骧是战后美国学术界研究汉学的第一代学者。曾任加州大学东方语文学系主任，并协助筹划建立比较文学系，主讲中国古典文学及中西比较文学。对于通俗文学，陈世骧也有独到的理解和研究，他甚至还被人称为"金（庸）学研究第一人"。[4] 据斯奈德的回忆，

---

1 赵毅衡. 诗神远游——中国如何改变了美国现代诗. 上海：上海译文出版社，2003：326.

2 钟玲. 寒山诗的流传. 文学评论集. 台北：时报文化出版事业有限公司，1984：9.

3 赵毅衡. 儒佛道社会主义者. 诗人史耐德：从敲打派到后现代专辑. 台北：当代，1990（53）：27.

4 金庸本人也视其为自己的文学知音。在《天龙八部》的"后记"中，金庸曾热切地写道："此书献给我所敬爱的一位朋友——陈世骧先生。"

第5章　寒山诗在目的地文化多元系统中的经典建构——以斯奈德译本为考察中心

他最初译寒山是在 1955 年秋陈世骧教授的"唐代诗学"（T'ang Poetics）的研究生课程上。之所以选择该课程，是为他去日本京都的禅寺做些准备。"当时这个课上只有两名学生——我和一位中国人。陈问我对什么东西感兴趣？我说我想了解一些用白话写的佛门诗歌。他于是说：'当然没问题，寒山正是你需要的诗人'。"[1] 正是在陈世骧的指导下，斯奈德开始了几乎是逐字逐句的寒山诗的翻译。

事实上，斯奈德对于陈世骧是充分信任的。他曾深情地回忆说："陈亦师亦友。他对诗歌的了解与热爱，以及他的生活品位，都是无可比拟的。他可以凭借超人的记忆援引法国诗歌，而且可以准确无误地在黑板上写出任何一首唐宋经典诗作。他翻译的陆机《文赋》[2] 中有一句谚语说：'操斧伐柯，取则不远。'就诗歌而言，我认为的确如此。"[3] 实际上，在自己的诗歌与散文创作中，斯奈德一直尊陈世骧为"斧子"，可见陈对他的影响。由于有这样的专业人士的精心指导，再加上陈世骧在当时美国汉学界的权威地位，以及斯奈德在不同场合均提及二人的这种师徒关系，斯译寒山诗在美国学术界的流行与被认可，应该是水到渠成的。

除此之外，在 1955 年 10 月 13 日肇始的"旧金山文艺复兴运动"中那场轰轰烈烈的六画廊诗歌朗诵会（Six Gallery Reading）上，斯奈德和其他四位"垮掉诗人"——金斯堡（（Allen Ginsberg, 1926—1997）、惠伦（Philip Whalen, 1923—2002）、拉曼提亚（Philip Lamantia, 1927—2005）以及麦克卢尔（Michael McClure, 1932—2020）一道，在这个以后被文学史家频频提及的伟大夜晚首次公开亮相，而当晚朗诵会的主持人是鼎鼎大名的旧金山诗歌之父王红公。而且，"垮掉派"灵魂人物凯鲁亚克也亲身见证了这一文学史上的重要时刻。在他的《达摩流浪者》中，作者回顾了那激动人心的夜晚：

1　Kahn, P. Han Shan in English. *Renditions,* Spring 1986: 145.

2　值得一提的是，陈世骧所译的《文赋》在 1965 年也入选了白之所编的《中国文学选集：从早期到十四世纪》。

3　Snyder, G. Afterword. *Riprap & Cold Mountain Poems.* Washington, D. C.: Shoemaker & Hoard, 2004: 66.

寒山诗：文本旅行与经典建构（修订版）

> 那天晚上，我随着这帮嚎叫诗人来到了六画廊的诗歌朗诵会。正是这个夜晚宣告了旧金山诗歌文艺复兴运动（the San Francisco Poetry Renaissance）的诞生。每个人都在那里。那真是一个疯狂的夜晚……当11点钟艾尔·瓦古德堡[1]哀嚎着朗诵他的《哀嚎》（即《嚎叫》）时，陶醉的人们挥动着双臂，大声尖叫："好！好！好啊！"老瑞恩豪·卡索艾特[2]，这位旧金山诗歌之父，激动得在一旁拭着喜悦的泪水。[3]

随后，斯奈德朗诵了一首以美洲印第安胡狼为题材的《浆果宴席》（"The Berry Feast"）。此外，他还朗诵了他翻译的几首寒山诗。[4]在这样的重要场合，又有重量级诗人王红公和垮掉一代精神领袖凯鲁亚克的参与，再加之此后频繁被媒体与舆论曝光的金斯堡轰动全国的《嚎叫》案，这场诗歌朗诵会的影响，其实远不止文学史意义上那么简单。

当然，正如钟玲所说，在文学史上的重要场合，斯奈德得以朗诵他英译的寒山诗，本身就为寒山诗进入经典殿堂打开了一条重要渠道。显然，无论是美国文学史和文选甚至美国文化史的编撰，都无法回避旧金山诗歌文艺复兴运动中的这场六画廊诗歌朗诵会[5]，以及置身其中的那一个个"垮掉诗人"。斯奈德等人仿佛一夜之间便出现在美国公众的视野之内了，这无疑为日后斯奈德寒山译诗的经典建构，做了文学史意义上的铺垫。

---

1 即金斯堡。

2 即王红公。

3 Kerouac, J. *The Dharma Bums*. Frogmore: Panther Books Ltd., 1974: 14.

4 Davidson, M. Introduction: Enabling Fictions. *The San Francisco Renaissance: Poetics and Community at Mid-century*. Cambridge: Cambridge University Press, 1989: 4.

5 文学史家一般认定六画廊诗歌朗诵会是当年的10月13日。不过斯奈德自己的记述则是："10月底，我们举行了诗歌朗诵会。拉曼提亚、麦克柯勒、惠伦、金斯堡和我朗诵。"参见 Snyder G. *A Place in Space: Ethics, Aesthetics, and Watersheds: New and Selected Prose*. Washington D.C.: Counterpoint, 1995: 8.

第5章 寒山诗在目的地文化多元系统中的经典建构——以斯奈德译本为考察中心

实际上,在这次诗歌朗诵会之前,斯奈德已投入陈世骧门下,不过当时并未完成寒山诗的翻译。后来,哈佛大学中国文学教授方志彤在看过斯奈德的寒山译诗后,给了他许多修改建议,而斯奈德在听取了方的建议后,做了足足四页纸的笔记和修改。这四页纸的手稿现藏于美国肯特州立大学图书馆。有意思的是,在凯鲁亚克《达摩流浪者》一书的第三章,化名贾菲·赖德(Japhy Ryder)的斯奈德与雷伊·史密斯(Ray Smith,即凯鲁亚克)在讨论寒山诗的翻译技巧时,赖德有一句话说:"嗯,我也是这么想的。不过我的译文还须得到这里大学的中国学者们的认可才行,英语表达必须清晰无误。"[1] 可以想象,陈世骧、方志彤等人就是斯奈德所谓的中国学者。后来,在日本大德寺,斯奈德还向日本著名"寒学"专家入矢义高请教过寒山诗的问题。[2]

正是在多位学者的指点下,斯奈德数易其稿。[3] 在收到出版商要求审看寒山诗的短笺后,斯奈德在乘油轮返美途中,对其再次做了润色后,用打字机打出了译稿。[4] 斯奈德这种谦逊求教的姿态,实际上为寒山诗在美国翻译文学中的经典建构作了诗学意义上的铺垫:得到众多学者指点之后发表的寒山译诗,无疑就是当时最著名学者共同塑造的文学典范,至少可以说是学术界普遍接受与认可的典范。甚至当斯奈德的寒山译诗在《常春藤评论》发表时,远在英国的著名汉学家阿瑟·韦利还写信给格罗夫出版社,表达他对斯奈德译本准确度的信心。[5] 因此,我们完全可以说,经过斯奈德与学者们共同修改的这24首寒山诗,实际上在当时就已经确立了经典身份。

---

1 Kerouac, J. *The Dharma Bums*. Frogmore: Panther Books Ltd., 1974: 19.
2 儿玉实英. 美国诗歌与日本文化. 杨占武等译. 西安:陕西人民教育出版社,1993:348.
3 斯奈德寒山译诗的初稿、二稿和定稿现藏于美国肯特州立大学图书馆。
4 儿玉实英. 美国诗歌与日本文化. 杨占武等译. 西安:陕西人民教育出版社,1993:280.
5 斯奈德是在给美国学者法克勒的信中提到这件事的。参见 Leed, J. Gary Snyder: An Unpublished Preface. *Journal of Modern Literature*, Mar. 1986(13.1): 178.

寒山诗：文本旅行与经典建构（修订版）

2. 文学机构和文学刊物

斯奈德的寒山译诗发表在 1958 年的《常春藤评论》秋季号第 2 卷第 6 期上。该杂志是由 1951 年创办了著名的格罗夫出版社的出版商巴尼·罗塞特（Barney Rosset, 1922—2012）[1] 在 1957 年创办的一份文学期刊。它旨在将战后新兴的美国垮掉作家和在欧洲以"荒诞文学"为核心的前卫派作家这两大反文化、反传统写作的阵营聚合在一起。创刊号的反响并不大，但第二期出现重大转折。这一期发表了新起的垮掉作家包括佛林盖第、麦克卢尔、金斯堡、斯奈德、惠伦等后来的这一批垮掉派干将们的作品。金斯堡的《嚎叫》与斯奈德的《浆果宴席》也在这期发表。"这一期将垮掉作家和《常春藤评论》杂志推到了美国文学的最前台。"[2] 杂志的发行量从此大增；同时也使得当时还寂寂无闻的这些垮掉作家通过这个文学阵地引起了美国民众的广泛关注。

正如美国学者肯·乔丹（Ken Jordan）所言："《常春藤评论》已不仅仅是一份文学刊物，而成了通过艺术语言帮助人们改变文学态度和文化偏见的运动的代言人了，最后它大获全胜。"[3] 斯奈德的《寒山诗》就发表在《常春藤评论》创刊后的第二年。不难想象，该杂志属于在当时就已经小有名气的格罗夫出版社，再加上"垮掉派运动"的流行、"垮掉作家"频繁的曝光率，以及该杂志所刊载的那些大胆而前卫的"垮掉诗作"，《常春藤评论》不久便在美国出版界以强劲的势头而备受当时各方关注。因此，斯奈德的寒山译诗能迅速地推广与流布，《常春藤评论》功不可没。

在 1958 年斯奈德发表寒山译诗之时，"垮掉一代"灵魂人物凯鲁

---

1 巴尼·罗塞特，美国著名出版商，在 29 岁时创办格罗夫出版社（Grove Press）。在他的出版生涯中，他将包括亨利·米勒、博尔赫斯、杜拉斯、尤金·尤涅斯库等诸多战后明星作家悉数收入旗下。曾出版了《查特莱夫人的情人》《洛丽塔》《北回归线》等其他美国出版社不敢问津的禁书。2008 年，巴塞特获得美国国家图书奖杰出贡献奖。

2 Jordan, K. A Brief History of the Evergreen Review. 来自 evergreen 网站．

3 Jordan, K. A Brief History of the Evergreen Review. 来自 evergreen 网站．

第5章　寒山诗在目的地文化多元系统中的经典建构——以斯奈德译本为考察中心

亚克的《达摩流浪者》也几乎同时出版。登载了《寒山诗》的这一期《常春藤评论》还刊登了维京出版社为《达摩流浪者》"新近出版"而做的广告。在《达摩流浪者》的扉页赫然写着"献给寒山"（"dedicated to Han Shan"）的字样。一位在当时极具影响力的美国前卫作家将自己的作品题献给已经过世一千余年而且在中国文学史中"名不见经传"的唐代诗人，这行为本身就有为埋没于中国文学史的寒山和寒山诗翻案和张目的味道，也为寒山诗的经典化埋下了重要伏笔。

在《达摩流浪者》的第三章，化名为史密斯的凯鲁亚克和以斯奈德为原型的赖德共同讨论了中国诗人寒山卓尔不群的人物性格、寒山诗的悠远意境以及寒山诗的翻译技巧——尤其详细讨论了《登陟寒山道》《一向寒山坐》以及《山中何太冷》这三首寒山诗的翻译处理技巧。凯鲁亚克主张五字翻译法（以五字译五言），而后者则认为最好先征得中国学者的同意。在书的结尾，史密斯登上高山，去寻找他的理想英雄寒山，结果"我看见了那个不可想象的、身材矮小的流浪汉就站在云端，他那饱经风霜的脸上挂着一种漠然的幽默神情"。[1] 这样的描摹，显然已经将寒山美国化和嬉皮化了。此时的寒山完全就是凯鲁亚克在他1957年的成名作《在路上》（*On the Road*）中所描述的那一个个"在路上"的美国流浪汉的翻版。这种"流浪汉"形象在当时的美国——尤其是年轻一代那里，可谓是深入人心。

关于这本书巨大的社会影响，斯奈德是这样评价的：

> 当他的小说《在路上》于1957年出版之际，"beat"一词在美国一夜走红。美国人开始意识到，这是一个旨在打破所有成规陋习的作家与知识分子的一代。这新兴的一代受过教育，但拒绝走学术、商业和政治之途。他们在自己的小杂志上发表诗作……其成员到处流浪……只要能赚钱几乎什么都做……宁

---

[1] Kerouac, J. *The Dharma Bums*. Frogmore: Panther Books Ltd., 1974: 174.

寒山诗：文本旅行与经典建构（修订版）

愿过得清苦也要有时间流浪、写作和享受世间万物。[1]

考虑到凯鲁亚克在当时的巨大影响力，我们似乎可以说，《在路上》和《达摩流浪者》于1957年和1958年的相继出版，为寒山和寒山诗在美国的文本旅行与经典建构做了事实上的前期铺垫和后期推介。这位睿智而旷达的"中国流浪汉"在当时的年轻一代的眼里，自然和凯鲁亚克笔下那些拦车流浪的美国流浪汉并无二致，因此，从心理情感的层面，自然会对这位中国诗人和他的那些诗歌心生无数好感。而这无疑又为寒山诗在美国文学多元系统中的经典建构赢得了不错的口碑效应和社会效应。

其实，对当时的大多数美国读者而言，寒山诗的权威可以说完全维系于译者斯奈德与凯鲁亚克这样的光环人士身上，而不仅仅是文本自身。毫不夸张地说，"凯鲁亚克"这一名字在当时就能大大提高寒山和寒山诗的知名度。凭借凯鲁亚克的巨大影响，再加之斯奈德对于寒山形象的精心改造，以及《常春藤评论》的专栏推介，寒山诗在经典化的道路上更是大大迈进了一步。因此，有学者称，斯奈德并非是传布寒山诗的最大功臣，凯鲁亚克的《达摩流浪者》才是第一功臣。[2] 台湾地区学者孙旗也认为："由于寒山穿着方面的衣衫褴褛，加上疯疯癫癫的行为，再加上克罗孔（即凯鲁亚克）的大力鼓吹，寒山之偶像化便自然塑成了。寒山在史耐德笔下也是被加以偶像化了，如他译的短序'他们已经变成了仙人……'。这样经过美国化的寒山，才是嬉皮心目中的祖师。……严格说来，嬉皮们的具体祖师，并不是寒山，确是克罗孔、史耐德之流。"[3]

---

1 Snyder, G. *A Place in Space: Ethics, Aesthetics, and Watersheds: New and Selected Prose.* Washington D.C.：Counterpoint, 1995: 9.

2 钟玲. 文学评论集. 台北：时报文化出版事业有限公司，1984：12. 参见孙旗. 寒山与西皮. 台中：普天出版社，1974：63.

3 孙旗. 寒山与西皮. 台中：普天出版社，1974：63.

第5章 寒山诗在目的地文化多元系统中的经典建构——以斯奈德译本为考察中心

当然，文本的经典化通常也离不开批评的声音。1962年，英国汉学家大卫·霍克思（David Hawkes, 1923—2009）在《美国东方学会会刊》上撰文，对斯奈德的寒山诗翻译提出了激烈的批评："在我所见过的英语译本中，我认为斯奈德译本最不合情理。他的译文相当不准确，而且还不时陷入一种离谱的荒唐和愚蠢当中。这使得他将黄金、玉石翻译为钻石和貂皮。"[1]霍克思显然对斯奈德在翻译过程中的某些本土化处理方式颇有微词。不过，选择怎样的翻译策略，其实取决于译者对于各种翻译规范的考虑以及当时目的地文化多元系统中主流意识形态的向背。斯奈德译文中的本土化处理，并非是一种文化自恋主义，而是译者希望用来引发目标读者身份认同与文化归属感的一种手段。这种手段的运用，其实是译者希望中国诗人寒山影响美国读者审美认同的地方，当然也是译者有意迎合目标读者期待规范的地方。实际上，正是这若隐若现的"美国化"与"嬉皮化"处理，使该译本赢得了最广泛的读者群。不过，尽管霍克思批评得很不客气，但他同时承认，在所有的译本中，只有斯奈德的译本读起来最像是诗。著名汉学家的这一抑一扬，无疑大大提升了斯奈德寒山译诗在汉学界的知名度以及其文本经典化的进程。

5.3.3 斯奈德寒山诗译本与美国翻译文学选集

毋庸置疑，进入文选或大学教科书，是文本经典化的最重要途径和最终表现形式。有学者指出：文学典律形成的条件有二：（1）文化、教育机关；（2）遴选主义。文化与教育机构包括学校（尤其是大学）、出版机关（特别是具官方立场如国立编译馆者）、报社、刊物、图书馆、基金会、研讨会、讲座、广播、电视等。遴选主义是主体文化的文教机构所奉行的运作原则，即自古今中外浩如烟海的作品中选取或编辑有利

---

[1] Hawkes, D. Book Review: *Cold Mountain:100 Poems by the T'ang Poet Han-shan*. Translated and with an Introduction by Burton Watson. *Journal of the American Oriental Society*, 1962(4): 596.

寒山诗：文本旅行与经典建构（修订版）

于规范效能、合乎当代思想的文本，列入课程用书或考试书单，收入选集或大系，写进文学史或作为语言学习材料。[1] 显然，教育系统具有"把统治文化加以合法化的权力"。[2]

美国文学选集的出现，是高等教育普及的产物。按照文学史家劳特（Paul Lauter）的说法，这种新文化史的创造是"建设'从边缘所看到的世界观'这一个更大过程的一部分，是'把边缘转变为中心'必要的先决条件"。[3] 即是说，边缘、非主流以及非官方文本要想获得经典的"金身"，就必须设法跻身于有这种新文化史标志的文选之列。只有这样，文本的经典地位才算得到了特定时期的经典制造者们的最终承认。美国学者巴妮（Michell Marie Pagni）认为，利用文学选集来决定美国文学经典的地位是完全合乎逻辑的。因为"选集是从数量多得多的美国文学文本中挑拣出的选文，所以呈现了一种典律"。她同时谈到说："文选与典律研究直到晚近才连接起来，这现象部分是选集演化的结果。其实，直到六十年代和七十年代学者才能以选集来探究有关典律性（canonicity）的议题"。[4] 这种情形的出现，当然可以与周英雄前面提及的"英美的文学系入学人数持续下降，外加当时民权意识高涨，文学系为挽救声誉，并因应少数团体的需要，遂改革课程，修订必读经典，加入妇女文学、黑人文学、非英美地区英文文学，以及其他以主题为主的课程"的说法互相印证。

正是在当时的这种学术研究与教育改革的风气之下，1965 年由美国著名比较文学教授、加州大学伯克利分校东方语言学系主任白之编辑

---

1 张锦忠. 他者的典律：典律性与非裔美国女性论述. 陈东荣、陈长房主编. 典律与文学教学. 台北：比较文学学会 / 台湾中央大学英美语文学系，1995：153–154.

2 陶东风. 文学经典与文化权力. 中国比较文学，2004（3）：68.

3 转引自单德兴. 创造传统：文学选集与华裔美国文学. 铭刻与再现——华裔美国文学与文化论集. 台北：麦田出版，2000：242.

4 转引自单德兴. 创造传统：文学选集与华裔美国文学. 铭刻与再现——华裔美国文学与文化论集. 台北：麦田出版，2000：242.

第5章　寒山诗在目的地文化多元系统中的经典建构——以斯奈德译本为考察中心

的《中国文学选集：从早期到十四世纪》问世。该文学选集是由著名的格罗夫出版社出版，1967年还出版了选集的"常春藤"版。值得一提的是，这一版已经是该书的第11次印刷。事实上，该文选一出版即受到各方如潮的好评。《亚洲学生会刊》(The Asian Student)评论说，它是"近年来最好的中国文学选集的英译本"；《图书馆学报》(Library Journal)则说："该书……是第一本真正意义的中国文学选集的英译本，它让人如沐春风，而且信息量很大；对于学生和普通读者而言，它有很好的可读性……（所选的）诗歌、散文、戏剧和小说都极具代表性。"德国的中国语文学家福赫伯（Herbert Franke，1914—2011）在该文选出版的次年（1966）也评论道："编写一部文学选集是一项费力难讨好的工作。编者期望融入一些不太为人所知的篇目，而读者通常更希望看到包括众多名篇的具有充分代表性的文选。这部新的文学选集在综合这两个原则方面是相当成功的。"[1]编者也自信地宣称："这部文选是英语世界中最全的一部。"值得注意的是，这部文学选集还被联合国教科文组织（UNESCO）定为中国文学译丛系列（Chinese Literature Translations Series）。这无疑就确立了该文选的权威地位及其作为教材在世界英语文学教学中流通和使用的权威性与指导性。实际上，在二十世纪六七十年代，该文选是美国各大学东亚文学和中国文学课程最常用的教材。

在选材方面，编者说："我们对于文学的定义，是现代的、西方意义的，而不是传统的、中国式的。我们有所选择而不是无所不包。"[2]随后，他还提到了中国目录学的编选门类：经史子集；并声称文选同样是依据这一体系收罗的选文材料。不过，"经"部的编者只选了《诗经》；"史"部选的是司马迁的《史记》；"子"部则几乎未选任何篇目。对于此，编者辩称，我们无意否认《孟子》《列子》等的文学性，

---

[1] Franke, H. Book Review: *Anthology of Chinese Literature: From Early Times to the Fourteenth Century*. Birch, C. *Journal of the American Oriental Society*, 1966(86.2): 254.

[2] Birch, C. *Anthology of Chinese Literature: From Early Times to the Fourteenth Century*. New York: Grove Press, 1965/1967: xxiv.

寒山诗：文本旅行与经典建构（修订版）

我们希望选文不会让读者在阅读欣赏时，需要为那些中国早期的概念和理论太费周折。

> 我们希望选集具有广泛的代表性，但又不想让一流作家显得太单调乏味。尤其不想让无名氏进入文选。这是很多文选在挑选篇目上经常无法避免的一个问题。……因此，我们想给本不太多的作者们留稍多一点的空间，尽管这样一来，许多优秀的作者就必须退出。[1]

寒山诗正是出现在这样一个"一流作家"荟萃的文选的"隐士诗歌"（The Poetry of the Recluse）当中。该小节共选了五位隐士诗人：张衡（78—139）、阮籍（210—263）、陶潜（约365—427）、鲍照（约415—470）和寒山。在该小节的短序中，白之给了寒山诗很高的评价："如果中国佛教文学要用这本文选中的这些寒山诗来代表的话，禅无疑就是其要髓。"[2] 白之选的寒山诗正是斯奈德所译的全部24首寒山诗以及闾丘胤序。[3] 在这部文学选集中，寒山诗无疑被给足了篇幅，因为即使是同在该文选中的"田园诗宗师"陶潜的作品也仅收了著名的《桃花源记》和7首田园诗；而"诗仙"李白仅被选入了10首诗和1首词；"诗圣"杜

---

[1] Birch, C. *Anthology of Chinese Literature: From Early Times to the Fourteenth Century.* New York: Grove Press, 1965/1967: xxv.

[2] Birch, C. *Anthology of Chinese Literature: From Early Times to the Fourteenth Century.* New York: Grove Press, 1965/1967: 174–175.

[3] 据福赫伯（Herbert Franke）说，出于版权方面的考虑，白之选择了斯奈德的寒山译本，而不是华兹生译本。参见 Franke, H. Book Review: *Anthology of Chinese Literature: From Early Times to the Fourteenth Century.* Birch C. *Journal of the American Oriental Society*, 1996(86.2): 255. 但此说其实恐难成立。因为斯奈德的寒山诗是由格罗夫出版社麾下的《常春藤评论》出版，而华兹生的《寒山诗100首》也是由格罗夫出版社于1962年初版的。笔者认为，之所以选择斯奈德的译本，完全是因为当时斯奈德译本巨大的社会影响和各方赞助人对它的盛誉所致。

第5章 寒山诗在目的地文化多元系统中的经典建构——以斯奈德译本为考察中心

甫也不过选了5首诗作而已。在白之的文学选集中,"中国文学史被改写了,在中国不入流的寒山被提升至主流诗人"。[1]寒山诗在二十世纪五六十年代的美国,其影响力和传播力由此可见一斑。尽管文学史与文选的编撰有相当成分的个人好恶色彩,但无论如何,我们无法否认,这部文选在最大程度上代表和反映了当时的主流意识形态和各方赞助人的共同意愿。当然,它也在最大程度上体现了当时美国文化多元系统对于文学标准与文学价值观的认定与阐释。正是通过这部权威文选,寒山诗在英语世界中的经典地位在形式上得以最终确立。

毫无疑问,寒山就像一面镜子,折射出了当时美国本土的各种文学文化和社会问题,这位睿智的中国诗人在旅行至美国之后,为战后的美国文学、美国文化乃至整个美国社会开出了极具针对性的中国药方。寒山对自然的热爱以及其隐士哲学思维方式,给战后美国语境下的"垮掉的一代"带来了一种奇特的异域文化体验。这种东方智慧在这样一个文化转折点上,为美国社会提供了精神救赎和文学改良的一种新的可能性。具体而论,在面对"二战"后美国所面临的种种社会问题、文学真空和文化认同危机时,斯奈德为战后的美国精心挑选并成功塑造了一位自然恬淡、快意人生的中国禅宗诗人寒山。在此基础上,译者创造性地改编和重构了寒山诗里那些自我表达、自我认同和自我实现思想中的中国元素,并以美国文化多元系统中的主流意识形态为参照项,深度发掘了寒山诗中的禅宗美学和哲学思想对于美国社会的借鉴意义,为"垮掉的一代"和当时的美国社会以及文学界的文学改革找到了一剂精神救赎和文学启蒙的良方:"回归自然"。斯奈德本人便是以"回归自然诗人"或"深层生态学桂冠诗人"而闻名,作为流行艺术家和文化人物,斯奈德在保护荒野,特别是美国西部荒野地区的运动中发挥了重要作用。毫不夸张地说,他对美国生态文学的繁荣和美国环境保护运动的蓬勃发展,做出了重要的贡献。

不可否认,斯奈德深受中国古典诗歌的影响,特别是寒山和寒山诗

---

1 钟玲.美国诗与中国梦.桂林:广西师范大学出版社,2003:38.

寒山诗：文本旅行与经典建构（修订版）

对他的影响。当然，也因为他对寒山和寒山诗的喜爱，再加上当时各种话语变量和各方力量的博弈与参与，在中国文学史中难觅踪迹的寒山和寒山诗却在异国他乡成就了文学经典身份。可以说，寒山和寒山诗的语际旅行与经典建构，是对美国文化多元系统的现实呼应，而美国文化多元系统却也在不经意之间选择和成就了寒山和寒山诗的文学经典地位。机缘巧合的文学相遇、汉学家的多方合力、禅学大师的禅学铺垫、六画廊诗歌朗诵会的文学史象征、《常春藤评论》的前卫推介、凯鲁亚克的推波助澜、格罗夫出版社的出版推介、斯奈德的本土化重构、文学史家的制度化遴选、目标读者的同气相求，无疑都是那一个时代美国文化多元系统中最生动的文学图景和文化记忆。

第6章　寒山诗的返程之旅及其在始发地文化多元系统中的经典重构

> 出生三十年，常游千万里。
> 行江青草合，入塞红尘起。
> 炼药空求仙，读书兼咏史。
> 今日归寒山，枕流兼洗耳。

——寒山[1]

上一章探讨了各种话语变量是如何合力成就了斯奈德寒山诗英译本在二十世纪五六十年代美国文化多元系统中的经典地位。事实上，凭借当时巨大的社会影响和文学名声，在寒山诗文本旅行的始发地中国，人们也开始对其刮目相看。"常游千万里"的寒山诗终于迎来了"今日归寒山"的返程荣耀之旅。

6.1　旅行与返程

关于旅行（travel）、流散（diaspora）、放逐（exile）和迁移（migration），克里福德说："流散通常预设了距离较远和很像放逐的分

---

[1] 寒山.诗三百三首.彭定求编.全唐诗（第二十三册）.北京：中华书局，1960：9101.

寒山诗：文本旅行与经典建构（修订版）

离状态。"[1] 而流散与旅行之所以不同，在于"它不是暂时的。它牵涉到居留、组成社群、拥有离开故土后的集体等因素——就此而言，它也不同于流亡，后者常以个人为关注中心。"[2] 顾名思义，在克里福德看来，"流散"是长期的，"旅行"是短暂的，而"放逐"是个人行为。这样的解释其实是比较笼统和粗糙的。

从词典的释义来看，"流散"一词多指在巴勒斯坦或现代以色列以外的犹太人（或犹太社区），以及那些原本被地方化了的事物（如民族、语言或文化）的散布或传播，或者是居住在故土之外的一群人。"放逐"指的是那些自愿离开家乡或国家的行为，或者是因为政治原因被当局驱逐出家乡或国家的放逐或流放状态，或者是被迫离开国家或故土而居住在异国他乡的情形。而"迁移"则指从一个国家或地区移动到另一个国家或地区居住或工作；或者指一群人在某一特定时期一起迁移某地；同时也可以指一群动物（尤指鸟或鱼）为觅食或繁殖而从一个地区到另一个地区的周期性迁徙。

究其实质，旅行之所以与流散、放逐或迁移这些特殊位移方式有所区别，就在于旅行有一往一返的循环程式。旅行，从一开始，就预设了"返程"这一重要环节。毕竟，旅行者终将回到始发地，即原来出发时离开的"家"。"家"的存在与旅行者的回归是"旅行"和"旅行者"等旅行概念得以成立的重要前提。关于返家，有论者指出："把它全部带回家无论如何是个辩证性的活动，我们返回的家从未是我们当初所离开的那个家，随我们返家的行李终将永远改变它——我们返家时的记忆、图像、品味和物品的组合将标志着回归的地点。"[3] 很显然，考察文本旅行的过程，除了考察去程的始发地、空间通道和目的地之外，还要考察返程的问题。客观而论，旅行之后文本返家时的"行囊"多少总

---

1 Clifford, J. Routes: *Travel and Translation in the Late Twentieth Century*. Cambridge, Mass. & London: Harvard University Press, 1999: 246.

2 Clifford, J. Routes: *Travel and Translation in the Late Twentieth Century*. Cambridge, Mass. & London: Harvard University Press, 1999: 251.

3 Robertson, G. et al. (eds.). *Travellers' Tales: Narratives of Home and Displacement*. London: Routledge, 1994: 4–5.

第6章　寒山诗的返程之旅及其在始发地文化多元系统中的经典重构

会有些变化。有的因为失败的旅行经验而独自黯然神伤；有的则因为丰硕的旅行收获，而获得"家人"的刮目相看和重新审视，甚至可能会重新迎来经典建构的契机。

从理论旅行的视角来看，始发地文化多元系统中的主流意识形态和诗学传统等制度语境，构成了美国文化学者萨义德所谓的"思想在那里降生或者进入话语体系的"始发地的起始环境。寒山其人扑朔迷离的身世与非正统的文学出身、寒山其诗放荡不羁的形式与通俗浅近的内容，均难见容于追随正统与典雅的主体文化规范，再加之各类赞助人守旧的文学立场，以及通俗文学与宗教文学长期卑微的文学地位等因素，寒山和寒山诗在中国文化多元系统中的语内旅行，似乎从一开始就注定了其坎坷的文学宿命。然而，当寒山和寒山诗挣脱这种现实的政治、社会与文学传统的限制而开始其语际旅行之后，却"意外"地获得了显赫的文学名声与经典身份，甚至还一度进入了东西方文学史与文学选集的宏大叙述，在日、美等国更是掀起了轰轰烈烈的"寒山热"。寒山和寒山诗也正是在这样的历史契机和文学语境下，开启了它姗姗来迟的但却无比荣耀的返家之旅。

当寒山以一个"远游诗神"的身份返回曾经将自己打入文学冷宫的始发地文化多元系统时，对于寒山和寒山诗久违的兴趣与热情奇迹般地被瞬间点燃了，一时间它成了风靡一时的话题人物和关注对象，社会各界重拾早前曾零星出现的"寒学"研究热潮。于是，从民间到官方、从普罗大众到知识精英、从翻译到出版、从学术研究到文旅产品，各行各业都开始发掘其人其诗与自身的关联，"寒学"研究在主体文化多元系统中出现了千年难见的盛景。寒山和寒山诗前所未有地完成了在故国文学史的经典重构，取得了它久违的、梦寐以求的文学史席位。相对于二十世纪六十年代以前几近末路的语内文学景遇，以及机缘巧合、改头换面的语际文学之旅而言，这样的返家之旅对寒山和寒山诗来说，可谓是实至名归的"衣锦荣归"。

在《寒山诗的流传》一文中，钟玲在评论寒山诗在英语世界获得翻译文学经典地位之后的返家之旅时说："寒山诗能在美国日本风行，必然令国人引以为荣,故有寒山之衣锦荣归。"[1]用这句话来描述寒山诗最初回流中国文学史的原因固然没错,但如果要用它来概括寒山诗在故国文学史书写中的经典重构,就未免有些绝对化的嫌疑。实际上,除了这里所提到的"外部影响"之外,中国文化多元系统内部的文学规范的嬗变、学术研究范式的转型以及主体文化规范的历史变迁等各种因素同样不容忽视。事实上,正是这些因素共同塑造了寒山诗在中国文学史中的新的文学角色与经典地位。

6.2 返程之旅与经典重构

在寒山诗因为大陆的"文化大革命"而退出大陆文学史与学术研究视野的时候,在中国香港和台湾地区,寒山诗则因为其在比较文学和比较文化研究中的特殊意义,引发了另一波的"寒山热"。这当然更多的是由于海外,尤其是美国如火如荼的"寒山热"的影响之所及。这种影响,首先在五十年代末的中国香港就有了热烈的反应。

6.2.1 寒山诗在二十世纪六十年代的中国香港

1959年(佛历2503年)由中国香港永久放生会印经处出版发行的据宋本影印的《寒山子诗:拾得诗附》首开先河。不过,当时影响最大的当属1966年11月中国香港著名作家胡菊人在《明报月刊》第1卷第11期上发表的《诗僧寒山的复活》一文。文章发表之时,正值大陆"文化大革命"时期,《明报月刊》为了在大陆之外保留一个延续中国传统文化的地盘,而由中国香港著名作家查良镛(金庸)于1966年在香港创办的一份文学刊物。当时的金庸和他的武侠(历史)小说,以及他在1959年创办的《明报》,在当时的香港报业界已经享有崇高的声

---

[1] 钟玲.寒山诗的流传.文学评论集.台北:时报文化出版事业有限公司,1984:16.

第6章　寒山诗的返程之旅及其在始发地文化多元系统中的经典重构

誉。[1] 所以，发表在《明报月刊》的这篇文章在当时的香港吸引了相当广泛的读者，从而率先在香港掀起了"寒山热"的新一轮波澜，而这"新一轮的波澜"为延续"寒学"研究的命脉以及开创日后"寒学"研究的盛景可谓立下汗马功劳。

胡氏的文章援引美国著名学者和翻译家菲利普·迈雷（Philip Mairet）的话作为楔子："思想经常超越地理界限与岁月期间而流传，一遇到适于它生长的那种气质和情感的人，它就会发芽再生。"[2] 这自然是寒山诗与斯奈德二者关系的潜台词。在第一部分，作者介绍说：

> 近年来，介绍 Beat Generation 的文章已有不少，本无再谈的必要。但笔者由于阅读他们的作品，引起了一探究竟的兴趣，发现了一桩有趣的事情。搜索者虽产生于美国，但他们所推崇的、所奉以为师的、视为精神上之领袖者的，竟然是一位中国人，一位唐朝的诗人，一个诗僧。它就是《唐诗三百首》未入选的寒山子。[3]

胡菊人提醒说，美国的"搜索者"之所以知道寒山子并能够读到他的诗作，是得力于他们中的一位诗人。从后面的文字可以看出，胡菊人对这位诗人——卡里·史廼德（即加里·斯奈德）是非常欣赏的："史廼德是最为美国士林推重的搜索诗人，其人其文都没受过社会认识的任何攻讦，因为他真有学问，真有诚意，他对中日文学的造诣，恐怕很多大学教授汉学家都赶不上他。他所翻译的中文诗作（特别是

---

[1]《明报月刊》初期所刊的文章，属纯学术路线。胡菊人于1967年出任《明报月刊》总编，到1979年离任，前后长达13年。胡菊人将月刊办成了一份综合性的高级学术刊物，在当时的香港这是绝无仅有的。

[2] 胡菊人. 诗僧寒山的复活. 明报月刊（中国香港），1966(1.11): 2.

[3] 胡菊人. 诗僧寒山的复活. 明报月刊（中国香港），1966(1.11): 2.

寒山诗：文本旅行与经典建构（修订版）

寒山诗）出现后，曾使汉学界大为震惊。"[1] 胡氏在介绍了斯奈德的个人经历后总结说："这就是美国二十世纪六十年代的现代寒山了……他之翻译寒山诗，希望他的同道（他是搜索一代的主导人物之一）能藉此有所启发和借镜。"[2]

> 从读者的角度来讲，这样的描述，显然大大提升了唐代诗人寒山与美国现代诗人斯奈德在目标读者中的传奇色彩。这个题材，对于香港人来说，不仅可以丰富他们的文学史修养，更是他们茶余饭后的一个绝佳的消闲谈资。同时，雅俗之争在商业高度发达的香港实在没有多少市场。相反，通俗读物"在香港的阅读市场却占有绝对压倒性的优势"。[3] 所以，寒山传奇以及通俗浅白的寒山诗在香港找到了进入公众与学界视界的最佳入口。

从赞助人的理论视角来看，凭借当时金庸在报业界的影响，以及《明报》出版集团的良好声誉，胡菊人发表在《明报月刊》上的这篇文章，成就了寒山和寒山诗在中国香港地区的文学名声。文章在获得各方关注后，也自然抬升了诗人寒山和长期不入流的寒山诗的文学地位。该文鞭辟入里，从美国"搜索一代"、斯奈德和寒山三方关系入手，详尽探讨了寒山在美国复活的各种社会文化因素。表面上这是在分析寒山诗的跨文化交融的情形，实则这篇文章在当时"对搜索者的行径亦心向往之"的中国香港"新潮青年"中间，相信应该掀起了不小的波澜。而且由于《明报月刊》的学术定位，所以通过这篇文章，学术界亦对寒山和寒山诗生出了无限的兴趣。在特殊时期被中国大陆学术界"雪藏"

---

1 胡菊人. 诗僧寒山的复活. 明报月刊（中国香港），1966(1.11): 4.
2 胡菊人. 诗僧寒山的复活. 明报月刊（中国香港），1966(1.11): 4.
3 陈硕. 经典制造：金庸研究的文化政治. 桂林：广西师范大学出版社，2004: 70–71.

第6章 寒山诗的返程之旅及其在始发地文化多元系统中的经典重构

的寒山诗在政治环境相对宽松的中国香港于是再度遇故知,从而"再度复活",成为当时媒体与学界最热门的话题之一。中国香港和台湾地区也以此为起点掀起了"寒山热"的第二波。

值得注意的是,中国香港和台湾地区"寒山热"的真正热源却不在香港,原因可能是因为香港社会的商业性质,使得人们对没有功利导向同时还是宣扬出世的寒山思想并不太以为然,所以寒山诗的读者多限于学术界。在普罗大众眼里,它至多只是一种精神生活的风向标和饭后谫论的谈资而已。当然,必须承认,当"文化大革命"的喧嚣退却之时,中国大陆之所以能很快重拾寒山与寒山诗的研究兴趣,在很大程度上应归功中国香港和台湾地区这一时期的研究成果。在胡菊人发表《诗僧寒山的复活》一文之后的第35年,即2001年,中国香港地区还出现了第一本以寒山诗为论题的论文。论文题目为《寒山诗的英译:一种文化取向》(*The Poetry of Han-shan in English: A Cultural Approach*)。此论文为香港大学哲学硕士比较文学方向论文,共140页。作者为冯陈善奇(Shin-kei Sydney Fung Chan)。

6.2.2 寒山诗在二十世纪六七十年代的台湾地区

继胡菊人发表《诗僧寒山的复活》之后,寒山和寒山诗在台湾地区却赢得了远胜于中国香港的研究关注。当然这一方面是因为台湾地区六七十年代的文艺政策的导向,相对于保守与封锁的五十年代的"反共文学"而言,自由的额度大大增加了。尤其在经历了高压的文艺政策之后,人们对于自由与民主空气的向往是不言而喻的。所以寒山的形象以及寒山诗所投射出的精神自由和不羁作风,在台湾地区读者群中引起了不小的共鸣。其次,当然是因为海外寒山热的回流以及台湾地区并未遭遇"文化大革命"冲击的缘故。一时间,台湾地区成了寒山和寒山诗的研究重镇。

1967年,台北的台湾商务印书馆出版了据1936年上海商务印书馆缩印建德周氏影宋本影印的《寒山子诗:附拾得诗》。事实上,胡菊人的《诗僧寒山的复活》在当时中国香港和台湾地区的影响是非常深远的。

寒山诗：文本旅行与经典建构（修订版）

它大大引起了当时还身处台湾地区的钟玲的极大兴趣。后者的《寒山在东方和西方文学界的地位》于1970年3月在台湾地区的《中央日报》副刊发表。钟玲从《寒山在三个传统里所受的接纳》《何以寒山诗在三个传统里有不同的反应》以及《寒山与现代文学》三方面阐释了国际文坛上特殊的"寒山现象"。文章主要是从社会文化的大背景切入的，如诗学传统和宗教文化等。文章开篇即慨叹道："中国唐代诗人寒山在国际文坛上，是一个突出的特例。"[1] 随后作者简略综述了寒山在东西方文学界的传布与接受等情况。在文章结尾，作者说：

> 诗人寒山，在"寒山"这个象征里，与自我结合了；而寒山认为，世人也能通过"寒山"与他们自己的真我结合；在二十世纪的实际生活里，通过"寒山"这个象征，西方人多多少少结识了一位东方诗人，多了解了一点东方世界。[2]

钟玲的文章在台湾地区引起了极大的反响与回应。就如钟玲自己所言："这篇文章引起的反应倒是出乎我意料。'中央副刊'（台湾地区《中央日报》副刊）接着登出了很多篇文学界人士论寒山的文章。"[3]

同年（1970）7月，由台北的文峰出版社出版的《寒山诗集：附丰干、楚石、拾得、石树原诗》一书，将钟玲的这篇文章全文收录。该书同时收录了台湾地区学者陈鼎环的《寒山子的禅境与诗情》一文。陈氏的文章从"仙风道骨一哲人""迥异百家的抒情诗""寒山在中日之不同反应原因"及"嬉皮运动之内层外层"等几个方面，分析了寒山的禅境

---

[1] 钟玲.寒山在东方和西方文学界的地位.唐三圣二和原者.寒山诗集:附丰干、楚石、拾得、石树原诗.台北:文峰出版社，1970:1.

[2] 钟玲.寒山在东方和西方文学界的地位.唐三圣二和原者.寒山诗集:附丰干、楚石、拾得、石树原诗.台北:文峰出版社，1970:19-20.

[3] 钟玲.寒山诗的流传.文学评论集.台北:时报文化出版事业有限公司，1984:15.

第6章　寒山诗的返程之旅及其在始发地文化多元系统中的经典重构

和寒山诗的艺术成就及其在国际文坛上的接受。[1] 文章在"引言"部分满怀深情地写道：

> 笔者平生喜爱寒山子的若干诗作，尤其欣赏寒山子的玄学修养，以及透过这深湛的玄学修养所流出的迥异百家的诗品——中国文化史上最圆满地结合玄理与诗情的伟大诗哲，使得一位隐姓埋名抛尘弃俗的人竟能留下如许奇特诗篇于尘俗的社会，而且震其雅号寒山两字于国际文坛及思潮于千载之下，反观多少费尽心思想留名千古的人，却早已连名带姓抱着作品整个地冲到历史阴沟里去了。[2]

这两篇文章无疑都在向公众昭示着寒山诗显赫的国际地位以及不公正的、声势薄弱的国内待遇。后者将寒山地位提升至"伟大诗哲"的做法，则显然是为寒山在台湾地区学界的经典化造势。实际上，这二人的文章以及这部《寒山诗集》连同1970年台湾地区学者赵滋蕃的多篇寒山研究专论和台湾地区学者黄山轩的《寒山诗笺注》，共同开启了台湾地区寒山研究的先声。

台湾地区著名学者赵滋蕃在1970年发表的一系列寒山和寒山诗研究专论在当时寒学研究领域中有相当重要的分量。就目前所见，其寒学研究成果包括一本编著和三篇单论：《寒山的时代精神》（台北：这一代出版社，1970）、《寒山子其人其诗》（《中央日报》，1970年3月30日至4月3日）、《影印〈寒山子集〉缘起》（《青年战士报》，1970年4月12

---

[1] 陈鼎环认为寒山诗中无字不是禅的说法遭到孙旗的反驳。后者认为：如依寒山的本然来说，这也不是什么禅！我们却不可据此而论寒山对禅的修养如何如何。孙旗甚至对胡适"寒山拾得便成了能谈禅机、说话头的禅师了"一说也反驳说，那也不过是口头禅的一类而已。参见孙旗.寒山与西皮.台中：普天出版社，1974：17.

[2] 陈鼎环.寒山子的禅境与诗情.唐三圣二和原者.寒山诗集：附丰干、楚石、拾得、石树原诗.台北：文峰出版社，1970：21.

寒山诗：文本旅行与经典建构（修订版）

日）和《寒山诗评估》(《文艺月刊》第 12 期，1970 年 6 月)。这些文章从不同的视角较为详实地阐释了寒山诗的诗学特点，对于其后台湾地区的寒山诗研究具有极大的影响。很多的文章和专著都纷纷以他的某些观点作为立论入口，或针锋相对，或锦上添花，从而在台湾地区寒山诗研究的百花园中结出了一个又一个的丰硕果实。

在《寒山子其人其诗》一文中，赵滋蕃说：

> 本人将以客观分析的态度，谨慎的组织见诸载籍的传闻材料，并大量起用寒山诗中自叙身世的传记材料，初步了解寒山身世之谜。并用现代精神分析学，透视它的个性、生活态度、生活环境与交游，藉以再生寒山的真面目和真精神，消除美国西皮（嬉皮）们对寒山的误解。[1]

作者在文中感慨："读其诗，想见其人，兼及其时代背景与精神气候，不独是文学史家地分内事、也是文学批评家分内事。"[2] 在对寒山诗进行了整体的关照后他"诊断"说："寒山具有轻度的歇斯底里亚或迷狂症（hysteria），大致不成问题。"[3] 其结论主要是据他对所谓的寒山自叙诗的考证得出的。作者认为："他（寒山）的生活态度永远跟生活环境发生冲突，他的心理损失潜伏期甚久……这种强烈对比下产生歇斯底里亚，是完全可以理解的。"[4] 然而台湾地区学者孙旗对赵滋蕃的心理分析方法却不以为然。认为赵用所谓的"自叙诗"和《景德传灯录》中的某个故事来证明寒山有"歇斯的里亚"完全是出于无知。因为"创作是虚构的，可以有第三人称的写法，不必一定真有其人真有其事的"。[5] 因此，

---

[1] 赵滋蕃．寒山子其人其诗．孙旗．寒山与西皮．台中：普天出版社，1974：112.
[2] 赵滋蕃．寒山子其人其诗．孙旗．寒山与西皮．台中：普天出版社，1974：112.
[3] 赵滋蕃．寒山子其人其诗．孙旗．寒山与西皮．台中：普天出版社，1974：124.
[4] 赵滋蕃．寒山子其人其诗．孙旗．寒山与西皮．台中：普天出版社，1974：133.
[5] 孙旗．寒山与西皮．台中：普天出版社，1974：3.

第6章　寒山诗的返程之旅及其在始发地文化多元系统中的经典重构

孙旗认为赵滋蕃的结论纯粹是出诸臆断。这一来一往，一正一反的交锋，显然有利于促进寒山研究在台湾地区学界的进一步深化和寒山诗经典性的沿袭。

在《寒山诗评估》一文中，赵滋蕃对寒山诗的评价是：

> 他的诗，通过个性，走向自我和内心世界，故梦境与禅境交融；而非通过格律，走向传统和庸俗。他在艺术上洋溢着反抗精神。他写的诗是活生生的，具有野生力量的诗；清新而明朗，是它们的优异处。旷放而缺乏艺术的圆熟，是它们的缺点。[1]

这样的评价大抵是不错的。不过如果将"旷放而缺乏艺术的圆熟"作为寒山诗的缺点也许是一种误解，这其实也正是寒山诗作者张扬反抗个性与不入世浊的一种有力表现。对于寒山诗不设诗题的做法，赵滋蕃给予了积极的评价，并认为这使得他的诗思得到彻底自由的契机。赵滋蕃甚至拿这一点与波斯诗人伽亚谟的《鲁拜集》的写作风格类比。赵认为这种风格"一方面把格律诗所订下的律法摧陷廓清；一方面却在蜂腰、鹤膝、平仄、韵律这些猴儿戏之外，再生了部分诗的生命，且充分凸出了诗人的反抗个性"。[2] 对于寒山诗中那些叙事成分较重的诗，赵指出："在十三个世纪以前，我国的文学史上出现过这么纯粹的故事诗，不独是我们文学史上一件大事，在世界文学史上也有其真意义和真价值。"这种说法大致是沿袭了五四时期对于寒山诗价值的认识。但赵同时指出，寒山诗的情形亦是参差不齐："有些诗，表现优异；有些诗，表现相当蹩脚。就整体观察而言，他的诗呈哑铃状态分布。"[3] 赵尤其提到寒山诗中的劝世诗就算不得是什么好诗。这样的评价显然与前面提

1　赵滋蕃. 寒山子其人其诗. 孙旗. 寒山与西皮. 台中：普天出版社，1974：139–140.
2　赵滋蕃. 寒山子其人其诗. 孙旗. 寒山与西皮. 台中：普天出版社，1974：144.
3　赵滋蕃. 寒山子其人其诗. 孙旗. 寒山与西皮. 台中：普天出版社，1974：157.

寒山诗：文本旅行与经典建构（修订版）

及的故事诗的重要价值有前后矛盾之嫌。不过，正是基于这种早期对于寒山诗的认识，催生了台湾地区学界关于寒山诗后来的一系列洞见。

除了再版的《寒山诗集：附丰干、楚石、拾得、石树原诗》（台北：汉声出版社，1971）之外，七十年代台湾地区寒山诗研究的重要成果还包括：黄山轩的《寒山诗笺注》（新竹：善言文摘社，1970）和曾普信的《寒山诗解》（花莲：华光书局，1971）。这两个注本以专著的形式对寒山诗进行了较为全面的爬梳与注解。此外，1972年至1973年，台湾地区学者胡钝俞主编的《中国诗季刊》连续刊出四期的"寒山诗专号"。专号所发表的一系列文章和诗作更是将寒山和寒山诗研究的热情推向了新高。

1974年，台湾地区学者陈慧剑的寒山研究力作《寒山子研究》由台湾华新出版社初版。该书是台湾地区寒山研究的集大成者。内容详实、考订周密是该书的最大特点。陈慧剑除了对寒山的身世进行考证外，对于寒山诗的思想与内容也有深入细致的阐述和分类。在寒山诗研究领域，该书具有极大的影响力。1978年该书由台北的天华出版公司再版，1984年和1989年则由台湾东大图书有限公司再版发行。此外，七十年代台湾地区颇具影响的寒山研究专著还包括孙旗的《寒山与西皮》（台中：普天出版社，1974）、程兆熊的《寒山子与寒山诗：从寒山子诗中看寒山子之身世》（台北：大林出版社，1976?）以及《寒山子与寒山诗》（台北：大林出版社，1977/1984）。

值得一提的是，除了出版界和学术界对于寒山诗的兴趣之外，七十年代的寒山研究也成为台湾大学中研究生的重要研究课题。例如卓安其的硕士论文《寒山子其人及其诗之笺注校订》（文化大学硕士论文，1971），这是中国境内第一本以寒山和寒山诗为研究对象的学院论文。它标志着"寒学"研究开始进入一向比较传统的学院派的研究视野。1971年，这本硕士论文由台北的天一出版社正式出版。1977年则紧接着出现了第二本寒山研究的硕士论文：沈美玉《寒山诗研究》（文化大学硕士论文，1977）。大学的关注与研究更令寒山诗在台湾地区的经典化成为无可争辩的事实。

第6章 寒山诗的返程之旅及其在始发地文化多元系统中的经典重构

6.2.3 寒山诗在二十世纪八十年代后的台湾地区

如果说"寒学"研究在七十年代的台湾地区是硕果累累,当然一点也不过分。不过,"寒学"研究在台湾地区并没有因为这种盛景而止步不前。八十年代台湾地区的"寒学"研究依然高热不退。1980 年,台北的新文丰出版公司就出版了台湾地区学者黄博仁的《寒山及其诗》。该书的独特视角与新颖见解再次催生了台湾地区学界寒山诗研究的一大批优秀成果。随后李重庆《寒山及其诗研究》(伟智公司,1982)、杨梓铭《永恒之山——寒山子之研究》(毘勉出版社,1982)、《寒山子与寒山诗研究》(新竹:善言文摘社,1985)等专著纷纷问世。此外,1985 年台北的商务印书馆还出版了据台北故宫博物院所藏文渊阁四库全书影印的《寒山诗集附丰干拾得诗》。

最值得一提的是,1982 年,台湾地区的天一出版社将 1966 年至 1980 年以来中国大陆以外地区的"寒山热"成果,辑文三百余万字,编为七册,定名为《寒山子传记资料》出版发行。收录的文章编为"寒山研究""寒山诗之哲理""寒山诗评估"与"有关寒山研究之论著及馆藏"等几大专题。这七册的传记资料是台湾地区首度如此大量收辑寒山资料的唯一专集,它的问世无疑是前期寒山热研究成果的一次集体展示与总结。至于其学术成就,有论者认为:"钟玲与陈慧剑对于寒山之研究,是大陆以外地区,三百余万字的《寒山子传记资料》中,最耀眼的成就。"[1] 当然,毋庸讳言,如此大量的专辑出版,显示了寒山诗的经典力量与不容忽视的诗歌魅力,以及一致公认的"寒学"研究成果的保存价值。

此外,这一时期的"寒学"研究也出现在台湾地区研究生的研究选题里。如赵芳艺的《寒山子诗语法研究》(东海大学硕士论文,1989)等。与这本硕士论文同年出版的还有据择是居丛书本影印的《寒山子诗集》(台北:新文丰出版公司,1989)。到此为止,台湾地区的"寒

---

[1] 叶珠红. 1962—1980 年大陆以外地区之寒山研究概况. 寒山诗集论丛. 台北: 秀威信息科技股份有限公司,2006:95.

寒山诗：文本旅行与经典建构（修订版）

学"研究进入空前的鼎盛时期，这种研究热情一时真有点让人目不暇接甚至窒热扑面的味道。

二十世纪末及二十一世纪初，台湾地区的"寒学"研究继续昂首前行。不过，与前期的狂热相比，这一时期的研究相对而言要冷淡许多。主要研究成果也仅限于对前期"寒学"研究的总结与深化，其主要形式是寒山诗校注和寒山研究资料的整理。如台湾地区学者李谊的《禅家寒山诗注：附拾得诗》（台北：正中书局，1992）以及台湾中兴大学叶珠红的硕士论文《寒山子资料考辨》（台湾中兴大学硕士论文，1992），其后是1997年由高雄能净协会出版的《了凡四训等历代祖师推介要文合刊》。《合刊》收录了《寒山诗》《老子》《华严经净行品》和《集录历代祖师推介要文》共四种。值得注意的是，《合刊》首次将寒山归作祖师级的重要人物，这对于持续树立寒山和寒山诗在宗教文学界的经典地位无疑具有重要的意义。

此外，由于学术界"寒学"研究的影响，在台湾地区通俗小说界，人们对寒山也萌生了极大的好感。在二十世纪九十年代的台湾地区便出现了两本以寒山作为题材的全新小说版寒山系列：薛家柱的《隐逸寒岩性自真：寒山大师传》（高雄县大树乡：佛光出版社，1995）和林淑玟的《风狂三圣僧：寒山拾得丰干》（台北：法鼓文化事业股份有限公司，1997）。前者属中国佛教高僧全集之八和佛光史传丛书系列，而后者被归为高僧小说系列之二十五。这两本小说在娱乐之外，也颇有学术意味。

薛家柱在卷首语对寒山的身世以及寒山诗的传布与接受有一个比较详尽的综述。作者指出："寒山，又称寒山子，是唐代著名的白话诗人，亦为禅宗一代高僧，他不只闻名中国，在日本、美国也享有极高的声誉。"[1] 在卷首语末，作者指出此书的参考篇目为徐光大的《寒山拾得和他们的诗》、钟玲的《寒山在东方和西方文学界的地位》以及陈鼎环的《寒山子的禅境与诗情》。在该书的"后记"中，作者提到其写作动机时说：

---

1 薛家柱.隐逸寒岩性自真：寒山大师传.高雄县大树乡：佛光出版社，1995：1.

第 6 章　寒山诗的返程之旅及其在始发地文化多元系统中的经典重构

一九八八年秋天，北京电影学院音像出版社约我创作一部八集电视连续剧：《寒山》……我这才知道从一九五八年开始美国大学校园中掀起了一股"寒山热"……外国人都如此热衷寒山，在现代的中国却受冷遇，这对这位一代高僧来说，实在太不公平了。正在这时，台湾佛光出版社拟出版一套《中国佛教高僧全集》……巧的是：寒山大师恰恰已列入拟写的一百位高僧名单当中。[1]

而在另一本高僧小说《风狂三圣僧：寒山拾得丰干》的"总序"中，序者圣严提到该套丛书的出版动机时说：

我们的法鼓文化事业股份有限公司，为了使得故典的原文很容易地被现代的读者接受，尤其容易让青少年们喜爱，而从高僧传记之中，分享到他们的智慧及慈悲，所以经过两年多的策划运作，推出一套《高僧小说系列》的丛书，选出四十位高僧的传记，邀请到当代老、中、青三代的儿童文学作家群，根据史传资料，用他们的生花妙笔、丰富的感情、敏锐的想象，加上电影蒙太奇的剪接技巧，以现代小说的形式，生动活泼地呈现到读者的面前……这套丛书的主要对象是青少年，但它是属于一切人的，是超越于年龄层次的佛教读物。[2]

由于是面对青少年读者，小说也配了大量的插图。插图的运用无疑是为了亲近青少年读者，同时也是为了增加小说人物与事件的真实性及可信度，从而使寒山在青少年读者那里成为一个真实可感的存在。

1　薛家柱. 隐逸寒岩性自真：寒山大师传. 高雄县大树乡：佛光出版社，1995：268-269.

2　圣严. 高僧小说系列：总序. 载林淑玟著、刘建志绘. 风狂三圣僧：寒山拾得丰干. 台北：法鼓文化事业股份有限公司，1997.

寒山诗：文本旅行与经典建构（修订版）

显然，采用小说这种形式，使得寒山的形象和寒山诗的意髓更加深入人心，尤其是让青少年读者也开始认识和了解寒山及寒山诗。这对于寒山诗的经典化无疑具有更为重要的意义，其经典性也将由此得以最大限度地延传。

新世纪出版的台湾地区的"寒学"研究专著包括：曾普信《人生的珠玑：寒山诗解》（台北：福版腾图书公司，2004）、叶珠红《寒山诗集校考》（台北：文史哲出版社，2005）、叶珠红《寒山资料考辨》（台北：秀威信息科技股份有限公司，2005）、叶珠红《寒山资料类编》（台北：秀威信息科技股份有限公司，2005）以及叶珠红《寒山诗集论丛》（台北：秀威信息科技股份有限公司，2006）。

客观地说，叶珠红的这四部著述无论在深度还是广度上都是台湾地区迄今为止最优秀的"寒学"研究专著。《寒山诗集校考》是在作者硕士论文《寒山子资料考辨》的基础上修订而成的。前半部分是"寒山诗集校考"，收罗了寒山诗集的最佳新编排以及各种版本的异文和错谬字的考订。后半部分是"寒山诗集版本校后记"，辑有版本说明、异文比较和各种同系统版本间的异文比较。其所涉及的版本包括：《四部丛刊》景天禄琳琅宋刻本、《四部丛刊》景高丽本、朝鲜本、永乐大典本、明刊白口八行本、明嘉靖四年天台国清寺道会刊本、四库全书本、日本宫内厅书陵部本和全唐诗本。内容详实周密，颇见考证功底，是一部难得的"寒学"研究力作。

《寒山资料考辨》是以叶珠红的硕士论文为底本，两年内三度删改，同时增补两个附录："《天禄琳琅》续编《寒山子诗一卷附丰干拾得诗一卷》校以《永乐大典》本《寒山拾得》之异文"和"寒山诗版本影"。全书共分六章："绪论""寒山子生年浅探""寒山传说考辨""《永乐大典》本《寒山诗集》考辨""大典本与《天禄》宋本《寒山子诗集》之比较"及"结论"。考证周密、内容详尽仍然是该书特色。其中不乏洞见，甚至某些说法还发前人之未发，具有良好的学术价值和史料价值。

第6章　寒山诗的返程之旅及其在始发地文化多元系统中的经典重构

而叶珠红的《寒山资料类编》一书，则是各种有关寒山资料的汇编。类编分"文本资料""事迹资料""拟和资料"及"诗话资料"四大专题。内容详尽周全，同属难得的"寒学"研究参考资料，对于寒山诗研究者具有非常重要的参考价值。《寒山诗集论丛》收录了作者近年所撰的11篇"寒学"研究论文，其中包括《寒山诗集》版本问题的探究、寒山异名考、历代释僧文人心目中的寒山、1962—1980年大陆以外地区之寒山研究概况、近人对《寒山诗集》之误读与错会、谈"风人体""天台三圣"传说与"四睡图"等。文末附有11幅中日历代画家所绘的寒山、拾得及丰干画像。对于这本书的学术评价，台湾中兴大学中文系李建崑教授指出："这本书是台湾地区少数寒山研究最新的力作，本书之出版，肯定会引发海内外寒山研究者的瞩目与对话。"[1]

纵观中国香港和台湾地区40年的"寒学"研究历程，我们看到了从出版界到学术界、小说界以及普通读者在寒山诗经典化建构中的积极而广泛的参与，"寒学"研究在各大领域均取得不俗成绩。关于文学经典的建构，许多学者都提到说，文本之所以能成为经典，其实是因为它能满足文化权力者的要求和欲望。学术界和出版界无疑正是拥有文化权力并同时可以主导主流诗学风向标的其中一员。因此，我们完全可以说，学术界和出版界正是将寒山诗在中国香港和台湾地区经典化的有力成就者。实际上，学术界持久深入的考订与探讨、出版界相辅相成的出版与再版、通俗小说界妙笔生花的阐释与演绎，目标读者群前所未有的阅读热情，共同构筑了一个和谐的话语场，它使得寒山诗的研究在中国香港和台湾地区，尤其是在台湾地区获得了空前的成功，也取得了前所未有的成就。

---

[1] 李建崑.序.叶珠红.寒山诗集论丛.台北：秀威信息科技股份有限公司，2006：iv.

6.2.4　寒山诗在二十世纪八十年代后的中国大陆

如前所述，日本、美国对于寒山的狂热，使得寒山诗再次漂洋过海后回归故里，从而戏剧性地在自己的故土也变得风靡起来。这股热流首先在中国香港和台湾地区的学术界初露锋芒。从六十年代开始，寒山和寒山诗就在这两个地区获得了巨大的文学名声和显赫的文学地位。无论是学术研究还是文学史教学，寒山和寒山诗都成为当时一个无法回避的主题。而同一时期的中国大陆，尽管在六十年代前夕，间或还有"寒学"研究的相关文章和论著问世，然而因为主流意识形态的"文艺为政治服务"和"文艺为工农兵服务"的文艺政策，文学史书写转而集中体现时代特征的"赵树理方向"和"柳青方向"，因此自然地就中断了对于寒山和寒山诗的研究进程。寒山诗也因此退出了大陆学界的关注视野。不过，"寒学"研究的命脉却因为中国香港和台湾地区当时如火如荼的"寒学"研究热潮而得以延续。因此，中国香港和台湾地区对于"寒学"研究的意义是无比深远的。无论其丰硕的研究成果，还是保存和延续"寒学"的研究命脉，都功莫大焉。

1. 二十世纪八十年代中国大陆的"寒学"研究

七十年代末，随着政治上的拨乱反正和思想解放，大陆的学术研究领域也重新赢来了宽松和活跃的学术环境。对于寒山和寒山诗的研究也逐渐起步。1980年，王运熙与杨明在《中华文史论丛》第四期上发表《寒山子诗歌的创作年代》一文。1981年，该文又收入王运熙所著的《汉魏六朝唐代文学论丛》一书。诚如罗时进所说："这是继余嘉锡《辨证》后的又一篇深入扎实的考论。"[1] 文章从诗体上将寒山诗分为两大类，发现寒山诗与贞观以至高宗前期甚至整个初唐时期的诗歌特点并不相符，"因为他绝不可能在醉心形式的宫廷诗人们还没有正式建立起律诗体制的时候，就写出许多合乎粘对规则的五言律诗来。……他的诗必

1　罗时进. 唐诗演进论. 南京：江苏教育出版社，2001：111.

第6章　寒山诗的返程之旅及其在始发地文化多元系统中的经典重构

定产生在律诗体制已经相当普及之后"。[1] 文章从诗体角度有力地补证了余嘉锡有关闾序为伪作以及寒山身世"大历说"的考证结果。事实上，这篇文章重拾 1958 年余嘉锡寒山研究的既有成果，并在其基础上补充和丰富之。因此，它在"文化大革命"后的寒山诗研究中具有承上启下的重要作用。

1980 年，关于"寒学"的研究论文还有李敬一的《寒山子和他的诗》。作者对寒山诗的思想内容和艺术特色进行了分析，并认为这对于批判继承古典诗歌遗产、探索我国新诗发展的道路、以至中外文化交流，应该说都是有意义的。[2] 1982 年，钱学烈所作的"寒学"研究的硕士论文《寒山诗语言研究》（中国人民大学，硕士论文）也采用了语言分析的路数。正如作者所说，在当时，"这还是个冷门课题"[3]。1983 年，钱学烈发表在《语言教学与研究》上的《寒山诗语法初探》以及 1984 年发表在《语文研究》上的《寒山诗韵部研究》继续深入探讨了寒山诗的语言与形式特征。

1983 年，李振杰发表《寒山和他的诗》一文，作者根据以《寒山子诗集序》和留存的寒山诗所述及的内容，对寒山的身世进行了推测和考订后指出："人们习惯把寒山看作是一位诗僧，实际上他不过是一个笃信佛教的隐士。他的思想很复杂，除了佛教思想外，还有道家、儒家思想。"[4] 1984 年，王进珊的《谈寒山拾得》（《中华文史论丛》1984 年第 1 期）一文也大致沿袭了上文的研究路数，从寒山诗的内容入手，对寒山身世进行分析与概括。而著名学者施蛰存于 1984 年 10 月写成的《寒山子：诗十一首》（载《唐诗百话》，上海古籍出版社，1987）也在

1　王运熙. 寒山子诗歌的创作年代. 汉魏六朝唐代文学论丛. 上海：上海古籍出版社，1981：217.

2　李敬一. 寒山子和他的诗. 江汉论坛，1980（1）：97–103.

3　钱学烈. 寒山诗的流传与研究. 中国社会科学院研究生院学报，1998（3）：59.

4　李振杰. 寒山和他的诗. 文学评论，1983（6）：96.

寒山诗：文本旅行与经典建构（修订版）

简单梳理了寒山身世与寒山诗的流传版本后，对寒山的 11 首诗作进行内容方面的观照，并分析指出寒山诗的儒、佛、道思想以及寒山诗"风人体"的创作手法和寒山的诗论思想等。作者认为寒山诗应是中唐时期一位"隐名文士"的作品。1985 年，钟文的《关于寒山子的生平及其作品》(《汕头大学学报》，1985 年第 2 期)也沿袭了同样的内容分析的研究方法。

1986 年，著名宗教期刊《法音》第 3 期登载了一则短讯：

> 我国唐代诗僧寒山大师的诗作全集首次在西方世界翻译出版。寒山在我国和日本享誉已垂一千三百年。在这本名为"不食人间烟火之人"的书中，译者卡瑞将寒山的三百一十一首短诗全数译成法文，并附有序言和评论。寒山是位云游四方的智者，不以世俗财富欲望为念。一九五〇年代美国战后漂泊的年轻人特别尊崇寒山，认为他足以代表他们的理想。美国作家克鲁亚克并于一九五八年将其小说"达摩浪子"献给寒山致敬。美国诗人施耐德在一九五六年将近二十首寒山诗作译为英文。另一本二十五首寒山短诗的法文译本则在一九七五年出版。[1]

虽然所述内容并不是很准确，但它却在一定程度上激励了国内的寒山诗研究者并带动了他们对于苏州寒山寺的研究兴趣。

1980 年，台北明文书局初版的著名文献学家叶昌炽编撰的《寒山寺志》于 1986 年由江苏古籍出版社在大陆印行出版。1990 年 1 月，江苏古籍出版社还出版了由苏州古吴轩出版社总编张维明修订的《寒山寺志》(修订本)。这两本寺志对于"寒学"研究而言，不失为重要的参考资料。此外，这一时期还出现了数篇探讨寒山寺大钟、楹联以及作为风景名胜的寒山寺的规划与设计方面的文章。

从语言形式到诗歌内容，再到对寒山寺的研究与规划，八十年代的

---

[1] 寒山诗集译成外文全集已在巴黎出版.法音，1986（3）：54.

第 6 章 寒山诗的返程之旅及其在始发地文化多元系统中的经典重构

"寒学"研究基本上走的就是这样一条研究路子。对作为旅游景点的寒山寺的关注与考证,反过来又促进了寒山和寒山诗的学术研究,二者可谓相得益彰。诗人寒山传说中所栖居的浙江省天台县在 1989 年 5 月成立了天台山文化研究会,一同致力于寒山和寒山诗的相关研究。

2. 二十世纪九十年代中国大陆的"寒学"研究

1990 年,由南京博物院主办、海内外公开发行的《东南文化》为天台山文化研究会的研究成果专门出了一期《天台山文化专号》(1990 年第 6 期,总第 82 期)。许多著名学者如任继愈、罗元贞、许杰都纷纷为该专号题词致庆。《专号》所发表的有关"寒学"研究的 7 篇专论和 1 篇短论 [包括:《论寒山子思想和诗风》(徐光大)、《寒山子诗歌的流传与影响》(徐三见)、《谈拾得的诗》(徐光大)、《寒山子解说》(大田悌藏作,曹潜译)、《寒山子诗韵试析》(朱汝略)、《寒山子生平新探》(连晓鸣、周琦)、《苏州大学喜逢"寒山热"》(丁锡贤)]对于当时中国大陆的"寒学"研究,起到了非常积极的推动作用。

在学者们与天台县政府的推动下,1993 年 6 月 3 日至 6 日,由浙江台州地区文化局、天台县人民政府、天台山文化研究会、中国社会科学院世界宗教研究所、亚洲太平洋研究所、中国佛教文化研究所联袂发起的"首届中国天台山文化学术研讨会"在天台县召开,会议主题为"天台山文化在国内外的传播及其影响"。近 80 名学者参加了这次会议,共收到论文 53 篇。在这次会议上,学者们就寒山与寒山诗再次展开了热烈的研讨,寒山和寒山诗研究也因此成为大会的核心主题之一。1994 年《东南文化》第 2 期就登载了提交给这次学术研讨会的数篇"寒学"研究的优秀大会论文。其中 3 篇探讨寒山身世(《试论寒山子的生活年代》(连晓鸣、周琦)、《寒山子身世考》(严振非)、《泛论寒山——兼与寒山"大历说"者商榷》(俞朝卿));一篇讨论寒山墓塔 [《关于寒山子墓塔的探讨》(陈熙、陈兵香)];还有一篇《寒山子研究概述》(丁苗)总结了 1989 年以来的寒山研究成果。这 5 篇文章比较全面地介绍了当时"寒学"研究的最新成果。

257

寒山诗：文本旅行与经典建构（修订版）

1997 年 9 月 16 日至 18 日，由中国社会科学院世界宗教研究所、天台县人民政府与天台山文化研究会组织发起的"第二届中国天台山文化学术研讨会"再度于天台县举行，80 余名专家学者与会，会议主题为"天台宗与东亚文化"，共收论文 51 篇。其中，寒山和寒山诗研究仍然是大会重要议题之一。有学者将寒山诗的韵作了分析，认为寒山子的诗是百分之百押韵的，寒山子是实实在在的读书人；也有学者认为寒山子既非道士，也非僧人，称其为隐逸诗人较为实际；也有学者对美国的寒山热等情况做了介绍。会议论文集刊登在《东南文化》1997 年增刊上。

这两次由学术界、地方政府与民间学术团体联袂组织的专题学术会议，在很大程度上促成了寒山和寒山诗研究的进一步深化，同时标志着"寒学"研究已经日渐国际化。诚如罗时进所言：尽管还有相当多的疑问困扰国内的学者们，但"寒学"研究毕竟已经启动，并已形成了一定的气候，许多繁冗复杂以至真幻莫辨的问题将会激发起人们的研究兴趣，从而使"寒山学"进入一个新的阶段。[1]

1990 年，探讨寒山和寒山诗在东西方影响的文章仅有徐三见的《寒山子诗歌的流传与影响》和王庆云的《论寒山诗及其在东西方的影响》。这两篇文章对于寒山诗影响的研究是在据胡菊人和钟玲的评述的基础上完成的。二人的介绍实际上是想引起中国大陆学界对于"寒学"研究的重视，因为"当着中国大陆的学术研究趋于正常气候的时期到来之后，海外的寒山热却渐趋降温了。就这样，在大陆的学术界多不曾知道海外有过那样的寒山热"。[2] 王庆云认为："国际性文化现象的背后毕竟有着复杂的原因。同时寒山与寒山诗更有着至今也未为我们所认知的更为深广的文化内涵和强烈的艺术魅力，我们实在有对其重

---

[1] 罗时进. 唐诗演进论. 南京：江苏教育出版社，2001：99.
[2] 王庆云. 论寒山诗及其在东西方的影响. 烟台师范学院学报（哲社版），1990（1）：56.

第6章　寒山诗的返程之旅及其在始发地文化多元系统中的经典重构

新审视、进一步把握的必要。"[1] 王庆云的文章对于寒山诗的海外影响未免有所低估，但却在某种程度上起到了警示和推动寒山诗海外研究的作用。

客观而论，二十世纪九十年代的"寒学"研究呈现"多元"与"开放"的研究格局。归纳起来，大致有以下7个方面的研究路径：

（1）语言研究。如钱学烈《从王梵志诗和寒山诗看助词"了""着""得"的虚化》（载《深圳大学学报》1993年第2期）；钱学烈《寒山子年代的再考证》（载《深圳大学学报》1998年第2期）。

（2）影响研究。如：陈耀东《寒山诗之被"引""拟""和"——寒山诗在禅林、文坛中的影响及其版本研究》（载《吉首大学学报》1994年第2期）。

（3）佚诗补遗。如：陈耀东《寒山、拾得佚诗拾遗》（载《文学遗产》1995年第5期）。

（4）版本研究。如：陈耀东《日本国庋藏〈寒山诗集〉闻知录——〈寒山诗集〉版本研究之四》（载《浙江师大学报》1995年第5期）；段晓春《〈寒山子诗集〉版本研究匡补》（载《图书馆论坛》1996年第1期）；陈耀东《寒山子诗结集新探——〈寒山诗集〉版本研究之一》（载《浙江师范大学学报》1997年第1期）；钟仕伦《永乐大典本〈寒山诗集〉论考》（载《四川大学学报》2000年第5期）。

（5）比较研究。如：陆永峰《王梵志诗、寒山诗比较研究》（载《四川大学学报》1999年第1期）；胡缨《〈寒山〉与寒山》（载《读书》1999年第2期）金英镇《试论王梵志诗与寒山诗之异同》（载《宗教学研究》2000年第5期）。

（6）寒山宗教思想研究。如：蔡海江《寒山子佛学思想探析》（载《台州学院学报》1996年第1期）；张立道《浅谈寒山子诗的道家思想》（载《台州学院学报》1997年第4期）；钱学烈《寒山子禅悦诗浅析》

---

[1] 王庆云. 论寒山诗及其在东西方的影响. 烟台师范学院学报（哲社版），1990（1）: 57.

(《中国人民大学学报》1998年第3期);钱学烈《试论寒山诗中的儒家与道家思想》(载《中国文化研究》1998年第2期)。

(7)寒山诗校注。如:徐光大《寒山子诗校注》(1991);钱学烈《寒山诗校注》(1991);郭鹏《寒山诗注释》(1995);钱学烈《寒山拾得诗校评》(1998);项楚《寒山诗注(附拾得诗注)》(2000)。

不言而喻,二十世纪九十年代的"寒学"研究,主要还是以传统的语言、版本、内容、补遗研究为主,已有的比较研究和影响研究也多限于中国文学的多元文化系统内部;相对而言,寒山诗的版本研究、宗教思想研究以及校注,是这一时期的研究者最为关注的选题内容。从研究者的地域分布来看,则主要集中在江浙、四川、深圳等为数不多的几所高校,研究者也多系中文学术背景。

3. 二十一世纪中国大陆的"寒学"研究

进入二十一世纪以来,"寒学"研究得到了中国政府、学术界与出版界的高度重视。在学术研讨方面,可谓热闹非凡。2002年5月15日至18日,在天台县召开的"第三届中国天台山文化学术研讨会"则由天台山文学研究会与中国社会科学院世界宗教研究所联办,与会代表100余人。"寒学"研究仍然是其中的一个重要议题。有学者指出寒山诗的思想和艺术成就不是那些无名的通俗诗人所能比拟的;有学者更是指出儒佛道思想同时出现在一个人的作品中的现象,在中晚唐并不少见,因此三百余首寒山诗完全可能出自一人之手;也有学者介绍和分析了斯奈德的《山间马道铺路石与寒山诗集》(即 *Riprap and Cold Mountain Poems*),并认为斯奈德的诗歌创作受寒山影响很大。

2007年11月26日,由江苏苏州寒山寺主办的"首届寒山寺文化论坛"在寒山寺隆重举行。出席文化论坛的主要是苏州本地的有关人士和专家学者。论坛共收到学术论文及研究文章30篇,从收到的论文来看,其中研究"寒山寺文化的内涵、特色和研究意义"的15篇,研究"和合文化及其当代价值"的6篇,研究"寒山与寒山诗"的4篇,其他研究的5篇。之后,寒山寺精选了20余篇论文辑成《寒山寺文化

第6章　寒山诗的返程之旅及其在始发地文化多元系统中的经典重构

论坛论文集2007》，由中国文史出版社于2008年2月出版发行。论文集收录了罗时进《寒山的身份与通俗诗叙述角色转换》、任平《寒山精神：走向全球的"和合"文化》以及温波《寒山寺文化及其现代意义》等文章。罗时进对国内外学界的寒山身份研究进行了回顾与分析，并指出："如果我们不能沉潜到文本和社会背景中去思考、发现，而只是用简单否定的方法对待这种复杂和特殊现象，寒山真实而生动的现实人生的生存状态就会被遮蔽，因不断转换身份和叙述角色而创作出的具有不同情感色彩的诗歌文本的魅力就会随之消失。"[1]

2008年5月10日至13日，由中国社会科学院世界宗教研究所、浙江省社科联、中共台州市委宣传部、天台县委县政府联合主办的"寒山子暨和合文化国际学术研讨会"在浙江天台举行。来自美国、韩国、日本以及中国的百余名专家学者参加了会议。值得一提的是，这次会议邀请到了"寒学"研究领域最著名的研究学者如《寒山歌诗集》的美国译者赤松、中国香港浸会大学的钟玲教授、中国台湾逢甲大学的叶珠红博士、韩国岭南大学的李钟美博士以及中国大陆学者钱学烈、陈耀东、周琦等人。

寒山子暨和合文化国际学术研讨会共收到论文60余篇。浙江省社会科学界联合会从这些论文中精选了39篇，辑为《寒山子暨和合文化国际学术研讨会论文集》，由浙江大学出版社于2009年6月出版。论文集共分两大部分：第一部分即为《寒山子与寒山诗》，共选入24篇文章。其中包括赤松的"Me and Cold Mountain"、钟玲的《寒山与美国诗歌作品》、叶珠红的《由「龙行鬼走」试证「永乐大典本」〈寒山诗集·余见僧䚮性希奇〉一诗为缺漏》、李钟美的《古印本寒山诗版本系统考》、朴永焕的《当代寒山子研究的现状和展望》、钱学烈的《寒山子与寒山诗研究探疑》等论文。此外，还有一部分论文是从寒山诗的"横向影响"来切入其研究视角的，如胡安江探讨了寒山诗在美国翻译文学中的经典

---

[1] 罗时进.寒山的身份与通俗诗叙述角色转换.秋爽、姚炎祥主编.寒山寺文化论坛论文集2007.北京：中国文史出版社，2008：107.

化以及西方文化对寒山形象的塑造等。论文集的第二部分为《和合二仙与天台山和合文化》，共选入 15 篇文章。其中包括周琦的《天台山文化"和合学"概论》、崔小敬的《寒山拾得与"和合二仙"》等研究论文。

这是国内第一次以"寒山子"命名的国际学术研讨会。这次会议的举行，标志着"寒学"研究的三个动向：其一是寒山和寒山诗研究日趋国际化和多元化；另外，也反映了"寒学"研究已脱离"通俗文学"和"宗教学"研究的附庸而渐始成为一个独立的课题；再者，学界着手发掘寒山子的民间形象与民间传说，并与中国大陆地区建构"和谐社会"及"和合文化"的社会话语相关联。因此，这次会议在"寒学"研究的历史进程中，具有举足轻重的作用。寒山和寒山诗的经典地位，势必会因为其既有的研究硕果以及和"和合文化"研究相映生辉而得以巩固。

2020 年中共台州市委宣传部和台州市社会科学界联合会共同主办的以"和合文化与人类命运共同体"为主题的和合文化国际论坛即是证明。

2008 年 12 月 28 日至 31 日，由苏州寒山寺主办、寒山寺文化研究院承办的第二届寒山寺文化论坛在苏州市会议中心举行。论坛主题为"和合人间·和谐社会"。大会共收到论文 117 篇。收入大会论文汇编的有 95 篇，约 70 万字。其中研究"和合文化"的 31 篇，研究寒山和寒山诗的 30 篇，研究寒山寺文化的 29 篇，另有 5 篇论文论及佛教文化。可以看出，寒山和寒山诗研究仍然是大会的重要议题之一。这部分的研究论文包括罗时进《唐代寒山体的内涵与形成原因》、叶珠红《寒山雍正敕封"和合二圣"原因析探》、严振非《寒山子生活时间诸说考析》、何善蒙《寒山传说及其文化意义》、胡安江《寒山诗的返程之旅及其在中国香港和台湾地区的传布与接受》等。"寒学"研究领域的著名学者如罗时进、叶珠红、陈耀东、周琦、严振非、徐立新等出席了本次论坛。此次论坛的论文集共收录大会精选论文共 94 篇，于 2009 年 6 月由上海古籍出版社正式出版发行。截至 2020 年，寒山寺的"和合论坛"已连

第6章　寒山诗的返程之旅及其在始发地文化多元系统中的经典重构

续举办了13届，该论坛所倡导的"寒学"研究及"和合文化"研究在社会各界乃至国际上产生了积极而深远的影响。

在出版界，寒山和寒山诗也得到了前所未有的关注。2001年，由全国高校古籍整理研究工作委员会主持编辑的《寒山诗集》（系日本宫内厅书陵部藏宋元版汉籍影印丛书第一辑）由北京线装书局印行出版。2002年，由中国财政部、文化部共同主持，国家图书馆具体承办的国家重点文化工程更是将《寒山子诗集》列为"中华再造善本"的集部丛书之一。这项工程的启动旨在"通过大规模、成系统地复制出版，合理保护、开发、利用善本古籍，使其化身千百，为学界所应用，为大众所共享"。[1]《寒山子诗集》被收录其中，足见其文学与文献价值。

2004年1月，中国社会科学出版社出版了由史原朋编著的《寒山拾得诗赏析：图文本》。该书收录了寒山拾得诗共367首，每首诗又分为注释、今译、赏析三大内容。注释部分比较详细，今译部分浅显畅达，赏析部分则言简意丰，而且每首诗都配备了古代插图。编者希望读者在阅读的同时，能够领会诗人意在言外的禅趣禅意，从而获得如寒山拾得一般的欢喜、超脱和自在。2004年10月，北京的大众出版社出版了一套共26册的"中国佛学经典文库"，其中《寒山拾得诗》（收寒山诗313首）赫然在目。在"前言"中，编者说：

> 寒山诗具有鲜明的乐府民歌特色，其内容极其丰富，时而白描众生百态，时而讥讽时弊，时而阐发佛教义理……语言直白浅近，晓畅自然，而禅趣盎然，蕴意深刻，发人深省，这是寒山诗的鲜明特色。[2]

此外，在这套丛书的《禅诗精选》（高僧卷）中亦收入寒山诗6首。编者指出："禅诗的成就可分为两类。一是诗歌，二是理论。在诗歌方

1　王攀．中华再造善本工程"发行善本古籍逾百种．来自新华网．
2　宋先伟．前言．寒山拾得诗．北京：北京大众出版社，2004：1．

寒山诗：文本旅行与经典建构（修订版）

面，涌现了一大批禅诗高手和绝妙佳作。高僧如寒山、拾得等。"[1] 2005年1月，大众出版社再次将《寒山拾得诗》（收寒山诗245首）列入由姜子夫主编的"中国传统文化经典文库：珍藏版：图文双色经典"系列出版发行。

2005年9月，著名语言学家刘坚（1934—2002）编著的《近代汉语读本》（上海教育出版社）也收入了寒山、拾得诗，其中寒山诗14首，拾得诗3首。读本所选皆为寒山诗之通俗诗。在解题目录部分，编者有这样一段话：

> 寒山，相传是唐代贞观年间的高僧（一说是唐大历时人），又名寒山子。生平不详，隐居在天台唐兴县的寒岩。国外一般研究者认为有两个寒山。其一是隋朝人，生于7世纪，《寒山子诗集》中的大部分是他的作品；另一是唐朝人，生于9世纪。拾得，国清寺和尚，与寒山交游。他们吟诗作偈，在一般人看来，有如贫子狂士。他们作诗受王梵志影响，以白话入诗。有《寒山子诗集》，附录《拾得诗》，今据四部丛刊本转录。[2]

很显然，引文中所指的"国外一般研究者"的说法系援引自加拿大汉学家蒲立本所谓"寒山I"和"寒山II"的观点。这里，编者还同时道出了寒山拾得诗与王梵志诗的渊源与师承关系。值得一提的是，该读本属于中国高等学校文科21世纪新教材系列。在列出所选的篇目之后，编者给出了详尽而专业的文后注释。实际上，此法对于当代大学生认识寒山诗的通俗性以及当时社会的口语化特点，有着积极而深远的意义。

在学术研究领域，中国大陆的"寒学"研究开始进入了一个蓬勃发展的快车道。其中最引人注目的是相关研究已经开始有了学院生产的新趋向。中国大陆的博、硕士研究生将寒山和寒山诗作为毕业论文选题

---

1 宋先伟. 前言. 禅诗精选：高僧卷. 北京：北京大众出版社，2004：1.

2 刘坚. 寒山、拾得诗. 近代汉语读本. 上海：上海教育出版社，2005：18.

第6章 寒山诗的返程之旅及其在始发地文化多元系统中的经典重构

的人数日益增加。毫无疑问,这是一个令人欣喜的变化,它标志着"寒学"研究从之前的学者研究进入到了学生研究的普及阶段。十多年来,以"寒山"或"寒山诗"作为论文题目的博、硕士论文近70篇,这是之前所有人都不敢想象的学术盛景。

表6-1 中国"寒学"研究博士学位论文

作者	博士学位论文题目	学科专业	毕业院校	毕业时间
崔小敬	寒山及其诗研究	中国古代文学	复旦大学	2004
胡安江	寒山诗:文本旅行与经典建构	英语语言文学	中山大学	2007

表6-2 中国"寒学"研究硕士学位论文

作者	硕士学位论文题目	学科专业	毕业院校	毕业时间
苗昱	王梵志诗、寒山诗(附拾得诗)用韵比较研究	汉语言文字学	苏州大学	2002
曹疏影	从寒山到"寒山":斯奈德译诗研究	比较文学与世界文学	北京大学	2005
张广龙	寒山诗在美国	外国语言学及应用语言学	首都师范大学	2005
周海燕	诗僧寒山禅诗研究	中国古代文学	东北师范大学	2006
齐华	寒山诗几组代词研究	汉语言文字学	四川师范大学	2006
芮逸敏	美国诗人史耐德对中国文化的接受与想象	比较文学与世界文学	华东师范大学	2007
刘亚杰	论寒山诗在美国的接受与影响	外国语言学与应用语言学	河南大学	2007
李砚	寒山哲学思想研究	中国哲学	河北大学	2007
杨锋兵	寒山诗在美国的被接受与被误读	中国古代文学	陕西师范大学	2007
欧阳慧娟	寒山诗歌研究	中国古代文学	湖南大学	2007
王玺	从Lefevere的改写理论看斯奈德的寒山诗英译	英语语言文学	华中师范大学	2008
李志凌	论中西译者汉诗英译中诗艺关怀的生成与实现——以寒山诗学西渐为缘起	历史文献学	山东大学	2008

寒山诗：文本旅行与经典建构（修订版）

（续表）

作者	硕士学位论文题目	学科专业	毕业院校	毕业时间
杨富皓	寒山诗歌研究	中国古代文学	浙江大学	2008
陈佳佳	寒山诗歌研究三题	中国古代文学	浙江大学	2009
赖绍梅	寒山诗歌偏正式复合词的语义构词研究	汉语言文字学	四川师范大学	2009
周传超	寒山及其诗歌研究	古典文献学	四川师范大学	2009
韩小静	寒山诗英译对比研究	比较文学与世界文学	首都师范大学	2009
李倩倩	被操纵的操纵者——斯奈德对寒山诗的译介	外国语言学及应用语言学	中南大学	2009
赖绍梅	寒山诗歌偏正式复合词的语义构词研究	汉语言文字学	四川师范大学	2009
袁恒雷	寒山和合伦理思想探析	伦理学	苏州科技学院	2010
王海燕	论加里·史耐德翻译的寒山诗	英语语言文学	山东大学	2010
陈枫	寒山生态伦理思想研究	伦理学	苏州科技学院	2011
廖治华	后殖民视阈下寒山诗英译过程中原作者文化身份重构——基于史耐德《乱石坝与寒山诗集》译本的研究	英语语言文学	西北师范大学	2011
韩丹丹	诗歌英译过程中偏离现象研究——以 Gary Snyder 所译《寒山诗》为例	外国语言学及应用语言学	中南大学	2011
张红蕾	寒山热与英译寒山诗的解构主义解读	英语语言文学	西北大学	2011
田慧	模因视角下的史耐德寒山译诗的经典构建	外国语言学及应用语言学	武汉科技大学	2011
朱斌	翻译规范观照下的史奈德《寒山诗》英译本研究	英语语言文学	四川外语学院	2012
蔡亚洲	从互文性理论析加里·斯奈德英译寒山诗	外国语言学及应用语言学	西南财经大学	2012
刘昆	寒山禅意诗歌翻译策略对比研究	外国语言学及应用语言学	西南民族大学	2012

第6章 寒山诗的返程之旅及其在始发地文化多元系统中的经典重构

（续表）

作者	硕士学位论文题目	学科专业	毕业院校	毕业时间
刘鲁南	寒山诗中的自然意识研究	美学	山东师范大学	2012
张格	基于译者主体性的多元系统理论重构——以寒山诗英译经典化为例	英语语言文学	杭州电子科技大学	2012
黄佳燕	从接受美学视角看斯奈德寒山诗英译本中的创造性叛逆	英语语言文学	杭州电子科技大学	2012
马佳佳	改写理论角度下创造性叛逆研究——以寒山诗英译为例	英语语言文学	江苏大学	2012
金敏芳	从文本旅行角度研究比较斯奈德和韦利的两个寒山诗翻译版本	英语语言文学	浙江大学	2013
汤涓	寒山诗歌实词研究	汉语言文字学	四川师范大学	2013
徐莹	菲利普·惠伦的"寒山情结"	英语语言文学	湖南大学	2013
毛晓旭	从切斯特曼的翻译规范论看斯奈德的寒山诗英译	英语语言文学	郑州大学	2013
陈彩采	斯坦纳阐释学翻译观视角下唐诗英译中的创造性叛逆——以寒山诗歌英译为例	英语语言文学	西安理工大学	2013
郭世红	从斯坦纳的翻译阐释观看译者主体性在斯奈德寒山诗英译本中的体现	英语语言文学	杭州电子科技大学	2013
彭井	生态翻译学视角下的斯奈德寒山诗英译本研究	英语语言文学	杭州电子科技大学	2013
秦爱娟	《草堂诗集》与《寒山诗集》的比较研究——以无常观为中心	日语语言文学	首都师范大学	2014
鞠俊	寒山及其诗歌研究	中国古代文学	南京师范大学	2014
周阳光	接受美学视阈下寒山诗两个英译本的对比研究	英语语言文学	华中师范大学	2015

寒山诗：文本旅行与经典建构（修订版）

（续表）

作者	硕士学位论文题目	学科专业	毕业院校	毕业时间
郭小春	寒山诗在美国的接受和变异研究——以斯奈德寒山诗译本为例	外国语言文学	西南交通大学	2015
张贝贝	宋代绘画中的寒山形象研究	艺术学	扬州大学	2015
王倬雅	翻译规范视阈下的译者风格研究——以阿瑟·韦利的寒山诗英译本为例	英语语言文学	贵州大学	2015
王梦楠	隔世共鸣，异域知音——寒山诗对斯奈德的创作影响	中国语言文学	浙江工业大学	2015
赵彦华	生态视角下的斯奈德寒山诗英译研究	外国语言学及应用语言学	西安外国语大学	2015
曹裕玲	寒山在明代丛林中的影响	中国古典文学	江西师范大学	2016
陈梦宇	芥川龙之介作品中的无常观——以"寒山拾得"为中心	日语语言文学	大连理工大学	2016
周蒙	接受美学视角下寒山诗英译研究——以斯奈德英译为例	外国语言学与应用语言学	杭州师范大学	2016
杨舒淼	寒山诗佛教词研究	汉语言文字学	云南大学	2016
乔芳	关联理论视阈下斯奈德译《寒山诗》中的文化缺省研究	外国语言学与应用语言学	西安外国语大学	2017
岳兰香	寒山及相关问题研究	汉语言文字学	西南科技大学	2017
王娜娜	布迪厄社会学视角下加里·史耐德英译寒山诗研究	翻译学	西安外国语大学	2018
李娇	论寒山诗德译本中的异化与归化	翻译学	四川外国语大学	2019
王至新	英译寒山诗语料库文体学研究——以斯奈德和韦利译本为例	外国语言学与应用语言学	安徽大学	2019

第6章 寒山诗的返程之旅及其在始发地文化多元系统中的经典重构

（续表）

作者	硕士学位论文题目	学科专业	毕业院校	毕业时间
张格	寒山诗研究中的三个主要问题	文艺学	浙江师范大学	2019
王晓惠	译介学视角下加里·斯奈德英译寒山诗的创造性叛逆研究	翻译学	西华大学	2019
肖英	认知翻译观视阈下寒山诗中意象翻译的译者主体性研究	外国语言文学	湖南科技大学	2019
谢石发	生态翻译学视域下寒山诗英译本的译者主体性对比研究	英语语言文学	赣南师范大学	2019
陈敏颖	绘画形式语言在汉诗英译中的运用——《寒山诗》译本的对比研究	翻译学	广东外语外贸大学	2020

从表中可以看出，截至2020年，博、硕士论文共有64篇以寒山和寒山诗作为研究对象，平均每年约有4篇，其中尤以2013年和2019年为最，分别有7篇和6篇学位论文集中探讨了相关话题。最值得注意的是，在64篇论文中，有37篇论文是从翻译研究的视角来展开讨论的，占比约55%。而在这37篇翻译研究论文中，直接探讨斯奈德（施耐德/史奈德）寒山诗英译本的有29篇，约占比78%。综上所述，国内的学术论文主要热衷于从翻译的视角探讨斯奈德的寒山诗英译本。这从另一个侧面也反映出斯奈德译本不俗的学术与社会反响。

此外，从表中还可以看到："寒学"研究的学科领域构成，除了中国古代文学、古典文献学、汉语言文字学等传统领域的研究者对寒山和寒山诗依然显示出浓厚的研究兴趣外，自2011年起，其他学科领域如比较文学与世界文学、英语语言文学、外国语言学与应用语言学、伦理学、文艺学、艺术学、历史文献学对"寒学"选题也开始有了较为热烈的关注。尤其是外国语言文学学科的学位论文占比高达35%；其次是外国语言学及应用语言学学科，占比16%；紧随其后的是中国古代文学学科，占比13%。就学科的语种分布而言，除了英语语言文学学科占据主

寒山诗：文本旅行与经典建构（修订版）

流之外，德语语言文学和日语语言文学学科也开始对寒山和寒山诗产生了研究兴趣。而且，研究者的地域构成也发生了很大的变化。从以前比较集中的江浙、广东、四川扩展到现在的北京、上海、山东、黑龙江、辽宁、陕西、湖南、湖北等地。

实际上，2004年以前的几本学位论文仍属"纵向"研究与中国文学系统内部的研究，2004—2020年则有33篇论文开始从"横向"方面入手，探讨寒山诗在美国的翻译、接受与影响。例如曹疏影以斯奈德1955年前后翻译的24首寒山诗歌为主要研究对象，考察斯奈德在特定文化语境中对寒山其人其诗的翻译策略、形象的认同和转化、语言特质等方面的状况；进而联系斯奈德相关创作和思想观念，考察产生以上状况的背后动因和这次翻译行为的意义所在。张广龙在论文中也探讨了寒山诗在美国的译介情况并指出："文化制约着翻译作品的产生和生存；处于转型期的美国文学刺激了寒山诗的翻译与接受。"[1] 刘亚杰的论文则试图从阐释学和接受美学的角度对寒山现象进行分析，以证明文化误读存在的必然性和合理性。杨锋兵从美国当时的社会文化因素，探讨寒山诗被误读的原因。王玺用改写理论作为理论依托，以斯奈德的寒山诗翻译作为考察个案，从意识形态、诗学以及赞助人的视角对斯奈德译本做了较为全面的讨论。论文指出，正是美国当时的社会意识形态、"垮掉的一代"对于社会的反叛、斯奈德本人的禅宗思想和对自然的理解、美国当时的诗学追求等因素造成了译者对于寒山诗的改写以及寒山诗在美国社会的流行。李志凌则从内因、外因两个方面分析探讨了寒山诗的"西渐"。作者提到说，寒山个人的形象魅力以及寒山诗歌的独特魅力，加之地域、时代、中介等多重因素促成了寒山诗在西方世界的流传。韩小静的论文从三个方面对赤松和韩禄伯的寒山诗英译本进行了对比研究：(1) 翻译手法对比；(2) 翻译目的及策略对比；(3) 英译的误释。崔小敬的博士论文《寒山及其诗研究》的附录部分从接受的角度考察了

---

[1] Zhang, G. L. Abstract. The Reception of Cold Mountain Poems in the United States. Thesis for Master of Arts. Capital Normal University, May 2005: vi.

第6章　寒山诗的返程之旅及其在始发地文化多元系统中的经典重构

寒山诗在中、日、韩及美国三个不同文化圈的接受情况，指出寒山诗本身的优异与历史和时代的风云际会，是造成寒山诗流传天下的重要因素。这些研究论文在一定程度上丰富了寒山诗的"横向"影响研究。

近年来，对于寒山和寒山诗的研究在研究方法上有了一些新的探索和突破。王至新的论文从语料库研究方法入手，对寒山诗斯奈德和韦利译本的语料库文体特征进行了较为系统的定量分析，探讨寒山诗经典建构的原因和两位汉学家的翻译风格。陈敏颖的研究则从绘画形式语言的视角入手，对寒山诗的斯奈德和赤松译本进行了对比研究。通过阐释译者的绘画经验在翻译过程中如何影响译者的艺术认知机制，该研究揭示了绘画经验对提高译诗审美效果的作用，彰显诗歌翻译中跨艺术研究的意义。除此之外，研究者还从生态翻译学、后殖民研究、接受美学、互文性理论、社会学理论、关联理论等视角，对寒山和寒山诗进行了多方位的阐释与探讨。不过，综合来看，创新性的成果并不多见，而且重复研究、扎堆研究的现象比较普遍。此外，研究者对寒山诗在美国的翻译与传播探讨最为集中，而对于寒山诗在其他国家和地区的研究则少有涉足。目前仅有一篇学位论文是从寒山诗的德语译本的翻译策略进行讨论的。由此可见，寒山诗在欧洲、亚洲和其他地区的比较研究、影响研究与翻译研究，还有待拓展。

当然，上述的统计数字仅仅统计了题目中包含"寒山"和"寒山诗"的学位论文，还有部分有专章讨论寒山和寒山诗的博、硕士学位论文并未统计在内。例如 2003 年，复旦大学张君梅的中国古代文学方向的博士论文《从玄解到证据——论中土佛理诗之发展演变》的第三章，就深入探讨了早期禅偈及王梵志、寒山诗的佛理诗。2006 年，陕西师范大学杨芬霞撰写的中国古代文学方向的博士论文《中唐诗僧研究》的第二章详细探讨了诗僧寒山拾得的身世、寒山的俗体诗和雅体诗以及唐宋的拟寒山诗。2012 年，浙江工业大学王丹的硕士论文《唐代诗僧拾得研究》中有多个章节涉及寒山和寒山诗的研究。2013 年，中国海洋大学侯菲的硕士论文《中国禅诗隐喻：认知个案研究》从隐喻研究的视角探讨了寒山禅诗中的概念隐喻。

寒山诗：文本旅行与经典建构（修订版）

在这一时期的学术界，浙江师范大学教授陈耀东的《寒山诗集版本研究》（国家科学基金项目，浙江省社会科学重点研究基地浙江师范大学江南文化研究中心重点资助项目）于 2007 年 5 月由世界知识出版社出版。该书包括研究编、版本编、资料编三大部分，对《寒山诗集》的版本问题进行了全面而系统的梳理与研究，是一部具有集大成性质的总结性学术成果，具有较高的学术价值。

综上所述，这一时期的大陆"寒学"研究在传统研究方向的基础上，已开始了具有比较文学意义的寒山和寒山诗影响之"横向"研究。除了学位论文之外，许多研究者也开始撰写学术专论探讨寒山诗的跨地域影响研究。例如有论者将寒山与美国二十世纪的自然文学作家放在一起讨论，并指出："他们的共同点在于：把文学描述的焦点由人转向荒野"；[1] 韩国学者金英镇从韩国禅家灯录以及韩国禅师和文人的诗歌创作等方面，探讨寒山在韩国的影响。作者认为："寒山其人其诗，流播到韩国，跃上其文坛，登堂入室，成了韩国佛教文学的构成要素之一"；[2] 子规则探讨中国寒山对于美国畅销作家弗雷泽的《冷山》的借鉴意义，并坚信："毫无疑问，美国作家弗雷泽从中国诗人寒山那里读到了禅宗的基本性情与意境：坚忍不拔、自信自力、明心见性、纯任自然……并将它们悄然引进他的小说 Cold Mountain 里。他之所以要在卷首恭敬地摘引寒山的诗，其实是向读者自揭这个秘密。"[3] 胡安江从旅行理论和翻译研究的角度对寒山诗在美国的"创造性误读"及"经典化"作了尝试性探讨。作者认为："文本旅行至一个陌生地后，当地译者总会以本土的主流意识形态和诗学传统作为译介异域文化的起点和参照项。译者文化身份的特殊性和客观环境的复杂性决定了其翻译活动总带有一定的目的（skopos）和本土文化意识，因而译文在本质上总会或

---

[1] 程虹. 跨越时空的沟通——美国当代自然文学作家与中国唐代诗人寒山. 外国文学，2001（6）：71.

[2] 金英镇. 论寒山诗对韩国禅师与文人的影响. 宗教学研究，2002（4）：44.

[3] 子规. 中国的寒山与美国的"冷山". 文史杂志，2004（6）：29-30.

第 6 章 寒山诗的返程之旅及其在始发地文化多元系统中的经典重构

多或少地偏离原文的正轨。而对异域文化有意识的干预、改造和选择性接受,即创造性'误读',又进一步强化了译者所代表的文化身份。"[1] 作者更是指出:寒山诗在美国经典地位的获得实际上是译者加里·斯奈德在立足于本国文化模式和诗学传统的基础上对寒山和寒山诗进行"创造性误读"的结果。[2]

事实上,自二十世纪七十年代以来,国内学术界对于寒山和寒山诗在"横向"影响研究方面大多限于美国和日本的寒山诗译介情况的梳理与评析;因此,新世纪发表的这些"横向"影响研究的"寒学"专论,在较大程度上充实和丰富了大陆"寒学"研究的既有成果。当然,寒山和寒山诗研究要想取得更为丰硕的研究成果,形成有一定影响的"寒学"研究专门领域,中国文学界、外国文学界、宗教界、比较文学与跨文化研究、以及翻译学界等学科的研究者需联袂携手才有望实现。遗憾的是,这方面的跨学科合作项目目前还几乎没有见到。

除了学术界之外,民间力量对于寒山和寒山诗也给予了高度关注。这无疑会在很大程度上促进"寒学"研究的兴盛与繁荣。1984 年,在寒山隐居的天台山麓,天台县成立寒山文学社并创办《寒山》期刊(油印本);并雕刻了一尊高约一点六米的寒山子木像和重建了一座寒山子墓塔。天台地区还开发了以寒山命名的"寒山茶""寒山竹席""寒山衬衣""寒山工艺品"等文化产品。"寒山诗社""寒山书院""寒山书画社""寒山武术馆""寒山越剧团""寒山工艺厂"等也相继出现,甚至还出现了以寒山命名的街道:"寒山路"。此外,网络上也有《寒山论坛》《寒山诗社论坛》《寒山寺论坛》以及《寒山寺佛学》等网络杂志。另据新华网 2005 年 11 月 25 日报道:2005 年 11 月 14 日,苏州微雕工艺家潘裕果经过 8 个多月的精雕细刻,将《寒山子诗集》中收录的 388 首

---

[1] 胡安江.文本旅行与翻译变异——论加里·斯奈德对寒山诗的创造性"误读".解放军外国语学院学报,2005(6):64.

[2] 子规.中国的寒山与美国的"冷山".文史杂志,2004(6):67-68.

诗[1]作以诗配画形式，分别刻录在216块寿山石章上。随后的12月份更于苏州寒山寺的"寒山古钟博物馆"陈列展出这些微雕石章。寒山诗能获民间社团如此垂青，中国古典诗歌中享此待遇的显然不多。

值得一提的是，2003年9月，苏州还成立了以寒山命名的"寒山书院"。由已故原中国佛教协会副会长、原中国佛教协会咨议委员会主席、原苏州灵岩山寺方丈、原中国佛学院灵岩山分院和中国佛学院栖霞山分院院长明学大和尚为首任院长。2017年，经国家宗教事务局批准，"寒山书院"升格为"江苏佛学院寒山学院"，学院坚持"学修并重"的教学理念，秉承"学修一体化，学院丛林化"的办学模式，培养弘法利生、解行并重、德才兼备的现代僧才。

从传统的、文学内部的"纵向"研究到跨学科、跨地域的"横向"影响研究，从中国文学界到宗教界、外国文学界、比较文学（化）界以及翻译界，从学术界到民间团体，从研究专论到寒山文化产品，从文学史边缘到学术研究中心，从海外到故土，"寒学"研究在二十世纪六十年代后的中国大致经历了这样的研究历程，寒山和寒山诗在中国文学史书写中也因此走过了最为传奇的文本旅行与经典建构之旅。

6.3 寒山诗与中国文学史

综观中国的"寒学"研究，学者们在语言、版本、校注和补遗等传统研究方面用力甚勤，也取得了骄人的成绩。然而应该看到，国内学术界对于寒山和寒山诗研究的方法和视角还比较单一，少有如孙昌武所说的寒山诗中的民俗学和文化史意义方面的研究，而且对于寒山诗影响的"横向"研究也处于相对薄弱的境地，已有的这方面研究也仅侧重于介绍和概述。同时我们注意到，国内尤其是大陆学术界对于寒山和寒山诗的研究也大都集中于个别学者和个别高校的个别专业（如中国语言

---

[1] 这一数字应是包括丰干诗和拾得诗在内。

第 6 章　寒山诗的返程之旅及其在始发地文化多元系统中的经典重构

文学、英语语言文学、宗教学专业），没有形成较大的研究规模和合作领域。这样不太景气的研究现状，造成了大陆的出版界与文学史家对于寒山和寒山诗以及"寒山现象"存在着普遍意义上的认识不足。这样一来，对于新时期寒山诗的普及与流行，甚至对于寒山诗创作方式的摹写而言，无形之中就人为地制造了障碍。

6.3.1　经典与文学史

在文学史中，"经典"和那些被边缘化的"非经典"之间，总是处于动态的迁移之中。某些在始发地文化多元系统中名不见经传的"非经典"文本，在旅行至目的地文化语境后却被"重新发现"进而被"经典化"，获得了远大于其在始发地文化多元系统中的文学名声。位列英国文学正典中心的经典作家莎士比亚（William Shakespeare, 1564—1616）的命运其实也是如此。托尔斯泰曾戏谑道：莎士比亚首先应是德国人才对。因为"直到十八世纪末，莎士比亚不仅在英国没能获得任何名气，而且和他的同辈剧作家如本·琼森（Ben Jonson）、弗莱契（Fletcher）和博蒙特（Beaumont）等人相比也大为逊色。他是先在德国抢得了名头，此后才在英国慢慢走红的。"[1] 通过文本旅行，并借助目的地文化多元系统中的"本地化"实践，莎士比亚首先在德国成就了其翻译文学经典地位，并由此得到英国文化多元系统的承认。哈罗德·布鲁姆（Harold Bloom, 1930—2019）甚至断言："无论什么人，也不管怎么说，莎士比亚就是西方经典。"[2] 美国汉学家宇文所安（Stephen Owen）甚至指出："我们已经无法再评判莎士比亚，因为莎士比亚已经是优秀文学作品的衡量标准的一部分。"[3] 换言之，其经典地位已不再受到审美趣味

1　Bassnett, S. Transplanting the Seed: Poetry and Translation. Bassnett, S. & Lefevere A. *Constructing Cultures: Essays on literary Translation.* Clevendon: Multilingual Matters, 1998: 59.

2　Harold, B. *The Western Canon: The Books and School of the Ages.* New York: Harcourt Brace & Company, 1994: 75.

3　宇文所安. 瓠落的文学史. 田晓菲译. 它山的石头记——宇文所安自选集. 南京：江苏人民出版社，2003：25.

寒山诗：文本旅行与经典建构（修订版）

变化的影响，其作品的文学质性已成为人们对于后来的文学作品形成判断的文学价值标准了。

宇文所安是在分析经典的有无以及李白、杜甫的经典地位时，提到上述观点的。他认为，经典固然存在，但却是作为一个历史现象而存在的。李杜始终如一的经典地位，在他看来反映了中国传统中一些深刻的问题。他认为，到北宋时，人们已经很难再独立地评判李杜，是因为他们作品的质量已经成为文学价值标准的一部分。他同时指出，这也许是一种历史的惰性在作怪。他以杜甫为例，指出"在九世纪和十一世纪之间，杜甫的'伟大与否'就不再可以任人评判了：他的诗作被人们确认为伟大的文学作品，而且，既然依从的标准是杜诗提供的，杜甫当然怎么读就怎么横空出世。他亲自塑造了人们借以评论他的价值观"。[1]

由此可见，"经典"与"文学史"其实是相互成就的。一部文学作品或者一种文学门类能否被定位为"经典"，并成为普通读者和在校学生的阅读书目和考试书单，关键是看能否被载入主流文学史并在课堂内被讲授。反过来说，之前被文学史忽略，后来却被权威人士写入文学史的作家作品，也可以即时获得"经典"的礼遇。众所周知的中国现当代作家沈从文（1902—1988）、钱锺书（1910—1998）、张爱玲（1920—1995）等人与夏志清（1921—2013）的《中国现代小说史》（*A History of Modern Chinese Fiction*，Yale University Press, 1961）便是这方面的典型代表。正如有学者指出的那样：

> 对个人作品的价值判断，保存的适用性总是被学校的制度化语境和需要及它的社会功能所决定。而且，学校并不仅仅作为一个保存作品的机构而出现。相反，学校还具有一般的传播各种知识的社会功能，包括怎样读写和读写什么样的知

---

[1] 宇文所安. 瓠落的文学史. 田晓菲译. 它山的石头记——宇文所安自选集. 南京：江苏人民出版社，2003：25.

第6章　寒山诗的返程之旅及其在始发地文化多元系统中的经典重构

识……规范（经典）的问题是一个教学大纲和课程安排的问题，是作品被作为伟大作品来保护的方式问题。[1]

因此，尽管有研究关注，也有各种影响，但如果没有进入学校的文学教材或文学史、没有得到文学史家和文学选集的"择选""保存"和"保护"，没有得到学校教育的"传播"和"读写"的话，那么它似乎也算不上真正意义上的文学经典。因为文学经典最直接的界说与标志，无疑就是选入学校的文学教材或文学选集或文学史。文学经典的权威性和经典性所发挥的深入而实际的文学、道德、社会等诸方面的影响，都是通过学校使用这类文学教材进行文学教育来表现和巩固的。因此，一部由权威文人编写的、权威出版社出版的、符合主流意识形态、并适合于文学教学的文学史实际上就是一部文学经典合集的代名词。

一般而言，"文学史先是在中学、大学纷纷登台，在学科建制当中立足，然后在职业化的大学里成为必修课，逐步实现其制度化的过程。经由这种制度化的过程，中国文学史终于成为一种共识和集体的记忆"。[2] 进入这种"共识和集体的记忆"的文本，无疑就暂时获得了"经典"的法衣。不过，这种"共识和集体的记忆"的最终面目，实际上是完全取决于经典制造者们所厘定的经典文本的遴选标准。就文学史的编撰而言，经典文本的择选大致是和主流意识形态以及课堂教学形态保持一致的。

众所周知，因为制度化语境的长期排拒，寒山和寒山诗一直缺席于中国文学史和文学选集，遑论进入学校的"教学大纲"和"课程安排"。这种文学史书写的守旧势力与习惯势力，使得当前对于寒山诗的文学史书写，大多是"蜻蜓点水"甚至视之不见。"如此重要的文学现象竟被搁置不顾……这不能不说是文学史研究中长期以来存在的缺憾。"[3]

1　居罗利.规范.温立三译.Lentricchia, F. & McLaughlin, T. 文学批评术语.张京媛等译.香港：牛津大学出版社，1994：328-329.

2　戴燕.前言.文学史的权力.北京：北京大学出版社，2004：8.

3　钱学烈.寒山拾得诗校评.天津：天津古籍出版社，1998：597.

更耐人寻味的是，如此重要的"寒山现象"，在中国翻译文学史书写中几乎也是一片空白。

6.3.2 寒山诗与中国文学史

尽管寒山诗在清代就已进入正统的《全唐诗》与《四库全书》，但因为它们不太适合文学教学的需要，所以似乎没有任何教师或学校用其作为文学课本。在民国初年，寒山诗又选入《白话文学史》与《中国俗文学史》，尽管它们曾被用作文学教材，但正如前面分析的那样，胡适和郑振铎努力将"白话文学"和"俗文学"提到"中国文学史中心"的尝试不过是一种极其功利的短暂行为。当"推行国语"和"改造思想"的运动风潮过去之后，这两部文学史和《全唐诗》及《四库》一样，都只能充作研究者研究时援引材料的角色。

1. 寒山诗与《中国文学发展史》

不过，二十世纪四十年代出版的一部文学史却一改寒山诗的这种尴尬境地。这部文学史由著名学者编写、权威出版社出版，而且得到了海峡两岸的大学文学教师的普遍认同，因此当寒山和寒山诗出现在这样一部文学史里的时候，就获得了它"久违"的中心地位。它就是由上海中华书局印行初版的、著名文学史家刘大杰（1904—1977）编写的《中国文学发展史》。该文学史上卷成于1939年，出版于1941年（上海：中华书局。上卷于1947年再版）。而下卷成于1943年，出版于1949年（上海：中华书局）。[1] 在1949年下卷出版时，其封面即赫然标明了它的用途："大学用书"。

这部文学史在海峡两岸获得如潮好评，出版社对它更是青睐有加。

---

1 罗时进在《唐诗演进论》中称《中国文学发达史》四五十年代在台湾中华书局印行的说法恐不确。刘大杰的这部文学史最早是四十年代由上海中华书局以《中国文学发展史》的名称出版发行的。六十年代在台湾地区由台北中华书局更以《中国文学发达史》出版。参见罗时进. 唐诗演进论. 南京：江苏古籍出版社，2001：110.

第6章　寒山诗的返程之旅及其在始发地文化多元系统中的经典重构

继四十年代在上海中华书局首刊后，上海古典文学出版社在1957年和1958年又分别以三卷本的形式修订出版。1962年，北京中华书局也出版了三卷本。1963年，上海中华书局出版了两卷本的《中国文学发展史》，由新华书店上海发行所发行。1973年和1976年《中国文学发展史》（2卷修订本）改由上海人民出版社再版。值得一提的是，1976年的这个版本由于受当时极左思潮的影响，有关王梵志、寒山、拾得的内容被全部删除。[1] 直到1982年，上海古籍出版社出版、新华书店上海行所发行新一版的据北京中华书局1962年修改版重印的《中国文学发展史》才又恢复其本来面目及相关论述，并再次作为国内高校文科学生的文学史教材使用。1990年，上海书店再版了据中华书局1949年版影印的两卷本。1997年和1999年，3卷本的《中国文学发展史》分别由上海古籍出版社和天津百花文艺出版社出版。后者更明确其为"20世纪经典学术史"；而前者在"出版说明"中更是向读者隆重介绍了这部文学史：

> 刘大杰《中国文学发展史》是一部上起殷商、下迄清朝的通代文学史巨著，重点阐述各代文学之胜，兼顾其他文学品种；文人创作与民间通俗作品一并重视；在阐述各个历史阶段和文学体裁的同时，尤其注意揭示文学发展进化的脉络。它是作者在长期教学、研究基础上独立完成的学术著作，其体例之统一、观点材料取舍标准之一致、文气之流畅、个人风格之突出，为集体编撰之作所难以企及，故在众多同类著作中独树一帜，久享盛誉。[2]

---

[1] 1976年的这个版本对于这一派诗人的介绍只提到了王绩（585—644）。对于他的介绍，也明显受到当时主流意识形态的影响。如："在王绩的思想中，有鄙弃儒学和嘲笑周、孔的一面。"参见刘大杰. 中国文学发展史：第二册. 上海：上海人民出版社，1976：39.

[2] 上海古籍出版社. 出版说明. 中国文学发展史. 上海：上海古籍出版社，1997.

寒山诗：文本旅行与经典建构（修订版）

其独特的编写视角和翔实周密的文学材料，真实而全面地反映了中国文学的发展历程，这使得它成为近世中国文学通史著作中最重要的巨著之一，在中国文学史研究中具有举足轻重的地位。由于它在海峡两岸的巨大影响，这部文学史早已成为文学史中的经典之作，因此，它理所当然地成为当时甚至包括今日中国文学史教学的首选教材。

在台湾地区，1956年该部文学史即由台北中华书局出版（2卷本）。1960年、1962年、1966年及1968年，台北中华书局更以《中国文学发达史》的名称在台湾地区再版。在1966年3月台北中华书局版的《初唐的诗坛》之《王绩与王梵志》一节，刘大杰对于寒山的论述较为翔实。作者认为："寒山子是王梵志诗派的直接继承者"；并认为"诗偈不分，正是梵志、寒山们的共同特征，不过因为他写的范围较广，而又时时加以自然意境的表现，因此他的诗，不如王梵志的枯淡，而有一种情韵和滋味"。[1] 随后更是援引9首寒山诗向读者介绍"寒山集中的佳作"之"高远空灵的情趣"和"反对当日诗风"的白话说理诗以及"表示他作诗的意见"的寒山诗论。细致而全面的介绍再次将寒山和寒山诗引入了读者的视野，并因为其在文学史教学中的广泛征引，寒山诗在中国文学史中的经典地位开始逐渐确立。

1976年和1980年，台湾华正书局的校订本《中国文学发展史》出版发行，其中有台湾地区著名学者毛子水撰写的《修订本中国文学发展史序》（1976年12月24日）和《增订本中国文学发展史序》（1975年7月19日）。对于这部一再再版的文学史，毛子水评论说，这部文学史"所以三十年来风行我们的学术界，约有两个重要的原因：一是叙述详瞻；二是议论平允"。毛子水认为："我觉得这个新版实在是对每一个研究中国文学史的人最有用、最可靠的一部书。"[2] 权威出版社的多次再版以及权威文人的倾力推介，这部文学史获得了它的前辈们从未获得过的

1　刘大杰. 中国文学发达史：全一册. 台北：中华书局，1966：315–316.

2　毛子水. 增订本中国文学发展史序. 校订本《中国文学发展史》. 台北：华正书局，1980：1–2.

第6章 寒山诗的返程之旅及其在始发地文化多元系统中的经典重构

成功,其经典地位也得以逐步提升。1980年,台北中华书局再版两卷本的《中国文学发达史》。1990年,《校订本中国文学发展史》(1卷本)由台湾华正书局再版。

在中国香港地区,1964年,即胡菊人发表《诗僧寒山的复活》的前两年,香港古文书局便首次在中国香港地区出版发行3卷本的《中国文学发展史》,并分别于1972年和1973年由古文书局再版。1978年,《中国文学发展史》则再由香港学林有限公司出版发行。1981年,九龙的学林有限公司出版该部文学史。1990年和1992年则分别由香港鸿光书店和香港三联书店出版,后者实据上海中华书局1962年版印行。

从这部文学史的出版盛况可以看出:寒山和寒山诗在海峡两岸的文学史研究和大学文学史教学中早已不再陌生,而且随着这部文学史经典和权威地位的确立,寒山和寒山诗的经典地位也逐步得到学界的认可与肯定。

2. 二十世纪四十年代至六十年代的寒山诗文学史书写

然而,这部二十世纪四十年代就已出版的《中国文学发展史》并非是唯一一部记载了寒山和寒山诗的文学史籍。1944年,上海作家书屋出版了陈子展的《唐代文学史》。这部断代文学史对于寒山和寒山诗的记述在当时甚至今日都是相当详尽的。作者认为"寒山子大概生在初唐、盛唐之际……大历中还在"。[1] 接着,作者援引多首寒山诗来向读者介绍其诗论和诗歌理想。随后,作者在集中选录了寒山的"几首好诗"后评论说:"这种诗略像禅宗语录,无疑的是受了当时禅宗的影响。语带诙谐而意实严肃,外似平易而内藏机锋,其妙处在此……慧能生卒恰在王梵志、寒山子间,王梵志、寒山子作出这种非偈非诗的诗体自然不是偶然的奇迹了。"[2] 这种将寒山和推定出来的其生活年代相观照的做法,

---

[1] 陈子展.唐代文学.柳存仁、陈子展等.中国大文学史:上册.上海:上海书店,2001:225.

[2] 陈子展.唐代文学.柳存仁、陈子展等.中国大文学史:上册.上海:上海书店,2001:227.

寒山诗：文本旅行与经典建构（修订版）

无疑可以或多或少还原寒山和寒山诗的本来面目。此外，将寒山诗的通俗性、文学性与宗教性同时一一展示的做法，则可以让文学史读者更加全面客观地认识寒山诗。因此，这部文学史对于寒山的书写有着非常重要的学术研究与文学史意义。

1938年由香港商务印书馆初版、1950年和1954年分别由上海商务印书馆和香港商务印书馆再版的、著名学者杨荫深的《中国文学史大纲》在第11章"诗的黄金时代"之"初唐作家"一节中对寒山和寒山诗作了简略的介绍。作者在该节小叙中就提醒读者："但在四杰、沈、宋之前，我们还不应忘怀几位白话诗人，那便是王梵志、寒山、王绩等。"[1] 在对于寒山的介绍中，作者首引《太平广记》卷五十五的说法勾画了其身世轮廓。随后作者指出："这一个怪僧，向来也当作是神话中的人物，至今天台国清寺还有他的供奉，是当作一个仙僧来看待的。"对于寒山诗，作者提到了辑自树上或屋壁的《寒山子集》并列举了《有个王秀才》和《东家一老婆》两首寒山诗作为例证。作者的结语说："前者是说他作诗的态度，可知他根本不赞成'蜂腰''鹤膝'的。后者的诗，简直如说话一般，而用意却也很深。"[2] 这本文学史对于寒山的介绍，既有文学史料，亦有民间传说，更有诗歌佐证，因此尽管简短，但不失客观，它对于丰富读者的寒山视野亦是大有裨益的。

1956年由香港大公书局出版的著名学者柳存仁的《中国文学史》也提及"白话诗人"寒山。在编者序中，柳存仁即道出其编印目的，就是要在"普通课本之最大部分为骈散文"之外补充"新异"；但作者亦指出："非必以轻八家而炫新异，亦稍有裁制，以丞当务之急。其文则白话，俾学者大体浏览，可以自憭，藉以林纾讲者之劳，而无悖于五十年来新问题之绩烈。"[3] 在第十章《初唐和盛唐的诗》中，作者提到说：

---

1 杨荫深.中国文学史大纲.香港：商务印书馆，1954：152.

2 杨荫深.中国文学史大纲.香港：商务印书馆，1954：154.

3 柳存仁.序.中国文学史.香港：大公书局，1956：1.

第6章 寒山诗的返程之旅及其在始发地文化多元系统中的经典重构

还有许多诗人,在这个时候专门做一种俚俗诙谐打油式的白话诗歌,这在我们瞧来可算是对当时流行绮靡的俪偶律体的一种反动。这类诗的来源,大概大部分是由于对社会嘲讽的作品,或佛教禅宗盛行时用做说理偈体的作品。因此,这种诗歌虽比较能够通俗流传,却缺乏文学上的修饰和含蓄,在艺术上的立场看来,除了它的社会性,是没有多大应当赞美讴颂的地方的。这种社会风气所产生的白话诗人最出名的如王梵志。还有一部分高僧如寒山、丰干、拾得等人。[1]

编者对于寒山等人的口气并不太友善,评价亦有失公允。然而,也许正是与前面文学史的"褒扬"形成了一定程度的对比,这种带点"贬抑"的文学史书写,恰恰从另一个角度深化了普通读者和学术研究者对于寒山和寒山诗的理解。正如上一章我们所提到的那样,经典的建构离不开批评和反对的声音,它至少也表明了一种关注的姿态,而且这种"反调"在相当程度上还将有力地促进寒山和寒山诗的研究。

3. 二十世纪六十年代至八十年代的寒山诗文学史书写

二十世纪六十年代至八十年代,中国文学史书写倾向于"对社会现实的关注,对唯物史观的接受,对'大叙事'的强烈兴趣"。[2]因此,有关寒山和寒山诗的书写仅载于刘大杰的《中国文学发展史》(1976年也全部删除了相关论述)和由日本东京大学的多位学者共同编写、日本学者前野直彬主持(连秀华、何寄澎合译,台北:长安出版社,1979)的《中国文学史》、柳存仁撰《中国文学史:中国文学欣赏导读全集》(台北:庄严出版社,1982)以及叶庆炳著《中国文学史》(上册)(台湾地区:台湾学生书局,1987)等少数几本文学史著作之中。

---

[1] 柳存仁. 序. 中国文学史. 香港:大公书局,1956:118–119.

[2] 陈平原. "文学史"作为一门学科的建立. 文学史的形成与建构. 南宁:广西教育出版社,1999:12.

寒山诗：文本旅行与经典建构（修订版）

日本学者在书中提到说："中晚唐的特色之一是：一群僧侣诗人以及薛涛、鱼玄机诸女性诗人的出现。僧侣诗人中，王梵志与寒山二人乃独特的人物；事实上，也有两者均是唐初时人的说法；但，详细的经历已不明……一般说来，王梵志具有教化群众的鄙俗性，而寒山则有着浓厚的禅宗色彩，但两者均使用当时的俗语以及生硬的奇语，写下独特的诗篇。"[1] 因为日本有比较深厚的"寒学"研究传统，所以这部文学史对于寒山和寒山诗的界说是比较客观的，结论与现代学术界的主流观点基本一致。柳存仁的文学史则说，此二人的诗歌是俚俗诙谐打油式的白话诗，是当时流行的绮靡的俪偶律体的一种反动。"最出名的如王梵志，还有一部分高僧如寒山、丰干、拾得等人。"[2] 这部文学史对于寒山诗的介绍比较单一，仅提到了寒山通俗诗的特点和成就。叶庆炳在《例言》中提到说他所编文学史原是其在台湾大学等校讲授中国文学史课程之讲义，曾于1965年印行上册作为教材，后来于1980年重印为求适合更广泛读者。在第15讲"初唐诗"中他向读者介绍了寒山的身世以及两类寒山诗：诗如偈语的白话说理诗和描述山中景物及生活情趣的诗，并分录两首寒山诗作为例证。有史料、有分析、有例证而且运用于大学文学史教学是这部文学史的特点。

不过，综观这时期的几本文学史，尽管都有寒山事迹和寒山诗特点分析的文字，但所记述的都极其敷衍和单一，所评所论也不尽全面，而且这四本文学史在当时也主要是在台湾地区的学术界和大学里流通和传播，因此影响也极其有限。

然而，值得一提的是，二十世纪八十年代末由熊礼汇编写的《中国文学史》（王文生主编，北京：高等教育出版社，1989年1月）是在八十年代初中国建立自学考试制度的形势下问世的。八十年代初，随着我国经济建设步伐加快，社会需要大批专门人才，群众要求学习的愿望十分强烈，已有的高等教育形式都难以满足社会的需求，于是教育部着

---

[1] 前野直彬. 中国文学史. 连秀华、何寄澎译. 台北：长安出版社，1979：119.

[2] 柳存仁. 中国文学史：中国文学欣赏导读全集. 台北：庄严出版社，1982：146.

第 6 章　寒山诗的返程之旅及其在始发地文化多元系统中的经典重构

手组织研究建立了高等教育自学考试制度。1988 年 3 月 3 日，原国家教育委员会总结了各地的经验，报国务院批准颁布了《高等教育自学考试暂行条例》，对自学考试制度的性质、任务、地位、机构、开考专业、考试办法、毕业生使用等，以国家行政立法的形式做出了明确规定。这本由高等教育出版社出版的文学史就是高等教育自学考试汉语言专业的考试用书。该书上册隋唐五代部分的第一章《隋代和初唐的诗歌》之《初唐诗歌》一节就将寒山正式写入其中。作者认为寒山大约生于唐高宗永隆年间（680—681），并主要介绍了寒山的劝世诗和寒山诗好用歇后语说理以及喜欢在篇末托出本意的特点。作者同时指出："寒山学王梵志作通俗诗，但寒山诗比梵志诗在语词、形象、意境方面丰美一些。"（页 426-427）除了对于寒山身世的记述尚待商榷之外，其他已有的评论都相当准确；同时还有数首寒山诗作为辅证。因此，这部用作高等教育自学考试的文学史用书，对于寒山的书写是相当客观和公允的。

4. 二十世纪九十年代以来的寒山诗文学史书写

　　二十世纪九十年代以来，由于"寒学"研究在中国内地的一度兴盛，寒山和寒山诗也被写入多种中国文学史。就目前所见，大致有如下的 10 余种：

　　1）1992 年，马积高、黄钧主编《中国古代文学史》（中册）（长沙：湖南文艺出版社）中有关于寒山的简略介绍（页 28-29）。

　　2）1992 年，陈玉刚《中国文学通史简编》（上册）（北京：大众文艺出版社）对寒山也有简略的专节介绍。作者认为寒山的白话诗"诚是我国古代最好的白话诗"（页 398），但遗憾的是，某些细节的叙述流于模糊与含混。

　　3）1993 年，郭预衡主编《中国古代文学史长编》（隋唐五代卷）（北京：北京师范学院出版社）的第十二章《唐代诗僧及敦煌文学》中援引了间序和《太平广记》卷 55 对于寒山生平的介绍，此外还详细分析了寒山诗的内容及特点，并征引多首寒山诗（页 508-511）。该书对于寒山和寒山诗的介绍与分析，比较客观且比较详细。该书亦标明是用作高等学校文科教材，对于在青年学生推普寒山和寒山诗有潜在的积极作用。

4）1994年，罗宗强、郝世峰主编《隋唐五代文学史》（中卷）（北京：高等教育出版社）收录项楚的研究专论《寒山和他的诗》（页336-351）一文。该文也被项楚收入其《寒山诗注（附拾得诗注）》（北京：中华书局，2000）一书当中。宗教学教授和文献学专家项楚对于寒山和寒山诗的研究和介绍，是目前所见文学史中最全面、最具文学史价值的"寒学"研究专论。该套文学史由高等教育出版社出版发行，被用作多所大学文科文学史的指定教程，对于寒山和寒山诗的普及与再认识有着非常重大的意义，其目标读者因此有机会重新全面认识和了解寒山和寒山诗的文学价值、文学地位、社会影响以及其经典性。

5）1996年，陈玉刚《中国文学通史》（上册）（北京：西苑出版社）所载的有关寒山的内容（包括页码），都与作者1992年编写的《中国文学通史简编》（上册）完全相同。

6）1998年，王祥主编的《中国文学史话》（隋唐五代卷）（总主编：郭杰、秋芙。长春：吉林人民出版社）有一节"隐者与和尚——寒山与拾得"（页191-195），专门介绍寒山和寒山诗。

7）1998年，马积高、黄钧主编《中国古代文学史》（第二卷）（台北：万卷楼图书有限公司）的"隋唐五代"部分，对寒山有简略的介绍（页32），并援引"寒山多幽奇"和"今日岩前坐"两首寒山诗。

8）2000年，郭预衡主编《中国古代文学史长编》（隋唐五代卷，高等学校文科教材）（北京：首都师范大学出版社）是1993年版的再版，因此体例以及对于寒山的论述仍然与1993年版本相同。在"序言"里，编者直言："这部文学史是为了适应三种需要而编写的：一、给讲授中国文学史的某些教师提供一点讲授的方便；二、给大专院校中文专业的学生提供学习的方便；三、给自学中国文学史的读者提供自学的参考。"如果这部文学史能真正地被这三类读者很好地加以利用的话，那么它对于寒山诗经典性的传承无疑是极其重要的。

9）2000年，蔡镇楚著的《中国古代文学批评史》（长沙：岳麓书社）

第 6 章　寒山诗的返程之旅及其在始发地文化多元系统中的经典重构

在第五章"盛唐气象：唐代文学批评"中讲道：佛教的兴盛催生了一个特殊诗人群体的出现。以王梵志、寒山为代表的诗僧从诗歌创作到诗歌批评，为唐五代诗歌注入了新鲜血液，涂上了一层神奇诡异的佛教光环。[1]

10）2005 年，袁行霈、罗宗强主编《中国文学史》(第二版，第二卷。北京：高等教育出版社）第一版于 1999 年 8 月出版，2005 年由国家教育部列为"面向 21 世纪课程教材"，专供高等学校中文系学生使用。在《隋唐五代文学》的"绪论"部分之第三节"佛道二家对唐文学的影响"中，编者有这样一段话：

> 佛教对唐文学的更为直接的影响，是唐代出现了大量的诗僧。清人编《全唐诗》，收僧人诗作品 113 人，诗 2783 首。这些僧人的诗，有佛教义理诗、劝善诗、偈颂。但更多的是一般篇咏，如游历、与士人交往、赠答等等。僧诗中较为重要的有王梵志诗、寒山诗。[2]

在提到寒山诗的特点时，编者说："寒山诗包括世俗生活的描写、求仙学道和佛教内容。其中表现禅机禅趣的诗，有着广泛而深远的影响。"[3] 就传统的文学史书写而言，许多诗僧都有着远大于王梵志和寒山的文学名声，然而在这部文学史里，寒山诗的艺术成就被提升至一个全新的高度，在中国文学史中的地位也由于这两位唐诗专家的重要评估，而得到了重新界定，中国文学史也因此多出了一个长期被忽视了的重要诗人角色。但稍感可惜的是，这部文学史除了这样的评论之外，并没有收录任何寒山诗歌作品，因此对于之前并不太熟悉寒山和寒山诗的读者而言，这样的记述似乎仍有些似是而非。

1　蔡镇楚. 中国古代文学批评史. 长沙：岳麓书社，2000：197.

2　袁行霈，罗宗强. 中国文学史：第二卷. 第二版. 北京：高等教育出版社，2005：173.

3　袁行霈，罗宗强. 中国文学史：第二卷. 第二版. 北京：高等教育出版社，2005：173.

寒山诗：文本旅行与经典建构（修订版）

11）2009年，熊礼汇编写的《中国文学史》之《隋唐五代文学史》（武汉：武汉大学出版社）在第三章"初唐文学"一节中再次选入寒山诗。该节题为"王梵志和寒山、拾得的通俗诗"。编者认为寒山等三位诗人是从民间走出来的通俗诗人，在援引了两首寒山诗和一首拾得诗之后，编者讨论了通俗诗兴起的原因。对于寒山，编者认为是唐高宗永隆年间（680—681）人士，他的是以劝善惩恶、宣扬佛理为主。[1]

12）2012年，（日）前野直彬主编的《中国文学史》（上海：复旦大学出版社）该书在《晚唐诗》一节，将寒山和王梵志作为这一时期的诗僧代表做了介绍。编者指出：此二人身世不明，二者均用当时的俗语和生硬的奇语写诗，多以说理诗的写作为其特色，寒山诗的禅宗色彩较为浓厚。作者将寒山等诗僧和薛涛等女诗人放在本节一起讨论，认为这是诗人层的扩大和诗歌世界的拓展，同时指出这是娼里文学和颓废之风逐渐兴盛的标志。[2]

13）2015年，黄人著、杨旭辉点校的《中国文学史》（苏州：苏州大学出版社）在《唐代文学》一章的《唐中、晚文学家代表》中有关于寒山的介绍：

> 寒山子，不知何许人。居天台唐兴县寒岩，时往还国清寺。以桦皮为冠，布裘敝履，或长廊唱咏，或村墅歌啸。人莫识之。闾丘胤宦丹丘，临行，遇丰干师，言从天台来，闾丘问彼地有何贤堪师。师曰："寒山文殊，拾得普贤，在国清寺库院厨中著火。"闾丘到官三日，亲往寺中，见二人，便礼拜，二人大笑曰："丰干饶舌，阿弥不识我何为。"即走出寺，归寒岩。寒山子入穴而去，其穴自合。尝于竹木石壁书诗，并村墅屋壁所写文句三百馀首。[3]

1　熊礼汇.中国文学史.武汉：武汉大学出版社，2009：37-40.

2　［日］前野直彬.中国文学史.上海：复旦大学出版社，2012：98.

3　黄人.中国文学史.苏州：苏州大学出版社，2015：206.

第 6 章 寒山诗的返程之旅及其在始发地文化多元系统中的经典重构

这里的介绍显然是取自前述的闾丘胤序中的相关记载。值得注意的是，该部文学史在该小节还同时收录了无可、皎然、吴筠、吕岩等诗僧的人物介绍。在中晚唐文学家代表中选入寒山，足见文学史家黄人对于寒山和寒山诗的高度认可。

如前所述，文学史或文学选集对于寒山和寒山诗的介绍和收录，在很大程度上将助推读者对于此二者的认知和了解，甚至也将带动潜在读者对于他们的关注和研究。毋庸置疑，后世对于寒山和寒山诗的收录、介绍、翻译、研究等行为，为他们赋予了新的生命和"来世"，也为他们的流通、传播与经典化延传奠定了基础。

6.3.3 寒山诗与辞书

除了文学史外，中国学术界一向也有编撰辞书的习惯。在二十世纪九十年代出现的几部文学和宗教辞典里，寒山和寒山诗也作为重要条目位列其中。如：

1）廖仲安、刘国盈主编、李景结等编的《中国古典文学辞典》（北京：北京出版社，1989）。该部辞典有"寒山"的词条，称寒山为唐代贞观年间诗僧，其诗歌宣扬惩恶扬善、讽刺世俗，风格近于陶谢而更加口语化。[1]

2）王洪、田军主编《唐诗百科大辞典》（北京：光明日报出版社，1990）。在辞典的《海外研究·唐诗外渐》分部，有宋红撰写的《寒山诗在日本》（页 872-874）和江原撰写的《寒山在大洋彼岸》（页 874-875）。前者介绍了寒山诗在日本的流布、注释、改编、翻译与研究的基本情况；后者提到了自二十世纪五十年代以来，韦利、斯奈德、华兹生等人对于寒山诗的翻译、美国小说家凯鲁亚克的《达摩流浪者》对于寒山的摹写、美国的"寒山热"以及两本研究寒山诗的博士学位论文和蒲立本的寒山研究专论。在《台港唐诗研究论著选目》中，编者提及自

---

[1] 廖仲安、刘国盈主编. 中国古典文学辞典. 北京：北京出版社，1989：88-89.

寒山诗：文本旅行与经典建构（修订版）

1971 年至 1986 年间台港地区孙旗、黄博仁等人所撰的 17 种寒山和寒山诗研究论著（页 956）；而《国外唐诗研究论著选目》则简要介绍了前述的 2 本博士研究论文和华兹生的英译本共 3 种英文论著，以及入矢义高、大田悌藏、津田左右吉、久须本文雄等学者的 9 种日文论著（页 986-987）。在辞典的"唐代诗人"分部，收有"寒山"的专项条目。编者将其定位为"唐通俗诗人"，并援引《太平广记》卷 55《寒山子》的内容对其进行介绍。编者认为："这是记录寒山最早的文字。其诗语言通俗、生动、质朴、清丽，如同口语；写景状物，形象而有概括力。"[1]在该条目的结束部分，编者还提到了寒山诗在国外的流行以及《全唐诗》对其的收录。

截至目前，这是国内所见的对寒山和寒山诗介绍得最为周详的辞书，它较为客观地呈现了寒山和寒山诗的历史渊源与文学影响。尤其值得一提的是，在该部百科大辞典编撰过程中，文学、语言学、宗教学、历史学、海外汉学、音乐与舞蹈学、美术学、民俗学、戏剧学等多个学科领域的专家学者共同参与其中，充分体现了跨学科、跨时空、跨体裁的辞书编撰特点，也充分反映了"寒学研究"的最新成果。因此，该辞书对于寒山和寒山诗的介绍，其客观性、时效性和权威性都可圈可点。主编王洪在总序中说："今天已经到了对中国文学、特别是中国古典文学，进行全面整理总结的时代，到了各学科学者之间可以密切配合、协同作战的时代，这样，搞一套多角度、跨学科、全方位研究中国文学的大型工具书，反映出古今中外研究中国文学各方面的成果，就成为我们编撰这套"中国文学百科辞典系列"的宗旨和理想。"[2] 客观而论，这部 1990 年代的辞书，其编撰思路对于当下较为单调的中国文学史书写应该可以有一定的借鉴价值，尤其是对于寒山和寒山诗这样一个包罗万象

---

[1] 王洪、田军主编.唐诗百科大辞典.北京：光明日报出版社，1990：1400-1401.

[2] 王洪.中国文学百科辞典系列·总序.王洪、田军主编.唐诗百科大辞典.北京：光明日报出版社，1990：2-3.

第 6 章　寒山诗的返程之旅及其在始发地文化多元系统中的经典重构

的文学现象的书写,如果没有跨学科、跨时空、跨体裁的写作思路,就只能是走马观花、隔靴搔痒乃至人云亦云了。

3)任道斌主编《佛教文化辞典》(杭州:浙江古籍出版社,1991年)。在《人物》篇中,即有"寒山"和"拾得"的条目。该部辞书称寒山为"唐代诗僧"并支持寒山身世的"大历说"(766—779)。对于寒山诗的特点,编者介绍说:"为诗语言浅近,自然流畅,有庄语,有谐语;有率语,亦有工语。大多描写自然景色,或宣扬佛家思想,讥讽时政。为唐代白话诗人的代表。"[1]这样的介绍简洁但不失准确,比较客观地呈现了寒山其人其诗的特征。

4)上海中国大百科全书出版社编《中国文学史通览》(上海:中国大百科全书出版社,1994年)。编者在"初唐诗"一节中提及:"王绩意趣澹远,为王孟的前驱;王梵志诗语言通俗,别开生面,开寒山、拾得诗的先河,且影响到宋代诗人如黄庭坚等。但他们有的作品不多,有的地位不高,不足以扭转整个风气。"[2]与《佛教文化辞典》一样,这里对于寒山诗的介绍仍然不失客观平允,而且突出了寒山在文学史书写中位列边缘的事实。

5)任继愈主编《宗教大辞典》(上海:上海辞书出版社,1998)。该部辞书以拼音为序,对于寒山的介绍相当简略:"称'寒山子'或'贫子',唐代僧人。据《宋高僧传》卷十九《封干传》,大约 7 世纪末至 8 世纪初,住于天台山寒岩,与国清寺拾得交友,好吟诗唱偈,有诗题于山林间,后人集之成卷,名《寒山子诗集》,收诗三百余首。"[3]由于是宗教辞书,所以直接称寒山为僧人,但却没有对寒山诗的特点做任何说明。不过,这几本权威辞书的记载,丰富了读者对于寒山和寒山诗的认同与了解,因此也在一定程度上巩固了寒山和寒山诗的经典性与文学地位。

1　任道斌.佛教文化辞典.杭州:浙江古籍出版社,1991:113.

2　周扬.中国文学史通览.上海:东方出版中心,1994:161.

3　任继愈.宗教大辞典.上海:上海辞书出版社,1998:301.

寒山诗：文本旅行与经典建构（修订版）

从《全唐诗》到《白话文学史》再到新时期的各类文学史及辞书，寒山诗的经典建构之旅显然不是一帆风顺的。不过，随着人们对其诗歌文学价值的发掘、文化研究对于通俗文学的关注，以及世界范围的禅学研究热潮的推动，寒山诗终于在语际旅行后，在返程归家之际，又重新在中国文学史中找回了自己的一席之地。

总结起来，这一方面固然是因为海外"寒山热"的带动；其次，也与开放多元的学术研究氛围以及学术研究范式的转型等因素不无关系。然而，需要指出的是：作为唐代文学中长期被忽视和埋没但却产生过重大历史与现世影响的文学现象，"寒学"研究在国内学术界仍未得到应有的和足够的关注。孙昌武就曾指出："对于寒山诗这样复杂的历史现象的研究，目前的工作还只能算是开端。除了众多的资料考据工作要深入进行之外，还有大量涉及宗教史、语言学史、民俗史以及一般精神史、文化史等各个领域的复杂问题需要探讨。所以，更深入、正确地认识和评价寒山诗歌，破解'寒山现象'，尚待时日。"[1] 从另一个侧面来解读这段话，"寒学"研究还有更广阔的空间和前景。

---

1 孙昌武. 序言. 钱学烈. 寒山拾得诗校评. 天津：天津古籍出版社，1998：12.

第 7 章　结语

> 有人兮山楹，云卷兮霞缨。
> 秉芳兮欲寄，路漫漫兮难征。
>
> ——寒山[1]

　　由于传统学术研究思路的根深蒂固，学术界和出版界仍然相对偏好所谓的宏大叙事题材和传统意义上的主流作家和作品的研究与出版。因此，寒山诗在当代中国的学术研究领域依然处于一种"养在深闺人少识"的尴尬境地。同样遗憾的是，在中国翻译文学史中，寒山和寒山诗也几乎是遍寻不见，仅有马祖毅、任荣珍的《汉籍外译史》（武汉：湖北教育出版社，1997）对寒山和寒山诗的翻译与研究有过一些介绍，但却极其粗疏和简略。这不能不说是一个极大的反讽。在东西方比较文学界和翻译界产生过如此重要影响的"寒山现象"，却在所有以"中国翻译文学史"命名的翻译文学史中遭遇了如此的冷遇。恐怕这种现象所引发的翻译研究，对于翻译文学史的书写空间和写作思路的思考，都很有值得进一步探讨和论证的必要。直到现在，寒山诗所获得的也不过是一种所谓的"边缘经典"地位。尽管它总算从被忽略的文学史命运中破茧成蝶，在中国文学的多元系统中获得了文学史席位。然而，对于寒山和寒山诗的认知、研究与出版而言，前面的路依然是"路漫漫兮难征"。这与启示无疑是中外文学交流史上独特的文学风景文化记忆，它带给我们的思考与启示无疑是多元和深邃的。

1　寒山.诗三百三首.彭定求编.全唐诗.北京：中华书局，1960：9072.

寒山诗：文本旅行与经典建构（修订版）

7.1 关于理论旅行的反思

毫无疑问，任何一种理论都有它的理论真空和解释力上的不彻底性，没有任何一种理论是可以放之四海而皆准的。不过，如果我们能在运用理论解释文本的同时，批判性地审视文本与理论之间的张力的话，也许就可以促进理论的不断建构与逐步完善。事实上，从文本旅行的角度来看，无论是萨义德的"理论旅行"，还是佐哈尔的"多元系统论"，在解释寒山诗的文本旅行方面都还有可探讨的余地。

除了本书在第二章所论的语焉不详和不可圆说的理论陈述之外，萨义德的"理论旅行"还存在着其他的理论真空。首先，它仅预设了一种"单向"的理论和思想旅行方式，这种情况显然疏于观照"返程"这一重要的旅行环节，因为后者往往要么加强、要么削弱源理论或者源思想的力量与影响；而关注这一过程对于考察主体文化规范的变迁，以及主体文化与译入语文化二者间的相互影响，以及两种文化间文学交流的真正面目无疑具有非常重要的意义。其次，从寒山诗的旅行来看，文本是在受到目的地文化多元系统中的主流意识形态和主体诗学以及译者一定程度的"本土化"改造后，才获得了目的地文化多元系统的"引入或容忍"，并在此基础上促进了主体文化对于寒山诗的认可与接受。因此，萨义德提出的理论与思想旅行的四个主要阶段在序列上也是有理论缺陷的，其理论模式中的第三阶段和第四阶段在实践上是需要重新调整的。

类似的，佐哈尔的"多元系统论"提到的三类情况，从宏观上描述了促成翻译文学在目的地文化多元系统中占据中心地位的情形。如果从旅行的视角观之，这种"边缘"与"中心"的地位转变也完全可以视为一种理论或思想的旅行与流动。不可否认，如果用佐哈尔的这种理论假说来观照寒山诗在美国的旅行与接受的话，多元系统理论还是具有其合理的解释力的。但如果用它来探讨寒山诗在日本或者其他亚欧国家的旅行与接受的话，则有些捉襟见肘。事实上，该理论假说只是从目的地文化多元系统的自身性质与存在状态来讨论了翻译文学占据"中心"的三

第 7 章 结语

种前提。因此，它仅仅提及了当目的地文化多元系统尚未形成或处于弱势与转型时期的情形，而对于在政治开明与文化昌盛时期翻译文学同样可以占据"中心"的情形却失之不察。这似乎是与该理论诞生在以色列这样相对"边缘"的弱势文化语境有一定关系。

其次，多元系统论所声称的"一个主要目标就是完全有可能探讨一种文学在哪些特定条件下会受到另一种文学的干预，结果令某些文学特性从一个多元系统转移至另一个多元系统"[1]的论调同样有语焉不详的理论缺憾。具体而言，佐哈尔只提到了目的地文学受到翻译文学干预的三种情形，并指出在这三种情形下，翻译文学通常会发生地位和位置的转移和流动，进而占据目的地文学系统的中心和主要位置。不过，佐哈尔似乎并不关心在目的地文学系统中获得中心地位的翻译文学如何在"返程"后的始发地文学中的经典重构问题。简单而论，佐哈尔的理论模型所设计的流动与转换模式仅仅是单向的，而不是正常状态下的双向模式。毋庸讳言，翻译文学与原创文学地位的轮转，与经典和非经典的动态转换一样，都应该是一种双向的、可逆的过程。就寒山诗而言，在目的地文学系统获得经典地位之后，似乎也顺理成章地获得了始发地文学正统所认可的经典身份，然而这样的经典叙述与中国文学史中的其他文学经典文本相比，不过只是一个"边缘经典"或者"经典中的边缘"的角色。因此，如果能深入勾勒一下返程后的翻译文学经典在始发地文化规范中的经典重构问题，似乎可以丰富多元系统论的理论框架。

7.2 关于文学史书写的反思

现有的各类流行（翻译）文学史，对于寒山和寒山诗的记述不是一片空白，就是"蜻蜓点水"式的一笔带过。如何正确评价寒山和寒山诗的文学价值和文学影响，从而确立其应有的文学史地位是文学史书写应

---

1 Even-Zohar, I. Polysystem Theory. *Poetics Today*, 1990(11.1): 25.

寒山诗：文本旅行与经典建构（修订版）

该认真面对和解决的一个问题。或者说，我们对于其在东西方文学史、文化史和精神史等方面曾经或正在产生的影响不能熟视无睹。毋庸讳言，如果"寒学"研究停滞不前的话，文学史对于寒山和寒山诗的书写也许永远没有实质性的突破。因此，让寒山和寒山诗"显名"于中国文学史的重要前提，便是相关学术研究的发展。具体而言，我们对于寒山诗的语言艺术成就应当给予全面而允正的评价，不能只突出它的"通俗诗"成就而忽视其"主流诗"和"宗教诗"的巨大成就，否则在中国文学史重文学质性和文学影响的书写思路下，寒山和寒山诗肯定无力扭转其"边缘经典"的角色。

这种"经典中的边缘"地位的获得，除了文学认知的现状外，就是因为在文学与语言教学中，寒山诗的文学创作模式和语言表达模式还远未成为文学课程中推崇的摹写典范。换言之，其创作模式还没有成为主体文化规范和文化多元系统所谓的"某个值得遵从的"文学模式。但同时需要指出的是：本书无意推动营建寒山诗的所谓"核心正典"地位，而只欲通过它目前所取得的"边缘经典"这一说法，引发人们对于寒山诗，尤其是它在整个世界范围的巨大文学和文化影响的关注与研究。毕竟，"经典"只是作为一个文学史现象而存在，主流意识形态、主流诗学以及文学赞助人所代表的各类权力关系一旦发生变化，"经典"也大多会遭遇"去经典化"的命运。因此，"边缘"与"中心"，"边缘经典"与"核心正典"不过是意识形态和文学风尚的轮转与更替而已。换言之，忽视或漠视这样奇特而典型的文学现象，无异于承认我们封闭而守旧的文化立场和文学态度。当然，文学史的书写无法做到包罗万象，那么，我们是否可以在写作文学断代史（唐代文学史、大历诗歌史）、文学专门史（诗僧文学史、宗教文学史）、文学类型史（通俗文学史、通俗诗歌史）、文学地方史（浙江文学史、天台文学史）等专门论述中给予寒山和寒山诗更多的篇幅呢？毕竟，中国历代文学的文学版图和文学影响力，不是只有文学质性这一端的评判标准。对于何为文学以及文学质性的界说与判断，何尝又不是流动和变化的呢？因此，文学史的书写需要革新陈旧的文学观念，走出固有的文学史写作模式。

第7章 结语

其次，如果说寒山诗无论如何研究，也无法超越陶谢诗与李杜诗的文学质性和由此而建立起来的稳固的文学经典地位的话，那么对于寒山诗中所折射出的民俗学、精神史、地方史、语言学史以及文化史意义的学术研究，却肯定可以有某些新的研究突破。如果在这些方面有更深入和实质性的研究的话，相信三百余首内容参齐的、被相信是来自下层的寒山诗对于复原或部分复原唐代的社会风貌、政治制度、科举制度、风土人情、伦理观念、方言俚俗甚至寒山其人的真实面目，都具有极其重大的社会价值和学术影响。因此，从知识考古的视角，我们可以深度发掘寒山和寒山诗中某些带有文化史意义的东西，从而勾勒唐代下层文人的精神生活史和唐代社会的风物风俗史。这也许是"寒学"研究未来可能的方向，也是寒山诗文本旅行与经典建构带给我们的重要启示之一。

再次，对于寒山诗影响研究之现状同样不容乐观。这也是文学史书写难以对其做出准确评估的重要原因之一，因此这方面的研究同样亟需加强。实际上，对于寒山诗的纵向影响研究大多限于其"通俗诗"一路以及其"宗教诗"对于禅林的影响，而对于其文人"主流诗"的继承与影响研究还不多见。当然，相对而言，更为薄弱的则是对于其"横向"影响的研究。国内学术界对其在日本和美国的影响有所涉及，但对于它在其他亚欧国家的影响研究却几乎是一片空白。

当然，在我们呼吁客观允正的"寒学"研究以及全面重估寒山和寒山诗在中国文学史中的地位与影响的同时，文学史书写似乎也需要更新传统的写作思路。就《中国文学史》而言，编撰者在继承前人的基础上应有科学独立的判断与思考，不能人云亦云而疏于考察其话语的时代性与社会文化语境。宇文所安指出："一部文学作品不仅应该被放在这种文体的历史里加以讨论，而且它还隶属于一个我称之为'话语体系'的系统，这个系统指的是在某一特定的时间阅读、倾听、写作、再生产、改变以及传播文本的团体。"[1] 当然，这需要文学史编撰者有敏锐的

---

[1] 宇文所安.瓠落的文学史.田晓菲译.它山的石头记——宇文所安自选集.南京：江苏人民出版社，2003：10.

文学嗅觉，同时应努力保持文学史编撰与现代学术研究的同步，这样写出来的文学史才是相对客观的文学史。罗宗强、郝世峰主编的断代文学史——《隋唐五代文学史》（中卷）（北京：高等教育出版社，1994）就显示了编撰者这方面的智慧与洞见。这部文学史对于寒山和寒山诗的介绍和评价就采信了最权威的"寒学"研究成果。这种文学史的写作模式，似乎可以成为《中国文学史》编撰者们引以为鉴的典范。

事实上，现有的文学史和翻译文学史研究多停留在情况介绍和资料罗列的初浅层面，少有中肯而务实的学术评价；更有甚者，即使是简单介绍也是含糊不清、囫囵吞枣甚至错误照搬。其原因当然也是疏于细致的考证以及鲜有同相关学科领域的沟通与交流所致。如果文学史书写能全面考察文学作品的生成、流通、传布、翻译与接受的完整"话语体系"，那么文学史书写的现状一定会有根本的改观。因此，中国文学界、宗教学界、比较文学界、翻译学界、出版界等学科领域的研究者以及文学史编撰者需要切实加强合作与交流，共同推进寒山诗文学史书写的"话语体系"建设。

7.3 关于旅行模式与经典建构的反思

如前所述，始发地主体文化规范中的主流意识形态和主体诗学，在很大程度上影响和制约着出发文本的语内旅行。如果该文学文本在形式和内容上均符合主体文化规范所认可的意识形态和所厘定的诗学标准，而且文本的制造者也系主体文化规范所认可的文学正统的话，那么在历时和共时的语内旅行中，此（类）文本就很容易成为始发地文化多元系统中的文学经典，并因此有机会跻身文学史的合法席位。但如果这些条件均难具备的时候，该（类）文本也许就会被淡忘、被边缘化甚至被挤出主流文学史的宫墙之外。不过，当主体文化规范和文学观念随着意识形态、诗学传统和学术风气等影响因子的改变而发生范式转移的时候，该（类）文本又可能重新迎来流通、传播、阐释、研究甚至经典化的契机。当然，这只是对于文学文本在文本旅行的始发地——即故国主体文化多元系统中经典建构历程的一个简单描述而已，而寒山诗的文学命运却远非这般平铺直叙。

历时地来看，由于东亚近邻日本与中国文化在语言、文字上的历史渊源，在主体文化规范中屡遭边缘化的寒山诗却因为目的地文化多元系统的意识形态和诗学传统的可兼容性而获得了承认和接受。自北宋传入日本后，寒山诗就对其语言研究、文学研究、宗教研究、艺术研究甚至精神史研究产生了积极而重大的影响，寒山诗也因此成功融入其文化多元系统并成就了其不朽的经典地位。我们姑且可以称其为寒山诗经典建构过程中的"日本模式"。该种模式的形成，一方面是由于中、日两国在语言和文化背景上的亲缘关系所致；另一方面则是因为后者积极开放开明的文化心态使然。在这样的文化多元系统中，翻译文学可以获得和原创文学几乎同等重要的文学身份，并成为其文化多元系统的"中心"与"主流"。于是，对于异域文化，尤其是符合本国主流意识形态和诗学传统的文化与文本形式就会极尽输入与译介之能事。甚至在这样的主体文化规范中，即使与本国主流意识形态和诗学传统不相符合的某些文化与文本形式，也一般会先输入，然后再进行某种"本土化"的改造与驯化，从而为自己所用。这样的例子在各国翻译史中并不鲜见。寒山诗就是在这样和谐的目的地文化话语场中得以"脱胎换骨"。此外，也正是由于日本这个文化主体的开放性与包容性，许多西方国家往往倾向于选择日本作为文化输入的中介。就寒山诗这个典型案例来看，正是日本这个"旅行中介"，在寒山诗与欧美文化之间搭建了多个沟通和交流的平台，寒山诗才得以有机会开始它在目的地文化多元系统中的语际文学之旅。

有了此"中介"的外联作用，再加之二十世纪五六十年代处于文化转型期的美国特殊的社会、政治和文化现实、各方赞助人的有意操控以及诗人翻译家加里·斯奈德对于目标读者"期待规范"的充分考虑，被翻译家精心"本土化"的寒山诗在美国文学多元系统中频繁亮相于各种文学史、各大文学选集以及多所大学的人文讲堂。在实现其经典建构的

寒山诗：文本旅行与经典建构（修订版）

同时，寒山诗还带动了普罗大众和学术共同体的"寒学"热潮。如此看来，当目的地文化多元系统处于稚嫩、边缘或转型之时，翻译文学同样可以实现从"边缘"到"中心"的角色转换，从而成为某种"革新力量的内在组成部分"。如果此时对旅行进入该文化多元系统的文学文本施以"本土化"改造的话，那么该文本就很容易获得译入语文化多元系统中的"翻译文学经典"身份。我们可以称其为寒山诗经典建构过程中的"美国模式"。

这里所谓的"本土化"，即是为了迎合主流意识形态和主流诗学以及目标读者的"本土意识"而采取的一种翻译"改写"手段。这种"改写"与"本土化解读"的主要目的旨在从语言、文字、审美甚至情感等诸多方面激发目标读者一种文化的、心理的甚至是民族的认同感与归属感。这样经过"本土化"浸礼的文本，就比较容易在目的地文化多元系统中争取到最大限度的读者群和经典制造者们的认同与支持，从而比较顺利地实现经典建构的预期目标。需要指出的是，这种"本土化"尝试不仅仅局限于语言文字的层面，也包括为实现文本的经典化建构而采取的各种"本土化"努力，例如主动趋顺主流意识形态和积极寻求各方赞助人的认可与支持等。

因为寒山诗在日、美等国所赢得的巨大文学影响的刺激，加之文学观念和文化研究的转向，使得主体文化规范中"经典"和"雅俗"的传统认知模式开始动摇。当寒山诗开始它的返程之旅后，便轻松获得了始发地文化多元系统的"另眼相看"。除去民间力量的各种关注之外，学术研究和文学史书写也纷纷开始关注被中国文学正统长期忽略的寒山和寒山诗，寒山诗在中国文学史和文学选集中终于为自己赢得了一席之地。但由于种种原因，寒山诗在当下的中国文学史和翻译文学史中，仍然只是一个寥寥数笔就可以弃置旁顾的"边缘经典"的角色，这与它实际的思想与艺术成就以及它在比较文学、媒介学和翻译学等学科领域的重要影响相比，实在是鲜明至极的反讽。如果我们将这种"边缘经典"模式称为寒山诗经典建构过程中的"中国模式"的话，那么这一模式无疑正好揭示出寒山诗研究的巨大空间与先天不足。

第 7 章　结语

其实，无论是"日本模式"还是"美国模式"，无一例外体现的都是文化主体的一种开放与包容心态；二者所共同揭示的实际是一种文化和文学对于另一种文化和文学的认可与借鉴，并在此基础上将某些可用元素有机地融进本土文化建设，然后以此为突破口，找寻自身文化主体的新的发展模式。当今日、美文化多元系统中对于自然、生态、环保、禅宗的关注，很难说没有受到寒山和寒山诗的影响。在某种意义上，寒山和寒山诗为日美文化多元系统找到了精神救赎和文学改良的新的可能性。这无疑是很高级的文化挪借，其成功前提无非就是对外来文化不抱成见、不存偏见。而所谓的"中国模式"，则揭示出文化主体的一种相对封闭和保守的文化心态。在这种模式中，文学习惯势力和文化保守主义对于文本旅行与经典建构均设置了严苛的遴选标准和诸多数量的限制程序，既不积极地发掘文本的建设性因素，也不积极推动它与本土文化的融合创新。因此，在既定的文学和文化规范面前，这些文本在本土文化多元系统中始终处于一种边缘和流亡状态，不过，当它一旦有机会踏上语际旅行的征途之时，却往往能得到它去往的目的地文化多元系统的垂青和认可，从而上演充满各种戏剧性的"墙内开花墙外香"的文学大戏。

综上所述，"日本模式"主要建基于寒山诗与日本语言和文化的亲近关系之上，即"文本内因素"在此模式中起着决定性的作用；而"美国模式"在兼顾"文本内因素"的同时，更多地却是因为主流意识形态、诗学传统、赞助人以及译者和读者等"文本外因素"的配合与操控所致；而"中国模式"则游离于上述两种模式之间，无论文本内还是文本外因素，都似乎对寒山诗视而不见，偶有兴趣，也多属功利主义的文学观使然。即便是衣锦荣归的寒山诗，在当下的中国文学经典形式库中，也不过是很多人眼中上不得台面的文学史点缀而已。因此，对于寒山诗的文本价值和文学影响的研究，学界表现出来的更多是一种"浅尝辄止"和"隔靴搔痒"的消极姿态，以至于当下的中国文学界、宗教界、出版界等社会各界对于寒山诗的了解与认知几乎仍是一片空白，更遑论对"寒学"研究的重要性有任何深层次的认识和思考了。基于此，我们的反思还不能仅仅停留在对于其人其诗的关注与研究上面,也不能止步于理论层面的完善与文学史书写的修补,也许真正应该深刻反思的是我们看待自身文化和外来文化的视角、态度和方法。毋庸置疑,走出文化的封闭圈,才是寒山诗文本旅行与经典建构历程带给我们的最大启示。

参考文献

一、中文部分

安万侣.1979.古事记.邹有恒,吕元明译.北京:人民文学出版社.
蔡振兴.2004.破与立:论史耐德《山水无尽》跨越疆界的想象.中外文学,(5):106-128.
曹　汛.1997.寒山诗的宋代知音——兼论寒山诗在宋代的流布与影响.《中国典籍与文化》编辑部编.中国典籍与文化论丛(第四辑).北京:中华书局,121-133.
陈鼎环.1970.寒山子的禅境与诗情.唐三圣二和原者.寒山诗集:附丰干、楚石、拾得、石树原诗.台北:文峰出版社,21-44.
陈东荣,陈长房.1995.典律与文学教学.台北:比较文学学会/台湾中央大学英美语文学系.
陈慧剑.1984.寒山子研究.台北:东大图书公司.
陈平原.1999.文学史的形成与建构.南宁:广西教育出版社.
陈　硕.2004.经典制造:金庸研究的文化政治.桂林:广西师范大学出版社.
陈文成.1991.沃森编译《中国诗选》读后.中国翻译,(1):44-48.
陈　炎,李红春.2003.儒释道背景下的唐代诗歌.北京:昆仑出版社.
陈引驰.2001.寒山的两个世界.陈引驰.大千世界——佛教文学.昆明:云南人民出版社,186-201.
程　虹.2001.跨越时空的沟通——美国当代自然文学作家与中国唐代诗人寒山.外国文学,(6):67-71.
赤　松.2009. Me and Cold Mountain.浙江省社会科学联合会.寒山子暨和合文化国际研讨会论文集.杭州:浙江大学出版社,90-98.
大田悌藏.1990.寒山诗解说.曹潜译.东南文化·天台山文化专刊,(6):125-126.
大庭修.1998.江户时代中国典籍流播日本之研究.戚印平等译.杭州:杭州大学出版社.
戴　燕.2004.文学史的权力.北京:北京大学出版社.

寒山诗：文本旅行与经典建构（修订版）

段晓春．1996．《寒山子诗集》版本研究匡补．图书馆论坛，（1）：62-64.
儿玉实英．1993．美国诗歌与日本文化．杨占武等译．西安：陕西人民教育出版社．
《法音》编辑部．1986．寒山诗集译成外文全集已在巴黎出版．法音，（3）：54.
Frodsham, J. D. 1973. 中国山水诗的起源．邓仕樑译．香港中文大学中国古典文学翻译委员会．英美学人论中国古典文学．香港：香港中文大学出版社，117-164.
高东山．1990．英诗格律与赏析．北京：商务印书馆．
葛兆光．1998．中国宗教与文学论集．北京：清华大学出版社．
葛兆光．2000．中国禅思想史——从6世纪到9世纪．北京：北京大学出版社．
龚鹏程．2001．游的精神文化史论．石家庄：河北教育出版社．
郭少棠．2005．旅行：跨文化想象．北京：北京大学出版社．
海若·亚当斯．1994．经典：文学的准则/权力的准则．曾珍珍译．中外文学，（2）：6-26.
寒　山．1959．寒山诗：影印宋本．香港：香港永久放生会．
寒　山．1960．诗三百三首．彭定求编．全唐诗．北京：中华书局，9063-9102.
寒　山．1999．寒山诗选：汉英对照．斯坦布勒译、王军绘．北京：中国文学出版社/外语教学与研究出版社．
胡安江．2005a. 妥协与变形——从误译现象看传统翻译批评模式的理论缺陷．四川外语学院学报，（3）：121-125.
胡安江．2005b. 文本旅行与翻译变异——论加里·斯奈德对寒山诗的创造性"误读"．解放军外国语学院学报，（6）：67-72.
胡安江．2007a. 翻译的本意——《枫桥夜泊》的五种汉学家译本研究．天津外国语学院学报，（6）：63-68.
胡安江．2007b. 绝妙寒山道——寒山诗在法国的传布与接受．中国比较文学，（4）：95-109.
胡安江．2007c. 文本旅行与翻译研究．四川外语学院学报，（5）：117-122.
胡安江．2008a. 翻译文本的经典建构研究．外语学刊，（5）：93-96.
胡安江．2008b. 寒山诗在域外的传布与接受．唐代文学研究年鉴．桂林：广西师范大学出版社，268-285.
胡安江．2009a. 寒山诗的返程之旅及其在港台地区的传布与接受．秋爽，姚炎祥主编．第二届寒山寺文化论坛论文集（2008）．上海：上海古籍出版社：207-221.
胡安江．2009b. 历史意识与诗性原则——美国诗人加里·斯奈德的翻译诗学研究．外国语文，（2）：130-134.
胡安江．2009c. 美国学者伯顿·华生的寒山诗英译本研究．解放军外国语学院学报，（6）：75-80.

胡安江 . 2009d. 美国学者韩禄伯寒山诗全译本研究 . 区鉷主编 . 珠水诗心共悠悠 / 第二届珠江国际诗会暨学术研讨会论文集 . 广州：中山大学出版社，218-224.

胡安江 . 2009e. 相遇寒山——寒山诗在英国的传布与接受研究 . 英语研究，（3）：59-64.

胡安江 . 2009f. 英国汉学家阿瑟·韦利的寒山诗英译本研究 . 外语与外语教学，（9）：53-57.

胡安江 . 2010. 中国古代旅行书写与翻译研究的传统角色 . 外语学刊，（1）：113-117.

胡安江 . 2011. 寒山诗的三个世界 . 秋爽，姚炎祥主编 . 第四届寒山寺文化论坛——国际和合文化大会论文集（2010）. 上海：上海三联书店，596-604.

胡安江 . 2014. 寒山诗在域外的流布与接受 . 秋爽，姚炎祥主编 . 第七届寒山寺文化论坛论文集（2013）. 上海：上海三联书店，32-47.

胡安江 . 2020. 从文本到受众：翻译与文化研究论集 . 北京：科学出版社 .

胡安江，胡晨飞 . 2012. 再论中国文学"走出去"之译者模式及翻译策略——以寒山诗在英语世界的传播为例 . 外语教学理论与实践，（4）：55-61.

胡安江，周晓琳 . 2008. 语言与翻译的政治——意识形态与译者的主体身份建构 . 四川外语学院学报，（5）：103-107.

胡安江，周晓琳 . 2009. 空谷幽兰——美国译者赤松的寒山诗全译本研究 . 西南政法大学学报，（3）：131-135.

胡安江，周晓琳 . 2012. 法国汉学家吴其昱的寒山诗英译本研究 . 外国语文，（5）：108-112.

胡菊人 . 1966. 诗僧寒山的复活 . 明报月刊（香港），1（11）：2-12.

胡 适 . 1959. 白话文学史 . 香港：应钟书屋 .

黄博仁 . 1981. 寒山及其诗 . 台北：新文丰 .

黄曼君 . 2004. 中国现代文学经典的诞生与延传 . 中国社会科学，（3）：149-159，208.

黄 人 . 2015. 中国文学史 . 苏州：苏州大学出版社 .

黄巽斋 . 1998. 汉字文化丛谈 . 长沙：岳麓书社 .

加里·斯奈德 . 2019. 砌石与寒山诗 . 柳向阳译 . 北京：人民文学出版社 .

贾瑞芳 . 1995. 代言人、反射镜、理想国——评加里·史奈德的寒山诗译 . 常耀信 . 多种视角——文化及文学比较研究论文集 . 天津：南开大学出版社，56-63.

金英镇 . 2002. 论寒山诗对韩国禅师与文人的影响 . 宗教学研究，（4）：40-47，144.

静、筠禅僧. 2001. 祖堂集. 张华点校. 郑州：中州古籍出版社.
久须本文雄. 昭和60（1985）. 寒山拾得：上. 东京：株式会社讲谈社.
孔慧怡. 1999. 翻译·文学·文化. 北京：北京大学出版社.
孔慧怡. 2005. 重写翻译史. 香港：香港中文大学翻译研究中心.
孔慧怡，杨承淑. 2000. 亚洲翻译传统与现代动向. 北京：北京大学出版社.
孔颖达. 2004. 周易正义. 北京：九州出版社.
Lentricchia, F. & McLaughlin, T. 1994. 文学批评术语. 张京媛等译. 香港：牛津大学出版社.
李得春. 2005. 韩国历代汉韩翻译简述. 解放军外国语学院学报，（4）：73-78.
李昉. 1961. 太平广记·卷第五十五. 北京：中华书局.
李景结等. 1989. 中国古典文学辞典. 北京：北京出版社.
李欧梵. 2000. 现代性的追求. 北京：生活·读书·新知三联书店.
李欧梵. 2005. 我的哈佛岁月. 南京：江苏教育出版社.
李锺美. 2008. 古印本寒山诗版本系统考. 浙江省社会科学联合会. 寒山子暨和合文化国际学术研讨会论文集. 杭州：浙江大学出版社，149-165.
林庚. 1987. 唐诗综论. 北京：人民文学出版社.
林庚. 1988. 中国文学简史. 北京：北京大学出版社.
林淑玟. 1997. 风狂三圣僧：寒山拾得丰干. 刘建志绘. 台北：法鼓文化事业股份有限公司.
刘大杰. 1966. 中国文学发达史：全一册. 台北：中华书局.
刘大杰. 1976. 中国文学发展史：第二册. 上海：上海人民出版社.
刘大杰. 1980. 校订本《中国文学发展史》. 台北：华正书局.
刘坚. 2005. 寒山、拾得诗. 刘坚. 近代汉语读本. 上海：上海教育出版社，21-24.
刘生. 2001. 加里·斯奈德诗中的中国文化意蕴. 外语教学，（4）：77-81.
刘晓路. 2003. 日本美术史纲. 上海：上海古籍出版社.
刘玉才. 2002.《寒山诗集》影印说明. 日本宫内厅书陵部藏宋元版汉籍影印丛书》编委会. 寒山诗集（日本宫内厅书陵部藏宋元版汉籍影印丛书第一辑）. 北京：线装书局.
柳存仁. 1956. 中国文学史. 香港：大公书局.
柳存仁. 1982. 中国文学史：中国文学欣赏导读全集. 台北：庄严出版社.
柳存仁，陈子展等. 2001. 中国大文学史：上册. 上海：上海书店.
鲁思·本尼迪克特. 2005. 菊与刀. 吕万和等译. 北京：商务印书馆.
陆侃如，冯沅君. 1996. 中国诗史. 济南：山东大学出版社.
罗时进. 2001. 寒山及其《寒山子集》. 罗时进. 唐诗演进论. 南京：江苏古籍出版社，98-137.

参考文献

罗时进.2005.日本寒山题材绘画创作及其渊源.文艺研究,(3):104-111,160.

罗时进.2008.寒山的身份与通俗诗叙述角色转换.秋爽,姚炎祥主编.寒山寺文化论坛论文集2007.北京:中国文史出版社,107-124.

罗宗强等.1988.南开文学研究.天津:天津古籍出版社.

罗宗强,郝世峰.1994.隋唐五代文学史(中卷).北京:高等教育出版社.

孟 华.2001.比较文学形象学.北京:北京大学出版社.

米 乐.1995.跨越边界:翻译·文学·批评.单德兴编译.台北:书林出版有限公司.

南 帆.1998.文学史与经典.文艺理论研究,(5):8-15.

倪豪士.1994.美国学者论唐代文学.黄宝华等译.上海:上海古籍出版社.

区 𨱑.1994.加里·斯奈德面面观.外国文学评论,(1):32-36.

区 𨱑,胡安江.2007.寒山诗在日本的传布与接受.外国文学研究,(3):150-158.

区 𨱑,胡安江.2008.文本旅行与经典建构——寒山诗在美国翻译文学中的经典化.中国翻译,(3):20-25.

朴永焕.2009.当代韩国寒山子研究的现状和展望.浙江省社会科学联合会.寒山子暨和合文化国际研讨会论文集.杭州:浙江大学出版社,222-228.

钱林森.1990.中国文学在法国.广州:花城出版社.

钱 穆.1959.读书散记两篇·读寒山诗.新亚书院学术年刊,(1):1-15.

钱学烈.1998a.寒山诗的流传与研究.中国社会科学院研究生院学报,(3):57-60.

钱学烈.1998b.寒山拾得诗校评.天津:天津古籍出版社.

前野直彬.1979.中国文学史.连秀华,何寄澎译.台北:长安出版社.

前野直彬.2012.中国文学史.上海:复旦大学出版社.

钱锺书.2003.七缀集.北京:生活·读书·新知三联书店.

清世宗.2001.御选语录·御录宗镜大纲·教乘法数摘要:第一册.故宫博物院编.海口:海南出版社.

任道斌.1991.佛教文化辞典.杭州:浙江古籍出版社.

任继愈.1998.宗教大辞典.上海:上海辞书出版社.

入矢义高.1989.寒山诗管窥.王顺洪译.古籍整理与研究编辑部古籍整理与研究(第四期).北京:中华书局,233-252.

若 凡.1963.寒山子诗韵(附拾得诗韵).北京大学中文系.语言学论丛:第五辑.北京:商务印书馆,99-130.

单德兴.2000.铭刻与再现——华裔美国文学与文化论集.台北:麦田出版社.

上海古籍出版社.1997.出版说明.刘大杰.中国文学发展史(上册).上海：上海古籍出版社,1.
施蛰存.1996.寒山子：诗十一首.施蛰存.唐诗百话.上海：华东师范大学出版社,579-589.
宋柏年.1994.中国古典文学在国外.北京：北京语言学院出版社.
宋先伟.2004a.禅诗精选：高僧卷.北京：北京大众出版社.
宋先伟.2004b.寒山拾得诗.北京：北京大众出版社.
孙昌武.1997.寒山诗与禅.孙昌武.禅思与诗情.北京：中华书局,247-277.
孙昌武.2001.文坛佛影.北京：中华书局.
孙昌武.2004.游学集录——孙昌武自选集.天津：南开大学出版社.
孙旗.1974.寒山与西皮.台中：普天出版社.
谭汝谦.1981.日本译中国书综合目录.香港：香港中文大学出版社.
谭汝谦.1988.近代中日文化关系研究.香港：香港日本研究所.
陶东风.2004.文学经典与文化权力(上)——文化研究视野中的文学经典问题.中国比较文学,(3): 61-77.
童元方.2003.论《鲁拜集》的英译与汉译.罗选民,屠国元.阐释与解构.合肥：安徽文艺出版社,160-179.
汪高鑫,程仁桃.2006.东亚三国古代关系史.北京：北京工业大学出版社.
王东风.2000.翻译文学的文学地位与译者的文化态度.中国翻译,(4): 3-9.
王东风.2003.一只看不见的手——论意识形态对翻译实践的操纵.中国翻译,(5): 18-25.
王洪,田军.1990.唐诗百科大辞典.北京：光明日报出版社.
王聘珍.1983.大戴礼记解诂.北京：中华书局.
王庆云.1990.论寒山诗及其在东西方的影响.烟台师范学院学报(哲社版),(1): 52-57.
王晓建.2002.日本发行的寒山邮票.人民日报(海外版),12月09日第七版.
王瑶.1986.中古文学史论.北京：北京大学出版社.
王运熙.1981.寒山子诗歌的创作年代.王运熙.汉魏六朝唐代文学论丛.上海：上海古籍出版社,204-217.
王中江.2003.经典的条件：以早期儒家经典的形成为例.刘小枫,陈少明.经典与解释的张力.上海：上海三联书店,3-26.
魏思齐.2008.不列颠(英国)的汉学研究概况.汉学研究通讯,27(2): 45-52.
闻一多.1984.闻一多论古典文学.郑临川述评.重庆：重庆出版社.
闻一多.2004.唐诗杂论.上海：上海古籍出版社.
翁显良.1994.本色与变相——汉诗英译琐议之三.杨自俭,刘学云.翻译新论.武汉：湖北教育出版社,43-56.

参考文献

吴子林 . 2003. 文化的参与：经典再生产——以明清之际小说的"经典化"进程为个案 . 文学评论，（2）: 120-127.

奚 密 . 1985. 寒山译诗与《敲打集》——一个文学典型的形成 . 郑树森 . 中美文学因缘 . 台北：东大图书公司印行，165-193.

奚 密 . 2004. 诗生活 . 桂林：广西师范大学出版社 .

香港中文大学中国古典文学翻译委员会 . 1973. 英美学人论中国古典文学 . 中国香港：香港中文大学出版社 .

项 楚 . 1999. 寒山诗籀读札记 . 新国学（00），143-153

项 楚 . 2000/2019. 寒山诗注（附拾得诗注）. 北京：中华书局 .

项 楚 . 2004. 唐代的白话诗派 . 江西社会科学，（2）: 36-41.

谢思炜 . 1993. 禅宗与中国文学 . 北京：中国社会科学出版社 .

谢思炜 . 1995. 唐代通俗诗研究 . 中国社会科学，（2）: 154-166.

熊礼汇 . 2009. 中国文学史 . 武汉：武汉大学出版社 .

徐光大 . 1991. 寒山子诗校评：附拾得诗 . 西安：陕西人民出版社 .

绪方惟精 . 1976. 日本汉文学史 . 丁策译 . 台北：正中书局 .

薛家柱 . 1995. 隐逸寒岩性自真：寒山大师传 . 高雄县大树乡：佛光出版社 .

严绍璗 . 1991. 中国古代文献典籍东传日本考略 . 古籍整理与研究编辑部 . 古籍整理与研究（第六期）. 北京：中华书局，255-276.

严振非 . 1994. 寒山子身世考 . 东南文化，（2）: 212-218.

杨荫深 . 1954. 中国文学史大纲 . 中国香港：商务印书馆 .

叶昌炽 . 1986. 寒山寺志 . 南京：江苏古籍出版社 .

叶渭渠 . 2004. 日本文化史 . 桂林：广西师范大学出版社 .

叶珠红 . 2005a. 寒山诗集校考 . 台北：文史哲出版社 .

叶珠红 . 2005b. 寒山资料考辨 . 台北：秀威咨讯科技股份有限公司 .

叶珠红 . 2006. 寒山诗集论丛 . 台北：秀威资讯科技股份有限公司 .

余嘉锡 . 1974. 寒山子诗集二卷附丰干拾得诗一卷 . 余嘉锡 . 四库提要辨证（精装全一册）· 卷二十 · 集部一 . 中国香港：中华书局，1246-1260.

宇文所安 . 2003. 瓠落的文学史 . 田晓菲 . 它山的石头记——宇文所安自选集 . 南京：江苏人民出版社，1-18.

袁行霈 . 1998. 中国诗歌艺术研究 . 北京：北京大学出版社 .

袁行霈，罗宗强 . 2005. 中国文学史：第二版 . 第二卷 . 北京：高等教育出版社 .

赞 宁 . 1997. 宋高僧传 . 北京：中华书局 .

查明建 . 2004. 文化操纵与利用：意识形态与翻译文学经典的建构——以20世纪五六十年代中国的翻译文学为研究中心 . 中国比较文学，（2）: 89-105.

张伯伟 . 1992. 寒山诗与禅宗 . 张伯伟 . 禅与诗学 . 杭州：浙江人民出版社，224-255.

张隆溪. 2004. 走出文化的封闭圈. 北京: 生活·读书·新知三联书店.
张曼涛. 1976. 日本学者对寒山的评价与解释. 张曼涛. 日本人的死. 台北: 黎明文化事业股份有限公司, 97-118.
张曼涛. 1978. 中日佛教关系研究. 台北: 大乘文化出版社.
张佩瑶. 2003. 从话语的角度重读魏易与林纾合译的《黑奴吁天录》. 中国翻译, (2): 17-22.
张锡厚. 1990. 王梵志诗研究丛录. 上海: 上海古籍出版社.
张中行. 1995. 文言与白话. 哈尔滨: 黑龙江人民出版社.
赵稀方. 2003. 翻译与新时期的话语实践. 北京: 中国社会科学出版社.
赵毅衡. 1982. 加里·斯奈德翘首东望. 读书, (10): 128-133.
赵毅衡. 1985. 远游的诗神——中国古典诗歌对美国新诗运动的影响. 成都: 四川人民出版社.
赵毅衡. 1990. 儒佛道社会主义者: 史耐德·史耐德诗文选. 当代编辑部. 诗人史耐德: 从敲打派到后现代. 当代(台北), (53): 24-27.
赵毅衡. 2003. 诗神远游——中国如何改变了美国现代诗. 上海: 上海译文出版社.
郑振铎. 1984. 中国俗文学史: 上. 上海: 上海书店.
中华书局编辑部. 1960. 全唐诗·卷八百六·寒山·诗三百三首: 第二十三册. 北京: 中华书局.
钟玲. 1970. 寒山在东方和西方文学界的地位. 唐三圣二和原者. 寒山诗集: 附丰干、楚石、拾得、石树原诗(上海商务印书馆缩印建德周氏影宋本). 台北: 文峰出版社, 1-20.
钟玲. 1984. 寒山诗的流传. 钟玲. 文学评论集. 台北: 时报文化出版事业有限公司, 3-25.
钟玲. 2003. 美国诗与中国梦. 桂林: 广西师范大学出版社.
钟玲. 2008. 寒山与美国诗歌作品, 1980至2007. 学术论坛, (7): 61-65.
钟玲. 2018. 文本深层: 跨文化融合与性别探索. 台北: 台湾大学出版中心.
周发祥, 李岫. 1999. 中外文学交流史. 长沙: 湖南教育出版社.
周琦. 1994. 寒山诗与史. 合肥: 黄山书社.
周晓琳, 胡安江. 2008. 寒山诗在美国的传布与接受. 西南政法大学学报, (2): 125-130.
周扬. 1994. 中国文学史通览. 上海: 东方出版中心.
朱光潜. 2001. 诗论. 上海: 上海古籍出版社.
朱徽. 2001. 中美诗缘. 成都: 四川人民出版社.
子规. 2004. 中国的寒山与美国的冷山. 文史杂志, (6): 24-30.

参考文献

二、外文部分

Allen, D. 1960. *The New American Poetry.* New York: Grove Press.

Allén, S. 1999. *Translation of Poetry and Poetic Prose: Proceedings of Nobel Symposium 110.* Singapore, New Jersey, London & Hong Kong: World Scientific Publishing Co. Pte. Ltd.

Almberg, E. S. P. 2003. From Apology to a Matter of Course. Chan, L. T. *One into Many, Translation and the Dissemination of Classical Chinese Literature.* Amsterdam & New York: Rodopi.

Barrett, T. H. 1993. Book Review: *The Poetry of Han-shan (Cold Mountain): A Complete, Annotated Translation,* by Robert G. Henricks. *Bulletin of the School of Oriental and African Studies,* 56(3): 647–648.

Barrett, T. H. 2003a. Hanshan in Translation. Hobson, P. *Poems of Hanshan.* Walnut Creek: Altamira Press, 147–151.

Barrett, T. H. 2003b. Hanshan's Place in History. Hobson, P. *Poems of Hanshan.* Walnut Creek: Altamira Press, 115–137.

Bartsch, R. 1987. *Norms of Language: Theoretical & Practical Aspects.* London & New York: Longman.

Bassnett, S. 1993. *Comparative Literature: A Critical Introduction.* Oxford & Cambridge: Blackwell.

Bassnett, S. & André, L. (eds.). 1998. *Constructing Cultures: Essays on Literary Translation.* Clevedon: Multilingual Matters.

Benjamin, W. 1992. The Task of the Translator. Schutle, R. & Biguenet, J. *Theories of Translation: An Anthology of Essays from Dryden to Derrida.* Chicago: The University of Chicago Press, 71–82.

Birch, C. 1965/1967. *Anthology of Chinese Literature: From Early Times to the Fourteenth Century.* New York: Grove Press.

Bloom, H. 1994. *The Western Canon: The Books and School of the Ages.* New York: Harcourt Brace.

Bokenkamp, S. R.1991.Book Review: *The Poetry of Han-shan (Cold Mountain): A Complete, Annotated Translation. Chinese Literature: Essays, Articles, Reviews,* 13: 137–145.

Borgen, R. 1991. The Legend of Hanshan: A Neglected Source. *Journal of the American Oriental Society,* 111(3): 575–579.

Chesterman, A. 1997. *Memes of Translation: The Spread of Ideas in Translation Theory.* Amsterdam & Philadelphia: John Benjamins Publishing Company.

Cheng, W. F. & Hervé, C. 1985/1992. *Han Shan: Merveilleux le Chemin de Han Shan*. Millemont: Moundarren.

Chung, L. 1977. Whose Mountain Is This?—Gary Snyder's Translation of Han Shan. *Renditions*, (7): 93–102.

Chung, L. 1978. The Reception of Cold Mountain's Poetry in the Far East and the United States. *New Asia Academic Bulletin*, (1): 85–96.

Clifford, J. 1992. Traveling Cultures. Grossberg, L. et al. *Cultural Studies*. New York & London: Routledge, 96–112.

Clifford, J. 1999. *Routes: Travel and Translation in the Late Twentieth Century*. Cambridge, Mass. & London: Harvard University Press.

Davidson, M. 1989. *The San Francisco Renaissance: Poetics and Community at Mid-century*. Cambridge: Cambridge University Press.

Even-Zohar, I. 1978. The Position of Translated Literature within the Literary Polysystem. Holmes J., Lambert J.& Raymond V.D.B. *Literature and Translation*. Leuven: Academic Publishing Company, 269–278.

Even-Zohar, I. 1990. Polysystem Theory. *Poetics Today*, 11(1): 19–26.

Fackler, H. 1971. Three English Versions of Han-Shan's Cold Mountain Poems. *Literature East and West*, (XV): 269–278.

Fang, A. 1953. Some Reflections on the Difficulty of Translation. Wright A. *Studies in Chinese Thought*. Chicago & London: The University of Chicago Press, 263–285.

Fokkema, D. & Elrud, I. 2000. *Knowledge and Commitment, A Problem-oriented Approach to Literary Studies*. Amsterdam/Philadelphia: John Benjamins.

Foster, N. & Jack, S. 1996. *The RoaringStream: A New Zen Reader*. Hopewell, N.J.: Ecco Press.

Franke, H. 1966. Book Review: *Anthology of Chinese Literature: From Early Times to the Fourteenth Century* by Birch, C. *Journal of the American Oriental Society*, 86(2): 254–255.

Frankel, H. 1960. Book Review: *Poems by Wang Wei*, by Chang Yin-nan & Lewis C. Walmsley. *Journal of the American Oriental Society*, 80(2): 174–176.

Frankel, H. 1986. Book Review: The Columbia Book of Chinese Poetry: From Early Times to the Thirteenth Century. Translated and edited by Waston, B. *Harvard Journal of Asiatic Studies*, 46(1): 288–295.

Fung, S. K. & Lai, S. T. 1984. *25 T'ang Poets: Index to English Translations*. Hong Kong: Chinese University Press.

参考文献

Gálik, M. 2003. Tang Poetry in Translation in Bohemia and Slovakia (1902—1999). Chan, L. T. *One into Many, Translation and the Dissemination of Classical Chinese Literature*. Amsterdam & New York: Rodopi.

Graham, A. C. 1965. *Poems of the Late T'ang*. Middlesex: Penguin Books.

Hamill, S. & Jerome, S. 2004. *The Poetry of Zen*. Boston: Shambhala Publications, Inc.

Han, S., Shih, T. & Wang, F. C. 2009. *Cold Mountain Poems: Zen Poems of Han Shan, Shih Te, and Wang Fan—chih*. Seaton, J. P. (trans.). Boston: Shambhala Publications.

Harris, P. 1999. Foreword. Harris, P. *Zen Poems*. New York: Alfred A. Knopf, 17–22.

Hawkes, David. 1962. Book Review: *Cold Mountain: 100 Poems by the T'ang Poet Han-shan*, Translated and with an Introduction by Burton Watson. *Journal of the American Oriental Society*, 82(4): 596–599.

Henbricks, R. 1990. *The Poetry of Han-shan: A Complete, Annotated Translation of Cold Mountain*. New York: State University of New Work Press.

Hermans, T. 1996. Norms and the Determination of Translation: A Theoretical Framework. Alvarez, R. & Vidal, M. Carmen-Africa. *Translation, Power, Subversion*. Clevedon & Philadelphia: Multilingual Matters Ltd. , 25–51.

Hobson, P. 2003. *Poems of Hanshan*. Walnut Creek: Altamira Press.

Hu, A. J. 2021. On Gary Snyder's Tradaptation of Cold Mountain Poems and Its Spiritual Salvation and Literary Enlightenment in Postwar America. *Comparative Literature and Culture*. (forthcoming).

Huang, Y. T. 1997. *SHI: A Radical Reading of Chinese Poetry*. New York: Roof Books.

Huang, Y. T. 2002. *Transpacific Displacement: Ethnography, Translation, and Intertextual Travel in Twentieth-Century Literature*. Berkeley, L. A. & London: University of California Press.

Idema, W. L. 2003. Dutch Translations of Classical Chinese Literature. Chan, L. T. *One into Many, Translation and the Dissemination of Classical Chinese Literature*. Amsterdam & New York: Rodopi, 213–242.

Islam, S. M. 2000. *The Ethics of Travel*. Manchester: Manchester University Press.

Jakobson, R. 2004. On Linguistic Aspects of Translation. Venuti L. *The Translation Studies Reader: Second Edition*. New York: Routledge, 113–118.

Jeon, K. T. 1971/1972. The Influences of Chinese Literature on Korean Literature. *Tamkang Review*, Vol II (2) & Vol III (1): 101–115.

Kahn, P. 1986. Han Shan in English. *Renditions*, (25): 140–175.
Kampf, L. & Paul, L.(eds.). 1972. *The Politics of Literature: Dissenting Essays on the Teaching of English*. New York: Pantheon Books.
Kern, R. 1996. *Orientalism, Modernism and the American Poem*. New York: Cambridge University Press.
Lauter, P. et al. (eds.). 1994. *The Heath Anthology of American Literature*. Lexington, Mass.: D.C. Heath and Co.
Leed, E. 1991. *The Mind of the Traveler: From Gilgamesh to Global Tourism*. New York: Basic Books.
Leed, J. 1984. Gary Snyder, Han Shan, and Jack Kerouac. *Journal of Modern Literature*, 11(1): 185–193.
Leed, J. 1986. Gary Snyder: An Unpublished Preface. *Journal of Modern Literature*, 13(1): 177–180.
Lefevere, A. 1992. *Translation, Rewriting and Manipulation of Literary Fame*. London & New York: Routledge.
Lenfestey, J. P. 2007. *A Cartload of Scrolls: 100 Poems in the Manner of T'ang Dynasty Poet Han-shan*. Duluth, Minnesota: Holy Cow Press.
Lenfestey, J. P. 2014. *Seeking the Cave: A Pilgrimage to Cold Mountain*. New York: Perseus Books Group.
Lentricchia, F. & Thomas, M. (eds.). 1995. *Critical Terms for Literary Study: Second Edition*. Chicago & London: The University of Chicago Press.
Levý, J. 2000. Translation as a Decision Process. Venuti, L. *The Translation Studies Reader*. London: Routledge, 148–159.
Lin, X. 2006. Creative Translation, Translating Creatively: A Case Study on Aesthetic Coherence in Peter Stambler's Han Shan. Perteghella, M. & Loffredo, E. *Translation and Creativity: Perspectives on Creative Writing and Translation Studies*. London & New York: Continuum, 97–108.
Liu, L. 1995. *Translingual Practice: Literature, National Culture and Translated Modernity—China, 1900—1937*. Stanford, California: Stanford University Press.
Liu, W. C. & Irving Y. L. (eds.). 1975. *Sunflower Splendor: Three Thousand Years of Chinese Poetry*. Bloomington & London: Indiana University Press.
Mair, V. H. 1992. Script and Word in Medieval Vernacular Sinitic. *Journal of the American Oriental Society*, 112 (2): 269–278.
Meltzer, D. 2001. *San Francisco Beat: Talking with the Poets*. San Francisco, Calif.: City Lights Books.

Mill, R. & Alastair, M. 1985. *The Tourism System: An Introductory Text*. Englewood Cliffs & New Jersey: Prentice-Hall.

Morris, I. (ed.). 1970. *Madly Singing in the Mountains: An Appreciation and Anthology of Arthur Waley*. New York, Evanston, San Francisco & London: Harper & Row Publishers.

Murphy, P. 2000. *A Place for Wayfaring: The Poetry and Prose of Gary Snyder*. Corvallis: Oregon State University Press.

Nord, C. 2003. Function and Loyalty in Bible Translation. Pérez, M. C. *Apropos of Ideology: Translation Studies on Ideology-Ideologies in Translation Studies*. Manchester: St. Jerome Publishing, 89–112.

Ogai, M. 1971. Kanzan, Jittoku (Han Shan and Shih-te). Dilworth D. A. & Rimer, J. T. (trans.) *Monumenta Nipponica*, XXVI(1-2): 159–167.

Owen, S. 1996. *An Anthology of Chinese Literature: Beginnings to 1911*. New York: Norton.

Partridge, E. 1990. *Origins: An Etymological Dictionary of Modern English*. London: Routledge.

Pimpaneau, J. 1975. *Le Clodo du Dharma: 25 Poèmes de Han-shan*. Paris: Centre de Publication Asie Orientale.

Pincombe, M. (ed.). 2004. *Travels and Translations in the Sixteenth Century: Selected Papers from the Second International Conference of the Tudor Symposium (2000)*. Hampshire: Ashgate.

Pine, R. 1983. *The Collected Songs of Cold Mountain*. Port Townsend: Copper Canyon Press.

Pine, R. 1993. *Road to Heaven: Encounters with Chinese Hermits*. San Francisco: Mercury House.

Pine, R. 2000. *The Collected Songs of Cold Mountain*. Port Townsend: Copper Canyon Press.

Pine, R. & Mike, O. (eds.). 1999. *The Clouds Should Know Me by Now: Buddhist Poet Monks of China*. Boston: Wisdom Publications.

Polezzi, L. 1998. Rewriting Tibet: Italian Travellers in English Translation. *The Translator*. 4(2): 321–342.

Pulleyblank, E. G. 1978. Linguistic Evidence for the Date of Han-Shan. Miao, R. C. *Studies in Chinese Poetry and Poetics* (Volume 1). San Francisco: Chinese Materials Center, Inc., 163–195.

Robertson, G. (eds.). 1994. *Travellers' Tales: Narratives of Home and Displacement*. London: Routledge.

Robinson, G. W. 1963. Book Review: *Cold Mountain: 100 Poems by the T'ang Poet Han-shan. Bulletin of the School of Oriental and African Studies*, 26(2): 456–458.

Rojek, C. & John, U. (eds.). 1997. *Touring Cultures: Transformations of Travel and Theory*. London: Routledge.

Room, A. 1996. *NTC's Dictionary of Changes in Meanings: A Comprehensive Reference to the Major Changes in Meanings in English Words*. Lincolnwood, Ill.: National Textbook Co.

Rouzer, P. 2015. *On Cold Mountain: A Buddhist Reading of the Hanshan Poems*. Seattle: University of Washington Press.

Said, E. 1983. Traveling Theory. Said, E. *The World, the Text, and the Critic*. Cambridge, Mass.: Harvard University Press, 226–247.

Said, E. 2001. Traveling Theory Reconsidered. Said, E. *Reflections on Exile and Other Essays*. Cambridge, Mass.: Harvard University Press, 436–452.

Santos, S. 2000. A la Recherche de la Poesie Perdue: Poetry and Translation. Santos, S. *A Poetry of Two Minds*. Athens, Georgia: University of Georgia Press, 92–111.

Schäffner, C. 2003. Third Ways and New Centres: Ideological Unity or Difference?. Pérez, M. C. *Apropos of Ideology: Translation Studies on Ideology-Ideologies in Translation Studies*. Manchester: St. Jerome Publishing, 23–41.

Se-Wook, H. 1971. A Study of Chinese Poetry and Poetry Talks in Korea. *Tamkang Review*, II(1): 99–116.

Seaton, J. 2009. *Cold Mountain Poems: Zen Poems of Han Shan, Shih Te, and Wang Fan-chih*. Boston, Massachusetts: Shambhala Publications, Inc.

Shibata, M. & Shibata, M. (Maryse Shibata & Masumi Shibata). 2000. *Le Recueil de la Falaise Verte: Kôans et Poésies du Zen*. Paris: Éditions Albin Michel.

Snyder, G. 1958. Cold Mountain Poems. *Evergreen Review*, 2(6): 69–80.

Snyder, G. 1965. *Riprap and Cold Mountain Poems*. San Francisco: Grey Fox Press.

Snyder, G. 1974. *Turtle Island*. New York: New Directions.

Snyder, G. 1980. *The Real Work: Interviews & Talks 1964—1979*. New York: New Directions Publishing Corporation.

Snyder, G. 1990. *The Practice of the Wild*. Berkeley, California: North Point Press.

Snyder, G. 1995. *A Place in Space: Ethics, Aesthetics, and Watersheds: New and Selected Prose*. Washington D.C.: Counterpoint.

Snyder, G. 2000a. Reflections on My Translation of the T'ang Poet Han-shan. *Manoa*, 12(1): 137–139.

Snyder, G. 2000b. *The Gary Snyder Reader: Prose, Poetry and Translations.* Washington D. C.: Counterpoint.

Snyder, G. 2004. Afterword. Snyder, G. *Riprap & Cold Mountain Poems.* Washington, D.C.: Shoemaker & Hoard, 65–67.

Stambler, P. 1996. *Encounters with Cold Mountain.* Beijing: Chinese Literature Press.

Stambler, P. 2000. *Coming Ashore Far From Home.* Hong Kong: Asia 2000 Limited.

Suzuki, D. T. 1973. *Zen and Japanese Culture.* New York: Princeton University Press.

Tobias, A. (trans.). 1982. *The View from Cold Mountain, Poems of Han-shan and Shih-te.* New York: White Pine Press.

Toury, G. 1996. *Descriptive Translation Studies and Beyond.* Amsterdam & Philadelphia: John Benjamins Publishing Company.

Turner, J. 1976. *A Golden Treasury of Chinese Poetry: 121 Classical Poems.* Hong Kong: The Chinese University of Hong Kong.

Urry, J. 2002. *The Tourist Gaze: Second Edition.* London: SAGE Publications.

Vermeer, H. J. 1996. *A Skopos Theory of Translation (Some Arguments For and Against).* Heidelberg: TextconText Verlag.

Venuti, L. 1992. *Rethinking Translation: Discourse, Subjectivity, Ideology.* London & New York: Routledge.

Venuti, L. 1998. *The Scandal of Translation, Towards an Ethics of Difference.* London & New York: Routledge.

Venuti, L. (ed.). 2004. *The Translation Studies Reader: Second Edition.* New York: Routledge.

Vidal, M. 2003. *Apropos of Ideology: Translation Studies on Ideology-Ideologies in Translation Studies.* Manchester: St. Jerome Publishing.

Waley, A. 1932. *One Hundred and Seventy Chinese Poems.* London: Chiswick Press.

Waley, A. 1954. 27 Poems by Han-Shan. *Encounter,* (12): 3–8.

Waley, A. 1982. Poems by Han-Shan. *Chinese Poems.* London: Unwin Paperbacks.

Waley, A. 1996. *One Hundred and Seventy Chinese Poems.* London: Constable and Company Ltd..

Wandering Poet, M. A. 2005. *Cold Mountain: Transcendental Poetry by the Tang Zen Poet Han-shan.* London: Everyman's Library.

Watson, B. 1962. *Cold Mountain, 100 Poems by the T'ang Poet Han-shan.* New York: Grove Press.

Watson, B. 1970. *Cold Mountain, 100 Poems by the T'ang Poet Han-shan*. New York: Columbia University Press.

Waston, B. 1984. *The Columbia Book of Chinese Poetry: From Early Times to the Thirteenth Century*. New York: Columbia University Press.

Weinberger, E. 2003. *The New Directions Anthology of Classical Chinese Poetry*. New York: New Directions Publishing Corporation.

Weinberger, E. & Octavio, P. 1987. *Nineteen Ways of Looking at Wang Wei*. Kingston, Rhode Island & London: Asphodel Press.

Wu, C. Y. 1957. A Study of Han Shan. *T'oung Pao*, (XLV): 392–450.

后　记

　　尽管中外学术界对于本书所论的寒山以及归属于其名下的那些寒山诗，一直以来都难以达成话语共识，但从各类文选、诗选、文学史、诗歌史、美术史、民俗史以及中外文学交流史的记述中，中外读者却可以真切感受到其人其诗的真实存在。如果我们愿意相信他的唐代诗人身份和那些传奇故事的话，那么这位生活在一千多年前的中国人确确实实一直在惊艳和感动着全世界那些热爱他的人们。他的蓬头垢面、弊衣疏食、超尘拔俗以及他在那些并不被自己同胞看好的诗歌作品中所流露出的机锋转语、佛性禅心、贵和尚中都让人刻骨铭心和回味无穷。撇开学术共同体和文学爱好者的津津乐道与情有独钟不说，单就他"忽遇明眼人，即自流天下"的神奇预言，以及"直心直语""圆满光华"的雍正御批，连同他与拾得"和合二仙"的民间传说，都足够让他笑傲江湖、纵横四海了。

　　事实上，寒山和寒山诗的"萍踪侠影"早已漫天盖地、誉满全球了。这位"远游的诗神"几近千年的语际旅行，成就了中外文学交流史上的一段佳话。倘若按照当下的话语体系来表达他的世界影响，我们甚至可以说，他和他的诗扩大了中国文学的国际影响力，提升了中国的国际学术话语权，让世界了解了"哲学社会科学中的中国"。从这个意义上讲，今天的中国人实在很有必要重新认识这位在海外享有文学盛誉的传奇人物和他那些蕴涵了各种普世智慧的寒山诗。

　　摆在读者诸君面前的这本《寒山诗：文本旅行与经典建构》，因为有幸得到张佩瑶教授、许钧教授和王宁教授的推介与认可，被选入了罗选民教授主编的"翻译与跨学科学术研究"丛书系列，由清华大学出版社在 2011 年出版。由于各方读者和市场反响都还不错，各大书店和网

寒山诗：文本旅行与经典建构（修订版）

站也早已售罄。早在五年前，罗选民教授就好心催促我出一个精装修订本，可由于自己的怠惰疏懒，便一直以各种借口拖延搪塞。然而在寒山和寒山诗的盛名之下，我申报的这本书在 2020 年 9 月被选入了中华学术外译项目的选题目录。我的 100 字推荐理由是：寒山诗的译介与传播是中国文学史和中外翻译史上最经典的研究个案。寒山和寒山诗所代表的"和合思想"和中国传统文化是最具对外传播价值的中华优秀文化，也是国际社会全面客观认识中国文学文化与社会的重要窗口。

在接下来的中华学术外译项目申报中，蒙学界诸君厚爱不弃，有英、俄、法、德、西、日等多个语种进行了申报。在 2021 年初公布的名单里，四川外国语大学西方语言文化学院的朱金玉博士申报的西班牙语获得了立项。这使得寒山和寒山诗有机会可以造访迷人而热情的西语世界。不知道，诗人寒山是否此时正在世界的某个角落里偷笑呢？因为那片广袤而神奇的大陆他似乎还未曾涉足呢。

或许是因为这种方式的认可与推动，我认为是时候进行书稿的修订了。于是，我用了大半年的时间，从文献到文字、从格式到体例、从引文到例证，从头至尾认认真真作了全面细致的修订。修订工作的繁复程度远超我的预期，甚至曾经一度就想半途而废了。可每每想到这是一件很有意义的推介工作，尤其是有机会通过"中国故事的学术阐释"来向世界讲述中国故事的学术话语与理论表达，就又收拾心情，星夜兼程了。当然，因为个人水平的限制，书中错谬之处在所难免，敬请读者诸君批评指正。

在这里，我要感谢四川外国语大学外国语言文学学科的大力资助、清华大学出版社外语分社的郝建华社长和杨振宇先生的高度肯定与辛苦付出。尤其要感谢责任编辑刘细珍女士各种周到的安排与帮助，正是因为她的热心联络，这本小书的英译本才有可能会由国际权威学术出版公司 Taylor and Francis 出版发行。这对于寒山和寒山诗、我个人，以及中国文学走出去这一伟大事业而言，无疑都会是一件幸事。

后记

　　最后，我想将这本小书献给我的妻子周晓琳和女儿胡康恩，感谢你们这么多年的悉心照顾和风雨陪伴；也感谢已经离世的我的母亲魏宜秀女士，感谢博士生导师张佩瑶教授，感谢你们在生活上和学术上给予我的谆谆教诲；同时还要感谢我的朋友们，谢谢你们自始至终的鼓励、帮助、支持和包容。谢谢你们给予了我战胜困难的力量和继续前行的勇气。

辛丑年岁首于重庆